◎ 杨晓敏　符浩勇　主编

刻骨的冰川

中国言实出版社

图书在版编目(CIP)数据

刻骨的冰川 / 杨晓敏，符浩勇主编. -- 北京：中
国言实出版社，2023.6
ISBN 978-7-5171-4514-1

Ⅰ.①刻… Ⅱ.①杨… ②符… Ⅲ.①小小说—小说
集—中国—当代 Ⅳ.①I247.82

中国国家版本馆CIP数据核字（2023）第112590号

刻骨的冰川

责任编辑：张　丽
责任校对：宫媛媛

出版发行：中国言实出版社
　　　　　地　址：北京市朝阳区北苑路180号加利大厦5号楼105室
　　　　　邮　编：100101
　　　　　编辑部：北京市海淀区花园路6号院B座6层
　　　　　邮　编：100088
　　　　　电　话：010-64924853（总编室）　010-64924716（发行部）
　　　　　网　址：www.zgyscbs.cn　电子邮箱：zgyscbs@263.net

经　　销：新华书店
印　　刷：汇昌印刷（天津）有限公司
版　　次：2023年7月第1版　　2023年7月第1次印刷
规　　格：710毫米×1000毫米　　1/16　　21印张
字　　数：323千字

定　　价：58.00元
书　　号：ISBN 978-7-5171-4514-1

目　录

教授与量子纠缠

陈力娇

上　课

一家豪华的酒店，一位西装革履的男人走了进来，他仪表端庄，形体挺拔，稍有点瘦，黑色外套和白色衬衫干净又醒目，再配上鲜艳夺目的红领结，仿佛刚从领奖台上下来。

他进来后，扫视一下大堂里吃饭的人，然后向一张有八人的大圆桌走去，他来到桌前，满面笑容，把腋下的教案放在桌上，拉过一把椅子坐了下来，歉意地说："我来晚了，不好意思啊，'量子纠缠'吸引了我，耽误了时间。"

一桌人面面相觑，不解其意，其中一位瞥到了桌上的教案，断定他是教师，就说："教授，您一定是走错了，我们没有请您来呀，也不知道您是谁啊。"这一桌人从外地来，他们是专门到这座带有欧陆风情的城市旅游来的，从起程就八个人，根本没有第九个人。

教授听了他们的话，尴尬了一下，说："真对不起，打扰你们了。"说完礼貌地站起身，向他们鞠了个躬，去了另外一张桌子。这张桌共六个人，教授只扫一眼，就知道他们是大学生，在做网络直播。于是提示他们："关注量子纠缠啊，今年的诺贝尔物理学奖颁给了它，这可是个当红的题材啊。"

其中一个学生眼睛一亮，欣喜道："老师，您能给科普一下吗，量子纠缠到底是啥？主张什么？"另一名学生已为他准备好了椅子，服务员也麻利地为他加了一套碗筷。

教授坐下后，有些神秘地对学生们说："你们知道量子纠缠有多可怕吗？它颠覆了人类现有的认知，第六感，心灵感应，吸引力法则，灵魂等，在它的理论中都是存在的，这预示着人类科技会有一次大的飞跃。"

六个学生瞪大了眼睛，最小的那个问："那具体呢，我们很想知道，为我们做下描述呗。"教授凝住神，犹如带领学生进入了实地考察，说："比如，它证明了心想就一定会事成；人的命运是由心造的；人完全可以掌握自己的命运；一件事你往坏里想，它就越来越坏；如果你想要倒霉了，那么你遇到的事情肯定会很可怕。"

给教授搬椅子的那个学生说："那这是不是告诉人类，凡事要往好处想，抱定美好心愿，好运自会来临？"教授点点头，道："非常正确，外界只是你内心的一面镜子，所有的一切都是你的想法吸引过来的，这就是量子纠缠。"

一个不太爱说话的学生，提出了相反的意见，他说："那我要是天天想黄金，黄金真的会来吗？"教授摇摇头，坚定地说："不会，首先要是两种有生命的东西，然后要有善念，只有有善念才会心想事成，因为善念最坚固，无数的善念才会让个体思维达到一定的量，发生量子纠缠。"

另一个学生说："老师，您的意思是，一颗量子释放的能量场，会被另一颗有纠缠关系的量子吸收，不过是否心想事成就不一定了，因为人由无数的量子组成，这些量子在宇宙中有无数的叠加成分，比如思念，是可以被接收的，但不一定有回响，同样黄金也是这个道理啊。"教授拍了拍这个学生的肩膀，想：如果带研究生，我一定带这一个。随即他说："对，这就是灵魂的感知力。"

一直没有说话，却很认真听他们讨论的学生问："可不可以这样理解，量子纠缠就是你在故我在，你不在故我不在，那你不在我不在，谁还会在？""他在。"那个最小的学生幽默地指了指教授，然后捂嘴笑。

教授很喜欢他，与他同笑。

服务生端来一个果盘，说："老板送的。"学生们齐说："谢谢。"服务生谦卑地退下。可不一会儿，他又端着一盘鲜红的大闸蟹送了上来，学生们忙说："错了，我们没点这道菜。"服务生说："没错，这也是老板送的，因为你们给这个店带来了量子纠缠，老板说，他就是另一个量子。"

学生们高兴极了，先给教授夹了一只，然后一人一只吃了起来。一个说："我每次回家，我妈都说，她的手心提前好几天就痒了，你们说，这是不是量子纠缠？"又一个说："我爸过世三天，我在梦中见到他，他说那边挺好，不要挂念，这也是量子纠缠吧？"

他们刚想请教授来解答，服务生却小声地把教授叫走了。

他们继续讨论："南半球的蝴蝶扇动一下翅膀，北半球就会有一场风暴，这也是量子纠缠吧？""这是蝴蝶效应啊。""蝴蝶效应也是量子纠缠啊。""那道德经与我们，更是量子纠缠了。"

这顿饭吃得太开心了，虽没有教授一锤定音，但他们也还是总结出要点：量子纠缠不只坍塌了物理世界，还崩溃了人的内心世界，更搅乱了哲学世界，就如一千年前人类不知道有空气，不知道有电场和磁场，不认识元素，认为天圆地方，是一个道理。

聚餐结束时，六个人抢着付款，收银员却说："不用付了，这顿饭老板买单。"学生们问："为什么？"收银员不想说，但还是说了："那位教授，是老板的父亲，他得了阿尔茨海默症，才五十二岁，他一直放不下他的教学，想念他的课堂和学生，今天你们成全了他。"

学生们努力回忆教授的样子，眼泪在眼眶里直打转。

究　底

小六一直在寻找教授，他就是和教授共进午餐的那个最小的学生。小六近期遇到一件无比悲伤的事，就是他的母亲头一天还好好的，第二天就去世了，而且既不是脑溢血，也不是心脏病，就那么突然而急切地走了。

小六的第六感怀疑这里有问题，是否保姆从中作祟，所以他必须找到教授，请他帮忙分析一下。其实这期间，他已经错过了一次教授，那个人在垃圾箱找东西，既像教授，又不像教授。

收银员小茹告诉他："要想找到教授，不能看他在做什么，教授几乎就是个变色蝶，和环境融为一体，他此时的行为，囊括了他彼时各个阶段经历的变化。"小六听了这话，眼前刚好有一只"长脖子老等"落在树上，它的站姿提醒小六，要想见到教授，最好的办法就是等待。

小六选择了公园，他把公园的一条长凳作为居住地，白天黑夜都不离开那里，除了每天去两次小吃部，其他时间不离开半步。小六坚信量子纠缠，既然教授把第六感、心灵感应、吸引力法则、灵魂等，统统归于量子理论，那他想见教授就不是一件难事了。

小六在长凳上住到第十五天，奇迹发生了。

天空飘起毛毛细雨，一件衣服轻轻地披在了他的身上，醒后的小六借着公园微弱的天光，看到坐在他身边的教授，惊呼："您怎么知道我在等您呀？"教授调皮地用食指刮着小六的鼻子说："量子纠缠啊，你忘记了？"小六哭了，是喜极而泣。

教授关切地问："为什么要哭呢？是有比相逢更重要的事吗？"小六偎在教授温暖的肩头，喃喃地告诉教授："我的妈妈死了，我很悲伤。"教授想了想说："你要是知道你妈妈去了哪里，就不会这样悲伤了。"小六说："我就是不知道我妈妈去了哪里，才无法自拔，人死后到底去什么地方了？"

教授的思路神游了一会儿，说："全世界都在找这个答案，都想知道人从哪里来，到哪里去，可是他们都没找到，只有一个人找到了，就是我们的老子。"小六诧异地问："老子说过这事吗？《道德经》我读过呀，人法地，地法天，天法道，道法自然，可是不像说的是生死呀。"教授耐心地对小六说："老子对中华文化的贡献，恰恰命中了你提出的问题。他是在说，人是道所生，死后又回归了道，来是道，去亦是道，死和生又有什么差别呢？"

小六仰头望着教授，不知怎样把这个问题吃透，便问："那什么是道呢？"

教授解析："道就是规律啊，老天爷，一年四季，白天和黑夜都是规律呀，人的身体也是规律呀，比如，365个穴位对应365天，24节脊柱对应二十四节气，四肢对应四季，五脏五官对应五行五大洲，人本就是一张宇宙图啊，而道又是构成宇宙的物质条件，人又是从这物质中来的，理当再成为宇宙的一分子啊。"

教授说到这儿，皱起了眉头，他好像哪里不太对劲儿，果然他夹起公文包，站在小六面前说："这节课就到这儿吧，下次见。"然后他像以往一样，洒脱地离开了小六。小六带着哭腔喊："教授，别忘记来看我！"教授回应他："放心吧，儿子！"

小六明白，教授的阿尔茨海默症又犯了，错把他当成了儿子。

说到底，教授打碎了小六的究底，并交给他一个硕大的谜团，关于愿景，关于道，关于一些看不见摸不着的意念。悲伤袭来，小六的泪水如瀑布一样流起没完，胸口的痛，也一阵比一阵强烈。

虽没唤醒小六，但教授却把小六撵回了家。一晃他有半个月没迈入这个家门了。保姆已经走了，桌上放着便条，让他把这个月的工资打到她银行卡上，或发到她微信上。小六想：不差和你沾点儿亲，我会去法院告你，还给你发工资？小六笃定，母亲的死，一定与她有关，因为小六早就看出她不耐烦，不止一次碰见她逛商场。母亲很能忍，从不对小六提起这些，她爱小六，不想给儿子增添负担。

小六没有马上给保姆发工资，而是去查监控，其中有一个细节小六很怀疑，就是保姆一次给母亲吃了两片药，那是一种大剂量的消心痛，每片要分四次服完，可是保姆一边刷手机，一边漫不经心地给母亲拿药，两片药足足超出七倍的量。

这个细节很扎心，让小六的心猛然沉入谷底，莫非母亲是服药过量，造成晕厥，一睡再没有醒来？要是那样，母亲死得可太冤了。

时间已是夜里十一点，多少天的露宿公园，让小六万分疲惫，可是这样的事，怎么才能弄清楚呢？是否真要惊动法院？小六想起教授说的量子纠缠，他在心里祈祷："妈妈，你若有灵，就告诉我，我该怎么办？"

母亲悄悄地来到他身旁，一边给他缝裤脚一边平和地对他说："还是你教授说得对，人从道中来，也要到道中去，道是妈妈的来路和去路，能让我来，就能让我去，我终归是要退场的，每个人都有每个人的退场方式，别怪保姆了，那是道与我宿命的纠缠，道也是量子啊，它不曾离开过每一个人，一路相伴。"

小六醒来时，母亲已经不在，她的话，每一句都像和教授做印证。

警 钟

教授来到乌米寺，站在山脚下往上望，一片郁郁葱葱，万丈崖顶之上，一座不大的庙宇遮遮掩掩地耸立在绿浪之中，不算雄伟，却也高拔，颇有穿云破雾之势，教授想：终于到家了，以后这半生，再也不受小恶魔天安的气了。

天安就是教授去过的那家豪华酒店的老板，是教授最不喜欢的儿子。

乌米寺的香火不是很旺，就两个和尚，却是个个头发雪白，老眼昏花。年长的在敲木鱼，他已经九十三岁，另一个小和尚也只比他小三十岁，他在洗菜做饭。两个老头儿见有人来，屏神谛听，年长的说："你到底来了，我们盼了你八年。"

八年前教授来过乌米寺，却不想两个和尚凭脚步声就知道是他。

教授说："方丈可好？寺里又增人了？"小和尚说："没有增人啊，还是我们俩。"

教授说："那怎么寺里的钟一直在响啊，在半山腰就听见了，不是有人敲吗？"老和尚说："不是有人敲，是它自己在敲。"

教授说："风吹的吧，风不吹，何以响？"老和尚放下木鱼，将着胸前的佛珠说："没有风它也响，都三天了，打我记事起，就从没有这样的事发生过。"教授觉得蹊跷，放下包，自己倒了一碗水，喝后就上了钟楼。钟楼里的一口大钟，果然在无人敲的情况下，自己在摆动，声音不情愿地幽幽怨怨。

教授找了根木棒，企图控制住它，可是控制后的钟，虽不大幅度地摇头了，却还是嗡嗡的小声哼，跟心脏早搏似的。教授很奇怪，凝神看了许久，终于明白了，原来是你呀。

为了进一步确定想法，教授来到后山，后山离钟楼五百米，两山如亲兄弟一般，一高一矮，勾肩搭背，不用攀爬，自自然然就到了。但是教授发现，这两座山的土质不一样，一个岩石多，一个沙土多，这更证实了教授刚才的猜测。

晚饭时，小和尚热情地给教授夹地瓜，夹盐拌黄瓜丝。老和尚说："也没什么招待你的，菜是我们自己种的，地瓜也是自己种的，这里菜不缺，粮也不缺，就是缺盐。"

教授从包里拿出两袋盐，小和尚一看喜出望外，说："这可太顶用了，钟楼的墙裂了，泥土里掺上它，墙会更结实。"教授说："以后给你们多带些。"小和尚高兴得直点头。

老和尚说："你在山上转了一圈，弄明白钟为什么不敲自鸣了吗？"教授说："明白了，是乌米土在作怪，你不是和我说，建钟楼的土是从乌米山弄来的吗？"小和尚接过话茬儿："对呀对呀，都是我们俩从五百米开外背回来的。"教授凝重地告诉他们："所以乌米山要崩了。"老和尚一惊，追问："就因为我们用了它的土？它就和我们发脾气？"教授说："不是发脾气，也不是它的土不让用，是因为钟楼的土是乌米山的儿子。"

"儿子怎么了？"小和尚凑近教授问。教授说："你看啊，既然钟楼的土是乌米山的儿子，那母亲有病，儿子一定最先知道，母子连心呀，如今儿子不住地抖，钟就跟着鸣，也就是说，它的母亲病得不轻呀。"

小和尚有些慌，焦急地问："那我们怎么办？乌米山崩了，庙宇还会好吗？"老和尚安慰说："莫急莫急。"他问教授："你凭什么这么肯定，有根据吗？"教授说："非常简单啊，量子纠缠啊，两个有联系的物体，不管离得多远，都有感应啊，就如我一来，你们没见到我，却知道我来了，为什么？就因为我曾来过呀。"

小和尚："有道理呀，如果你没来过，我们是听不出你来了的呀。"教授赞许地向小和尚点头。可是一边的老和尚却坚定地说："即便这样，我也不走，我要和庙宇死在一起。"小和尚说："那我也不走，师父都没了，我活着还有什么意思？"

教授说："不是永远离开，就是去五色山待几天，危险过去就回来。"

小和尚说："倒是个好办法，不然下次你给我们带盐，我们怎么能收到啊。"老和尚比较执拗，他问教授："为什么去五色山就没有危险了呢？"教授说："庙宇没动呀，庙宇的土是五色土啊。"小和尚拍着手说："太对了，庙宇的土是专门从五色山弄回来的，累死一百零八个和尚呢。"

老和尚不再吭声，他进入了打坐状态，小和尚见师父已经入定，他也跟着入定。教授无事可做，就一把一把从兜里往出掏纸条，每一张都是那个叫天安的儿子给他写的，有一百多张，目的是怕他走丢了，找不到回家的路，就在每张纸条上写上他们家的地址，恳请好心人把他得了阿尔茨海默症的爸爸送回来。

纸条揣遍了教授的各个兜，上衣兜，裤兜，领口上的装饰兜，兜兜都是。

教授把它们掏出后，放在蒲团上一张一张地配对，他要配出一副扑克牌，等老和尚和小和尚打完坐，好与他们一起玩"斗地主"。这当儿的教授，已与刚才判若两人，大脑开始混沌，甚至不知自己身在何处。

天亮时，老和尚和小和尚一同醒来，老和尚望着平静如初的窗外对小和尚说："多亏没信他。"小和尚眼神儿比老和尚好，他看到每棵树干上都被教授贴上了"封条"，答道："不信也对。"

钟还在响，纸条在飘，彼此任性地辉映。

陈力娇，女，汉族。中国作家协会会员，黑龙江省作家协会全委会委员和主席团委员。曾就读于鲁迅文学院和复旦大学中文系。在《清明》《芙蓉》《小说月报》等期刊发表或转载作品300余万字。已出版长篇小说《红灯笼》、中短篇小说集《青花瓷碗》、小小说集《米桥的王国》等十余部作品。曾获第七、第八、第九届黑龙江省文艺奖，中国第五届小小说金麻雀奖，中国作协办公厅2021年度"深入生活、扎根人民"主题实践活动先进个人等奖项或荣誉。现居黑龙江哈尔滨。

心灵花园

秦 俑

患 者

"这些年来，我就像是在做着一个永远没有结局的噩梦。"

这个男人在门口徘徊了很久，最后终于下定决心走了进来。他说他在一家精神病院做后勤，管病人们的吃喝拉撒。工作谈不上体面，收入还算可观。

"但我越来越厌恶这份工作。20多年了，我受够了。整个医院似乎只有我一个人是正常的。包括那些医生，一个个眼神都怪怪的。在他们眼里，似乎所有人都是精神病患者。"他看上去有些激动，"我曾目睹一群病人将另外一个病人吊死在宿舍的横梁上。他们说屋子里太暗，需要挂一个灯笼。我不敢近前，甚至忘了报警，我怕他们将我也挂到横梁上去……"说着，他像是突然受到什么刺激，身体哆嗦一下，手颤抖着抽出一支烟。屋子里顿时烟雾缭绕起来。

我讨厌别人在我面前抽烟，但我是个有修养的人。"如果条件允许，您可以另外换一份工作的……"

"刚开始是因为生活所迫，我一家人的开支都要靠我这份薪水。"他猛抽了几口烟，心情逐渐平静下来，"后来儿子出生，太太下岗……再后来，父亲生病做手术，儿子要考大学，我得存钱在郊区买套小房子……"他说了很多，对我几乎毫无保留，他甚至说到了他的外遇，他跟一个比他小六七岁的女人偷偷相好。"这一切都需要钱，说起来，我还得感谢这份稳定的收入。"

我发现我越来越享受这种谈话的过程。这个男人显然有些啰里啰唆，也许他太需要有一个人这么安静地听他倾诉。而我呢，也太需要有一个人，就像他这样啰里啰唆的男人或女人，坐在我对面的椅子上，向我讲述他藏在心底的忧伤、痛苦或者不幸。"再后来呢？"我知道这不是故事结局，甚至连高潮都还没有开始。

"再后来，大概半年前吧，我终于申请辞职了。医院领导挽留我，他们对失去一个老实本分、工作勤奋的员工感到很惋惜。"他看着我，眼睛里闪现出一刹那的光，就像一个在暗夜里四处奔跑的人，点燃了最后的那根火柴。"我试着开了一间小饭店，这样，我太太就不用再四处碰壁去找工作，而我儿子也可以安心继续他的学业……"他一边说着，一边又点燃了一支烟。

"对您来说，这也是自我解脱的一种方式吧。"我捏了捏鼻子，尽量让自己习惯这香烟味儿带来的不适。

"后来我发现了一些问题。"他打了个呵欠，继续说，"每天都有很多人光顾我的店，他们中的一部分，跟我在精神病院里看到的病人没有两样。他们对饭菜的要求是那么挑剔，还经常对服务员发脾气。他们耍起酒疯来跟精神病人一样可怕，我曾亲眼见到一个人，大叫着'我给大家表演一个开西瓜'，然后拿起喝剩的啤酒瓶往他上司的脑袋上砸……"

"真碰上这种倒霉事，您可以报警的。"我提醒他。

他低下头，像是陷入了思考，又好像经历了一番思想斗争。"最让我困惑的不是这些。也许我在医院待太久了，思维变得有些奇怪。比方说吧，有顾客点菜点到'水煮活鱼'，我会一个劲地想他该不会跟我要渔竿钓鱼吧……再比方说，有顾客多要一个小饭碗，我便开始担心他趁我不注意时将碗砸碎；而当我离开餐桌，我会不停回头，我害怕他们会在我背后朝我吐口水……"

"哦，是这样……"我沉吟着，"或许您可以将饭店盘掉，或者让您太太一个人经营。您还是回到精神病院去，继续之前的工作。相信有了这次的开店经历之后，您会更加珍惜原来的工作。"

"其实我已经跟院长打过电话，他说欢迎我回去。但我不敢对我太太说，我担心她会骂我不正常。"他长吁一口气，像是卸下一个很重的包袱，"不过现在，你的建议让我全身充满了力量。"

在又一番发自肺腑的感谢之后，这个男人满意地离开了。房间里的烟味儿逐渐变得稀薄起来，我发呆似的看着对面那张空着的椅子，又一次陷入了无边的空虚与等待。哦，对了，差点忘了告诉你，我叫秦俑，我在S城的海豚路12号开了这家"心灵花园"心理咨询室，如果你在学习、生活或者工作中遇到了心理方面的困惑，欢迎前来咨询。

医　者

现在我到了B城。是离我们S城很近的一座城市（确切地说，不堵车的话，大概半个小时的车程）。我有很多理由喜欢这座城市，在这里，不管白天黑夜，我都可以做很多在S城不敢做，或者不方便做的事情。

比如现在，我就大大方方地走进了一家叫作"心灵港湾"的心理咨询室。我遇到了一些心理方面的困惑，需要寻求帮助。如果在S城，我可能会畏畏缩缩，躲躲藏藏，但一到B城，我就变得泰然自若，无所顾忌。因为在这里，没人知道我是谁，也没人知道我的职业，更不会有人像绿头苍蝇一样对我狗屎般的私生活充满兴趣。

时间就是金钱。这是一个连小学生都懂的非常浅显的道理，我当然有信心比他们理解得更加深刻。看着对面坐着的这位与我年龄相仿的心理咨询师，我并没有给他太多拖延时间的机会，甚至连互相介绍的环节都直接跳过。实话说，我对自己这段开门见山式的质询还是挺满意的。很显然，这是一次有组织、有策划的咨询体验。

"我想知道你是不是也有这样的感觉：某一段时间，这段时间的来临没有任何的预兆，也找不出什么因由，更无从摸索它出现的规律，反正有这么一段时间，你会感觉自己思想的某个方面出了毛病……"

"我想了解你具体的一些表现。"

"譬如说，上班的时候，我不知道是坐着好还是站着好，所以很多时候只有看着一个地方发呆。再譬如说，我会莫名地害怕安静，害怕一个人，总期待有人跟我说话，说什么并不重要，最好能絮絮叨叨地说个不停。"看他没有反应，我接着说，"还有，我习惯于戴着灰色的眼镜去看待这个世界，习惯于对着镜子自言自语……"

"你是不是不相信童话，不喜欢周星驰的电影，不习惯哈哈大笑，不愿意听到朋友和家人说高兴的事情，也从不与别人分享自己的快乐，看到有人遭遇不幸会感觉漠然……"他终于接话了。这让我感到了些许的满意。他应该知道，我正在接受的是付费服务，这本来就是他应该履行的职责。

"是的，有时会这样。"我对他所列出的症状感到很吃惊，这里是 B 城，我没有必要掩饰我的惊讶，"哇噻！怎么这么准！难道你也这样？"

"是不是到症状严重时，会间歇性地感觉自己的脑袋里面一片空白，什么也想不起来，就像患了短暂的失忆症一样……"他没有直接回答我的问题。

"等清醒过来，又会走向另一个极端，觉得生活没有意义，性格狂躁，容易发火，无缘无故地想砸东西。"我接话的时候，脸一定是绷着的。我相信每个人说到自己的痛处时，都会有这样类似的表情。

"有人需要倾听者，他们希望有人听他们说话，帮他们答疑解惑；同样的，也有人需要倾诉者，他们愿意聆听，用耳朵去刺探别人隐秘的生活。"他的某根神经似乎被彻底激活，思维变得异常敏捷起来。

"就好像病人需要医生，医生同样也需要病人。"我也好像开始找到感觉，不禁对自己能随口说出这么精辟、这么富于哲理的话而感到欣慰。

"如果我猜得没错，你我是同行。"他微笑地看着我。

"是的。咱俩有缘。在 S 城，我也开了一家心理咨询室，名字叫'心灵花园'，跟你的'心灵港湾'，就像是一对孪生兄弟。"说着我自己先忍不住笑出声来。

接下来，我们聊天的角色悄悄地起了转变，他不再是医者，我也不再是患者。我们都是医者，或者说，我们都是患者。我们促膝而谈，几乎忘了时间，聊天过程和相关内容在这里就没有必要公开了。但是，我可以告诉你们结果。

第一个结果，我们成了好朋友。这并不奇怪，我们有交朋友的基础，而且不在同一个城市。如果我们没有将业务扩展到临近城市的打算，就不会存在竞争冲突。

第二个结果，我们签订了一项君子协定：在生意冷清的时候，在我们即将出现以上枚列的种种症状之前，我可以邀请他来我们S城，他也可以打电话让我到B城来，双方无条件同意为对方临时客串一回寻求咨询的心理障碍患者。这是在2010年春天快要来临的时候，两名分别来自S城和B城的心理咨询师之间的秘密约定。

孤　独

"心灵花园"心理咨询室开张第七天，终于迎来了它的第一位女主顾。

她提前一天打了预约电话，第二天我去上班，远远地就看到她已经等在了咨询室的门口。老年人嘛，精神好，后三十年睡不着。是的，她是一位看上去五十开外、实际已经年届七旬的老妇人（这多少有些令人沮丧）。不过她不是一个人来的，在她的身后，一、二、三，没错，竟然跟了三只宠物狗。这不免让人心生好奇，如果狗狗们也有心理疾病（我相信某些狗狗一定会有，只是它们不太擅长倾诉），那我一大早就要接待四位顾客了。想到这里，我的心情就像那天早晨的阳光一样灿烂起来。

"我很孤独。"她果然属于让我头疼的那类顾客。他们有着一个致命的共同特点：话很少，很少很少，少到每次张嘴都只有几个字。

"您有几个孩子？"

"三个。"

"都不在您身边吗？"

"在，这不都跟着我呢。"她指了指她身边乖乖躺着的三条狗狗。

"不好意思，我是问您有没有子女？"

"三个。"

"他们在不在您的身边？"

"不在。"

"都在哪儿？"

"大儿子在美国加州。二女儿在法国巴黎。三儿子在日本东京读博士。"她是一口气说完的，绝对看不出有丝毫阿尔茨海默的症状。

"看来您挺有福气，儿女都这么有出息。我想您应该不缺钱？"

"不缺。"

"建议您请个保姆。"

"有请的。"

"您孤独的时候，可以和保姆聊聊天。"

"还不如和费费说说话呢。"

"费费是谁？"

她没有说话，用手指了指身边那条黑耳朵、白身子的狗，看上去像纯种的牧羊犬，估计价格不菲。

"那么，您为什么会觉得孤独？"

"没人在乎我的存在。"

"您的三个儿女，他们不经常跟您联系吗？"

"偶尔。"

"至少您家保姆会关心您。"

"她只关心自己的工资。"

"您有没有朋友？"

她愣了一下，目光又温柔地落到了旁边的狗狗上。"有的，三个。"用不着问了，她说的肯定又是那三条宠物狗！

"介意我问您原来做什么工作的吗？"

"医生。"

"您有没有什么业余爱好？"

"没有。"

"您对什么比较感兴趣？例如书法、唱歌、跳舞、摄影……"

"兴趣都不大。"

"建议您去老年人活动中心，一来可以交一些朋友……"

"没意思。"她直接打断我的话。想想也是，如果这些可以缓解她的孤独，她还用得着一大早牵着三只狗狗来找我？

"您晚上一般都干啥？"我试着转换一下思路，继续问。

"看芒果卫视的《晚间新闻》。"

"除了这个呢？"

"只看这个。"

"您对港台或者是韩国的电视剧有没有兴趣？推荐您看看《大长今》……"

"没意思。"

"那您觉得《晚间新闻》有什么意思？"

"都是些稀奇古怪的事儿。"

"什么稀奇古怪的事儿？"

"有个地方长了棵野生的人形树，有户人家进了条三尺长的大蟒蛇，有女人一胎生下六个男孩……"

我饶有兴趣地听着她一口气列了不下20种。以我曾经做过媒体记者的"专业"眼光来看，这些确实都符合新闻的"吸引力法则"，都有足够的"爆点"。

"或许，我可以给您一条建议。"我说，"不过这需要您的配合。"

"没问题。"她干脆的回答，真的让我怀疑眼前坐着的是不是一位年届古稀的老婆婆。

这次心理咨询到此就基本结束了。你一定很好奇我给了她一条怎样的建议。不用我说，如果你是芒果卫视《晚间新闻》的忠实观众，说不定你已经看到了这则新闻：七旬"空巢"老太欲跳楼，只为孤独难受想不开。

偷偷告诉你吧，其实我就是这次"老太跳楼秀"的幕后策划者。说起来，这次的策划效果还不错呢。三个月后，这位老太太给我打过一次电话。她说："谢谢你的主意，现在街坊邻居看到我都变得热络起来，我家老三也特意从东京请假回家，陪了我一个多月哩。过一段我能不能再去找你咨询咨询……"

秦俑，男，汉族。中国作家协会会员，中国文艺评论家协会会员，河南省文艺评论家协会副主席，《小小说选刊》《百花园》主编。已出版小小说集《有一天发生的事》《被风吹走的夏天》等，主编《中国当代小小说大系》等图书数十种。曾获《小说选刊》年度大奖、河南省优秀图书奖、中国小小说金麻雀奖等奖项。现居河南郑州。

丐事三题

宗利华

侠　丐

小镇上，当然有悠闲人。

所谓悠闲，得有资本。穷人们为生计所迫，吃了这顿，惦着下顿，能悠闲得起来？卖烧饼、油条的，甩开膀子叮当打铁的，戴着老花镜、虾弯了腰锔盆锔锅锔碗的，这些人，哪有那份闲工夫？

邬先生有。

邬先生什么都不做，人家靠祖上传下来的家业过活。祖上放过外任，虽不得志，但不至于落魄，置些房地产，攒下些银子。到下一代，于做官不感兴趣，但根子扎得深厚，过起乡绅日子。再到邬先生，继续悠闲。地里活路，自有人打点。主人家不刻薄，下人也不欺负人。到时令，下人吆喝着马车，送新鲜粮食蔬菜水果来。当然，也有银子，规矩地封着。

邬先生干吗？他打牌，逛戏院子。有时，跟官府的人，坐在酒肆里。邬先生面容慈祥，坐在那里，稳如磐石，不说话脸上都带着笑。镇上三教九流，都喜欢他。这绝不错，连翠花楼的姑娘他都结交。给人家拉京胡，弹弦子，也会扶弄几曲古筝。姑娘坐一旁，或听，或唱。罢了，邬先生拱拱手，告辞。

邬先生不行风流事儿。

邬先生说，那是累人的活儿。

小镇上人来人往，杂七杂八。本地人都觉得怪，邬先生是怎么和那些人一见如故的。远远江南一带客商，回去半年，托人捎上等茶叶，请他品评。

镇上人差不多都认得邬先生。都赞，好人一个啊！

这天，打镇东头走来一乞丐。

乞丐一闪现，邬先生的目光，叮当一下，落他脚上。乞丐走道儿，脚尖先着地，轻盈一点，身体就弹簧般跃起。邬先生微微一笑，端起茶碗，拿盖儿一抹，轻抿一口，扭头，面朝肩上搭洁白毛巾的伙计，赞，好茶。

茶馆旁边儿，是王婆子开的烧饼铺。王婆子雇两个小伙儿，与她一起忙。乞丐立住，两脚叉开，伸出手去。王婆子低身，拿起一个火烧，递过来。乞丐不接，手，仍伸着。王婆子的笑僵住，似乎有了怒气，把火烧扔下。乞丐把手伸向小伙。小伙看王婆子。王婆子哼一声。小伙子拿起火烧递去，那乞丐才接了，伸向嘴边。

邬先生拿出几枚铜板，往桌上一叠，站起。小伙计弯腰，邬先生，走好。

随后，街上人见邬先生与乞丐并肩走去。边走，边呵呵笑，都不以为奇。

两人一先一后进了宅院，乞丐四下展眼打量，邬先生一声吆喝，看茶！院内有一株古槐，树盖如伞。两人坐树下，爽爽凉意，从心底升起。遂摆了围棋。有槐蚕飒飒而下，打在棋盘上。邬先生棋面上圆滑无比，左右逢源，却是暗中蓄势，步步收紧。那乞丐出手凌厉，每每行刁钻怪异路数，却都被一一化解。忽然，乞丐右手一抖，一道寒光，飞到树上，一声惨叫，一只麻雀跌落棋盘。邬先生眯了眼去瞧，那雀儿脑壳上，有一血孔，兀自汨汨地流。

乞丐眉心紧锁。

邬先生笑。

邬先生伸出食指中指，捏起麻雀翅膀，轻轻提到一边。

乞丐双手一摊，我输了。

邬先生却问，为何那王婆施烧饼给你，你却不接？

女人本来依赖于男人，我堂堂三尺男儿，怎会求她施舍？

这倒也是。邬先生拈须，点头。

乞丐却说棋，为何我总是无路可逃？

邬先生伸出右手食指，点向乞丐胸口。

两人对视一眼，仰天笑。

树上数鸟，哗棱一声，散去。

自此，两人朝夕相处，一并下棋，一并去茶馆、酒肆。渐渐地，也去赌场。庄家见邬先生，连道，稀客。乞丐仍是那身行头，丝毫不见卑缩形态。喝得酣畅时，两人手牵手，沿石板路，晃出一道风致。

一日，两人去野外打猎。乞丐动如脱兔。不时，两人肩上，多了几只野兔。不料，却迎面撞见一幕丑剧。镇上首富王掌柜的公子，正戏弄一村妇。王掌柜经营赌场，生意做大，阔得不行。儿子仗老子有钱，官府背景强大，不免就狂得变形。村妇被他压在身子底下，像只折翅小鸟儿。

邬先生看一眼乞丐，眼里，透出寒光。乞丐却皱眉，看天。半天，扭转身，往前走。邬先生叹息，竟踏步向那恶少而去。正走两步，呼地立住！只见恶少直挺挺躺倒，脑门上，露出一道血孔。邬先生回头，那乞丐立在残阳中，兀自冷笑。

次日傍晚，两人坐在酒楼靠窗位置。几杯酒下肚，乞丐拱手，我原本一身血案，恐累及先生。此处，已无我容身之地，就此告别。

邬先生望窗外。

对面，一排灯笼，红透半边街道。

乞丐站起，往外便走。不料，行走两步，以手抚按腹部，慢慢弯下腰来。身后，邬先生额角，亦有汗珠渗出，伏在桌上，四肢竟也不能动弹。楼梯口闪出几名官兵，持刀，面带冷笑。

数日后，乞丐和邬先生被一并绑赴镇外。小镇人多年不见杀人，都拢来，远远地瞧。都看到了两人谈笑风生。都看到了刽子手手起刀落。都看到了两股红晕，直蹿半空。

有女人哭声，漾起来。

情 丐

凡乞丐，本无名无姓可考，要那些什么用处？难道讨饭到人门上，还要拱拱手，说在下姓甚名谁一类的斯文话？这不闹笑话吗？从另一角度讲，这也是乞丐们的可怜处。人活得低贱，名字也丢掉了。

但小镇上有个乞丐，就有字号。此人姓冯，名远，字韶山，自号青龙山居士。他把这一套正儿八经讲给抽贴算命的吴先生听，旁边几个喝茶的，当场就仰天喷出去。要说这乞丐，生得倒多少还有可取之处，五官算是齐整，但堆一张脸上，却委实难让人恭维。吴先生正正老花镜，仔细瞅他老半天，才皱着眉头说，老兄，你这人长得，实在——唉！老先生叹口气，替他遗憾。

时间久了，大伙儿就都知道这乞丐。大老远瞧见，都咋呼，吆呵，青龙山居士啊，久仰。这乞丐并不生气，也不拱手，胳膊下夹根棍子，笑眯眯地，走过去。

奇人自有奇事儿。这乞丐居然喜欢上人啦！

猜猜他喜欢谁，小镇首富龙掌柜家的千金。

你说这要命不？人家龙掌柜家小姐那身段，那模样，且不说他，小镇上哪个男人不喜欢？龙小姐往大街上一走，不管街上多么嘈杂，霎时就鸦雀无声。她的身影在街上摆一趟，当天，镇上的医生王瘸子就生意兴隆。有眼睛脖子没办法归位的，有只管傻呵呵笑的，有喊心口疼的，等等。

青龙山居士病得更奇，他紧随人家美人儿身后，寸步不离。到门口，人家放出狗来，他这才仓皇逃窜。

身后，落一串银铃般的笑声。

乞丐迷上龙小姐，这消息生了翅膀，在小镇人嘴巴里飞成笑料。

哈，哈哈，是吗？听到的人这么笑，这么反问。

这的确是真事儿。自打乞丐见龙小姐一面，就不肯再去别人家门上讨饭。人们常见他在落日余辉下，踯躅在龙小姐绣楼后面的小河边。小桥，流水，搭配一个扯得老长的单薄乞丐身影，成当时小镇一景。

女孩子漂亮，不见得就是什么好事。

说话间，厄运也就临头了。有天早晨，龙掌柜门底下塞了一张纸条。开门的小伙计一瞧，蹦起高来，夹着一路响屁，直窜上房去。当时，龙掌柜正蜷在太师椅子里抽大烟，一见那纸条，立马站起，愣在当地。小伙计眼尖，瞅到龙掌柜的裤脚有水珠渐沥沥滴落下来。

龙小姐被玉皇山土匪给掳走了！土匪的意思很明白，得拿十万块现大洋去换票。否则，人家这次不按江湖规矩办，不撕票，要毁票。

你说龙掌柜能不急？

大洋准备好了，却没人敢去。大伙儿早听说，玉皇山那帮土匪，不是好惹的，说扭谁的脑壳，就跟扭断根黄瓜那么简单。那么水灵的姑娘，落土匪手里，那还有好？明摆着是财色双收。谁敢冒着被扭脑袋的危险上山救人？即使龙掌柜自己，也没那胆量。

老婆哭得眼睛肿泡，龙掌柜无奈之下，悬赏勇夫。条件是，哪个年轻人甘愿上山领他女儿，就等于领回了媳妇。但一连两天，依然没人敢去。

第三天一大早，乞丐来到龙掌柜家门口，哧啦一声把那悬赏揭去了。乞丐头顶冒着热气，似乎经了长途跋涉。龙掌柜起先很高兴，但一看是个乞丐，而且奇丑，顿时泄气。但乞丐言辞恳切，我已经打探到令千金的准确下落。这事由我去做。

救女儿要紧啊，龙掌柜哪还顾得那么多？

于是，乞丐上山。

乞丐天一大早上山，日落西天，回来了。身后，跟着龙小姐。龙小姐完整无损，乞丐的手指却包着，面色蜡黄，一到龙掌柜门口，扑通一下跌倒在地。

龙小姐惊呼一声，扑过去抱住他。

乞丐醒过来，已是次日黄昏。他发现自己躺在王瘸子的病床上。面前，摆了几块大洋。王瘸子蹒跚过来，眯了眼笑，龙掌柜打发人送来的。这下，你不用做乞丐了。

乞丐呆住。然后，惨然一笑。

稍稍病愈，乞丐拄棍下床，对那些大洋竟然瞧也不瞧，摇摇晃晃，走出门去。王瘸子偎在门口，看看乞丐，再回头看大洋，一脸迷惑。

再过去一天，有人见到了乞丐的尸体。

他把自己悬挂在龙小姐绣楼后面，河边一棵歪脖子柳树上。

细心人发现，乞丐的右手，少了两根手指。

乞丐那张丑脸，面对小姐绣楼，笑得甚是诡秘。

龙掌柜的到底听说了这件事。听说后，嘴角抽搐几下，吩咐小伙计，找张席子，包起来，拉镇外头，埋掉。然后，打了个呵欠，继续抽他的大烟。

可第二天上午，他就没心情抽大烟了。

有人在同一棵柳树的同一根树枝上，看到吊在上面的龙小姐。

龙小姐的笑，依旧是迷人的。

箫 丐

小镇上并不缺乞丐。常见的无非两类，一类系文丐，一手执一个呱嗒板儿，呱嗒呱嗒敲，嘴里还唱着数来宝。当然也有拉二胡的，一开始给你拉《春江花月夜》，有油滑不给施舍的，就换作了《二泉映月》。另一类动武，手握一根带刺的枣木棍子，朝着自己的头皮嘣的一声就是一家伙，吓得你心跳半天，干脆快打发他走了事。

每个行当都有它自己的道道儿。

这天，小镇上空突地响起悠长的箫声，接着，众人眼前只一晃，就见个瘦长的身影出现在民国十六年的石板路尽头。街上沸沸扬扬，卖芝麻烧饼、符离鸡、油炸果子的以及坐在太阳底下挽了袖子下五虎棋的，都缓缓地把头拧过来，迎了日光静静地去瞧。来人可真是瘦出了特色，一袭长衫活像裹在一根竹竿上，平日窄短的街道，竟一下子阔朗开来。

大家忍不住要笑了。

那人不笑。

那人专心致志地吹奏一支曲子。

懂音律的人会知道，那曲名唤作《水云深际》。

"竹竿儿"在吴烧饼的铺子前扎住，并不讲话，依旧在吹。音律清虚淡远，胡同口儿一摇折扇的老者，已闭目、捻须、颔首。满街满街的人都住了手头活儿，扭头来看，侧耳来听。

一曲吹罢，整条街寂然无声！

瘦长之人仍不说话，只是伸出个手指一挑，然后，指指烧饼。吴烧饼方回过神来，赶紧就用纸包一个烧饼递去。来人用手取了，一转身，便朝来时方向晃去，不经意间，又一缕箫声漾起。大家正张了嘴，探了头，瞧着听着，音律却悄然而止。斑驳淋漓的阳光里响起一句词来："箫声咽，秦娥梦断秦楼月。"

再一晃，哪里就有人的影子了？

街上轰的一声，有人喊一声好。

遂又开始沸沸扬扬。

大家这才明白，那瘦高个儿竟是一乞丐。而且此丐行为举止甚是怪异，每次来，只讨要饭食，不收受银钱，且不贪多，够吃则罢。每次行乞必要吹奏一曲。镇上的人渐渐熟了，乐得听他吹箫。只是，谁也甭想和他搭话，除了吟唱歌词，此乞丐别无他语。

时光咣当一下就转到了民国十七年冬。

小镇当时十分富庶，惹得几绺子响马都很眼馋，就有一路响马预备攻打小镇。消息传到镇上，登时一片慌乱。虽说镇上组有一帮护卫，可论兵器论作战能力，哪能跟土匪相比？

有钱人家早忙起来，先把钱找稳妥地儿藏了。家里有水灵姑娘的自然也慌了手脚。据说土匪都是烧杀抢掠，无恶不作。这可怎么好？躲已来不及了呀！

凛凛的风恶恶地旋吹着角角落落的枯叶。

镇上的人和城墙上的护卫都瑟缩着。

土匪说到也就到了。

民国十七年冬天的风吹得土匪们心烦意乱，但由于镇里的诱惑，他们又显得莫名其妙的兴奋。土匪们开始攻城，而且攻得很有章法，很有层次，当然也很具杀伤力。

眼看就要攻进了！

突然，城墙顶上响起了幽幽箫声！

是的，确确实实是箫声。

土匪们就迟疑了一下，攻击的节奏一下子慢了，竟至于要停下来。箫声突然止住，有柔婉的歌子唱起来："连年肆掠无归期，血雨腥风几人回？倘若魂洒乱世间，白发爹娘依靠谁？"

枪声停歇下来。风仍硬硬地吹着脸面。

又听唱道："离别骨肉断，弱子盼父归，空房断恩爱，柔肠盼郎回。"

随即，悠扬的箫声又起。

城上城下唯余箫声和风声。

土匪混乱一阵，但马上枪声又起来了。这下子攻势更猛。

箫声变得幽怨起来，宛如冰泉凝咽，却是一刻也未止。

土匪冲过来，就在火光下瞧见了那个瘦骨嶙峋的乞丐。

一个长官模样的土匪恶声恶气骂了一句，举起匣子枪，砰的一声响。

箫声嘎然而止。

宗利华，男，汉族。中国作家协会会员，淄博市作家协会主席。已出版小说《佳城》《盛宴》《左手日记》等18部，小说多被《小说选刊》《小说月报》《小小说选刊》等转载。曾获公安部金盾文学奖、山东省"泰山文艺奖"、中国小小说金麻雀奖等奖项。现居山东淄博。

麻城往事

芦芙荭

鱼

麻城不大，却很古朴。青砖灰瓦的房子，要是下过雨，墙上就会起一层绿蒙蒙的青苔。小孩子们喜欢在这样的墙上写字。折一根树枝，写：田小毛，王八蛋。"蛋"字不会写，就画一个圈。

字是谁家小孩写的，没人去追究。田小毛是谁家的孩子，也没有人去追究。反正天晴了，太阳一晒，青苔没了，字也就没了。太阳就像一只擦黑板的刷子，随时会把这些痕迹擦得干干净净。

麻城人都是本地人，说话时总是拖着长长的尾音，就像小蝌蚪的尾巴，一甩一甩的，听起来湿漉漉的。他们从小到大就在麻城的这几条街上晃来晃去，彼此就晃得很熟了。要是偶尔来个陌生人，那就能稀奇好长时间。

蒋丽丽随赵小虎来到麻城时，麻城人的眼睛都直了。那眼珠就像生了锈的滚珠，有些转不动了。麻城也有漂亮女人，蒋丽丽却和这些女人的漂亮有些不一样。麻城女人的漂亮都表现在脸上，温婉、白净，线条柔和，水性些。蒋丽丽的漂亮更是表现在身材上，挺胸翘臀，就像一团正在燃烧的火。

蒋丽丽到麻城时间不长，就和赵小虎结了婚。蒋丽丽从一个青涩的少女变成了少妇。少妇是一个女人人生中最美的阶段。那时，蒋丽丽被安排在麻城广播站上班，每天早午晚三次打开机器转播中央台和县台的节目。其余的大多数时间，就是坐在太阳底下晒着太阳织毛衣。广播站的院子里修了一个花坛，蒋丽丽坐在花坛里，就像花坛里盛开的一朵花。

赵小虎被安排在麻城小学教体育，那时学校的教学设施还不齐备，学校里除了有几只篮球，再就是两台用水泥做的乒乓球台，赵小虎上体育课时，就带领学生们在操场边挖了一个长方形的土坑，在里面填上沙子，算是有了跳远和跳高用的沙坑了。

上体育课时，赵小虎把学生们分成几组，打篮球的打篮球，打乒乓球的打乒乓球，余下的就去跳高、跳远。他则坐在操场边嘴里叼着一支烟，手里鼓捣着一部摇把式的电话机。

蒋丽丽就像一只馋猫一样，喜欢吃鱼，麻城河水虽不大，鱼却好吃。赵小虎就弄了一张渔网去麻城河里打鱼，夏天也就罢了，到了冬天，河水冷，有时还结了冰，渔网就派不上用场。赵小虎就弄了一部废旧的摇把电话机，他将电话机的线用竹竿挑着放进水里，这边一摇动电话机，河里的鱼就翻着白从水里漂起来。

蒋丽丽很会吃鱼。一整条鱼，肉被她吃完了，骨头从头到尾却是完好无缺。蒋丽丽没事时，就用小刀将鱼骨细细刮一遍，再用细纱纸轻轻地打磨，那鱼的骨架就变得又白又亮。这时，她就找来布，用这些鱼骨头在上面拼出各种各样的画。

可能是外来的缘故，蒋丽丽平时很少和麻城人来往，她除了织毛衣、用鱼骨拼画，再就是和赵小虎腻歪在一起。两个人只要在麻城的街道上走一圈，就会手挽着手。麻城的人自然不高兴了。赵小虎尽管父母不在了，但他是地道麻城人，现在他的那些一块长大的伙伴用酒也没法把赵小虎勾引出去。再说，麻城的男人，哪有这样对待老婆的。

在麻城，你的日子要是过得和大家不一样了，自然就会招来大家的妒恨。

这年夏天，麻城下了几天雨，灰灰的墙上就起了一层绿蒙蒙的青苔。

有天早上，麻城人起床走过广播站门口时，就看见广播站门口的墙上被谁画了一幅画。一只老虎的身上骑着一个长头发的女人，女人挺胸翘臀的。大家一看，就明白是画的谁，就站在那里指指点点地笑。

蒋丽丽和赵小虎刚好在那时走出来，也站在那里看。看了一会儿，蒋丽丽就挽住赵小虎的胳膊故意嗲声嗲气地说，老公，你说那个女人像不像我？

赵小虎不明白蒋丽丽的意思，就说，不像。

蒋丽丽就晃着赵小虎的胳膊嘟着嘴说，你说像，我要你说像嘛！

赵小虎连忙说，像，像！

然后两个人挽着胳膊走了。

这样的好日子并没有持续多长时间，就出事了。

那年冬天，赵小虎用电话机做的打鱼器坏了，怎么也收拾不好。蒋丽丽已有好几天都没吃上鱼了。

那天下了班，赵小虎就直奔麻城河而去。他的身上挽着几圈电线，他已提前踩好了点。麻城河的河岸边有几根电线杆，那是给整个麻城输送高压电的电线杆。

赵小虎爬上离河近的那根电线杆，将身上挽着的电线接了上去，然后，他扯着线的另一头向麻城河走去。蒋丽丽好多天没吃上鱼了，他准备用这电去给蒋丽丽打点鱼。

赵小虎用竹竿挑起电线放进了水中，果然就有鱼翻着白漂了起来。

可谁能想到呢，那电线漏电了，赵小虎鱼没捞起一条，人却直挺挺地倒在了麻城河的河滩上。

等麻城人发现时，赵小虎已经死了。

赵小虎被抬回去时，蒋丽丽已在广播站的院子里哭得站不起来了，她扑在赵小虎的身上死死地抱着他，任何人都不许靠近。

赵小虎的父母已不在了，出了这么大的事，人们就想有必要告诉蒋丽丽的父母一声，可不管怎样问，她总是不开口。

三天后，人们强行将赵小虎下了葬。

麻城人毕竟都是善良的，那些过去与蒋丽丽有过节儿没过节儿的人，都来劝蒋丽丽，说，人死不能复生，你要保重自己的身体。日子还得往下过呢。

因为赵小虎是下班后死的，又是偷用高压电打鱼，所以他死后也没有抚恤金。好好的一个人就这样白白地没了。

后记：其实，蒋丽丽被赵小虎带回麻城时，我正好在麻城小学工作。赵小虎和我算是同事。赵小虎被电死时，我正好办完了改行的手续。赵小虎下完葬，我也就离开了麻城。

离开麻城已好长时间了，蒋丽丽的影子还一直在我的脑子里晃来晃去。蒋丽丽和赵小虎是那么相爱，赵小虎突然死了，我不知道蒋丽丽的日子会怎样过下去。

蒋丽丽哭得死去活来的样子一直在我的心里横着，像根鱼刺。

大约过了一年时间，我回麻城去办事，第一件事就是想去见见蒋丽丽。

蒋丽丽还是在广播站工作，那天，我一走进麻城广播站的门，就听见了一串银铃般的笑声，蒋丽丽还是坐在那个花坛前，一个男人在她前面不远处与她面对面坐着。男人用双手抻着一缕毛线，蒋丽丽扯着毛线的另一头正一下一下地将它挽作一团。

鞋匠胡二立

在麻城，几乎所有人都认识胡二立。

麻城人只要是鞋子坏了，雨伞的伞骨折了，包带断了或者是钥匙丢了，不管远近，都会到他的修鞋摊子上来找他。

胡二立的修鞋摊就摆在麻城老巷子的巷口。那是麻城人口密集的地方。那个地方向阳，一天多半时间都能晒着太阳。老巷子人没事时，也会搬把小凳子坐在那里的墙根下晒太阳。看胡二立修鞋、修伞，或是给人配钥匙。

二立呀，听说凡是小寡妇来你这配钥匙，你都会偷偷地配上一把，咱这麻城里寡妇的门你都能打得开？

坐在墙根晒太阳的人，一边看着他配钥匙，一边喜欢和他开玩笑。

二立并没停下手里的活，说，还说呢，那天一清早，你家媳妇提着一双鞋子放在这儿让我修，你猜怎么着，等我修好了，来取鞋子的却是你家隔壁的老王。

说完，胡二立就嘿嘿地笑。

那人也笑，一扬手就扔过来一个东西，吓得胡二立身子一闪，再一看，却是一支香烟。胡二立将烟叼在嘴上，也不点着，就那么一直叼着。

胡二立干活的手艺好，心地也善良，特别是门上的钥匙丢了，找他配钥匙，放心。

也有人见胡二立修鞋生意好眼红，办过修鞋摊子，想从胡二立的嘴里抢口饭吃，可时间不长，就偃旗息鼓了。

因此，胡二立的修鞋生意在麻城就成了独门生意。

胡二立生意好，手里也挣了些钱，可婚姻大事一直解决不了。

之前，胡二立喜欢过一个女孩，两个人好得死去活来，手也拉过了，嘴也亲过了，有一次，在麻城后面的小树林里，两个人还搂搂抱抱过。可后来，女孩的父母死活不同意他们的婚事，就黄了。

这里面有个原因，就是胡二立儿时得过小儿麻痹，走起路来不怎么利索。再说，那时的胡二立，家里穷得老鼠都不登门。女孩的父母不同意他们的婚事，也在情理之中。

胡二立眼睁睁看着那女孩嫁给了别人。

人有了这些缺陷，眼光放低些，说个过日子的女人，也是没有什么问题的。

后来，胡二立的日子好了，有人也给他说过媒，可他谁也看不上。

有一次，媒人带着一个女孩到他家，想把他俩撮合到一起。他一副敷衍了事的态度，竟惹恼了那女孩。

女孩说，不就是手里有几个臭钱，好像钱能当腿用似的。

胡二立竟然也不恼不怒。

日子过起来慢，晃荡起来就快。

一晃胡二立就四十的人了。

胡二立的人生目标好像就是为了守在这个老巷子口修鞋。

别看胡二立一天到晚地坐在这巷子口，麻城家家户户的事，他都晓得。

哪个男人腰上挂的是什么牌子的钥匙，哪家男人穿的是什么尺码的鞋子、有没有脚气，他都知道。

麻城水井巷的一个男人常常出差，一走就是十天半月。有一次男人出差回家，从腰里掏出钥匙开门，门怎么也打不开。原来，门从里面反锁了。男人敲了半天门，女人才披头散发地开了门。男人一进门，心里就咯噔了一下。男人从不抽烟，屋子里却有一股呛人的烟味。

第二天晚上，胡二立正准备睡觉时，听见有敲门声。打开门一看，门外站着的却是那个男人。

胡二立见到那个男人的那一刻，心里就咯噔一声，像有一枝干柴被折断了。

男人进屋，将一双鞋扔在了胡二立面前。

胡二立一看面前的那双鞋，心里就明白了。

男人说，我想请你看看这双鞋是谁的。等我弄清了，看我不打死这狗日的！

胡二立没有说话。那一刻他觉得他的胸口像有人用刀子在割。但他还是捧起那双鞋翻来覆去地看，一边看，一边摇头。

男人有些急，说，这整个麻城，哪个人的脚大脚小你都清楚，怎么能认不出这双鞋呢？

胡二立说，我真认不得这是谁的鞋。这么大个麻城，有多少双脚？我咋能都认得呢。

男人无可奈何，走了。临出门时，男人没有忘记，提走了那双鞋。

胡二立关上门的那一瞬间，眼泪刷的一下就下来了，他觉得他的身体就跟一团软泥似的，有些支撑不住了。他扶着墙走到了床边。

怎么会是这样呢？

那双鞋，他认得。四十三码。右脚的那只鞋的后跟开过裂，他用平针缝过五针。还有，穿鞋的人走路时，重心有些向外，因此，鞋底的外侧的磨损比内侧要厉害些。

当那个男人把那双鞋扔到他面前时，他一眼就认出来了，有几次，他差点都说出了那个人的名字，好让男人好好去揍那个家伙一顿，可最终他还是忍住了。

接下来的事，有些出乎胡二立的意料。

那个男人没有找出那双鞋的主人，就把气撒在了自己女人的身上。他隔三岔五地就拿自己的女人出一次气，他狠狠地揍她，将她打得鼻青脸肿。

有几次，胡二立忍不住跑到水井巷，站在那男人房子的对面，果然看见男人的女人，脸上青一块紫一块的，女人在那里择菜、洗衣服。不知内情的人，还真以为什么事也没发生似的。

世界看起来很平静，胡二立的心里却是翻江倒海。这个他一直深爱的女人，就像一座神一样藏在他的心里，让他守候了这么多年，现在，他心里的那座庙轰地倒了。

回到家里，胡二立自己动手做了一辆小木车，他将他修鞋的家伙事都装在那辆小木车里，他还做了几只风车插在小木车上。

那天早上，胡二立就像拉着一只小狗一样，拉着他的那辆小木车从麻城的街道上走过。那时，天还早，麻城的街道上还没有人。风车在车上呼啦啦转，小车的木轮从街道上滚过时，发出轰轰隆隆的声音。

胡二立拉着那辆小木车，去了水井巷。他在那个女人门对面站了很久很久，直到东边的天发白了，他才拉着他的那辆小木车沿着麻城的街道一路走下去。

天越来越亮了，街道上开始有了行人。

二立呀，这么早就去摆摊了？

胡二立说，嗯。

胡二立嘴上这样应着，人却并没有往老巷口走，他沿着街道一直走着。

一直走着。

良　心

杨子荣住在麻城的半边街上。

半边街，顾名思义，就是街道只有半边。另半边呢，临了麻城河，地势逼仄，没处修房子了，就沿麻城河的河堤栽了一排柳树。半边街的人没事时，坐在柳树下的石凳上，一甩杆子就能钓上鱼来。

半边街居住的人家都是后来从别的地方迁徙而来的。他们多是些手艺人，比如打铁的，做木工活的，弹棉花的，吊挂面的。他们说话，口音比较混杂，做事风格也各异。但这些人也都与麻城老街的住户有着千丝万缕的联系。能在这个地方安家落户的，大部分是老麻城人的亲戚。

比起麻城的那些老住户，半边街居民们的日子过得相对要清苦些。

杨子荣没别的什么手艺，靠杀猪养家糊口。杀猪算个匠人，半边街的人都叫他杀猪佬。那时的麻城，并没有多少人喂猪，他们吃肉都是挎着篮子去食品公司买。因此，杨子荣杀猪多是在麻城周边的农村。农村人一年只喂一头猪，一般是到快过年了才杀。这样算下来，杨子荣一年多数日子是没事可干的，他就去打些零工补贴家用。

尽管如此，杨子荣的日子，也还算能过得去，他的三个儿子比起别人家的孩子，养得要壮实得多。

有一年，有人给半边街杜木匠的大儿子提了一门亲。是个乡下的女子，女子家离麻城有六十多里路。媒人从中撮合好了后，到了冬天，女方家里提出要来杜木匠家看看。拿现在话说，就是要来考察考察。杜木匠欣喜得不得了。可他也养着三个儿子，日子过得比杨子荣要紧巴些。这女方来看家，总得给人家做顿像样的饭吃吧。可东拼西凑，就是没得肉。

就在杜木匠急得火烧眉毛时，在路上遇见了杨子荣。杨子荣是去乡下给人杀猪回来。大概多喝了几口酒，走起路来摇摇晃晃的。他杀猪的挺杖上挑着一块肉，也随着他的身子一摇一晃。

那个黄昏，杜木匠拦住了杨子荣，他就像一只馋嘴狗一样，眼睛盯着杨子荣挺杖上的那块肉，好说歹说，总算把那块肉借下了。肉上是用刀号了码子的（用刀在肉上标识了斤两），二斤八两。

杨子荣看着杜木匠从他的挺杖上拿下那块肉提在了手上，好像那肉是被狗叼去了似的。

他说，你可得讲信用，说好了，明年开春你就得还我，我要给我的父亲做七十大寿呢。

杜木匠说，一定，一定。

杜木匠欠下了杨子荣一块肉，可儿子的亲事并没有成。

杜木匠的儿子虽然看上了那个女子，可女方的家人嘴里吃着肉，还是看出了杜木匠家的穷。

那女子竟然看上了左铁匠家的儿子。媒人说，女方家说了，长木匠，短铁匠。木匠手里的料本来长长的，却被木匠越锯越短，再看看铁匠，本来是短短的一根铁，人家三敲两打的就会变得越来越长。

这个借口听起来有些可笑。可事实如此，也没得办法。

转眼春天就到了，山上的野花都开了。

杨子荣开始筹备给他父亲过七十大寿。

那天，杨子荣就找到杜木匠。他知道杜木匠为儿子的亲事还伤着心。有些不好意思开口，但还是说了。

没想到杜木匠却说，什么肉呀？

杨子荣说，就是，就是你给你儿子办亲事时，借我的那块肉，二斤八两。

杜木匠耍起了赖皮，他看起来一脸的无辜，他说，我什么时候借你肉了？我儿子办什么亲事了？要是他办亲事了，现在还是光棍一条？

杨子荣显示了极大耐心。他尽力还原那个黄昏的情景。

他说，那天，你向我借肉时，跟前还跟着一条狗，你将肉提在手上，那条黑狗眼睛盯着肉，怎么也不走开，你顺手从地上捡起了一块石头向狗扔去，狗才恋恋不舍地跑掉。

可任凭杨子荣说得唾沫星子横飞，杜木匠就是不承认他向杨子荣借过肉，一块二斤八两的肉。

因为这事，杨子荣和杜木匠断了来往。时间不长，整个半边街的人都知道了这件事。大家都知道杜木匠是个不讲信用的人。街上遇着杜木匠，都用一种鄙视的眼光去看他。

杜木匠因此在半边街抬不起头。两个月后，杜木匠就带着他的大儿子离开了半边街。

一晃就到了秋天。又传来了消息，说杜木匠有个亲戚在山西开煤矿。杜木匠就带着他大儿子奔那儿去了，并在那里发了财。半边街的人半信半疑时，杜木匠就托人给杨子荣捎回话，意思是让杨子荣的儿子也去那煤矿。带信的人说，那活苦是苦了点，可钱真的好挣。

杨子荣听了这话，一蹦八丈高，说，那钱就是用篮子往起揽，他也不会让他的儿子去的。他说他的儿子怎么能和杜木匠这种不讲信用的人在一起呢！

杨子荣不让儿子去，可半边街其他的年轻人却动了心。他们就和那个人一起走了。

这年快过年时，半边街去煤矿的那些年轻人回到了半边街。短短几个月时间，他们就完全变了个样子。他们将半边街的年，过得是红红火火。

第二年一过完年，半边街更多的年轻人，都去了杜木匠的那个煤矿。临走时，有人想让杨子荣的儿子一起走，可杨子荣说什么也不同意。他说，和一个没有信用的人去干，还不如穷着。

杨子荣依然过着他杀猪、打零工的日子。

又过了半年，一天，杨子荣正坐在柳树下钓鱼呢，有人说杜木匠回来了。杜木匠从街的那头过来时，身后还跟着一头肥硕的猪。杜木匠回来就回来，还带着一头猪。许多人都很好奇，紧紧地跟在了杜木匠后面。

杜木匠走到柳树前，就看到了杨子荣。

杜木匠就停了下来。那头猪也停了下来。它一边哼哼着，一边用嘴去啃从石缝里长出的草。

杜木匠喊了一声老哥。

杨子荣没理。不就是挣了几个钱吗，显摆什么。

杜木匠又喊了一声老哥。

杜木匠说，老哥，我是回来给你还肉来了。说着，他看了那头猪一眼。

杨子荣听了这话，嘴里哼了一声，说，你不是说你从来没借过我的肉吗，还哪门子肉？

杜木匠抬头看了周围人一眼。他也看出了大家的好奇。他说，老哥，我当着我们半边街邻里的面给你赔个不是。当年，我真的借了你一块肉，那块肉是二斤八两。

杨子荣简直有些不相信，好像这话不是从杜木匠的嘴里说出来似的。

他说，那你那时为什么不承认？你不仅不承认，还反咬我一口，说我赖你？

杜木匠有些歉疚地说，真对不起呀老哥，那时候，不是我不想承认，我十分清楚借了你的肉，可我一旦认了，我就得还给你。那时候，我真的还不起呀。老哥，我知道，就是十头猪也还不清你的肉，这头猪，你权当是我还的良心吧。

芦芙荭，男，汉族。中国作家协会会员，陕西文学院签约作家。作品散见于《北京文学》《长江文艺》《作品》《小说选刊》《小说月报·原创版》等期刊。已出版小说集《一条叫毛毛的狗》《袅袅升起的炊烟》《扳着指头数到十》等多部。曾获中国小小说金麻雀奖、《小说选刊》最受欢迎小说奖、梁斌小说奖、全国文化和旅游系统先进工作者等奖项或荣誉。现居陕西商洛。

明星露露的 3 月 18 日

夏　阳

保安李小菊

　　湖中央是一个岛。岛上绿树掩映，建了很多别墅，靠一座桥与外界连接。我是一名女保安，一身戎装，骑一匹高头大马，在岛上款款而行，和几个姐妹组成一道亮丽的风景。

　　我的名字叫李小菊。

　　3 月 18 日这天，对我来说，是一个极其平常的日子。挺好的天气，阳光懒懒散散，我骑着马，像往常一样踩着嘚嘚的马蹄声，巡逻在湖边的环岛路上。这是一个高档的纯别墅小区，每家都是有身份有地位的人。尽管我只是一名保安，但感觉清闲，自在，又威风飒爽。我喜欢这份工作。

　　上午快下班时，我发现了一件奇怪的事儿。

　　66 号别墅的女主人刚走不久，一辆红色的奥迪 TT 风风火火地开了进去，从车里下来一个陌生的女子。这女子戴一副墨镜，一顶低低的鸭舌帽遮住了半张脸。她关上车库门，从里面上了二楼，紧接着把窗帘拉了个严严实实。

　　我来这里快两年了，对每家住户的情况都比较了解。66 号向来神秘，一位衣着朴素的中年女人深居简出。这人是谁，怎么我从未见过？我在脑海里搜索了半天，觉得非常可疑。我立刻跑到管理处找来 66 号女主人的手机号码，把这个异常情况通知了对方。

对方在电话那头支吾道，那……是我……我的一个好朋友，你别管了。

既然人家这样说，我就不好再管了。

下午，路过 66 号门前，我特别留意了一下。那女子正躺在二楼阳台的沙滩椅上，对着风光旖旎的湖面，眯着眼睛晒太阳。她见我正在打量她，忙伸手把墨镜戴上，起身进了屋。

就这么一瞬间，我彻底惊呆了，杵在原地，像遭了电击一样。我无法相信眼前的事实，以为这是一场幻觉。我赶紧揉了揉眼睛——娘哎，真的是露露！我亲爱的露露，著名的影视歌三栖明星。

我的心突突地跳个不止。露露昨天还在北京开歌迷见面会，怎么今天会活生生地出现在我的眼皮底下，出现在 66 号呢？简直是不可思议。

作为露露狂热的粉丝"露珠"，我太幸福了。

我多么想站在她的面前，大声呼喊她的名字，告诉她我是多么喜欢她。可是，我正在上班。我只能骑着马儿，在她的楼下没事找事地转悠，一圈又一圈，一直转悠到下班，转悠到天黑。66 号窗门紧闭，黑咕隆咚。

我忘记了吃饭，忘记了饿。

我买了一包好烟，送给保安队长。磨了半天，他总算答应我今夜在桥头的岗亭值班。

夜风凛冽，湖面上雾气弥漫，整个岛影影绰绰。66 号离我值班的地方不远。我站在岗亭上，不时地望几眼沉睡中的 66 号，心情沸腾。

老天，求求你发发善心，让我今夜可以见到我亲爱的露露。我在心里默默地祈祷着。

临近午夜，66 号的灯亮了。我的心也刷地亮了。我搓了搓手，在冰冷的脸上捂了捂，泪水激动地涌了出来。

一个小时后，66 号的灯又灭了。

就在我倍感沮丧时，66 号的车库门响了，那辆红色的奥迪 TT 亮着炫目的光柱驶了出来。

皇天不负有心人。我的心跳开始加速，快蹦到嗓子眼了。我清楚地看见露露快到岗亭时，麻利地戴上了墨镜和鸭舌帽。

接过她的出入卡，我的手抖得厉害。刷完卡，我按照原计划，端出一个崭新的本子，结结巴巴地说，您好！按照管理处的新规定，这么晚出去，得进行登记……

露露没有说话，犹豫了一下，挺配合地接过本子。

真的是露露！如此近的距离，我完全看清了，连她耳环的款式，我都看得一清二楚。我极力按捺住内心的狂喜。

我突然想起一件事：露露前几天在微博上晒了新买的一双女鞋，百丽的，还说自己非常中意。我一直在想过几天发工资了，也去买一双一模一样的。我忍不住偷眼去瞅露露脚下的鞋。车里黑乎乎的，车窗只摇下了一道小口子，我什么都没看见。

我灵机一动，对露露说，您好！您的鞋好像有点脏，需要我帮您擦一下吗？

露露怔了一下，把本子扔进我怀里，温柔地说了一句，神经病！说完，一踩油门，车立马蹿了出去。

我刚掏出纸巾的手停在半空，泪水再一次涌了出来。我一边擦眼泪，一边激动地喃喃自语，露露和我说话了！露露和我说话了！

我手舞足蹈了半天，才想起了那个签名。只见上面歪歪扭扭地写着——张福娟。

保姆秀嫂

我刚回到自己的家里，手机就响了。一个女保安说别墅里进去了一个可疑分子。我当时脸吓得煞白，连忙作解释，叫她别管了。

挂掉电话，我依然提心吊胆，担心那个女保安会擅自上门去盘问露露。如果是那样，这娄子就捅大了。

唉，现在的保安就爱多管闲事。

我急得如热锅上的蚂蚁，在屋子里直打转。我很想打电话告诉露露，但又不敢。老公在一旁想了想，说，你都叮嘱保安几遍了，她们怎么敢如此放肆？

我觉得这话有道理，便把心放宽了些。66号别墅，我只是名义上的主人，真正的主人是露露，她为自己度假而购置的。当然，房产证上的名字不是露露，而是露露的原名——张福娟，极少人知道。

我是露露的一个远房亲戚，以前在湖南老家一所重点中学教书，被请来做生活顾问。生活顾问是露露发明的词儿。我知道，其实我就是一个保姆。当然，伺候露露这样的大牌明星，不是一般的保姆所能胜任的。这活儿看似简单，实则需要心细如发，什么不该说，什么不该做，一定要心中有数，稍有闪失，就会被狗仔队盯上，一夜之间轰动全国。我得对得起人家二十万元的年薪。三年了，我每一天都过得小心翼翼。我知道露露想要什么。每次来，都是疲惫不堪，她确实需要一份与世隔绝的清静。有时想想，明星其实也挺可怜的，到处如同做贼一般，不能像我大摇大摆地走在大街上，大声和人家打招呼，牵谁的手都行，还可以在菜市场讨价还价甚至吵架。

露露每次来都没有规律，有时几个月不来一次，有时一个月来好几趟，有时住一晚就走，有时一住就好几天。我平时很清闲。只有露露来了，那才是我真正忙碌的时候，将别墅里里外外收拾得干干净净，采购齐露露喜欢的零食、水果、化妆品，还有香烟。我说过，露露人在北京发展，之所以在几千里之外的广州买一套别墅，就是需要一份与世隔绝的清静，所以我尽量不在她面前晃悠，不去惊扰她。露露是通过一个私密手机和我单线联系的。

现在，我的工作就是坐在家里守着手机，等露露的通知，看她想吃什么或者需要我做什么。

中饭过后，手机一直没有动静。我有些按捺不住，拿起手机左看右看，问老公，不会是手机坏了吧？

老公掏出他的手机，拨了过来。我的手机很快闪起了蓝莹莹的光，急促地响了起来。

又过了一会儿，我忍不住举起手机看，担心电量不够。我对老公说，再充一下吧。

不是刚充满吗？还充？

充吧，多充会儿保险些，别到时没电了。露露这次来好像心情不太好。

整个下午，我焦躁不安，一直盯着手机，生怕错过了露露的电话。手机犹如一块木头，安安静静地躺在茶几上。露露的电话毫无规律可言，有时几天都没有，有时一天好几个，甚至有一次在凌晨三点，要我打的过去尝尝她煮的咖啡，等我心急火燎地赶到后，她却在沙发上睡着了。在我眼里，她还是个长不大的孩子。

晚饭后，手机还是像哑巴一样沉默着。老公打开电视，想看足球赛。我说，别看了，太吵了，等下露露来电话了，别吵得听不到。

老公点了点头，把电视关了。

为什么手机一直没响？老公，是不是没话费了？

不会吧？不是前几天刚充的话费吗？你别太神经质了。

不行，你去楼下再充两百块钱。下午露露肯定在睡觉，这会儿应该起床了。我们一年拿人家那么多钱，还在乎几个电话费？去吧。

老公说，这么晚了，应该不会来电话的。

老公懒洋洋的回答激怒了我。我呵斥道，你是神仙？你就敢断定人家不会来电话？来了怎么办？

老公低头不语，下楼去了。

午夜，我躺在床上，再一次拿起手机看了看信号和电量，还好，都是满格。老公温柔地贴了过来，那意思很明显。我现在对这个压根儿没兴趣，但心里还是软了一下，好几天没有履行做妻子的责任了。我把手机搁在枕头边，一把将老公揽进怀里。

就在这时，手机突然鬼使神差地响了起来，不啻一声惊雷在黑夜里炸响。我一把推开身上的老公，像弹簧一样蹦了起来。

露露说，不好意思，打扰了，你睡了吗？

我定了定神，说，还早呢，没睡。

秀嫂，我想吃小时候的酱油炒饭。

好呀！我现在就过来。

不麻烦你了，我想尝尝自己的手艺。我打电话，是想问你，吃酱油炒饭会不会对皮肤不好？

我知道自己该说什么。我说，放心吧，偶尔一顿，没关系的。

那头传来露露银铃般的笑声。随即，她挂了电话。

我看着老公，深感内疚。老公已了无兴趣，身子一翻，给了我一个背影，很快，扯起了鼾声。

我不敢睡，担心露露再来电话，问我该放多少酱油掐几根香葱这样的问题。我坐在黑暗里，眼睛像猫头鹰一般贼亮，死死地盯着手机，一动也不敢动。

奥迪 TT

我是一部奥迪 TT，红色的，跑起来如一团火焰。

我的主人叫露露，大明星，今年 24 岁，实际 32 岁。我说这话，丝毫没有揶揄的成分。我的主人不容易呀，熬了很多年，饱受过太多鲜为人知的屈辱和艰辛，终于熬出了头。如今，她随便放个屁，就可以占据明天各大报刊、杂志、电视、网络等众多媒介的娱乐版头条，大家津津乐道地分析，小心翼翼地求证，最后得出结论：是韭菜馅的饺子惹的祸。人类就是这么可爱。

生活在公众的放大镜下面，我的主人起初是惊喜，然后是麻木，最后是惶恐。三年前，她在广州一个群山环抱的湖中小岛上买了一栋别墅。当然，连她最亲近的保姆秀嫂也不知道，钱是深圳的王总出的。我的主人需要一个安放心灵的家园，在她身心疲惫时，可以消失一会儿，舔舐伤口，放飞自我。

我的大部分时间都是在白云机场，在一间幽暗的地下车库，随时等待主人的召唤。她每次启动我后，第一件事就是把常用的手机关闭，打开另一部手机，通知秀嫂她刚下飞机，很快就到。秀嫂是个懂规矩的人，知道她该做什么。秀嫂通常会做一顿可口的家乡饭菜，精致而简单，然后在我主人到达前离开。

这次，露露似乎心情很不好，我从她狠踩油门时看出来了。我知道除了王总，她的感情世界一片空白。媒体经常曝光她和谁谁谁的绯闻艳事，其实都是炒作，怎么酝酿出炉的，有些连她自己都不知道。她曾经爱过一个男人，可是很快发现自己的悲哀，世界之大，连一个谈恋爱的地方都找不到。她只有驾驶着我，飞驰在机场高速路上，才是最轻松的时刻。风驰电掣中，她可以扔掉墨镜和鸭舌帽，在高分贝的重金属音乐中秀发飘扬，随心所欲，像一个快乐的疯子。

今天，她紧绷着脸，有些异样。在临近小岛大桥时，她手里抓着墨镜，犹豫了一下，突然狠狠地摔在副驾驶座上，将我调转头，又向机场方向高速驶去。如此跑了三个来回，她终于露出了孩子般的笑容。

她再一次启动我，已是午夜时分。她没有开音乐，坐在车里，静静地听着我发动机咆哮的声音。好一会儿，她打开了她常用的那部手机，发了个信息：今夜下大雨了。

我知道，那是发给王总的暗语。很快，对方来了电话。王总说，宝贝，来广州了？

是的，上午到的。我想你，想现在就见到你，立刻，马上。3月的北京，太阴冷了，我的心里空荡荡的。

好！我们老地方见。开车注意安全。

老地方在哪儿？嘿嘿，不是酒店，也不是某个单元的楼房，而是一处荒郊野岭。每次，我的主人都是将我停在一栋民房的院子里。这里前不着村，后不着店，一个偌大的院子，高高的围墙，外表看起来极为普通，里面却金碧辉煌。众多有头有脸的大人物，嘴里说的老地方，就是指那里。

我的主人疯了一样狠踩油门，将我驶出车库。在桥头的岗亭刷卡时，那个女保安神经兮兮的，磨蹭了老半天，让我的主人大为恼火。如果不是碍于身份，我想她早就一巴掌扇了过去。我的主人肯定不知道，下午在阳台上晒太阳时，那个保安曾经傻傻地盯着她看，看得目瞪口呆。这不能怪露露。每次开演唱会，面对台下几万名疯狂的观众，任何人在她眼里，都是一种面孔，一个符号而已。

驶过大桥，我的主人摘下墨镜和帽子，摇下所有的车窗和天窗，在一天幽蓝的星光下，伴随着轻柔抒情的爵士乐，似一支离弦的箭，向深圳射去。

一个小时后，当我刚到老地方的门口时，王总来电话了。我的主人轻轻地笑了，笑出了声音。她说，亲爱的，等不及了吧？我已经到门口了。

不是，她突然从香港回来了，今夜不方便，非常抱歉……

我的主人将我停在路边，熄了火，趴在方向盘上号啕大哭。黑暗中，泪水恣意，瘦削的双肩抖得厉害。

我很想安慰她几句。可是，我什么话也说不出来，我只是一部车，一部供人驾驭的车。

夏阳，男，汉族。中国作家协会会员，一级作家，广东省文学创作评审委员会专家库专家，广东省小小说学会副会长，曾获第五届（2009—2010年度）小小说金麻雀奖。东莞城市学院教授，当代文学创作研究中心负责人；中南大学访问学者，东莞理工学院特聘教授，惠州学院客座教授，《小小说选刊》和《微型小说选刊》杂志专栏作家。已出版著作《丧家犬的乡愁》《小小说写作艺术》《丰城纪事》等12部。现居广东东莞。

楼上楼下

刘国芳

五　楼

他的女朋友叫李芳，和他住同一个小区。开始，他们不认识，但听小区的人李芳李芳地喊过她。一天他下楼散步，看到李芳也在散步，走近时，他忽然跟李芳笑一下，还说："总看到你散步。"

李芳说："是，最近觉得胖了，所以下来走走路。"

他说："走路好，锻炼身体。"

后来，他又碰到李芳几次，这时候他们熟起来，会一起走着，边走边聊，一次他问李芳："你住几幢？"

李芳指了指跟前一幢楼，回答："1幢。"

接着李芳问他："你呢，住几幢？"

他说："6幢。"

再后，他就加了李芳微信，有时候他会约李芳出来，比如他下楼散步，会跟李芳发微信：散步。

李芳回：马上下来。

然后，李芳就下来了。

一次他又发李芳微信：散步。

李芳回：我在五楼有点事。

等李芳下来，他问："你不是住五楼吗？"

李芳说："我住十楼。"

他不再说五楼了，只说："总见你一个人进进出出，你没找男朋友吗？"

李芳回答："没有。"

他问："怎么还没找？"

李芳回答："没有合适的。"

他看看李芳，忽然说："你看我合不合适？"

李芳说："你没有女朋友吗？"

他说："没有，不过现在有了，我觉得你可以做我女朋友。"

李芳说："你看得上我吗，我长得这么胖。"

他说："还好啦。"

后来，李芳真是他女朋友了，但确定了关系，他又有些后悔，李芳说她长得胖，他跟李芳好上后，发现李芳真的有点胖。有了这样的看法，他对李芳淡了很多，平时约会也不是很多，只是经常在一起散步。

通常，他下来后会发微信给李芳：散步。

李芳通常会回：马上下来。

但这天发过去，李芳回他：等下，我在五楼这里。

等李芳下来，他问李芳："你好像跟五楼关系很好？"

李芳说："是，我们差不多一起搬进来的，那时候小区住的人不多，我们自然玩到一起。"

他问："这五楼男的还是女的？"

李芳说："女的。"

他问："漂亮吗？"

李芳答："还好吧。"

又一次他发微信给李芳：散步。

李芳回：等下，我在五楼这里。

等李芳下来，他问："又在五楼做什么？"

李芳回答："有人给五楼介绍对象，五楼让我去参谋一下。"

他问："谈成了吗？"

李芳回答："没有，五楼没看上人家。"

他问："怎么没看上人家呢？"

李芳回答："我怎么知道。"

后来散步，五楼是他们经常谈论的话题，比如有一次李芳指着一辆车跟他说："这是五楼的车。"

他说："这车好大。"

李芳说："是，五楼个子那么小，坐在里面都看不到人。"

又一次，李芳说："今天跟五楼去逛街。"

他问："买了什么？"

李芳说："五楼买了一件衣服。"

这样经常说到五楼，他就记住五楼了，一天李芳又说到五楼时，他说："怎么不见五楼跟你一起散步？"

李芳说："五楼不怎么喜欢散步。"

他说："哪天你邀她下来走走。"

李芳说："你想见她呀？"

他说："你经常提到她，我当然想看看她长什么样子。"

李芳说："苗苗条条，你们男人喜欢的那种。"

有几天他们没怎么提五楼，但他还惦记着人家，便问李芳："最近没怎么听你提五楼，你好久没看到她了吗？"

李芳说："上午还在她车边聊天嗑瓜子哩。"

他说："怎么不叫我过来看一下？"

李芳说："你就这么想见五楼？"

他说："没见过嘛，想看看她长什么样子。"

李芳说："要见你自己去见。"

他说："我怎么见？"

李芳说："去五楼呀，敲她的门。"

他说："不敢。"

这天散步，他又主动提五楼，他说："今天看到五楼了。"

李芳哦一声。

他开玩笑说："我们还加了微信。"

李芳说："好呀，以后可以天天跟她聊天，跟她见面。"

他说："骗你的，是她开车从我跟前过，她在车里，关着车窗，我根本没看到她。"

李芳说："你可以拦她的车呀，然后敲她玻璃。"

他说："瞎说。"

李芳说："怎么是瞎说，你那么想见她，敲她玻璃就可以看得到她。"

这天李芳发他微信：散步。

他没回，人也没下来。

直到第二天，他才回：昨天睡着了。

李芳问：那么早就睡了？

他说：眼睛发炎，不舒服。

李芳说：看多了美女。

他说：还看多了美女，五楼的，到现在还不知她什么样子。

李芳回：骗我。

他说：千真万确，没见过。

李芳回：虽然没见过，但她早已在你心里了。

李芳的感觉没错，五楼确实在他心里。那时候他很想看看五楼。为此，他好多次都往1幢那儿去。当然，是在李芳上班的时候过去。1幢那儿倒有人，甚至有几个女孩站在那儿聊天。他走近她们，心里想这里面肯定有五楼吧。甚至，她想开口问人家，问哪个住五楼。但终究，他没开口。几个女孩子个个都好看，她觉得五楼一定在她们中间。

这天，也是李芳不在的时候，他又往1幢去，到楼道口时，忽然一个女孩走出来，还跟他笑，他就问女孩："你认识我？"

女孩说："认识呀，你是李芳的男朋友。"

他说："你是？"

女孩说："我是五楼的呀，跟李芳是好朋友。"

他就看着五楼，他看见五楼又黑又瘦，还矮。

五楼见他盯着自己看，就说："你这样看着我做什么？"

他笑而不答。

五楼走开后，他跟李芳发微信：在吗？

李芳问：干嘛？

他回：想见你。

六　楼

后来，他和李芳很少提到五楼了。

但另一个人，成了他们经常聊的话题。

这个人是六楼。

这天，他发李芳的微信，喊李芳下来散步。李芳回他，说她已经在下面。他下来后，果然看到了李芳。不仅看到李芳，还看到李芳边上走着另一个美女。

美女见他来了，走开了。

他随后问李芳："这人谁呀？"

李芳说："六楼的。"

他说："这六楼长得挺漂亮的。"

李芳说："比五楼好看。"

他说："最近一段时间，你好像经常和她散步？"

李芳说："六楼说她很烦，喊我下来陪她。"

他说："烦什么呢？"

李芳说："各家有各家的烦心事。"

他们说着时，六楼开车过来了，李芳跟她打招呼说："去哪儿呢？"

六楼说："送大儿子去补课。"

李芳说："带俩孩很辛苦的。"

六楼说："有人不觉得。"

然后，六楼开车走了。

之后一段日子，李芳总是和六楼散步，通常的情况是，他不在，李芳跟六楼散步，他来了，六楼会自动走开。让他觉得奇怪的是，六楼从不跟他打招呼，见他来了，只默默走开。他有些不解，有一天问李芳说："你发现没，六楼从不和我打招呼。"

李芳问："你这一说，我也觉得是这么回事。"

他说："按说，你们关系挺好的，我是你的男朋友，她走开时跟我点个头，打个招呼，这是基本的礼貌呀。"

李芳说："这什么状况呢，是不是你撩过人家？"

他说："有了你，我还会撩别的女人吗？"

李芳说："那可不一定，以前你还不是整天五楼五楼的。"

这天，他和李芳在小区里走了五五二十五圈，一直都在说六楼。然后，他对六楼就有了些了解。六楼来自一个叫桐源的地方，包括六楼老公，也是桐源人。他不大了解桐源这个地方，为此，他特意在手机里百度了一下，于是看到下面这段文字：

桐源乡，隶属江西省抚州市临川区，位于临川区西北部，东临抚河，西、北、南三面环山，地形显不规则梯形，向乐铁路横跨南北，临丰公路贯东西……

他才知道，桐源离他们抚州不远，以前他开车去丰城的时候，经过这个地方。至于六楼和她老公是桐源哪个村的人，李芳没说。李芳只告诉他，六楼住的房子是分期的，汽车也是分期的，而且生了两个儿子，压力特别大，所以目前六楼只能和她公婆住一起。李芳还告诉他，大多数时间，六楼的老公和公婆都不在，出去打工了，只有六楼一个人在家带两个孩子读书。但今年，因为疫情，六楼的公婆都没有出去，天天窝在家里。在一起相处久了，矛盾就不可避免了。六楼经常和公婆吵，有时候吵得不可开交。而六楼的老公，却因为疫情没有回来，过年都没有回来。这样，六楼和公婆吵的时候，中间一个调和的人都没有。为此，六楼很烦，因为烦，六楼才经常找李芳诉苦。

这天，他又看见李芳和六楼走在一起，他走近了，六楼也没有走开的意思，倒是李芳跟他说："你先一个人走下，我们说下话。"

他诺诺。

李芳和六楼在小区走了好多圈，才分开了。然后，李芳走到他跟前，跟他说："六楼又和他公婆吵架了。"

他说："既然经常吵，就别住一起呗。"

李芳说："你说得容易，他们是从农村来的，花了所有的积蓄首付了这套房子，他们不住在这里，哪里还有住的地方？"

他问："这次为什么吵呢？"

李芳说："因为孩子的事，六楼的大儿子期中考试数学只考了80分，六楼罚他抄题，抄到晚上十一点多，她公公就说这是摧残他孙子的身体，于是吵起来。"

他摇摇头说："媳妇和公婆很难相处，家家都一样。"

后来，他就见到六楼的公婆了，很瘦小的一对，满脸的愁容。他们也在小区里散步，他走近他们，主动跟他们打招呼，还说："你们也散步呀？"

他们答非所问："你是李芳的男朋友？"

他笑着点头。

他们说："李芳是个好女孩。"

他说："我也觉得。"

李芳这时走了过来，李芳很有些开心，但嘴里却说："你不是嫌我胖吗？"

他们说："胖好呀，心宽的人才体胖。"

他也说："胖人还有福。"

李芳说："但愿你不是口是心非。"

有那么几天，他没看到六楼，包括六楼的汽车，也不见了，于是这天散步时他问李芳："这几天好像没看到你和六楼散步。"

李芳说："走了。"

他问："走了，去哪儿了？"

李芳说："回桐源娘家了。"

他说："俩孩子还在读书，她不要带孩子吗？"

李芳说："又吵架了，这次吵得特别凶。"

他问："又为什么吵？"

李芳说："六楼买了一件衣服，婆婆说现在钱难赚，让她不要乱花钱，然后吵起来，后来她公公让她滚，她连夜开车走了。"

他说："六楼走了，她孩子怎么办？"

李芳说："不知道。"

这天落大雨，一大早，李芳忽然发微信过来：现在有空吗？

他回：什么事？

李芳发过来：雨下得这么大，六楼的公公送他孙子去学校不方便，想让你送下他们。

他回：可以。

不一会儿，六楼的两个儿子就坐在他车上了，他问他们："想妈妈吗？"

两个孩子一起说："想。"

他说："打电话让你妈妈回来。"

大一些的孩子说："打了，可我妈妈说她是被爷爷赶出去的。"

他问："你爷爷没去接你妈妈吗？"

孩子说："我爷爷说他明天和我奶奶出去打工。"

另一个小一些的孩子说："我也打过妈妈的电话，我听到妈妈在电话里哭。"

听了这话，他忽然觉得眼睛有些湿。

六楼的公婆第二天真出去了，李芳告诉他的，他说："到处都是疫情，他们还出去？"

李芳说："总有地方没有疫情。"

他说："这时候出去风险很大。"

李芳说："有什么办法呢，在家总是吵，只有他们走了，才会安静。"

他不好说什么了。

六楼的公婆走了，六楼就回来了。他是在傍晚看到六楼的，她又和李芳在一起散步，见了他，她忽然说："谢谢你啊！"

他知道六楼为什么说谢他，他说："不谢！"

七　楼

这天，他和李芳在下面散步，有一辆车，没关车窗，李芳见了，就在手机里语音："你车窗没关，天要落雨的样子，你下来关一下。"

他问李芳："这是谁的车？"

李芳回他："七楼。"

他说："你好像跟谁都熟？"

李芳说："一幢楼里住着，怎么不熟。"

这时候七楼回了，也是回语音，李芳点开，他听到手机里一个声音："马上下来。"

走了一圈，他们又走到了车边，车边一个女人他以为是七楼，但不是，这个人见车窗没关，跟李芳说："七楼的车窗没关，你有她电话吗，跟她说一下。"

李芳说："我跟她说了，她马上下来。"

车边的女人说："那就好，看样子要落雨。"

边说话边走，不一会到了1幢楼下，在这里，他看到了五楼，她在下面喊："七楼，你车窗没关，你下来关一下。"

又喊："看样子要落雨。"

李芳就跟五楼说："我跟七楼说了，她马上下来。"

五楼点一下头，不喊了。

走开后他跟李芳说："这七楼蛮有人缘嘛，车窗没关，几个人喊她。"

李芳："七楼人蛮好。"

他问："男的还是女的？"

李芳说："你喜欢的那种。"

他说："我喜欢你。"

李芳说："切，别哄我。"

再走一圈到车边了，这时候他看到车边有人，李芳见了，跟他说："她就是七楼，好看吗？"

他说："跟你差不多。"

李芳说："又在哄我。"

他这时候认真看了看七楼，真的是一个美女，穿一件浅蓝色的羽绒服，看着特别洋气。七楼也看见他们了，便跟李芳说："接儿子放学，他开的窗，我也没看，要不是你们提醒，晚上落雨就不得了了。"

李芳说："咱们小区这点好，看到谁的车窗没关，都会提醒一下。"

七楼点一下头，然后看着他，跟李芳说："你男朋友好帅。"

他说："你知道我是她男朋友？"

七楼说："地球人都知道。"

李芳听了，看他一眼，跟七楼说："莫说他帅，他会翘尾巴。"

说着话，他们走远了，但他回了一下头，跟李芳说："七楼是蛮好看，好洋气。"

李芳说："当然，人家是有单位的人。"

几天后又见到了七楼，还穿那件浅蓝色的羽绒服，他主动打招呼，跟她说："七楼您好！"

没想到对方说："我不是七楼。"

他有些迷惑："你不是七楼？"

对方说："不是，我住八楼。"

他说："那我认错人了，我以为你是七楼，因为你穿的羽绒服跟七楼的一样。"

八楼说："这衣服就是七楼的，我那天说这件羽绒服好看，过两天，她就给我了。"

他哦一声。

八楼说："我不要，但七楼说她衣服多，再不送人，这衣服就只有淘汰扔掉。"

他说："这七楼好大方。"

八楼说："是大方，人也好，她经常把一些蛮好的衣服送人，以前也送给过我。还有就是小区里有人找她帮忙，她能帮到的，都会帮。"

这时候走来一个男人，男人有点老，他问我们："你们是在说七楼吗？"

他点点头。

男人说:"七楼人真的蛮好,上半年的时候,我在小区里摘杨梅,不小心从树上摔了下来,伤了腿,七楼见了,立即开车送我去了医院。"

八楼说:"我记得,好像她还为你垫了医药费。"

男人说:"不错,垫了好几百块。"

他说:"难怪我女朋友李芳也说她好。"

八楼说:"你女朋友李芳也好。"

也是几天后,他见到七楼了,这回是真的,是散步的时候见到七楼的,他跟七楼点头,还说:"你是七楼?"

七楼说:"是,李芳怎么没跟你一起散步?"

他说:"还没下班。"

说着话时,他看到六楼了,六楼手里提着一瓶油,近了,六楼把油递给七楼,跟她说:"我回老家桐源榨了些茶油,这瓶给你。"

七楼说:"怎么好意思拿你的茶油,这东西很贵的。"

六楼:"这有什么不好意思,你为我儿子转学的事费了那么多力气。"

七楼说:"又没帮到。"

六楼说:"帮没帮到是一回事,你看得起我,肯为我去找人,我就好感动。"

六楼说着,强行把手里的油瓶往七楼手里塞,然后走了。

七楼真的有些不好意思,站那儿不停地说:"怎么好意思拿人家六楼的东西。"

他说:"六楼是真心给你,你拿回去吧。"

七楼就提着油回去了,但没过一会儿,七楼又下来了,七楼走出楼道时,他刚好走到楼道口,于是又一起散步,才走不远,一个老人走了过来,老人问七楼:"你单位还有毛笔吗?有的话给我一支,我孙子说他要练毛笔字。"

七楼说:"有,我明天拿两支给你。"

老人说:"谢谢!谢谢!"

见着李芳时,他问李芳说:"今天有一个老人,他问七楼要毛笔,七楼怎么会有毛笔呢？"

李芳说："七楼好像在什么文联工作，单位有写字的人，咱们小区里好多人都问她要过毛笔。"

他去批发市场买东西，没想到在这里碰到了七楼，七楼批发了好多毛笔。他似乎明白了什么，他说："你送给老人的毛笔是买的？"

七楼说："是。"

他问："你单位没有吗？"

七楼说："没有，就是有，也不能拿呀。"

他说："所以你来买？"

七楼又说："是。"

买了毛笔，七楼还买了很多红纸，他又问："买这么多红纸做什么？"

七楼说："小区里很多人知道我在文联上班，知道我单位有人会写字，所以到过年时，就有人问我要春联，马上就过年了，我得准备好这些。"

他说："你真是处处为别人着想。"

七楼说："哪里呀。"

这天就是年三十，上午，李芳打他电话说："你来一下。"

他说："下午过年我会过来呀。"

李芳说："七楼给了我春联，也给了你一副，你过来拿一下。"

他说："哦，那我马上过来。"

然后他就往1幢去，在楼道口，他看到七楼和几个人在贴春联，已经贴好了，他读起来：

乡村振兴　城乡一天更比一天好
国家昌盛　祖国一年更比一年强

看着时，爆竹响了，噼噼啪啪的爆竹声里，他知道，过年了。

刘国芳，江西临川人，1984 年开始文学创作，1997 年加入中国作家协会，曾为江西省作家协会常务理事、抚州市作家协会主席，现为抚州市文学院院长。在《中国作家》《小说选刊》《北京文学》《青年文学》《人民日报》《文艺报》《解放军文艺》《读者》等报刊刊发或转载小小说数千篇。著有《风铃》《被风吹走的快乐》等22本小小说专著，部分作品译成英、法、日、韩、蒙古、西班牙语等文字在海内外刊发。2003年获首届小小说金麻雀奖。

星辰大海

陈　毓

看星星的人

这三个女人是阿黄、阿紫、阿黛。现在她们相信，有几个知己知彼、惺惺相惜的女友是那么的有益健康。她们不时会聚一次。一杯咖啡或茶，几块精致可口的点心，寻繁华大街上僻静的一角，就可以打发掉一个下午。城市很大，她们总能找到她们要找的地方。

这一次，她们去的是一家日本料理，紫藤掩映着小小的店门，清酒使她们脸染酡红。她们在酒的微醺里要各自讲一个自认为浪漫的故事。该阿黛了。活泼的阿黛一时沉默，仿佛潜入回忆的深潭。

那一年，阿黛在陕西南部，作关于南水北调中线水源涵养区生态补偿问题的调研，陪同他们作调研的，有个当地的宣传部长。他对那片地域的了解和思考、他一路上的风趣和周到，都给她留下了美好的印象。

在草木茂盛的 8 月，他们沿着植被茂密、一江清流的汉江走，每一天都是景象万千。超乎平常的运动使阿黛的肌肉结实，脸上退去苍白，代之黑亮有光泽的健康肌肤。

远离喧嚣的乡野使人心变得简单安详，当地人近似沉寂的生活态度，近乎原始的劳作方式，都让阿黛重新思考生活本身。沿着江，走到秦岭的最高处，上溯那条江的源头。日落黄昏，江上渔火，黎明时向着太阳飞的鹭鸟，彩云一般的朱鹮……被美好打动，阿黛感慨，其实上天对人是公平的，无论它赐给你贫穷还是富有，无论生于繁华都市还是荒僻乡野。

调查结束是又一个月圆时分，从未见过的一个又大又圆的月亮圆满得叫人心生伤感。当地政府热情相送，山里自产的菜蔬用了五星级的厨艺去做，每一道菜都像一个脱胎换骨的女孩儿，叫人不敢轻易确认。身微醺，心已醉。

阿黛在后来的回忆里确定，那天自己肯定说了不少留恋的话、抒情的话。但是有个人，把她的感慨记住了。

还说那个宣传部长吧，他来给考察队的人送行，他把一个个好看的纸盒装进载阿黛他们回去的车里，说里面装着的，是那一带茶山上出产的富硒茶。很少喝茶的阿黛回来后把那些茶都喝了，她在茶的香气里把那五十多个日子又过了一遍，她仿佛又看见江上的雾气是怎样弥漫过那片美好的山水。现在，那些凝在茶尖上的露珠随着茶汤来到她的身体里。

也许过了半年，也许一年。一天晚上接近十一点钟的时候，阿黛的电话响了，是个陌生号码，但电话里那个人的第一句话说出时，阿黛就反应过来了：那个宣传部长。电话里他说，我就在你家附近，你要是愿意出来，我带你去秦岭看又大又亮灿若金币的星星。

阿黛说噢。语气的平静自己都觉吃惊。阿黛赤脚跑到阳台上，天空果真是晴朗的，但哪里有金币一样的星星啊。他说，去了就看见了。看星星要到星星待的地方去。

听到这里，阿黄、阿紫一声惊呼，那你去了吗？

去了。阿黛的回答使阿黄、阿紫兴奋。没人追究阿黛是怎么去跟丈夫解释午夜出门的理由的，撒谎？还是说实话？我们知道的结果是，阿黛跟那个宣传部长去秦岭峡谷看星星了。

风浩大、清爽，吹过皮肤叫人觉出皮肤的洁净。

全世界的星星都聚拢到这条深邃的峡谷里来了吧？他们仿佛无意走入上帝的金库，那些星星啊，仿佛是被风吹拢，又像是被魔女的扫帚聚合，又大又亮，密密堆积，光灿夺目，伸手可及。那是阿黛从小到大从未看见过的星空，阿黛幸福得有点眩晕。

听那个部长讲他童年记忆里的星空，讲在乡下外婆家度过的小时候，和那时就在他心里住下的、从不曾离开的孤独感，什么是无限，人能抓住的又是什么？这个长大了的人依然会像小时候一样迷茫。

从始至终，他都没有告诉阿黛他从汉江边的小城开车到这里要走260公里的山路，当他到达她家的那个路口时，离他出发，过去了三个小时，但他断定那是他带她去看星星的好时分。即便是接上她他们还要再开一个小时的车进入山里。但行走过那段路程的阿黛能想到这些。他在小城的傍晚看见难得一见的云朵堆积西天，童年获得的观察天象的经验告诉他，那样的呈现预示着这个晚上会有最美最清澈的星空。他甚至从容地回到电脑前，在网上查看了她那边连日来的天气，然后他就出发了，他要帮她实现她的愿望：去看钻石般美丽的星星。假如他在她家附近给她打电话而她恰巧关机呢？那他不就奔了几百里的一个空吗？他知道她住在那一带，但他根本不知道哪扇门是她家的。这听上去似乎荒唐，但这个人显然不这样想。即便他没能在那个夜晚带她去看星星，想来他也不觉得自己的行动是不值得的、是可疑的吧。但上天在这个夜晚回应了他的诚恳。

阿黛讲完了她的故事。

她看阿黄、阿紫。她看见了她们眼里的朦胧烟雾。

地 震

今天聚会讲故事的提议人是阿紫。但阿紫却不想当第一个讲述者。最后她们是以三人玩"石头、剪刀、布"决定出讲述顺序的。

第二位讲述人是阿紫。阿紫端起酒杯和阿黛、阿黄碰过，一饮而尽。要阿黛、阿黄答应她替换故事女主人公的名字，故事里的女人不是阿紫，是一个叫苏梅红的女人。"上帝视角，这样才放得开，你两个是编故事为生的人，就当我给你们贡献了素材。"

"好吧，你快开始。"阿黛、阿黄齐声催促。阿紫于是开始她的讲述——

这天早上，苏梅红捡起丈夫两个月前忘在自己枕边的半包烟，举到眼前细看，直到烟盒上慢慢洇出她丈夫陈长安那张在苏梅红看来是那么得意的、油汪汪的脸。她对着这张浮幻的脸认真打量，想要逮住他闪烁不定的眼神，但是没用，她总是逮不住他。她长吁一口气，吹散了那张脸。她从烟盒里择出一颗烟，给自己点上，第一口，她就呛着了。苏梅红忍着一声声的咳嗽，把烟盒丢进自己的包里，一边想，要是自己能把这红色烟盒变成一顶绿帽子，她一定会毫不迟疑地把它请到陈长安的脑袋上。

正在苏梅红努力搜寻大脑里有没有更为积极的愿望的时候，手机响了。是老豪。她至今不知道他的真实姓名，但这又有什么关系，你知道一个人的名字你就一定了解他吗？嘿。苏梅红和老豪在网上说话半年了，但她从来不打算在现实里认识他。无端地，苏梅红觉得老豪一定不漂亮。尽管这并不构成她不想见他的理由。

苏梅红知道自己喜欢漂亮男人是三十岁那年，一次她和她的两个哥们儿坐在大学南路一家新疆烤肉摊上吃烤肉，忽然邻座就来了个外国人。一个多么漂亮多么年轻的外国男人啊。年轻漂亮的外国男人独自坐下，用咬伤舌头的中国话给小伙计说他的愿望，苏梅红舌尖上的外国语忽然小鸟一样地飞起来。他显然一下子明白了她，而且是满怀欢喜与感谢的。隔着三米的距离，他们交换着光芒与电流。苏梅红的表现当场被她的俩哥们儿追究，不料苏梅红给了这样的解释：我不是好色，我这是追求完美。

现在，老豪在电话里说他要来看苏梅红了。见面这话老豪以往也语气弱弱地说过，但这次，苏梅红觉得老豪有不能被拒绝的坚定。为什么要来呢？现在这边闹地震，大家走都怕走不及，你却偏向虎山行？

我昨天去果园摘到了最好的葡萄，这可是人家专门生产冰酒用的，鼎鼎有名的葡萄。我只是去送葡萄给你，不会有多久的耽搁，我来回你那边，不就两个小时的路程吗？

你看我们连对方长什么样都不清楚，要在人群中间挑出彼此来也太费事。

我已经快过篮关收费站了，你不见也不行了。

苏梅红脑子里如焰火升腾。然后苏梅红就笑了：还怕一个老豪不成？

苏梅红想起自己刚刚咬牙切齿发下的誓愿，不由得哈哈大笑起来。一路大笑着奔到衣柜前。苏梅红对自己的那些套装淑女装看也不想看一眼，好不容易挑出件可以挽救的 T 恤，苏梅红毫不犹豫就在衣服胸口的那个位置用剪刀剜出个洞，又在右边衣袖靠肩头的地方斜斜地剪了道口子。苏梅红把 T 恤衫在双手间绞缠揉搓过，又翻出件灰蓝的牛仔裤，打算这样穿戴着去见老豪。

苏梅红刚把一个简单的发髻挽在脑后，老豪的电话就来了。

尽量愉快着心情下楼，苏梅红再次想到老豪的长相，她再次确定他是长得不好看的，也是寂寞的。

在人群里找人怎么也是容易的啊，苏梅红倒有些感叹地想。她惊讶于自己对老豪的想象，她对他的座驾的猜想和现实是一致的。接着就要看见一张表情落寞的、平淡无趣的面孔了！苏梅红不由得闭了下眼睛。黑色奥迪的玻璃窗缓缓降下，在漫长的天地永恒的安静里，苏梅红睁开自己的眼睛，她看见那样一双清澈无雨无渔无虞的眼睛。对，无雨无渔无虞，苏梅红确实是这么联想的。苏梅红不知道一个人的眼神竟能有叫打量他的人看不见他脸上别的器官的能量，在后来的时光里，苏梅红觉得自己忘记了挑剔，她有一瞬间的慌张。

你送我可以酿冰酒的葡萄，那我就请你喝冰酒吧。古人把这种美好的事情叫"投我以木桃，报之以琼瑶"。苏梅红说。这家西餐馆的冰酒是顶好的，有一年我跟一个腐败团出游，在塞纳河的豪华游轮上，喝到的，就是这个牌子的冰酒。

我是不能喝酒的，一滴都不能喝。老豪紧张地说。

你一小时前在电话里说冰酒的时候我听见你吞咽口水的声音了。苏梅红笑嘻嘻地说。

我说的是真话，我不撒谎。我不能喝酒，一喝就出事。

是怕喝酒控制不住自己犯错误吧？

你看，叫你误解真不好意思。那就喝一杯，喝多了会出人命的。你看这么好的地方最近也是门可罗雀，就是怕出人命。这段日子来饭店吃饭的人，都怕地震到来自己没法从屋子里跑出去，择座都要挑门口的。就我两不怕死，还要了这顶里面的屋子。苏梅红努力让自己把话说得风趣一些。

她"丁零"一声和老豪碰了杯，也不看老豪，仰起脖子一饮而尽，又"汩汩"地给自己斟好了酒。看老豪。就见老豪正用他那"无雨无渔无虞"的眼睛打量她，低低地说，我得趁这会儿能看清你的时候多看你一眼，要不一会儿我就看不了了。

隔着桌子，苏梅红把自己的脸向着老豪凑了凑，在淡淡的酒意和淡淡的香气里，苏梅红替老豪想，这张脸是经得住你老豪打量的吧。

老豪喝酒的姿势蛮有观赏性的，苏梅红由此确定老豪说自己不能喝酒近似于一个谎言。她双手捧了酒瓶给老豪，"汩汩"地又斟好了一杯。老豪这次却不推让，由着苏梅红的心意倒。

但是，苏梅红忽然发现老豪是那么安静，安静得她能听见两个人的呼吸，能隔着长长的走廊听见服务生走过的脚步声。在那片异样的寂静里，苏梅红看见老豪以一个慢动作的姿势倒在了面前的桌子上，大概是努力控制了自己的缘故，他的头刚好落在杯子、盘子和刀叉之间那片小小的空隙处。

苏梅红的吃惊一定不小，她张大了嘴巴，茫然四顾，不知所措。老豪倒下的样子在她看来简直就是电影里的英雄主角中弹的样子。她忽然那么莫名其妙地，也像电影里的人那样，伸出手，在老豪的鼻子尖试了一试，她不知道他这会儿是死了还是活着？但她想他多半是死了的。她起身就跑，还没忘了顺手把自己的包抓在手中，返身关好房间的门的时候，苏梅红甚至还想到了自己留在地上的脚印、留在杯子叉子上的手印唇印什么的。

苏梅红一路脚步响地敲过大厅，她的高跟鞋击打地面的声音在她的耳朵里真是清亮得可怕。不久她就听见这声音仿佛能够传染似的，在她身后，一路纷乱的脚步响紧随在她的清脆之后，嘈杂声中，她还能听见有人在喊，快跑，走安全通道！这使得苏梅红不再顾忌地奔跑起来。

这一队奔出来的人给大街上制造了混乱，使大街上走着的人以为地震了，寻找宽阔的地方。也有清醒的人忙仰望天空，想要看清那些高楼是否还在那里安静地屹立着，这是地震这段日子直接教给他们的经验：高处比低处会有更强的震感。

苏梅红仰望逼仄的天空，有一种想要坐下的虚脱感。

接下来的两天，苏梅红每天买来这个城市的各种报纸，每一行字都不放过，她想知道发生在葡国餐厅的那个惊心场面最终的真相。但是报纸的内容那么平静，并没有可怕的字眼出现在眼前。第三天，苏梅红鼓足勇气再次走进葡国餐厅。熟悉的音乐，熟悉的门迎欢迎光临的声音。苏梅红走到吧台那边，小声探问两天前闹地震的那场虚惊中可有人遇到不测？吧台里的女子用相当迷人的微笑告诉苏梅红，没有，一切都是正常的。

苏梅红再次要了她请老豪吃饭的那间屋子，在那天自己的位置上坐下，给自己点了份奶油蘑菇汤和烤鳕鱼。看着对面的那片虚空，苏梅红想，她和老豪，一个是寓言，一个是童话吧。至于自己的丈夫陈长安，是不是更像一篇冗长的小说呢？

苏梅红心里竟有了一瞬间的伤感。

海岸线

既然"上帝视角"在阿紫那里行得通，阿黄索性要在故事里扮一个男人。她讲一个男人和一个叫鳗鱼的女人发生在海边的故事。阿紫叹一口气："你们都欺负我老实。"且看你编排。

火车上。对面女子面前的那束鲜花里，像藏着一个魂，总把我的眼光吸引去。

我和鳗鱼的爱随着夏天气温的高涨而高涨，夏天过去一半时鳗鱼跟我说，再不离开 M 城她非死不可。我爱鳗鱼，我决定带鳗鱼旅行，去 N 城。

从 M 城开往 N 城的直达快车 7 点 15 分始发，18 点 10 分到达，真正的朝发夕至。这趟列车开通不久，一切都是崭新的，柠檬黄的窗帘、烟灰的靠背和坐垫、咖啡色的几案以及铺在上面的白色麻质桌布无不给我和鳗鱼明亮愉悦的心情再添一份愉悦和明亮。

我们的目的地是此前在地图上找见的一个海岛，我们打算关掉手机，在那里待十天。就两个人的世界。

海鲜新鲜上市，我们来得恰好。大海的慷慨赠与使鳗鱼感慨，她说刚刚明白，人类的嘴唇只该有两个用途：接吻和品尝各种美味。出去吃饭，回来做爱，累了睡觉，醒了发呆。能够安静真好啊。敢于关机真勇敢啊。但是仅仅过去两天，我就开始心慌，坐卧不宁，起初我不敢把这份情绪冒出来，只在心里强做压抑。但是不久我发现鳗鱼背着我偷偷看手机，发短信。奇怪的是我发现了鳗鱼的举动，非但没生气，反而幸灾乐祸。我说，要不咱们还是把手机开着吧，这样你就不用跟个贼似的了。鳗鱼脸一红，又一黑，冷然说，多没意思啊，你好像不觉得自己是贼似的。这哪里像那个一向机智幽默的鳗鱼的话，我不禁呆了一呆。

手机还是开了，我们顷刻跌进千里之外的日常生活中，仿佛我们不是在N城的海滨旅馆里。我一看见鳗鱼在电话里吞吞吐吐，欲言又止，就立即调转脸，走到外面去。我在海滩上漫无目的地走，也趁着这时分在电话里梳理几爪远方乱麻似的生活。

蓝色海岸线，金黄沙滩，人迹杳然的天然浴场，这两天前让我们欢喜雀跃，感慨想要待上一辈子的天堂所在，也似乎不像第一天那么吸引人了。

鳗鱼开始担心海水里游泳会使她皮肤太黑，太黑的皮肤会暴露她的行踪，顿顿海鲜又使我两肚子同样不适，美味变得索然，不出去，就只能待在旅馆房间，窗帘制造出的昏暗叫人压抑，心思慵倦，身体恹恹，我们忽然都不太好意思面对对方的身体了。

算一算，是我们出行的第四天。我在鳗鱼再一次在电话里吞吞吐吐的时候下决心说话，我小声地、讨好地、假装无所指地说，要不，我们先回去吧，往后想来的时候再来这里。鳗鱼这次没恼，她跨过我的身子，直接走到窗边掀开窗帘，大声说，嗨，我们游泳去吧。

这夜，我们像刚来那一两天一样亲密、美好、缠绵、不舍。

在入睡前那近似幸福的疲惫里，我听见鳗鱼在我耳边呢喃：我们明早就回M城吧。

M城和N城之间是对开车，车上熟悉的景象让我恍惚，我差不多都处在发呆状态。鳗鱼也是懒洋洋的，只有眼光在掠过对面女子那束鲜花时会被花的生动晃一下。但那束鲜花的主人，那个女子，一整天把一个明亮的发髻冲着我们，一路沉睡，无知无觉。

列车快到终点站时，那女子才从深远的睡眠中醒来，茫然四顾，终于明白自己是睡在一列高速开动的火车上。她伸了伸懒腰，向车窗外望了又望，然后，像是对即将到达的终点心里有些不确定似的发了长久的一个呆。一缕从玻璃窗上反射过来的夕阳照在女子的脸上，使她那经过一天饱睡的脸显得饱满。

女子从包里取了化妆包去洗漱间，女子再回来的时候光彩夺目。妆容整洁的女子开始打电话，一天之中，第一次听到女子的声音，感觉好奇。女子的声音很好听，她说的话也悦耳，悦耳的声音说：亲爱的，半小时后我就能到站，待会儿见。把手机装回到手袋里，女子站起来，抱起一整天占据我们桌面的那束新鲜如初的花，朝着两节车厢之间的蓝色废物桶走去，手臂一扬，抛出一道优美的弧线，把那束花投进去。

女子走回到自己的座位上，我和鳗鱼像一个偷窥到别人秘密的人一样，赶紧把目光投放别处。

列车到站，那女子利落下车。等我们走出车厢，再次看见那女子，她欢呼着投身于一个男人的臂弯，鸟儿似的一路叽喳着走了。

尽管知道两人不会有谁来接站，但我和鳗鱼还是各自向外走。我们慢慢拉大距离，到最后看上去，完全像两个不相干的旅人了。

三个人讲完了各自的故事。整个下午，第一次，她们耳边出现了一片静寂，在一片寂静中，只有缭绕的画面叫她们眼花缭乱，应接不暇。半天，阿紫隔着长桌，伸长筷子，狠狠敲击一个盛放酱油的褐色小盏，嘴里发出"啊啊"的声响，那声音极像是深夜受惊的林鸟仓皇逃离时发出的鸣音。阿黛拍打自己的脸，又拍打自己的额头，手向阿黄的头发伸过去，又猛然收回。阿黄呢？阿黄灿然一笑，对着阿黛，又一笑，这次是对着虚空，把自己面前早已凉透的一杯清酒高高举起，谁也不看不劝，一饮而尽。

她们不久在紫藤掩映的日料门口告别，一边说"再见"，一边说"真是喝高了，喝高了啊"。

陈毓，女，汉族。中国作家协会会员，在《北京文学》《莽原》《鸭绿江》等数十家刊物发表作品600余篇。已出版小说集《白马》《嘿，我要敲你门了》，随笔集《星光下，蒲团上》等17部。曾获陕西柳青文学奖、首届和第六届小小说金麻雀奖、《小说选刊》《小小说选刊》优秀小小说双刊奖等奖项。现居陕西西安。

中奖之后

范子平

中　奖

平平静静的小日子，让该死的 3217808 搅得好似翻江倒海。

星期天早饭后，父亲拿着遥控随意看电视，本地卫视正播当地新闻：德福路体彩中心打出横幅，本店大奖获得者，请您过来领奖！号码3217808，两千万大奖等着您！

父亲正要换台，哥突然从卧室冲出来问："咱家那张体育彩票呢？"

父亲说："你拿回家里那张？"哥肯定地说："我记得就这个号码！"

母亲拿个瓷盘子正要去冲洗，听得哥说，一下子愣在那里，脸刹那间变得煞白，转瞬间血涌上来脸又红丢丢的，盘子掉地上啪的一声打个粉碎。父亲喝醉了酒似的，摇晃着，颤抖着，小眼睛亮晶晶的，嘴唇哆嗦着，一时说不出话来。

过了好半天，母亲才迷悟过来："快拿出来吧！老天爷！"

父亲吭哧了半天才说出口，声音像雷一样："不都是你放的吗？"

大哥以前买过几次体彩，从没中过奖，这次去超市买电热壶，在超市门口销售点 10 元买了一张五注单式大乐透，当时并没寄什么希望，回到家，把彩票朝茶几上随便一抛道："嘿，玩玩吧，无用功。"那粉红色的纸片在空中旋了两旋落在地上。母亲拾起来看一眼又扔茶几上。后来谁又收起来了呢？现在是谁也不记得，谁也不承认。

父亲说，赶紧找！两千万！我见都没见过恁些钱！

哥说，还要扣税呢，百分二十，剩下 1600 万；还有，得给社会福利机构捐点款。

父亲说，一千多万还不都成钱了！

预定的计划全取消了。父亲打电话请假（他在建行一个门店当保安），哥不去会计师培训中心学习了，我不去考驾照了，母亲也不去菜站买肉，全家一心一意找彩票。

开始是各人的衣服口袋，然后是茶几沙发。母亲想起大柜上那只古老的小木箱。哥踩着板凳把它抱下来，上着锁，是一把铜锈斑斑的老锁。母亲要父亲找钥匙，父亲顺手操起一把菜刀，咔咔嚓嚓将锁砸开了，但只有一些多年前的无用票据。然后是书桌抽屉，衣柜内外，窗户台，再后是床上床下，被子铺底床单枕巾，来了个多少年不曾有过的大清查。清查无果，是不是随着废旧书本扔到了外边？我们一楼是带小院的。小院窗户下扔着一些来不及卖的旧报刊废纸箱废盒子之类，我们立即一点点搜寻。在最底层的一个废纸箱下发现一块撕烂的硬纸片，全家几乎要欢呼雀跃了，可等到把那纸片摆正，拼对好，无比谨慎地刮去上边沾的泥，才发现不过是篮球赛的入场券。

中午大家没有吃饭。两点多时，我到冰箱里摸出凉馍胡乱啃了几口，父亲也啃着凉馍就着水管喝凉水，水打他喉咙眼儿里过，咕噜咕噜声音大得惊人。母亲不吃馍不喝水。哥拿上块馍骑车到体彩中心问了一下，答复是预料到的，领奖只凭彩票。但是工作人员说，不要急，还有十来天呢。我们鼓足心劲又开始了新的一轮大折腾。大柜、小柜、箱子里的衣服，布料、杂碎东西统统请出来，一件一件地抖、按、摸；冰箱、洗衣机、碗架、菜柜、墙角，旮旯缝道，哪一个地方也没忽略。

夜幕不知什么时候降临的。还是哥想起按开了灯。我积攒的书报杂志又成了夜战重点。开始还只是拿着抖抖，后来简直是一页一页地翻。《初等代数》《电焊手册》《白鹿原》《神洲擂》……全都张着嘴横七竖八躺了一地。

而那本刚借来的《股票知识》，怪它的装订太不牢靠，竟遭到了分尸之刑。

母亲一边干一边嘟噜，说我们弟兄俩都这么大了还不顶事，说我们成天除了上班就是看电视看打篮球嘻嘻哈哈不成材，说我们不如姑姑家的孩子，不如阿满家的孩子；又嘟噜父亲这么大的事儿当儿戏，说父亲光会当甩手掌柜抱不哭孩儿，说父亲过年割肉带的骨头多，说父亲割的豆腐总是少半两，说父亲年轻时一次丢了八十块钱，害得娘儿几个买不上火车票回不了家……

父亲极力忍耐着。当母亲说到不该卖家里老宅院的时候，我知道这是触碰了父亲的底线。果然，父亲浑身一颤，简直是吼叫一般接上了火，说母亲光会揭谁的疮疤咯渣，说母亲自己一身白毛衣反说别人是妖怪……

等感到饥饿的时候，已接近午夜时分，大家仍是冷馍咸菜充饥，母亲在我的强劝下勉强吃了一小块馍。这样夜以继日直到凌晨四点半，才把最后一本书刊检查完，而盼望的彩票仍杳无音信。这时我觉得一股酸拉拉的味道加上微微的疼，微微的麻，从脊梁骨里四下溢出来，一直渗透到四肢每一寸地方，肌肉麻麻的仿佛失去了知觉，闭闭眼睛，眼皮儿竟也不大听使唤。我一下子歪倒在小床上。仿佛受了传染，父亲和哥也各顺着各的地势斜躺到地上。

哥斜躺那儿，变换了一下姿势，手支起下巴说，领回钱来，我想开会计师事务所。

我说，先置宝马车，商务的，全国景点游一圈！

母亲强调说，先置几套房，东区！高档装修，你俩都得先给我找媳妇！

父亲说，余剩下几百万，我的电锤厂能再开业！

我有点好笑，又觉得是梦，掐掐耳朵生疼。我们就在美梦的憧憬中昏昏入睡了。第二天一觉醒来，九点多了。等我们起床，母亲已做好了饭。她一边盛饭一边兴高采烈地说，昨夜我做了一个梦，梦见阳台上绽开了一朵牡丹红花，鲜艳耀眼，真的，我还手摸了摸呢。人都说梦见红花是好运，没准儿就是咱的彩票要找到，老天爷长着眼呢！

母亲的信心感染了我们。饭后一丢碗儿全家就开始了"寻票大战"。

但，一天过去了，没找见，两天过去了，没找见，三天过去了，还没找见……一天天就这样当成了日子过。

抽烟的父亲

哥说他买的体育彩票正是两千万大奖的号码，可这张彩票一直找不到。我想父亲可能要猛抽烟。

父亲以前是不抽烟的，香烟的危害性他了然于胸。当科长的时候，科里技术员在他面前抽烟，他还会用英语义正词严地说一句："No smoking（不要抽烟）！"再接一句："Are you smoking（你傻吗）？"

当然，我童年的父亲形象跟现在的大不相同。那时他高大威武，走起路来步履坚定。他在的第一冲床制造厂是有名的国营企业，他先后任技术科长和机工车间主任。他干得出色，电视广播里常有他的名字，厂领导们见了他也笑脸问好。市里的劳模标兵父亲当了十几次了，上主席台领奖都驾轻就熟了。那时父亲是全家的偶像，母亲根本不敢指责嘟噜父亲。

上边开会让改制，父亲他们转不过弯子，但转不过也没有用。第一冲床制造厂稀里糊涂就被私人企业"万乐"兼并了。父亲谢绝"万乐"聘请他当技术总监的邀请，跳出来自己办机械厂，开始是十多个人，做螺钉螺帽小五金，后来发展到三十多人，生产电锤。那一段时间生意兴隆，企业规模不断扩大，父亲难得地走路都哼小曲。但当父亲说要卖掉宅院补充企业流动资金时，这一消息无异于平地一声炸雷。

我们的房院当时也不算多好，面积是不小，一亩多大，前边是一条小巷，院子后是一条臭水沟，臭气扑鼻。俗话说狗不嫌家贫，我们嗅惯了臭气，不觉得怎样不堪，对这个掺杂了我们童年乐趣的家园有着无限的留恋。父亲则十足地表现了他统帅的魄力和"硬汉"的形象。

母亲觉得太突兀，赫撒着手截住父亲不让进屋子，说，祖传的家院咋能去卖呢？

父亲不急不慌，就在当院站定，耐心跟她讲道理。父亲说光宗耀祖，咱就非得守着这臭气冲天的旧房过日子？眼下厂子正在扩规模，急需流动资金，一笔生意就是十万八万的利润，一年周转五六遭，就是好几十万，赚来了钱，啥样的好房院咱买不来？

刚放学的哥哥说父亲，卖了房子咱还有家吗？同学们都有房有家，咱没房没家我多丢人啊！

父亲用手刮一下他的鼻子说，大伟你小小年纪也保守派啊？有你爸你妈就有家，老爸不会让你睡大街上。赚钱多了，咱自己盖座楼，装修得漂漂亮亮的，弟兄俩一人一层随便蹦跶！

那时我才蹒跚学步，抱住院子里的山楂树说，爸，以后我不能吃山楂了吗？

父亲把我抱起来哈哈大笑，好像在大会上讲话似的说，放心，山楂会有的，面包会有的，牛奶会有的，一切都会有的！

于是这房院成了阿满的。阿满原是父亲的同事，第一冲床厂的仓库保管，"万乐"兼并后仍做保管。他二舅解放前跑到香港去，改革开放后联系上给了他一笔钱。他首先做的就是买下我们家的房院。阿满并没有搬进居住，他开了棋牌室经营。后来他锯掉山楂树，把整个院子都盖成房子，三层。后来又往上接，一直到七层。越往上建得越马虎，就是跑一层单砖，棚架上薄薄的预制板。你看到曲曲小巷里一座危楼高耸，好像随时会轰然倒塌，都有不敢从这里过的感觉。父亲有一次从这里路过，仰脸看看阿满的危楼，不屑地哼了一声。父亲称之为"明着来坑国家"，他看不起这种坐地起价的钓鱼行径。

凡事难以预料，市区向东规划发展，那条臭水沟迅速变成清水河，这里成了市区的高档小区"香溪湾"，竖起了三四十层的高楼群。清水河的那边就是新搬迁过来的市一中新校址，加上新建的实验小学，这里成了学区房中的香饽饽。平庸懒惰的阿满赌赢了。开发商搞拆迁，阿满靠着那七层危楼，在"香溪湾"得到三套房，他租出去两套，还有一千万元补贴存银行里，每月几万元利息。阿满的儿子上了贵族中学。阿满自己都辞职不上班了，喝喝小酒，打打牌，油亮的大脸鼓囊囊的好像要迸开。所谓寄生虫生活，大概就是如此吧！

这时父亲厂里的产品发往南方的连续几批货都没有回款，后来发现是一个销售中间商精心设计的圈套。父亲忙得不可开交，亲自出差要债、报案、请律师到法院上诉。最后虽然胜诉，但好几百万货款打了水漂，资金链断裂了，讨债的围着厂门，最后被法院查封拍卖。好像变魔术一般，父亲成了一文不名的穷光蛋，只好当起了保安，挣那可怜巴巴的两千元工资。

从货款回不来开始，父亲就开始抽烟，抽得越来越凶，有时一天好几包。他抽最便宜的，两块一包的"雄狮"或"双叶"。母亲闻不得烟味，父亲在屋子门口抽也不行。两个人经常发生口角。

父亲心有不平，端着碗正吃饭也会突然停下，向着母亲说，我好好的企业咋就会倒闭呢？母亲说，你就守着咱老宅院睡大觉，现在咱家就富得流油！比胡折腾强太多了。

父亲说，阿满往上接的楼层根本不可能办证，明显就是讹钱，怎么就包赔他恁多钱呢？母亲说，又不是你的钱，你管得着吗？

那天父亲在门口不远处抽烟，母亲买菜回来跟他吵起来。天突然下起大雨，打在地上唰唰响。小区的路上立即水涌脚面。母亲跑回屋子。父亲站那里不动，任凭风雨把他的夹克衫撕扯来撕扯去，哥送去雨伞，被他扔到地上，谁劝都不回屋。他放开喉咙大喊：我不后悔！我有技术，有市场，要不是遇到诈骗，我就成功了！我搞新型电锤，是为社会做贡献，要都学阿满啥都不干，等着骗钱，那国家还能好吗？母亲在屋里也喊，都啥时候了，唱那高调有用吗？

大雨之后父亲生了一场病，我们关心父亲，但没人在乎他的心事。一句话，他没挣到钱。这年头，钱才是大爷。那场大雨冲掉了父亲的脾气，从此跟母亲的冲突中都占据下风，有时候甚至说话有点结巴，腰也有点佝偻了，抽烟也勤了，自觉地位低下，抽一支烟要跑出几十米远。但这几天搜寻彩票，父亲一支烟都没有抽，我这才发现父亲在满怀希望时，是与香烟绝缘的。

回　归

哥说他买来的彩票号是两千万大奖的号码，于是全家连天翻寻彩票。

到第十一天，就是这次领奖的最后一天。过了这天即便找到，也只是废纸一张了。一大早起来，母亲就面带泪痕，原来她昨夜梦到红牡丹花陨落，觉得是不好的征兆。但是我们抱着背水一战的心情，拼足了吃奶劲儿再行搜觅。母亲给天地全神摆了供，许了愿，但在生活条件提高的今天，神们似乎对那些鸡鸭猪牛羊肉类早已腻烦，因而不肯把福星降临到我们头上。

当座钟敲响零点的钟声时，母亲和我们哥俩一齐抽泣起来，好像家里死了人一般。父亲没哭，也没摔东西，只是仰脸盯住天花板发呆，然后抽出一支烟，在客厅里抽起来。没人拦他。我和哥哥在沉痛中进入梦乡。母亲却愣坐着，呆呆地看父亲一支接一支地抽烟，家里像着了火一样烟雾滚滚。

第二天上午十点我才起床，只觉得全身骨头像散了架似的难受。我看灶台上没有饭，父亲倒是依着沙发坐着，手指上夹着烟，每过一分钟就要长长出口气，还不时用拳头捶打自己的前胸。母亲呢，对着墙，絮絮叨叨地述说这件事的经过，每叙述一遍的结尾总是"两千万丢了！"哥却在不停地揉搓着自己的手指头，直到把十个指头全弄得红红发亮也不停下来。也许我是全家头脑最清醒的人，我忽然想到可能都要患神经病，最好的办法就是打电话喊姑父过来。

姑父是一个颇具传奇的人物。他原在军工企业126厂当保卫科长，曾协同市公安局破获了盗卖军工产品的大案。他平时绅士风度十足，西装革履，浑身上下一尘不染，头发吹得服服贴贴的偏向一边。姑父曾力劝父亲，安居才能乐业，有个窝儿，事业才有着落。靠姑父苦口婆心的劝说，父亲后来才抽出钱来买了这套八十平米的商品房，要不然现在还挤在出租房里度日呢。父亲的机械厂发展生意时，姑父也曾劝告，虑败虑胜才是完全之道，不要光发展不顾后路。父亲企业陷入困境时，姑父也没有少来出主意。两家大人小孩来往都多，感情上像一家人一样。

姑父过来了。我吃惊得几乎要跳起来。今天姑父怎么了？头发杂乱得茅草窝似的，眼窝塌下多深，胡子老长，还挂着鼻涕，领扣没扣，衣服好像刚在哪里搓过，揉得皱巴巴的，比刚打过架的乡巴佬还狼狈。

姑父走进屋，只有我打了一声招呼。母亲歪着头时而抽泣一声。父亲只是大口抽烟。姑父倒是毫不在意。他一把抓住父亲的胳膊，竟然泣不成声："快去救救你妹儿吧，她就要疯了，丢下我咋过呀，呜呜呜……"这又是咋回事？

听姑父说下去，原来是他买的体育彩票号3217808中了大奖，两千万奖金，却丢失了彩票。两口子在家翻天覆地找不到影儿，太生气了！

这不是说我家的事吗？父亲狠狠地甩开他的手，沙哑着喉咙吼道，3217808是我家买的彩票号，你们什么时间偷了去？

我也迷惑了。这是姑父劝解父母采用的方法？可看阵势不像啊！姑父深陷其中，手指点着父亲气呼呼地说，我去德福路体彩中心店亲自买的，要偷只能是你们偷，我说家里咋找不到！

父亲推开他，腾的一下跳起来，扔掉烟头，抓住姑父的领口摇了几摇，鼻孔里窜着如火的热气，呼哧呼哧地喘着问他说："你说什么？你再说一遍！"我母亲一愣，接着便骂起来："我说彩票咋寻不着，敢情是你这黑心的偷走了？"母亲骂着还乱抓姑父的衣裳。我父亲朝姑父的脸上扇了一耳光，两个人立刻扭打到一块。哥冷漠地看着一声不吭。我赶忙上前拉开。混乱中我的脸也不知是被谁抓了一把，火辣辣地疼。我使劲一挣，把墙上的大屏幕电视打碎了。父亲把姑父的手机狠狠摔在地板砖上，姑父又把父亲和哥哥的手机也用劲儿摔到地板砖上。屏幕、塑壳和里边的琐碎小元件四下飞溅。就在同时，那寸把大小的粉红底色的纸片儿，刺进了我的眼帘，人们的脚步同时向它移动。我抢在前面拾起了它，老天！这不就是那张活要人命的彩票吗！怎么在手机里？是在姑父的手机还是在父亲或哥哥的手机里？可惜领奖过期了！我的脑袋飞快地转动着，目光又打彩票上扫过，突然，像哥伦布发现了新大陆，我高举起彩票摇晃着，送到父亲眼前，送到哥眼前，送到姑父眼前。我以大得出奇、爽得出奇的声音喊："错了，都错了！咱的彩票是3271808，人家一等奖的彩票是3217808，还差十万八千里呐！"

真相大白以后，正常生活秩序以惊人的速度恢复。姑父尴尬地笑笑，出门就回家去。我们全家送出门，却碰到了阿满，确切地说，是碰到了一个人，他给我们打招呼说他是阿满。这是靠买我们老宅院拆迁而发财的阿满？满脸的油水不见了，脸颊上塌陷了一个坑，眼角耷拉下来，仄仄歪歪地走路，像重病的老人。平常父亲不咋理他，但今天还是吃惊地说你咋了，我与姑父还有母亲、哥哥一起注视他。阿满满眼是泪，悲愤地泣不成声，说那贼羔！那贼羔是说他儿子，吃喝嫖赌不说，还吸毒贩毒，已经进去了。银行的一千万瞒着阿满早弄出来了，连房子也抵押贷款了，全部用于还赌债、填冰毒窟窿，就这还不够呢。现在阿满无家可归，一身病住在最差的养老院……阿满说他实在羡慕我的父母，培养的孩子一身正气生龙活虎："唉——可惜我没那个命啊！"

于是父母恢复精气神儿分外自然。大家一齐动手，把翻得嘎七马八的东西尽量照老样子整理好，以后再无人提中奖这件事。我当天就去上了班。我骑行在马路上，看人群熙熙攘攘，汽车穿梭来往，心里感到那样亲切，仿佛是在深山老林或戈壁荒漠中孤独地呆了许久刚回到人世，又见到了久违的亲人那样，就连习习吹来的小东风，我也感到那样温柔清馨。

范子平，男，汉族。中国作家协会会员，河南省小小说学会副会长。曾在《芒种》《山东文学》《山西文学》等刊物发表小说300多篇，著有小说集《欧文的试验》《鹅老师粒粒》《都市沙漠》等7部。曾获第六届小小说金麻雀奖和《小小说选刊》双年度优秀作品奖。现居河南新乡。

河上有风

非 鱼

从桥上走过的时候，风差点将我掀翻。那是黄河，风仗河势啊，自然肆无忌惮。

看风景？一河白冰，两行光杆杨树，有什么好看的。

我找人。桥两边徘徊的站立的哭泣的沉默的傻笑的，不用问，他们的表情说明了一切。

作为一个可能的心理咨询师，我和他们谁都不认识。导师说，观察。我选择了这里，后来，竟慢慢爱上了这里。

每个人，并非天生有疾；每个人，都会无药而愈。

刘某甲

他在桥上徘徊三天了。

在这些桥上往来的人中，唯有他没有任何表情，引起了我的注意。没有表情的人就像河道的中央，表面平静，实则暗流汹涌。

暂且叫他刘某甲吧，实际上我从不会问他们的姓名、职业。

第一天来的时候，刘某甲骑着一辆旧电动车，他把电动车停在桥头，双手揣在棉衣兜里，不紧不慢地走到桥上，像一个悠闲的观光客。

夕阳在一河白冰上拉下长长的金色光芒，细碎闪亮。他盯着河里的冰，走向桥中央。桥面上车辆呼啸而过，大货车拉着煤炭、铝粉、生猪，小汽车拉着形形色色的人，不会有人注意到他。

他在某一处站立片刻，继续向前走。冰上的金色消失殆尽时，他已经走到了桥的另一头，那里的雪松蒙了一层灰尘，和一辆长时间停放的汽车，以及路面呈一样的乌灰色。

刘某甲转身向回走。黄昏渐渐来临，汽车打开了车灯，他更长久地站在桥上，一动不动，直到黑暗浓重，车辆渐渐稀少。

第三天，他几乎重复着同样的路线和动作，只是在桥上停留的时间越来越长。

如果我分析得没错，他在桥与河之间，做着选择。

离开之前，我拦住了他，告诉他可以一起去喝一杯。

桥头的那些小酒馆是为过往休息的货车司机准备的。我和他随便走进一家，灯光昏黄，里面只有两个人在喝酒，他们的桌上一个拌黄瓜，一个卤猪蹄，五六个江小白，每人面前一大碗面。显然，他们已经有了醉意，满脸通红，大着嗓门在聊天。老板娘在油腻的服务台后面玩手机，一个五十多岁的服务员在门口打瞌睡。

我问刘某甲吃啥，他说，酒。

我给他点了一大碗面，要了一瓶白酒和一瓶啤酒，一个花生米，一个红油耳丝。我们相对无言，谁也不开口。

那两个司机中的一个说，我在内蒙古那两年，光车丢了俩，挣那点钱除了吃吃喝喝，还不够给雇的司机发工资。去球，回来自己跑短途，挣一个是一个，老婆孩子三天两头还能见着面。

内蒙古咋样？另一个问，还有人喊我过完年去。

冻死你。那地儿不是人待的，天天从头到脚都是黑的，洗都洗不净。烂娘儿们还多，想着法儿骗你。

那是你爱给。

你是没到过，那地儿，除了煤，见个母兔子都稀罕。

我发现刘某甲在听他们聊天。你也是货车司机？我问他。

不是。

那两个司机摇摇晃晃地走了，小酒馆立马安静下来，老板娘大概在看搞笑小视频，不时发出细细的笑声。

刘某甲吃面的速度很快，吃完才开始吃菜、喝酒。他说，谢谢。说完，把玻璃杯里一两多白酒一饮而尽。我吃着面，等着他。

兄弟，做人真难啊。他又倒了一杯酒，和我的啤酒碰了一下，又是一饮而尽。慢点喝，我说。

喝死拉倒。这日子咋过？咋过都是个难。我老娘，在床上躺两年了，偏瘫，我媳妇在家伺候老娘，给孩子做饭，我出去打工。年前，媳妇查出了乳腺癌，自己顾不了自己。家里乱成了一锅粥，老娘没人管，天天哼哼，还骂人，媳妇要住院，孩子眼看要考高中……

他又喝了一大口酒。兄弟，你看着是个文化人，你教教我，我咋办，唉？

我所学的那点书本知识中，根本没有这些内容。人哭着来到这个世界，就是要应对一个一个的困难。我自己都觉得这句话苍白得如同那一河白冰。

我去借钱，我叔、我表哥都不借给我。要换做我，我也不借给我，拿啥还。他说。

再想想办法。

路堵死了，连风都刮不进来。哪儿还有路？哪儿有。刘某甲说，我睡不着，头疼，脑子里满当当一点亮光都没有，来这河上吹吹风，看看，还能好点。

我以为你是想……

自杀？想。咋不想，你一个文化人体会不到。人实在没有办法的时候，连死都充满了甜蜜的诱惑，这是网上说的。说得真好，这几天在桥上转，我多少回都想一头栽下去算了。

可你，还是犹豫。

是啊。我死了简单，老娘、孩子、媳妇不是更没人管，他们咋办？

可不。我喝了一大口啤酒。我不想告诉他，我的女朋友突然爱上了别人，我们从大一开始，相爱了整整五年，我以为她会和我一辈子的。她留给我一句不合适，就消失得无影无踪了。要不是本科毕业就不了业，考研时候分又太低，我压根不想学什么破心理学，熬呗。这些，我不能跟他说，他心里的难已经有五百斤重了，何苦再加上我这五十斤。

兄弟，这会儿好多了。喝点酒，跟你说说，痛快多了。他说。

我也痛快多了。我说。相比他的五百斤，五十斤实在太轻。

两个人从小酒馆出来，刘某甲推着他的旧电动车，我推着我的自行车，我们也和刚才的两个货车司机一样，摇摇晃晃，摇摇晃晃，他回他的家，我回我的宿舍。

冰的覆盖下，大河安静。明天，被我叫做刘某甲的他也许不会再来了，但我，还会来。

韩某乙

男人什么时候最难看？一是喝醉酒的时候，烂醉如泥，丑态百出；一是哭的时候，大哭还好，不停抹眼泪的，完全就像个女人。

第一次见他——韩某乙，这还是我给他取的名字，他就在哭。

我已经从他身边走过去了，看见他耸着肩膀，不停地抽泣，我停下来，站在他旁边。

他哭得不管不顾，尽管声音不大，但似乎眼泪不少，因为他一直在拿纸巾擦眼睛。

嗨，咋了？失恋了？

从他的发型和穿着看，他应该在二十岁左右，正是为情所伤的年龄。

没事。他扭头看了我一眼，也许是发现我并没有恶意，他温和地回答了一句，又擦了擦眼睛，两手撑着栏杆，装作看河上风景。

我也经常想哭，这没什么不好意思的。我试图拉近和他的距离，我是有想哭的时候，但从不会在大庭广众之下哭，一般都去操场跟身体较劲，把眼泪憋回去。

你不懂。他说。

没什么不懂的，都是年轻人，都经历过。

不一样。说完他向旁边挪了一点，这是他发出的终止聊天的肢体语言。

汛期来临之前，大河泄洪，河水瘦得只剩下细细弯弯的一线，全无往日气势。河滩上被漫无边际的葎草和大豆覆盖，倒是绿生生一片。这时候的黄河，是最没有观赏性的，在河上停留的人，大抵并不为看河。

几天后，我再次看到韩某乙，他好像依然在哭。

是他选择了这个地方来哭，还是他来到这里以后触景生情才哭？他的反常，自然更让我好奇。

嗨，又见面了。我主动和他打招呼。

看到是我，他有些尴尬，擦眼睛的动作明显快速而用力。

我是个心理学硕士，在做一个课题。我先做自我介绍，免得引起他的反感。

哦，这样。和我有关吗？

既有关，也无关。我说。课题只是我的研究内容而已，是我生活的一部分，在此之外，我喜欢这座桥，喜欢在这座桥上驻足的人，和他们的故事。

很遗憾，我没有故事。听得出来，他不想多说。

一个在河上哭泣的人，怎么会没有故事。

是不是觉得我像个女生？

不。不是还有首歌，男人哭吧哭吧不是罪。这句话说得真蹩脚，说完我就后悔了。

我大学毕业两年，孩子已经半岁了。你信吗？韩某乙说。

信。在这个纷杂火热的世界里，他说什么我都会信，毕竟，生活本身比想象更充满想象力。

本来，我家里条件很好，毕业后家人要我出国，女朋友死活不让，说我出去就不要她了，还不如当时就分手。我选择了女朋友，为此还和家人大吵一架。我和她都在我爸的公司里上班，半年后，她怀孕了，奉子成婚，反正早晚都要结，我奶奶早等着抱重孙子。

他停顿了一下，似乎在等什么。

我没有说话，也没有看他，我知道，一个人一旦说出故事的开头，就必然会说到结尾。

孩子生下来才三天，我爸突然被带走了，说他涉嫌非法集资。一切都变了，公司被封，我的车被扣，家门口天天有人堵门，甚至拉起白布，说要我们血债血偿。我奶奶气火攻心，病倒了，我媳妇一着急母乳也没下来，最可悲的是，我连买奶粉的钱都找不来，更别说进口奶粉了。

我大概知道他是谁了。那件非法集资事件闹得很大，几乎无人不知。看着这个白皙瘦弱的男孩，我很难想象他会是之前流传的深夜开豪车飙车、骑哈雷炸街、在 KTV 争风吃醋打群架的那个小少爷。

媳妇抱着孩子回了娘家，我顾不上她们了。我奶进了 ICU，我妈天天骂我，说我不争气。

他又哭了。

突然降临的变故和压力让他不知所措，除了哭泣，他好像真的做不了什么。

我去看我爸，他说他是被冤枉的，被人骗了，有人设局弄断了公司的资金链，银行不贷款给我们，有人告诉他可以民间借贷。具体是怎么运作的，我说不清，靠我也救不出我爸，救不了公司。我妈说得对，我就是个窝囊废。

韩某乙——我依然这样叫他，将头抵在栏杆上，双手抱头，我看不到他的脸，只是拍了拍他的背，算是给他一点微弱的力量吧，尽管这点力量我自己都觉得毫无意义。

再见到韩某乙，是两个月之后了。

夏季已经来临，夜晚来桥上吹风乘凉的人越来越多。我在人群中看到了他，依然是一个人，瘦了一些，穿一件黑色背心，一条短裤，一双人字拖。

嗨，来乘凉？我说

嗨，好久不见。他说。

还好吧？

还好。他似乎笑了一下，又似乎没有。桥上灯光微弱，我看不太清。

我们俩并排在桥上站着，有风吹过，风里携带着浓重的腥味。过了一会儿，他摆摆手，走了，没有说话，我也摆摆手，没有说话。每一天都在上演大大小小的新闻，关于他们家的事，官方和坊间几乎没有了任何消息。

我想起那句话，人哭着哭着就习惯了，韩某乙，应该也一样。

齐某丙

齐某丙拢着两只手，冲河水大喊：我一定会成功的。他的样子，让我想起小品里每天励志的三个人。

我来桥上的次数越来越少了。我的硕士生活已经进入尾声，正在紧张地准备论文和答辩，再次面临就业这个难题，要不就得读博，继续在学校待着，可以再逃避三年。

齐某丙成功地逗笑了我。谁不想成功，如果靠在这儿喊就能成功，黄河都会被喊沸腾。

兄弟，励志呢？

不是，我刚许了个愿。

冲河水许愿？岂不是哗啦啦就流走了，还能实现？

哗啦啦流走的是水，不是黄河，你看多少年了，黄河不一直在这儿，什么时候没过。他说得好有道理，我居然无法反驳。

很显然，这是一个健谈的小伙子。受他的影响，我心情大好，决定和他聊聊。

能说来听听吗，你的愿望。我问他。

不能，说了就不灵了。他说。

那可以说说你做什么工作吗？

我在那家挖掘机公司做销售。他向桥头的方向指了指，距离桥头一公里外，有好几家挖掘机公司。不过，你看起来像老师，应该不会需要，要不我肯定给你打折。

这个齐某丙还真适合做销售，性格好，也会察言观色。

你说错了，我不是老师。你就当我是个小包工头，怎么样？你要怎样把你的挖掘机卖给我。

大哥，别逗我了。我都来三个月了，我能看出来，包工头不长你这样。

他说。

你从哪儿来？听你口音，不像本地人。

陇南，你听说过没？甘肃的，我老家在那儿。

不上学？

不上了，家里等着用钱，高二没上完就不上了。

一个人？

不是，好多老乡。他警惕性很高，在这座城市，四川人、陕南人最多，哪里会有那么多陇南来的老乡。

看到他脸上的稚气，还有乱糟糟的头发，黑黢黢的脸，我想起了远在广东打工的弟弟田小。跟我视频的时候，他也是这样一头乱糟糟的头发，笑嘻嘻地说和老乡去吃米粉，说他做工的厂子，说他的流水线。我已经两年没见他了，他说买不到票，正好过年加班费高，回家还冷得要死。

你和我弟弟差不多大。我说。

真的？你弟弟也十七了？不对，十八了。

对，十八了。我不想计算他还有田小到底是十七还是十八，没什么意义。

那我叫你大哥。大哥，我刚才许的愿是到过年争取攒够五千块钱打回去。刚才还说许愿不能说的他，迫不及待地告诉我。

加油，你一定能实现的。我说。

大哥，我能加你微信吗？你是我在这个城市唯一的朋友。

当然。他的微信名叫勇往直前。

勇往直前，不，还是叫他齐某丙吧，他的朋友圈里转发的几乎都是成功学和心灵鸡汤，我从没有打开看过，但我会给他点赞。

周末的时候，我偶尔会约他一起吃饭。一碗面条，一盘饺子，或者一份炒米，都能让他高兴半天，他每次都说太好吃了。他说在老家总吃洋芋，吃酸菜，能把人吃吐了。

吃完饭，我们会去桥上走走。快入冬了，风有些凉，河水上涨，有游船和快艇在桥下穿梭往来。

齐某丙很兴奋。黄河这么多水，要都流我老家就好了。走到桥中间，他会许愿，许完愿依然是拢起手，喊一句，我一定会成功的。

现在，他会主动告诉我他的愿望。要早点给家里修房子，要给父亲买个手机，要给妹妹买学习机，要给奶奶买老花镜……

我知道，他的挖掘机卖得很不好，每个月的工资除去房租、吃饭，能攒下来的并不多。

冬季的第一场雪来得有些早了。突然一觉醒来，四处白茫茫一片，我的论文基本完成了，也得到了导师的肯定，他推荐我去几家单位应聘，有一所培训机构对我很有兴趣，开出的待遇也比较诱人，一切似乎比我想象的要好得多。

在宿舍酣睡了两天，看到漫天飞雪，心情大好，我决定去桥上看雪，看大河上下，顿失滔滔。

很远，我就看到那个瘦小的身影，身上一层薄雪，是齐某丙。我才想起来，忙着写论文、去应聘，我已经快一个月没和他联系，没看他的朋友圈了。

大哥，我要走了。他说。

去哪儿？

去郑州吧，还没想好。

许个愿吧，大雪会帮你实现的。我说。

他开始许愿，许完了，拢着手，冲着漫天飞雪和大河喊，我一定会成功的。

我揽着他的肩膀，说，你一定会成功的。

大哥，想知道我许了什么愿吗？

不，先别说，愿望说出来就不灵了。

桥上的风太硬了，四面八方吹过来的都是冷风，自己哈口气起码可以暖暖手。

赵某丁

遇到赵某丁，纯属意外。

汛期来临之前，黄河泄洪。每年泄洪时，被泥沙呛晕的各种野生鱼类浮上水面，形成流鱼现象。

捞鱼人就出现了。河南的、山西的，城里的、村里的，男男女女，摩托车、汽车，渔网、抄网、塑料桶、盆、蛇皮袋，沿河岸一溜散开，捞鱼。卷着裤腿，赤裸上身，甚至只穿一条短裤的男人们，在水里泥里把自己弄得更像一条鱼。

站在桥上，我看远处的那些人。风里裹挟着泥土味、鱼腥味，还有各种飞絮。这是一个暖烘烘、乱糟糟、让人心烦的季节。

桥头，照例成了临时的鱼市。人车喧嚣，过往的大卡车卷起灰尘，着急过桥的司机拼命按着喇叭，卖鱼的、买鱼的、和我一样看热闹人，随意乱停的汽车、摩托车、自行车，把桥头弄成了一锅粥。

赵某丁，成了锅里冒出来最大的那个泡。她正跟人打架。

我从没有见过，一个女人跟人打架时可以那样拼命，那样毫无顾忌。

和一个男人一对一，她似乎并不落下风。男人抓她的头发，她挠他的脸，咬他的胳膊，踢他的下身，朝他脸上吐唾沫，哭，骂，身体的任何一个器官都不闲着。

很显然，败下阵来的是那个男人。他抹一把脸上的唾沫和汗，留下俩字，泼妇，离开了战争现场。

而被我在心里叫作赵某丁的女人，并没有像胜利者一样，而是一屁股坐在地上，号啕大哭。衬衣的扣子掉了一个，露出内衣的带子和半拉弧形，居然是玫红色的，黑裤子上全是泥和土。

我摇摇头。这样的女人，除了泼妇两个字，恐怕再也没有合适的词语来形容了。

有人来拉她。起来吧，别哭了，他都走了，赶紧卖鱼。

她屁股一拧，从地上爬起来，双手拍拍屁股和腿上的土，整了一下衬衣，回到她的鱼盆前，大声吆喝，野生黄河鲤鱼了啊，新鲜的黄河鲤鱼便宜了。声音高亢脆亮，好像之前的一切都是我的幻觉，跟她没有丝毫关系。

嗯，这个女人有意思。她是怎么做到片刻间角色转换，而且毫无缝隙的？

有人去她跟前买鱼，她乐呵呵地挑鱼，称鱼，算账，取零头，扫码收款，有条不紊，完全是一个淳朴还有些精明的小商贩。

我不买鱼。因为我压根不会杀鱼，更不会做。在那座小山村长大，我读大学之前，没有吃过鱼，对鱼的味道，还有那些乱七八糟的刺，从来都没有好感。转了一圈，我离开了桥头那锅黏稠烂糊、味道不洁的粥。

回到宿舍，心里依然乱糟糟的。赵某丁的样子一直在我眼前晃。

对，桐花。

那个长得很好看，原本有着一张雪白喧腾的脸，大辫子的桐花，后来就成了这个样子，和赵某丁坐在地上哭着骂着的神态一模一样，毫无顾忌。

小时候莫名其妙地喜欢新媳妇桐花，总是站在她家门口，看她穿着大红的高跟皮鞋，走来走去。她会塞给我一把花生，或者一把糖，然后摸一下我的头。突然有一天，她变了，瘦了，不好看了，不给我花生和糖不说，还特别爱骂人，有人说她男人死了。我觉得很难过，要从她家门前经过时，都故意绕一条巷子，跟谁赌气似的。

桐花勾起了我对赵某丁的兴趣。在此之前，我从没有认真想过或者观察过女人，除了我那个消失的女朋友。

第二天下午，我又来到桥头，没看到赵某丁。

我问旁边的光头，昨天打架的那个卖鱼的女的，今天没来？那人头也不抬，捞鱼还没回来，估计快了。她自己捞？对。

站了一会儿，果然看见赵某丁骑着摩托车，后座上挂着两个脏兮兮的蛇皮袋，扣着一个塑料盆突突突来了。

光头喊她，说我找她。她卸着鱼，往盆里倒。找我，买鱼？

我脸红了。不是，不买。

不买鱼找我干嘛？

主要是我不会杀。我临时想的借口，但也是真话。

那好办。买了我帮你杀，真正野生的黄河大鲤鱼，好吃。刚捞的，都活的。她手不停，嘴不停，脸上、脖子上的汗和泥巴点子混在一起。你自己挑还是我帮你挑？

心里居然有点紧张。你帮我挑吧，小一点。

她挑了一条一斤左右的鱼，称完直接在地上一摔，拿到光头那儿刮鳞、开膛，一气呵成。

真麻利。我说。

一家人要吃要喝，不麻利天上也不会下钱，风里也不会刮钱，只有这河里的鱼啊，这几天不要钱。

光头插话，嫂，不是我说你，你得想想办法，问李九利要啊，你这得把自己累死。

咋要？昨儿你也见了，再打一回？人脑打成狗脑了，就一句，没有。活人还能叫尿憋死。

把儿子给他，叫他养。

我可舍不得。跟他，吃喝嫖赌，好娃都学坏了。哎，买鱼了，野生的黄河大鲤鱼，刚捞的，都活的……

离开赵某丁和桥头那锅粥，夕阳斜照。

桥上，风依然在吹，河水浑浊，各种味道混杂，从脸颊、鼻翼、耳边掠过。不同的，我手里多了一条鱼，一条杀好的鱼。

非鱼，女，汉族。中国作家协会会员，河南省小小说学会副会长，三门峡市作家协会副主席。曾在《小说选刊》《广西文学》《莽原》等刊物发表小说400多篇，著有小说集《一念之间》《来不及相爱》《追风的人》等6部。曾获莽原文学奖、第四届小小说金麻雀奖。现居河南三门峡。

管家旺根的喜与忧

王培静

搞不明白的城里人

由于看旺根为人老实，干活实在，黄经理说，我一月给你八千工资，管吃管住，你跟我去上海，到我家当管家行不行？

管家，这是什么工种？我没干过。旺根望着黄经理说。

管家不是什么工种，我上海的院子比较大，你去种花养草加看家。

就这些，没别的事干了？

就这些，没别的事干了。

那不太轻松了。

轻松了还不好？

旺根以为黄经理和他开玩笑，就没当回事。这天，包工头通知他，旺根，你小子走好运了，黄经理让你去上海工作，坐下午的飞机去。我这一辈子都还没坐过飞机哪。

旺根想了想，认真地说：秦队长，要不和黄经理说说，你去吧。

秦队长哈哈大笑着说：我去了，这帮人你领着干活？别干了，准备准备下午走吧。

旺根想了想说：一个人去他家待着多没意思，还不如在这吃苦受累，大家在一起开心些。要不，让别的更年轻的人去吧。

你想什么哪，你说谁去就谁去？年轻的去，黄经理还不放心哪。人家看上你了，只有你有这好机会，活不累，吃的又好，还是大上海，你就去享清福吧。

旺根又想了一会儿，说：我真的不想去。

不想去也得去，不是你自己答应人家黄经理的？

我当时以为他说着玩的，根本没当真。

你自己揽下的事，我也没办法。去上海不是坏事，适应了就好了。

旺根后悔死了，那天真不应该乱答话。

下午，旺根被车送到飞机场，迟迟疑疑上了飞机。

飞机升空后，空姐问：先生，这儿有多种饮料和点心，您想用点什么？

他环顾了一下四周，许多人要了咖啡和冰点，他使劲咽了口唾液，摇摇头说，中午吃得很饱，什么也吃不下了。

行程中，空姐又几次端着点心和饮料过来，问他，需要点什么？他摇了摇头，还是什么也没要。

下了飞机，出了机场口，他偷偷问身边一个穿着朴素点的人：刚才在飞机上那吃的喝的东西，一定比地面上买的贵很多吧。

那人小声对他说：在飞机上吃什么喝什么都不用付钱的。

他一怔，不解地说：天底下还有这样的事，飞机上吃东西会不要钱？

旺根干得不错，黄经理每次回来都感到很满意。

这天，黄经理打电话告诉他，你明天坐飞机去昆明一趟，把我患病的舅舅接到上海来治病，你到昆明住酒店后，会有人和你联系的，所有费用都由我出。另外，住酒店不要太次了，别让老家的亲戚笑话。

旺根又平生第二次坐了飞机，这次他有经验了，在飞机上，空姐问他需要点什么时，只要是映入眼帘的，他都要了。下飞机时，竟感觉吃得肚子有点撑。

到昆明后，进出了几十家酒店，旺根才确定住进了一个打折后二百多块钱一晚的酒店。第二天早餐他去酒店餐厅吃的自助餐，那早餐实在是太丰富了，热菜、凉菜应有尽有，包子、油条随便吃，光汤就有好几种。交了一张票，吃多吃少由你自己。早餐他吃得又有些撑。

待在酒店里看电视，一上午也没人和他联系，中午饭时，他拿起餐券又放下了，眼睛看到了房间里放着的方便面、火腿肠等，他想这应该是算在房费里的吧。那自助餐太丰富了，肯定很贵。他动手烧了开水，吃了一碗方便面和三根火腿肠，吃后感觉不太饱，又吃了两根火腿肠。晚饭亦如此。

到三天后走之前，他剩下的吃饭问题都是在房间里解决的。

结账时，除了房钱，前台服务员竟报出，你房间的物品消费共900元整。他好像没听清，问到：房间里的东西还要钱？再说，就那点方便面、火腿肠怎值900块？我吃的那顿早餐得多少钱？

对不起，先生，您告诉我，哪里酒店房间里的消费品不收钱？再说，放在酒店里的方便面、火腿肠，你不能和批发市场的价格比。您那顿早餐是免费的，只要住店，所有餐费都是含在房费里的。

旺根听了，后悔极了。

这城里人，真是让人搞不懂。

麻将与酒

这天，保姆春花过来说：旺根大叔，主人叫你过去一下。

是现在吗，有什么事？

你去了不就知道了。春花笑着说。

旺根和春花一起走进了主人的客厅，春花说：阿娇姐，旺根叔来了。

黄经理的夫人阿娇说：旺根、春花，你们俩会打麻将吗？

旺根说：这个，我只会一点，只会屁胡。每年回家过年闲得没事打两次，每把最多两毛，大部分时候一毛。

阿娇笑着说：呵呵，只会屁胡。春花，你呐？

我不会打麻将，只会打升级。春花不好意思地说。

升级？

旺根说：她说的是打扑克。

待会隔壁的林太太来了，我们一起玩麻将，春花不会不要紧，打两圈就会了。见两人都不回应，阿娇随意从身边的小包里掏出一把钱说：给，一人一千块钱，输赢都是自己的了。

旺根面露难色，吞吞吐吐地说：阿娇太太，这不好吧，你找别人吧，我得去整理花圃。

春花说：阿娇姐，我，我笨，怕学不会。

阿娇有点不耐烦地说：都别说了，这打牌就是你们今天的工作。春花，准备好水果和茶水，林太太马上就要过来了。

林太太不一会儿就来了。几把下来，春花基本会了，一个小时后，居然胡了一把牌。几个人都笑着说春花脑子灵。春花不好意思地说：我是瞎碰的。

和三个年轻女人坐得这么近，旺根心里想，这平生还是第一次。要是让老婆知道了，那还了得。才开始他显得有些拘谨，两个太太说说笑笑，春花有时也跟上一句，慢慢地心情放松下来了一些。

不知不觉三个小时过去了，春花看了下表，说：阿娇姐，马上十二点了，我去做饭吧。

给，这有叫外卖的电话，要四份，让他送来，林太太也在这儿吃，吃完我们接着玩。阿娇正玩得高兴，那肯收手。

吃完饭，接着玩。天黑下来才收场。

林太太走后，旺根整理了一下面前的钱，递给阿娇。

阿娇说：你干什么，不是说好的，输赢都是自己的嘛。

那，要不，把这一千块钱的本钱给你。

你留着吧，说不定明天你手里那些钱都不是你的了。

回到住处数了数，除了阿娇给的一千，还有一千九百多块。

晚上躺下后，旺根兴奋得怎么也睡不着，这钱来的太容易了，一天挣的这钱，儿子一个月也花不完。

没想到第二天，阿娇照旧一人又发了一千块钱。旺根推托说：我不要了，昨天的钱够了。

阿娇说：昨天是昨天的，今天是今天的。

又坐在麻将桌前，旺根自如了许多。

在阿娇和林太太的怂恿下，他竟红着脸讲了一个洗衣服的故事：这是在工地上一个工友讲的，说是一对小两口，八岁的儿子都上二年级了，但家里只有一间房，没办法只能住在一起。两个大人谁想干那事了，就会对对方说，晚上咱洗衣服吧。对方一听，就心领神会了意思。这天，不知为什么事丈夫生了气，妻子说，晚上咱洗衣服吧。丈夫不冷不热地说：我自己洗了。

听后大家笑得前仰后合。

这天，吃晚饭时，黄太太说：今天我高兴，咱们一起吃吧，我们一块喝些酒。

往常，黄太太都是一个人吃，旺根有时和保姆春花一起吃，有时打回房间去吃。

春花有些为难地说：阿娇姐，我不会喝酒的。

没关系的，又不是白酒，咱们喝些红酒或啤酒，劲不大。对了，旺根，你能喝酒吧。黄太太笑着说。

旺根说：我喝酒，倒还行，不过……

还什么行不行，都是一家人，还这么客气。春花，把菜都端客厅来。

上菜后，三个人坐下，黄太太拿出一瓶红酒，让春花打开，春花不会打，黄太太接过开瓶器，一边说春花学着点，一边自己动手开瓶盖，两只纤细的手一招一式特别优雅，红酒打开后，向自己面前的高脚杯倒了多半杯，又向春花面前的杯子里倒。放下红酒瓶子，到酒柜前拿过一瓶白酒晃了晃说，这是喝剩下的茅台，今天旺根你把它解决了。

黄太太，这么好的酒我喝了太浪费了，要不我和你们一样喝点红酒吧。旺根真诚地说。

你是男人，和我们不一样，就得喝白酒。

没办法，旺根接过酒瓶，自己倒了小半杯。黄太太说：不行，太少，再倒上些。旺根又倒了些，心里想，刚才说自己不会喝酒就好了。

黄太太说：来，我们一起喝一杯。

主人高兴，有时自己端起来喝，有时要求三人一起碰杯。

喝完一瓶红酒后，她说：我们今天索性一起喝个痛快。春花说：黄太太，我真不行了，头都有些晕了。

不是和你说过吗，不要叫我黄太太，我喜欢你叫阿娇姐。黄总这破姓不好，什么沾上黄，都不是好事。旺根，你那白酒也就有六两，一定喝完啊。

旺根说，黄，太太，你刚才这样说，我都不知道应该怎么称呼您了。这瓶子里总共得有八两，这酒劲又大，我喝完就喝醉了。

醉就醉，我们一起喝个一醉方休。说着她又打开了一瓶红酒……

早晨醒来，旺根一睁眼，感觉不对，这是哪儿？想了想，急忙起身，一只胳膊却不听使唤，低头一看，黄太太躺在他怀里睡得十分香甜，向下一看，春花抱着他的一条腿，做梦笑出了声。

他想动又不敢动，慢慢合上了眼睛，心脏却突突跳得快了起来，这是他平生第一次和媳妇之外的女人的身体接触。这事要是让媳妇知道了，会和他闹上天来，不和他离婚才怪。

两个女人

晚上，旺根正在院子里溜达，手机铃声一响，旺根一看电话，是媳妇桂花打来的。他一笑，接通了电话：旺根，你在干啥？

旺根捂着电话，小声说：没干啥，在想你呀。

在大城市里学会油腔滑调了是不？

没有，你放心。媳妇，你老公是什么样的人，你还不知道？

反正你在外边可注意点，大城市是个花花世界，别人的床好上，可不好下来。要从外边得了脏病回来，死了都进不了你家祖坟。桂花说的话一点也不受听。

人家城里人个个穿得那么光鲜，细皮嫩肉的，谁能看得上我这个老粗男人，你就把心踏踏实实放进肚子里吧。

自从来了上海，桂花有事没事经常打电话来。

爹娘都好吧，儿子这个学期学习怎么样？家里地里的让你一个人忙乎，让你吃苦了。

爹娘身体壮实着呢，儿子学习越来越有进步。星期天回来也知道帮我干点活了。你在外边别不肯吃不肯花的太委屈自己了，身体要紧。电话里桂花的语气温柔了许多。

谢谢媳妇关心。你晚上尽量早关外门，有事就给我打电话。白天还好过，晚上老想你。桂花，你晚上想我不？

没出息，我才不想你哪。你放心吧，活不忙时，晚上天不黑我就关门了，我会给你看好家的。

旺根听了媳妇的话，鼻子有些发酸：等供儿子上完大学，在城里有了工作有了家，你劳苦功高，先让他接你进城享享清福。

桂花停了停说：上学都是你挣钱供的他，到时候咱俩一起去。我在院子里给你打的电话，你在屋里吧，你到屋外向天上看看，今天天上的月亮真圆。什么时候你回来了，儿子回来了，月亮会更圆。

旺根抬头向天上看：我也在院子里哪，看到月亮了，今天的月亮真大真圆。实际上旺根眼里的天空布满了云彩，哪有月亮的影子。

你快回屋吧，在外边待时间长了，容易着凉。

你也是，你也快回屋吧，别着凉了。

……

自从那晚喝醉酒，在一起躺了一夜后，旺根再见到黄太太时，就有些不好意思抬头看她。黄太太不但没有一点不好意思，还笑着说：喝醉酒的感觉也不错，有兴致了咱们再一起喝。

旺根装作没听见，心想，这女人真不知在想什么，是闲得无聊吧，拿酒解愁。那晚的事情千万别再发生，春花没什么，她们都是女的，万一黄经理回来碰上，自己如何解释，如何说得清？

早饭后，黄太太说：今天春花和你都跟我一起出去，我开车带你们去杭州转转。

旺根想了想说：黄太太，你和春花去吧，我在家看家。

不行，去那么远的地方，我们两个女人出门不安全，你得去保护我们。

没办法，旺根只得顺从地上了她的车。没出城时，黄太太开车还慢些，出城后一上高速，她开的车，快得像要飞起来一样，配合似的，车里放着节奏很快的音乐。旺根这是头一次坐宝马，听说这车一百多万，有钱人真会享受，坐这车里还真是舒服。

两个小时后，车就到了杭州。黄太太说：我们去城外的普陀山烧香吧。

到了普陀山，他们先乘坐索道到佛顶山，去了慧济寺，然后走下山准备去法雨寺，下山的路上，黄太太一不小心把脚崴了，听到她不停的呻吟声，旺根和春花头上都急出了汗。

旺根说，我打120叫救护车吧。

黄太太哼哼了一会儿，咬着牙说：不用，你们俩扶起我来试试，下面不远就是法雨寺了。

刚把她搀扶起来，她就又叫出了声。

看到她痛苦的样子，旺根说：黄太太，要不我来背你吧。

她说：行吧，那就麻烦你了。

旺根蹲下身子背起了黄太太，小心翼翼地向山下走。他心里想，这个女人怎么这么轻，和小时背儿子的感觉差不多。刚开始，他的双手倒抱着黄太太的双腿膝盖处，走了一段，旺根感觉自己的手几乎滑到了她的屁股处，放下她重新背，又怕她笑话自己，索性大着胆子，使劲向上掂了两下，黄太太什么也没有说，很配合的样子。终于到达了法雨寺，旺根轻轻放下了黄太太，抹了一把满头的汗水。黄太太关切地说：把你累坏了吧。旺根说：不累，一点也不累。在这儿吃了中饭，他们乘车到了普济寺，又从普济寺乘车去紫竹林景区、南海观音，然后到了停车场。

旺根和春花都说，先送黄太太去医院看看，她坚持不去，并要上车开车。旺根说：你脚成了这个样子，还怎么能开得了车？

要是我们不走，今晚只能住在这儿了。我现在感觉比在山上时好多了，我开一段试试，不行再说。

上车后，黄太太发动了车。开了一段，她说：没事，我能开回去。

旺根说：黄太太，一路上要好几个小时哪，您能撑得下来吗？

应该没大问题，咱们走着试试吧。

谢天谢地，他们安全回到了家。

从那次在山上背她下山后，春花不在跟前时，黄太太总爱说一句话：旺根，你一点也不像四十多岁的男人，你的劲真大！

王培静，男，汉族。中国作家协会会员，北京小小说沙龙会长。曾在《中国作家》《小说界》《北京文学》等刊物发表小说千余篇，著有小说集《谁不愿做只飞翔的鸟》《寻找英雄》《编外女兵》等20余部。曾获第七届小小说金麻雀奖、冰心图书奖，四次获全国微型小说奖一等奖等。现居北京。

娄城收藏家

凌鼎年

昆石收藏家

阳灿冬从小受父亲的影响。父亲喜收藏，他不收藏字画，不收藏玉器瓷器，单单偏爱收藏石头。刚开始，他常念叨着米芾的审石标准"瘦、皱、漏、透"，太湖石、灵璧石、栖霞石、昆石、英石等都收集，也觅到过几块上品，但体量太大，家中没有地方摆放，最后无可奈何地改为收藏五彩斑斓、小巧玲珑的雨花石。

阳灿冬知道父亲内心最喜欢的还是昆石，他说太湖石适合园林，灵璧石适合大厅，昆石才是文人的最爱，适合案头清供，只是昆石早就不准采挖，物以稀为贵，到哪儿去觅？

阳灿冬对父亲印象最深的一句话是："你如果真喜欢石头，有本事将来就收藏昆石。"

阳灿冬是娄城的，产昆石的鹿城是邻县，读初中时他就去过鹿城，特地登上产昆石的马鞍山看过。想凭运气捡到昆石，简直是做梦，带工具去挖，更不可能。

高中时，阳灿冬就去鹿城的古玩市场转过几次，昆石倒有，但品相都一般般，难以入眼。稍微有点模样的，价格就高得离谱。他咬咬牙，买过一块拳头大小的昆石。他查过，称之为海蜇峰，可惜色泽不纯，也谈不上什么造型，但毕竟是阳灿冬收藏的第一块昆石，他还是宝贝的。

阳灿冬考取的是南京大学的中文系，与他同宿上下铺的冷舒羽是鹿城的，娄城与鹿城只相距十几公里，算半个老乡，两人成了同窗好友。

阳灿冬知道冷舒羽是鹿城的，就问冷舒羽有没有办法搞到昆石？

冷舒羽一拍胸脯说：昆石是鹿城特产，哪有弄不到的。

大话是说出去了，但要觅到手，还真不是那么容易的。不过冷舒羽还是说到做到，半年后，送了一块胡桃峰昆石给阳灿冬。

阳灿冬一看那昆石有十几厘米高，表面呈胡桃壳的那种肌理，那颜色，就知道是上品，要给钱，冷舒羽无论如何不肯收，说是亲戚家的藏品。

不知是受了阳灿冬的影响，还是听了老昆石收藏家的话，冷舒羽也决心收藏昆石。

大学毕业后，阳灿冬进了娄城的机关，从办事员做起。

冷舒羽则进了他叔叔的公司，做起了业务员。

阳灿冬与冷舒羽很少见面，但偶尔也会通通电话，少不了要问问：你收藏了几块昆石？

这阳灿冬就自愧不如了，他只是个普通公务员，而冷舒羽已经是叔叔公司的副经理了，再说他毕竟在鹿城本地，近水楼台先得月，他已收集到了好几块。阳灿冬耿耿于怀，发誓一定要后来居上，超过冷舒羽的收藏。

一晃十几年了，阳灿冬升任了娄城的市委办主任，仕途看好。

冷舒羽也全面接手了他叔叔的公司，出任董事长。

又三年后，一纸调令，阳灿冬出任鹿城副书记兼市长。走马上任的前一晚，阳灿冬打电话给冷舒羽，说约个时间，我俩老同学小聚一下。

冷舒羽热烈祝贺后说："抱歉了，我人在澳大利亚呢，我们公司买了澳大利亚一个矿山，我得一两年后才能回来。"

两年后，冷舒羽春风得意地从澳大利亚回到了鹿城。他打电话给阳灿冬，"今晚我做东，不见不散！"

阳灿冬说："吃晚饭就免了，你知道的，我不喝酒不抽烟，不好这一口。这样吧，今晚我上你家，看看你的昆石藏品。"

当晚，阳灿冬自己开车去了冷舒羽家。

阳灿冬开门见山说："你我是老同学，客套话就免了。亮亮你的宝贝吧。"

冷舒羽有一个房间，桌子上放着大大小小十几块昆石，有红木底座的，有老树桩底座的。小的十来厘米高，中的二十几厘米高，只有两块稍大些，一块尺余，一块一米上下。

欣赏了一番后，冷舒羽问："有入法眼的吗？看得中，我割爱一块。"

阳灿冬说："说老实话，确有几块上档次的，堪称精品，但君子不夺人之爱。不过，我们可以交换。"

说好第二天晚上冷舒羽去阳灿冬家看藏品。

去后才知道，阳灿冬有一间朝南的房间，两面墙都是顶天立地的装饰柜，一格格全是昆石，每一格的尺寸都不一样，下面大，上面小。大的昆石放最下面一格，最小的放最上面一格。

冷舒羽扫了一眼就知道，这些昆石有鸡骨白、胡桃色、荔枝峰、海蜇峰、雪花峰、杨梅峰等多个品种，从红木底座的包浆看，有些是好几百年的老货，那造型、那色泽、那精美程度，冷舒羽见所未见，大开眼界。

冷舒羽看到空墙上挂着两幅书法作品，一幅写着"雁山菖蒲昆山石，陈叟持来慰幽寂。寸根蹙密九节瘦，一拳突兀千金值。"是省城书法家协会主席写的行草。冷舒羽记得是宋代大诗人陆游的诗。另一首"拳拳一石雪玲珑，无限风云皱褶间。咫尺千寻悟大千，且看入诗又入眼。"是鹿城书法家协会主席写的隶书，只是不知诗是谁写的。

阳灿冬指着西边一排柜子说："这边的昆石你看中可以挑一块。"又指指那幅隶书书法作品说："这诗我瞎写的，你瞧得上，也送你。"

冷舒羽说："诗是好诗，石是好石。但老同学你真的悟大千了？"

阳灿冬觉得老同学话里有话，就说："有话直说。"

冷舒羽也就无所顾忌地说："我在鹿城生意做得不算小，第一不差钱，第二，现任商会会长，好歹也算个人物，本乡本土的，照理，天时地利人和都优于你，但我二十多年来，也只觅到十几块昆石。你来了鹿城也就两年左右，却收藏了上百块昆石，还尽是精品。你说正常吗？"

阳灿冬兀自一愣，心一紧。

三个月后，鹿城举办了一个捐赠活动，冷舒羽无偿向市博物馆捐赠了118块昆石。

阳灿冬代表市委市政府到场讲话，并表示要建一个"昆石博物馆"。

结束时，阳灿冬与冷舒羽对视一笑，都笑得很灿烂。

匾额收藏家

卞高璇家里成分高，参军、入党、提干都很难轮到他，看清这一点后，他断了仕途发展的念头，早早下了海。

卞高璇开了一个家具厂。家具厂要堆放木料，要摆放成品、半成品，占地面积需求很大，好在九十年代土地还不值钱，卞高璇把赚来的钱都买了土地。

为了买地的事，卞高璇与妻子白沁沁意见分歧，吵了一架。

譬如成品家具很占地方，白沁沁主张借别人家的仓储，成本大大减少，有什么必要自己建仓库？

卞高璇却说：自有自方便。还说，买土地不会亏的，权当投资。白沁沁没有被他说服，他也知道说服不了妻子。主意一定，我行我素，买了土地，建了仓库。气得白沁沁说他大男子主义，要与他离婚。

卞高璇摆出不争论的样子，只淡淡地说：二十年后再论！

白沁沁拿他没有办法。

有次月底，白沁沁发现，账目拍不拢，就问卞高璇账目咋回事？卞高璇领白沁沁到仓库说：用家具换了三块匾额。还说：有年头的文物，划算！

白沁沁一看，一块是"杏林春暖"，一块是"椿茂萱荣"，还有一块是"泽普如春"。这三块匾，没有三百年，至少一百年，都很陈旧。白沁沁气不打一处来，一套家具换一块茅坑板一样的东西，你脑子是不是被驴踢了？

卞高璇全然不理会妻子的脸色，还兴致勃勃地告诉妻子："椿茂萱荣"

是双寿匾，椿指男性，萱指女性，意谓夫妻双方都长寿……

椿，我看是蠢。你去与你的匾额长命百岁吧。离婚！白沁沁忍无可忍。

白沁沁喜欢时尚，对欧美产品情有独钟，对收藏，对老东西半点兴趣也没有。

卞高璇把所有的现金都给了白沁沁。说：你走你的阳关道，我走我的独木桥。谁笑到最后，二十年后再说。

白沁沁扔下一句：我看你，早晚倾家荡产，抱着你那匾额做棺材。

离婚后，白沁沁开了娄城贸易有限公司，做起了老板。

卞高璇呢，没有了人说他，走火入魔般到处收集匾额。

匾额存放很占地方，一般人就算送他也没有地方放，好在卞高璇的仓库很大。

卞高璇的匾额快集满一百块的时候，有次饭局上娄城的书法家协会副主席叶一航说给他题写"百匾轩"，卞高璇一听，竟大言不惭地提出：要题就题"千匾轩"。

在座的都认为卞高璇这牛吹得大了些。他自信满满地说：十年后见分晓。

十年来，卞高璇的厂没有发展，匾额却越收越多。

十年来，白沁沁的贸易公司越做越红火，还被选为娄城女企业家协会会长。

十年后，娄城书法家协会副主席叶一航应邀去看了卞高璇收藏的千余块匾额，卞高璇如数家珍地指着"惟书为宝""书可医愚""萧江一脉""画荻希风""世德流馨""五马流芳""九牧衍派""西陇世泽""北海名流""安乐桂馥"等一排排三块一架的匾额，一一诉说着收藏的故事。

叶一航有意考考他，指着"德耀青黎"匾额，问：这四字啥意思？

卞高璇答曰：青黎，指有学问的人。德耀青黎，可解读为有知识有文化人中的佼佼者，相当于现在术语德艺双馨。

叶一航又指着边上一块"成均硕彦"，问：那这块呢？

卞高璇答曰：成均，古代国子监的代称；彦，指有学问的人；硕，大的意思。合在一起，意谓高等学府里的大学问家。

卞高璇来了兴致，又解释了"燕翼贻谋""鸿风懿采""旁求俊乂"等，叶一航很佩服地说：开眼界，长知识。当场挥笔写下了"千匾轩"三个劲道的字。

一晃到了2019年，卞高璇在收藏界已很有名气了，他干脆把仓库改造后，开办了"卞高璇匾额陈列馆"。省电视台都来了记者，不少媒体做了报道。白沁沁以娄城贸易公司的名义送了花篮。

到了2020年，新冠病毒全球肆虐，停航断航，白沁沁的娄城贸易公司生意一落千丈，她考虑是否该关了。

一筹莫展中，她收到了卞高璇发给她的微信：二十年了，你未再嫁，我也未再娶，你心中有我，我心中也有你，复婚吧。来我匾额陈列馆帮忙吧。

白沁沁一想，对呀，二十年了，当初他就说过，二十年后再论。只是，我这样太没有面子了。她犹豫不决。

卞高璇似乎洞穿了她的内心，又给她发了一条微信：你回来做家具厂厂长，那厂本来就有你一半。我做匾额陈列馆馆长就心满意足了。

白沁沁有点心动。

钢琴收藏家

臧琴年从前住在翰林弄，他家隔壁是弄堂里唯一的一幢二层楼，女主人是中学教音乐的闻老师，每当吃过晚饭，小楼的二楼就会传出好听的音乐琴声。童年时代的臧琴年，只要一听到琴声响起，就不声不响一个人静静地听着，他觉得这琴声真好听，像仙乐，不知从哪儿发出的，一直想去看看，去见识一番，可闻老师很古怪，从不让邻居的哪个孩子上楼，似乎怕人发现她的秘密，怕人弄坏她的什么。

直到红卫兵来抄家，臧琴年才真正知道闻老师二楼有一架大钢琴。本来，臧琴年可以饱一饱眼福，亲眼看一看这钢琴长得啥样子。谁知钢琴体积太大，从楼梯上抬不下来，小将们很恼火，说反正这钢琴是"封资修"的东西，早晚要砸得稀巴烂的，就干脆把钢琴从二楼的窗口扔了下来，那钢琴落地时发出了巨大且杂乱的叮当声，响亮而刺耳，臧琴年至今难忘。

八十年代末臧琴年出了国，去了意大利，在意大利最大的港口城市热那亚做起了生意。可能他接触的都是国内比较有钱的那一拨人，时不时有朋友托他在意大利买如假包换正宗的品牌钢琴。经臧琴年手运回国的品牌钢琴有法奇奥里钢琴、贝希斯坦钢琴等，都是响当当的老品牌。

臧琴年因托运钢琴，发现了一个商机，涉足了货运，后来叫物流，还专门成立了自己的物流公司。

说实在的，臧琴年内心深处有着钢琴情结，朋友们委托他买钢琴，触发了他对钢琴说不清道不明的情感。他在意大利时，发现常有那些年轻人把祖上的老钢琴三钱不值两钱地处理掉。臧琴年就开始收藏，钢琴占地面积大，一般收藏家想收藏也没有地方放，好在他在老家娄城有厂子，有货仓，自己又搞物流，有诸多便利，就都海运回了娄城。

臧琴年在意大利待了二十多年后，又回到了生他养他的娄城，办起了"臧琴年钢琴博物馆"，免费对外开放。

臧琴年收藏的钢琴，有美国的品牌鲍德温钢琴、美森翰林钢琴，有奥地利钢琴品牌贝森朵夫钢琴，有德国的品牌施坦威钢琴，有澳大利亚品牌斯图拉特钢琴，有日本的品牌卡瓦依钢琴、雅马哈钢琴等，上百架，琳琅满目，蔚为大观。

臧琴年还请当地有名的雕塑家雕塑了钢琴发明者意大利的巴尔托洛奥·克里斯托弗里铜像，放置在了钢琴博物馆的进门口，以示对这位300多年前发明家的敬意。

如今，他最大的乐趣就是接待来参观的钢琴爱好者，给他们讲解钢琴知识，与收藏钢琴的故事。

臧琴年的镇馆之宝是一架方钢琴，一般游客通常只知道钢琴是三角形的，其实在钢琴演变史上曾经出现过方钢琴，两三百年前，曾经风靡世界，显赫一时，只是如今成老古董了，很难觅到了。

那是二十年前，臧琴年去参加一位朋友的周末舞会，无意间看到了他家有一架与众不同的方钢琴。臧琴年一见就喜欢上了，问主人巴蒂斯塔能不能出让？巴蒂斯塔说：这是爷爷留下的，得留个念想，抱歉了！

这让臧琴年念念不忘，又几次与巴蒂斯塔沟通。巴蒂斯塔见他心诚，说：这样吧，我给你留意，以后一有出售方钢琴的，我第一时间告知你。

皇天不负有心人，机会终于等来了，在佛罗伦萨有个爱时尚的年轻人多梅尼科要结婚，他准备装潢老房子，把老家具都处理了，其中就有一台斯坦威方钢琴，1820年制作的，标准的老古董，但多梅尼科有个条件，整体出售，不零卖。

因价格不菲，臧琴年犹豫再三，最后咬咬牙，把那些家具全买下，全海运回了娄城。后来，经鉴定，这一屋的老家具，有一百年前的樱桃木长桌、椅子，与柚木的大橱等，竟捡了一个大漏。

方钢琴优点是占地面积小，缺点是音色较弱，但这台方钢琴的琴键全是象牙贴片，美着呢，手感也极好。可惜，零件有损坏，无法弹奏。臧琴年买了书，请教了修钢琴的师傅，花了半年时间，终于学会了修钢琴，把那台方钢琴损坏的零件定制后换上，那近二百年的斯坦威方钢琴又能弹奏了，臧琴年高兴得像个孩子。

一般的博物馆都有规定，展示品不能碰，不能动，但臧琴年是个例外，只要是钢琴爱好者，征得同意，就可以坐上去，一试琴艺。

如今，臧琴年钢琴博物馆挂上了青少年德育教育基地的铜牌，音乐学院学生实践基地等牌子，来参观的游客越来越多。臧琴年贴钱花时间忙于接待，乐此不疲。

凌鼎年，中国作家协会会员、世界华文微型小说研究会会长、亚洲微电影学院客座教授。在《新华文摘》《小说选刊》《人民文学》等刊物发表作品6000多篇，已出版英译本、日译本、韩译本等个人集子64部。获《小说选刊》"茅台杯"奖、世界华文微型小说大赛最高奖、紫金山文学奖等340多个奖。现居江苏太仓。

人与马的隐秘世界

申　平

舍身崖

他去泰山舍身崖，寻死。

这个世界真是太冷酷太无情了：朋友骗他钱财，老婆跟人跑了，这时家里偏又传来母亲得了绝症的消息。他因寄不出多少钱，每天在电话里饱受亲人们的斥骂……他前思后想，觉得只有死路一条了。死了，就可以彻底告别这个残酷的世界了！

现在，他已经来到了天门之梯十八盘前。举头望去，1827 节台阶真的好像从天上挂下来一般，才爬了不远，他就开始气喘吁吁的了。

他想，连死都这么难吗？不如返回去，投河、喝药、上吊……怎么死还不行。可他忽然又想起了母亲。听人说，泰山舍身崖又叫爱身崖，人在这里自杀，可以保佑生病的父母平安。娘啊，儿子死前也只能尽这么一点力了。

有泰山挑夫从他的身边走过。这些挑夫，一律光着上身，肩上挑着沉重的货物，手扶路旁的栏杆，一步一喘地向上攀行。据说他们这样爬上一趟，也挣不了几个钱……唉，人活在这个世上，真的好难啊。死了就可以一了百了啦。

又往上爬了一段，背后忽然传来一阵斥骂之声。回头看，却是一个头戴蓝草帽的汉子，驱赶着一匹矮脚马，一步步朝上爬来。矮马只有半人多高，但是搭在它身上的货物却像两座小山。它低着头，弓着腰，吃力地攀登着一个个台阶。蓝草帽倒很清闲，手里只拿一条马鞭，不时往马背上抽打一下，嘴里还叫骂个不停。

矮马经过他的身边，抬了一下头，一双灰蒙蒙的大眼睛好像看了他一下，眼神里充满乞求、委屈、愤懑、无奈，不知道为什么，他的心一下子就疼了起来。

他不由跟着他们往前走。这时他忽然发现，那匹矮马的脊背竟然被磨破了，血肉模糊，隐约可以看得到白骨。他立刻感到周身发麻，仿佛那伤口就在他的身上一样。他跟在后面，几次都想开口说说蓝草帽，但一想到自己是个将死之人，就又闭了嘴。

在蓝草帽的驱赶下，矮马很快把他甩到了后面。

他继续攀爬。前面的一个平台上有人聚集，近瞧，首先看到了那顶蓝草帽，接着看见那匹矮马趴在地上。蓝草帽不断挥鞭打马，嘴里大骂。那马也很想站起来，但是它太虚弱了，几经努力也站不起来，可以看见它身上的肉都在颤抖。旁边围观的人都在咂嘴叹气。

他的心再次疼痛，终于忍不住上前说了一句：我说哥们，这马都成了这样，你还打它！它也是一条命啊！谁知蓝草帽立刻瞪眼冲他吼道：你管得着吗！它是我花钱买来的，我养活它，它就得给我干活，不然我吃啥喝啥呀！真是多管闲事。

他再次感觉到了世界的冷酷，感觉到了人心的坚硬。这时那马在地上回过头来，又看了他一眼，眼神里充满了绝望和无助。他在马的眼神里一下子就看到了自己，看到了朋友的背叛和亲人的无情，他突然觉得，自己似乎就变成了眼前的这匹马。

打骂声再次涌入耳鼓，他忽然听见自己说：你这匹马多少钱，我买了。

世界一下沉寂下来，所有的人都在看他。很快，蓝草帽的脸上荡起了笑意，他说：那好啊。我不诳你，这马当初是我花了两万块钱买的，现在打五折，你给一万吧。

他知道蓝草帽在说谎。他说：我身上只有五千块钱。说着，他从贴身的口袋里拿出了那叠钱，还有一封遗书。这是他留给自己的最后一笔钱，他在遗书里说：好心人，如果你发现了我的遗体，恳求您用这笔钱买副棺材把我埋了……现在他想，大不了我死得难看一点罢了。

蓝草帽大概看他榨不出太多油水，就抢一样拿走了他的钱，打个呼哨，立刻有几个空身下山的挑夫围上来，把从马背上卸下来的货物挑走了。

转眼，平台上只剩下他和矮脚马。他这才惊讶地发现，矮马正在用感激的目光看着他，大眼睛里竟然流出了泪水。唔，原来它真的通人性呢。他弯腰拍了拍它的头，又帮助它站立起来，然后摘下它的笼头扔了，对它说：现在你自由了，赶快下山逃生去吧。他说完转身要走，不提防矮马却用嘴叼住了他的衣服，一双眼睛定定地看他。他赶快推开它说：可怜的小马，我是个要死的人，只能帮你这么多了。你快走吧，快点啊！说着，他跳开身，快速向上爬去。爬出好远，他才回头看了一下，天啊，矮马竟然就跟在他的后面。

他苦笑了一声，转身上前抓住马头，没好气地把它拉转身，往山下推。他说：傻瓜，你跟着我干什么，我顾不上管你，明白吗？但是他只要一转身，矮马就会立刻跟上来。他快它也快，他慢它也慢，仿佛成了他的尾巴，怎么甩也甩不掉。

就这么折腾了很久，他发起火来，挥拳打了两下马头，吼叫着说：你这个不识好歹的东西，你知道我去干什么吗？去跳舍身崖呀！你跟着我，难道要陪我一起去跳崖吗？

他震惊地发现，矮马竟然目光坚定地看着他，好像真的点了两下头。接着，它又亲昵地舔了一下他的手，用嘴叼住他的衣服，把他往山下拽。它的眼神里充满了鼓励和希望。

他呆住了，觉得内心深处一声巨响，有什么东西被炸开了，并开始一点点融化。他突然张开双臂，一下抱住了马头，眼泪就像断线的珠子一般滚落下来。

也不知过了多久，一人一马向山下走去。把压根儿不知长啥样的舍身崖，远远地抛在后面。

乌日嘎的蒙古马

乌日嘎对着手机用力喊：快闪啊，你一定要吃东西啊！你等着我，我一定回去看你啊！

说着这话，他的眼泪已经夺眶而出了。

那边听电话的，却不是人，而是一匹马。有人举着手机，放在马耳朵上，让它听。奇妙的是，那匹叫作快闪的马，在听了这个电话以后，竟然真的开始吃草了。这家伙，可是已经绝食三天了。

五年前，十九岁的乌日嘎从塞外草原来到北京闯世界，他是奔着当演员或者是歌唱家来的。一年以后，兜里没钱的他只能到一家马术俱乐部里当马夫，喂马。

他一进马厩，就看到了一排高大漂亮的洋马，说实话他并不怎么喜欢这样的马。后来，他终于看到了一匹没那么高大的马，他一眼就认出这是一匹蒙古马。在北京这样的大都市里，他看见这匹马就像看见了老乡一样亲切。他走上前，想摸它一下，给它戴上笼头，不想那马忽然直立起来，举起前蹄，直奔他的脑袋砸过来。幸亏他躲得快，不然脑袋就开花了。

这时，正好俱乐部的老板来了，他说：新来的，你找死啊！这匹马别看个儿小，但它脾气可大，到目前还没人能降服它。

乌日嘎的倔劲儿就上来了，他说：老板，让我试试。在我们蒙古人面前，没有驯不了的马！

他突然冲过去抓住马鬃，翻身上马。那马立即暴怒起来，蹦跳，摇摆，直立，狂甩，一心要把背上的人摔下去。但是那人却像粘在了它的背上一般，怎么也摆脱不掉。最后它便在马厩里发疯般打转。它故意往墙边跑，一心要把那人刮落。最后，一截伸出墙体的木头终于帮了它的忙。

乌日嘎掉下马来，汗水和鼻血一起往下流。老板慌了，他却爬起来说：没事儿！这马已经服了。说着他走过去抚摸它，它果然就老老实实的了。

老板就交代说：好，那这马就归你驯了。你看看能上个什么节目。

半年后，马术俱乐部演出时，多了个"马上鞭打气球"。一个精神抖撒的小伙子，骑在一匹蒙古马上，在台上闪转腾挪，手中的皮鞭出神入化，准确无误地将一个个四处漂移的气球击碎。他们人马合一，配合默契，引来阵阵喝彩。

不到一年，乌日嘎和他的蒙古马已经有些名气。但是他们真正出名，还是因为两场赛马。

第一场，是乌日嘎亲自骑着它，和那些高头大马比试。站在起跑线上的时候，没有一个人看好他们。谁知道快闪真的快如疾风闪电，一口气就拿了个第一，惊爆全场。

第二次，因为乌日嘎的体重增加，俱乐部找了个小孩骑着快闪出征。孩子虽轻，但是快闪却似乎没了主心骨，渐渐落在了后面。这时，乌日嘎在场外大叫：快闪，加油啊！我在这里看着你呢！快闪听见了他的喊声，就像打了鸡血一般，立刻飞一样朝前奔去，又是个第一！

五年以后，乌日嘎的家人在塞外的一座城市里给他安排了工作，逼他回去上班。没办法，乌日嘎只好打点行装，在一个早晨不辞而别。他实在舍不得快闪，更受不了与它分别的场面。于是快闪就绝食了……

头两年，乌日嘎通过电话和视频，一直保持着与快闪的联系。后来俱乐部搬迁，马夫换人，联系就中断了。乌日嘎的心里，就开始不安起来。他总是梦见快闪被人鞭打欺凌。于是他硬是请了一个星期的假，跑到北京去看快闪。

找了两天，才找到那个马术俱乐部。老板虽然没换，但是经营规模小多了，许多马匹都被卖掉了。蒙古马快闪就在被卖之列。

乌日嘎急得手指老板的鼻子：你怎么能……怎么忍心卖它！你告诉我，它现在在哪里？

老板说：乌日嘎，对不起。你走了，这匹马谁也摆弄不了。上不了节目，我不能白养着它吧。它应该在离这七十多公里的郊区呢。有一天它曾经自己跑回来，人家又来把它找回去。

乌日嘎一听，马上打了一辆车飞奔而去。

真是来得早不如来得巧。乌日嘎进村的时候，正好看见一个汉子手持皮鞭，在抽打一匹拴在树上的马。那马不断尥蹶子反抗，但是身上已经伤痕累累。仔细一看，这不正是快闪吗！乌日嘎大吼一声冲过去，一拳就把那汉子打到在地，又踢了一脚，然后扑过去抱住了马脖子，大哭起来。快闪也认出了他，打着响鼻，泪流滚滚。

一人一马正在悲伤，那汉子已经喊来好几个人，手持木棍要对他们下手。

乌日嘎用身体护住马说：你们先慢动手。我是这马的主人，请问这位大哥，你为什么打它？

汉子说：我打它是轻的，我都想杀了它！我把它买回来，它总是捣蛋，今天又踢碎了我的车，你说，还不该打吗！

乌日嘎说：大哥，你知道它是怎样的一匹马吗？它是一匹宝马、神马啊！两年以前，它为那个马术俱乐部赚了多少钱啊！你是花多少钱买的，我给你。让我把它带走吧。

汉子听了，挥挥手说：那好吧，你给五千块，马还是你的。

回去时，乌日嘎不忍骑身上有伤的快闪，让它在前面带路。七十多公里，他们走了两天。

老板看见乌日嘎又把快闪带回来，脸子拉得很长。乌日嘎就说：老板，你应该想想快闪给你赚钱的时候。如果你不愿养它，以后由我来供养它好了，就算寄放在你这里行不行？

老板说：寄放？你说得轻巧！它又不是一件东西，难道不需要有人照顾它吗？

乌日嘎跟老板说了半天，见他仍不松口，又怕真的寄养在这里，没准又被他卖了。他便咬了咬牙说：老板，这么好的马你都不要，你的生意还能做好吗！你现在想要，我还不给了呢，我要带它回草原去。拜拜吧您呐！

第二天一大早，乌日嘎和快闪就出了俱乐部大门。路过门前俱乐部的宣传牌时，快闪突然连尥两个蹶子，咣咣两下，把那牌子踢烂了。

马语者

那匹黑马，已经闯入他的梦境好几回了。黑马瞪着一双愤怒的眼睛，前蹄刨地，嘴巴嚅动，好像在对他说着什么。可是他听不清，也听不懂。他非常奇怪，这匹马是从哪里来的，曾经跟他有过什么恩怨。他半生养马无数，但是对这匹马却一点印象也没有。

他隐约觉得，这可不是什么好兆头。

果然，他就接到了侄儿的电话，说今天拍马场出事了，马群"炸群"了。平日那些温顺的马儿，忽然变得狂躁不安。也不知道是哪匹马带头嘶鸣一声，马群立刻就像接到命令似的，开始向四面八方奔突逃窜。这倒不怕，山谷四周都有围栏呢。可怕的是它们竟然疯狂冲向那些"拍客"，撞倒的撞倒，踢伤的踢伤，现场一片混乱。

黑马！

他的脑子里立刻打了个闪，把这事和梦里的黑马联系在了一起。他一边开车往拍马场赶，一边就在分析判断，难道，这匹黑马是神马，是特意前来提醒我什么的？

出了城，走高速又走乡道，一路上都可以看见他为拍马场做的广告。他为拍马场付出的心血和成本，由此可见一斑。眼看"拍马事业"蒸蒸日上，他终于可以回到城里，遥控指挥了，怎么会突然出现这样的事故呢！

前面的山谷，就是他花重金打造的新景区拍马场了。景区围绕"拍马"这一中心，兼营骑马体验、马术表演等许多服务项目，平日里人气很旺，今天却冷冷清清。他不由着起急来。

侄儿正在景区门口等他，他下了车，开口就说：黑马！咱的马群里有多少匹黑马？

侄儿瞪着眼看他，好像没反应过来：黑马，黑马咋了？

肯定是黑马带头作乱！他说，走，带我去看马群！

二人走进山谷，直往山的最里面走。那里，就是养马的地方。路上他们经过拍客平台，他不由站住，详细询问出事的情况。

"拍马"，是他一手创办的新兴行业，就是把越来越没什么用处的马匹收集起来，放养在这山谷里，专门供摄影爱好者拍照。不是那种一人一骑摆姿势拍照，而是要营造万马奔腾的场面。每天，都有各地拍客来到这里，买票入场，等时间一到，上百匹马儿就在马倌的驱赶下，居高临下从山谷里冲出来，声若巨雷，气势宏大，令人震撼。马群还会冲过一片水域，马蹄下水花四溅，那些拍客要的就是这个效果，门票再贵也要来拍。

现在他们走进了马群，开始审查黑马。黑马有十几匹，他一匹匹地看，希望能有一匹和梦境里的一样，但是没有。他最后对侄儿下令：把这些黑马都处理了吧。

处理掉黑马以后，马群还真的平静了几天。但是这天夜里，那匹黑马却又重回他的梦境。这一回，它显得更加愤怒，前蹄刨地迸出了火花，它的眼睛里充满讥讽，身上的颜色也开始不断变化，一会儿黑，一会儿红，一会儿花。紧接着，就如放电影一般，他的梦里又出现了许多马匹，一会儿是声势浩大的战争场面，无数战马载着战士冲锋陷阵；一会儿又出现了农村的场景，马儿在卖力地拉车犁田……最后竟然出现了他的拍马场，拍客在排队买票，然后他们举着相机、手机，追逐着马群拍啊拍。黑马嘴巴嚅动，好像在斥责他，但是他还是一句没听懂。

早上醒来，他感到头痛欲裂，忽然意识到大事不好，急忙命令侄儿，今天不要开放拍马场了。可是侄儿却说：票已经卖出了，如果停业，要赔很多钱。最后，他还是被金钱打败了。

这一天，他目睹了马群"炸群"的情景：随着一声巨大的嘶吼声响起，一匹匹马儿突然变成了一支支利剑，纷纷射向四面八方。更有几十匹矫健的马儿，扬鬃奋蹄，山呼海啸般朝着拍客冲来，那些人一时间倒倒爬爬，喊爹叫娘，屁滚尿流……

这天，他惶恐不安地处理完"后事，"很晚才睡。刚一闭眼，就看见那匹黑马又来了。这一次，它的鬃毛都竖起来了。他慌忙俯身下拜，连连道歉，大声说马神啊，我知道你是马神，求你放过我的拍马场吧。不错，我确实在依靠马群赚钱，可是我对马群也不错啊！再说我的本钱还没收回来啊！他看见黑马高昂着头颅，居高临下轻蔑地看着他，后来它又开口说话了，而且这一次他竟然听懂了，只听黑马说道：你们人类，真的是太自私、太贪婪了！你们想尽花招，究竟想把我们马族，压榨到什么时候为止呢？

他打了个激灵，突然醒了。恍然间，他好像明白了什么，又好像什么也没有明白。第二天，他咬牙做出决定：关闭拍马场，还马儿自由。

申平，男，汉族。中国作家协会会员，一级作家，广东省和惠州市小小说学会会长。在《中国作家》《北京文学》《作品》等刊物发表小小说作品1000余篇，著有小小说集《母亲的守望》《记忆力》《马语者》等23部。曾获第四届小小说金麻雀奖、第20届冰心儿童图书奖、第十三届"茅台杯"《小说选刊》微小说奖等百余项奖项。现居广东惠州。

得失何处

于德北

冯尔先生和小偷

冯尔先生上班挤公共汽车，他在公共汽车上发现了一个小偷。那个小偷贼头贼脑，鼠目寸光，一看就是天生做小偷的材料，所以，冯尔先生发现这个小偷之后，神经就显得异常的紧张。

终于，冯尔先生发现小偷把手伸到别人的口袋里去了，但冯尔先生觉得自己不应该叫出声，也许冯尔先生叫出声小偷就会被抓住，说不定他还会得一个什么"见义勇为奖"，但冯尔先生想得更多的是那个小偷的背后还有一只黑手，而那只黑手里拿的是一把锋利无比的刀。

一想到这些冯尔先生的后腰就丝丝发凉。

因此，他一再告诫自己，不要叫出声来。

小偷得手了，匆匆地挤下了车。

冯尔先生不叫，失主是会叫的，当失主哭天抢地地"命令"司机把车开到公安局去的时候，冯尔先生说："小偷早跑了，把车开到公安局去也没用。"他的声音很响亮，"这么做是徒劳的，白白浪费大家的时间。"

于是，车上的人也纷纷反对。

失主无奈，只好一个人下车去报案。

冯尔先生上班挤公共汽车，他在公共汽车上发现了一个小偷。发现小偷就发现小偷吧，冯尔先生是断断不能叫的，他比任何人都清楚不叫的好处，不叫，至少自己不会受任何损失；如果叫了，后果不堪设想。

小偷把手伸进别人的口袋里，在车厢的拥挤和动荡中，小偷得手了，下车了。

被偷的是一个农村妇女，她说那钱是她给孩子看病借的钱，放在乳罩里竟也会丢，挨千刀的小偷，流氓小偷，竟从女人的乳罩里偷钱，多令人气愤呀！农村妇女想不到要把车开到公安局去，就坐在拥挤的车厢里放声大哭。

看来那钱对她来说真的非常重要。

在女人的哭声中冯尔先生的良心受到一点谴责，他想，如果自己叫一下就好了，哪怕咳嗽一声也好吧，也许小偷的背后没有黑手呢，他叫一下，或者咳嗽一下，小偷就跑了，农村妇女的钱就不会丢了。

冯尔先生上班挤公共汽车，公共汽车上经常出现小偷，对此，冯尔先生已经习以为常。遇到小偷冯尔先生的心里非常矛盾，他觉得他在正义和非正义之间难以选择。

小偷把手伸进了冯尔先生的口袋。

冯尔先生眼望着窗外，心里非常地紧张，他的口袋里没有钱，小偷的手就算伸进去也什么都不会获得，这一点是冯尔先生虽然紧张但并不着急动作的主要原因。但冯尔先生的自尊心有点受到伤害，他是个男人，而另一个算不上男人的家伙竟然把手伸到他——一个男人的口袋里！

但冯尔先生最后还是没有叫出来。

他安慰自己：小偷又没有偷别人的，他在偷我自己，偷我自己碍不着别人的事，就是不叫也算不上不道德。何况，冯尔先生已经明显地感觉到，小偷的手已经失望地从他的口袋里缩了回去！

终于有一天，冯尔先生的妻子下班回来，人还没进门就哭了。这一天是她单位开支的日子，她的钱包在公交车上被偷了。她的单位效益好，一个月的工资好几千块呢。冯尔先生来不及安慰妻子，站在客厅里破口大骂——"这他妈的都是什么社会风气，一个社会公民的良心和勇气都哪里去了？为什么没有人敢站出来？为什么不喊一声？哪怕咳嗽一声也好啊！如果小偷偷的是你呢？是你呢？你也视而不见吗？"突然，他停下来，急切又关心地问："为什么不报案？你没有让司机把车开到公安局去吗？"

妻子说："我说了，可司机说，小偷早跑了，把车开到公安局去也没用。这么做是徒劳的，白白浪费大家的时间。"

有关冯尔先生的早晨的零星片段

冯尔先生是早上七点十分领着儿子走出家门的，走出家门的时候，他习惯性地向四下里看看；他家的门前是一个长长的市场，他和儿子要像鱼儿一样，在这些人流里游来游去，要用很曲折的形式，才能从早市的另一头游出去。冯尔先生看那些卖菜的，在心里数着菜的样式，他在心里说，白菜、菠菜，白菜、菠菜，白菜、菠菜，白菜、菠菜，白菜、菠菜，等一捆韭菜映入他眼帘的时候，他知道他和儿子就要走出早市了。

走出拥挤人流的冯尔先生用右手领着儿子用左手搭成凉棚，习惯性地向四下里看看。早市的另一头是一条宽宽的马路，他和儿子要像草鸡一样，快速地从那些钢铁怪物的缝隙中穿过去，有时需要钢铁怪物给他们让路，有时也需要他们给钢铁怪物让路，在这种让路与被让路的过程中，冯尔先生这只草鸡收拢了他"扑扑啦啦"的翅膀。

接下来，是一段轻松的公园甬道式的闲庭漫步，冯尔先生和儿子的手自然地松开了。他在面前不紧不慢地走着，儿子在后面不紧不慢地跟着，冯尔先生和儿子像马和小马在田野里吃草一样，他不时地回头催促儿子跟上他前进的步伐，有时也不得不停下脚来等待儿子一小会儿，用眼睛示意他要集中注意力。冯尔先生一直认为走路是要集中注意力的，所以他最反对像卢梭那样一边散步一边思考。马和马交流是不需要语言的，冯尔先生的手不时在儿子的头上、肩上拍打着，同时发出像马在深秋时节才会发出的哈气声。

冯尔先生是早晨七点十分领着儿子走出家门的，冯尔先生在七点二十分领着儿子过马路，他和儿子走上那条通往学校的步行道时，时间是七点二十三分，而在七点三十分，冯尔先生和儿子就走到了儿子学校的大门口。

从早晨七点十分到七点三十分这段时间，冯尔先生的大脑基本上是空白的，每当他的大脑出现这样或者那样的思想斑块，他就会诚惶诚恐百般不安。冯尔先生是反对一边走路一边思考的，他认为一边走路一边思考充满着不可名状的危险。

从早上七点十分到七点二十分这段时间，冯尔先生的皮肤是光滑的，有阳光的时候，他的皮肤就会闪现片片鳞光。从早上七点二十分到七点二十三分这段时间，冯尔先生的皮肤上出现了一排一排的小疙瘩，小疙瘩呈整齐的颗粒状排列，颜色淡绿或者暗红。从早上七点二十三分到七点三十分这段时间，冯尔先生的皮肤上长出细细的毛发，像缎子一样干净漂亮。冯尔先生对自己身上皮毛的颜色是很挑剔的，他反对自己身上出现黑色的皮毛，当然也反对自己身上出现白色的皮毛，更反对自己身上出现黄色的皮毛，但他对红色情有独钟。当他的身上终于有了红色的皮毛时，冯尔先生脸上露出了天真快乐的笑容。

在步行道上走了七分钟的冯尔先生很准时地把他的儿子带到了儿子学校的门口，他和儿子像鹦鹉一样互相学着对方讲话，简单又平静，像一个固定的公式，公式完成之后，儿子的背影就会隐进那扇五彩缤纷的小门里。

冯尔先生在早晨七点三十分的时候完全放松了自己的神经，他去街边的报摊买一份报纸，在上面寻找惊人的消息——冯尔先生喜欢把他感兴趣的消息都称作惊人的消息。冯尔先生认为惊人的消息是他生活的一部分。冯尔先生想：什么时候他能在那些惊人的消息里看到自己的名字而不是自己的影子，那该是件幸福的事吧？冯尔先生坐在路边等车，一边等车一边等待有关自己的惊人的消息，冯尔先生知道——他等的公交车来了，他就应该尽快上去，而他一旦上去之后，他的早晨就该结束了。

冯尔先生的职业生涯

冯尔先生二十一岁参加工作，他很珍惜自己的这个赖以生存的职业。

冯尔先生参加工作的第一年上班全凭步行，他那时生活非常简朴，穿着朴素、干净，身上有一股年轻人的朝气。从冯尔先生的家到单位有两站地的距离，他每天步行要三十分钟。三十分钟的时间对冯尔先生来说是重要的，他依然保持读书时的习惯，把步行过程当作晨读。上学的时候读课文、读公式、读单词，现在全不用了，冯尔先生就把单位业务方面的书作为自己晨读的内容。

冯尔先生三十一岁的时候，当上了单位一个科的科长，当科长也是很辛苦的事，上挤下压，活得并不舒坦。当上科长的冯尔先生早就骑上自行车了，骑自行车的冯尔先生就不能晨读了。冯尔先生在单位分得一套别人空出来的房子，空出来的房子虽然旧点，但总比没有房子强，所以冯尔先生一直压抑着自己对住房位置不很满意的牢骚情绪，一心一意为单位工作。从冯尔先生的新家到单位依旧三十分钟，这三十分钟里，冯尔先生总是要把一天的工作想清楚。

冯尔先生四十一岁的时候，头发花白了，现在他已经是一个部门的处长了，他的自行车传给了他的儿子。冯尔先生的儿子对父亲的旧车子不以为然，经常让它在外面过夜；对此冯尔先生难以容忍，但他现在已没有那么多的精力管这些事了。冯尔先生乔迁新居，他手下的人都来帮忙，看十几号人为他一个人忙碌，他的心里异常平静。这在二十年前是绝不可能的，二十年前他怎么好意思让大家为他一个人东跑西颠的呢？乔迁新居的冯尔先生不用为上班路途太远而发愁，因为他已经拥有了自己的小车，司机拉着冯尔先生从家到单位还得三十分钟，这三十分钟里，司机绝不敢和冯尔先生说话，冯尔先生坐在副驾驶的位置上闭目养神，早晨的阳光把他的白发衬得很亮。靠在座位上的冯尔先生不需要晨读，也不用为部门的某个具体工作的某个具体细节而发愁，冯尔先生在这三十分钟里要把他部门里的每一个下属在脑子里过过目，然后决定对某人应该采取某种方式、某种态度。

　　冯尔先生五十一岁的时候当上了副厅长。尊重他的人越来越多。当上副厅长的冯尔先生白发越来越多，好像每根白发都可以证明他的资历一样。当上副厅长的冯尔先生气派大了，不用说搬家要来许多人，就连他出差坐飞机回来，各个部门的处长都要到机场去接他。当上副厅长的冯尔先生有了自己的专车，当然比当处长的时候要好得多。单位给冯尔先生在市郊解决了一套跃层式的住宅，他原来住的那套"小居室"留给他儿子结婚用了，虽然他儿子还差一年才大学毕业。从市郊冯尔先生的家到单位要一个半小时，冯尔先生对这一个半小时看得比生命还重要。他的司机——因为守口如瓶——是他一手提拔上来的，现在也已经是副处级的司机了，虽然是相当于副处级待遇，但这对从当处长时就给他开车的司机来说已经非常心满意足了。冯尔先生上班的一个半小时是完全属于他自己的一个半小时，他要考虑的问题很多。在很多问题中当然是和主持工作的一把手厅长搭好班子最重要了。再则，他要在这段时间里把自己一天应该说的话浓缩到误差为零为止。冯尔先生的会议多了，酒宴多了，他总说自己很累，可很累的冯尔先生如果失去受累的机会，那他就该睡不着觉了。为弄清一个瓜是生是熟会从十年前甚至二十年前的一根藤子开始摸起。就这样，冯尔先生六十一岁了，因为没有到届，他挂了一年虚职，六十一岁的冯尔先生当上地地道道的老头了，他时常对着镜子回忆过去，他觉得他的这一生到现在什么都没有剩下，剩下的只有一样——那就是衰老。

　　于德北，男，汉族。中国作家协会会员，吉林省青少年作家协会会长，长春市作家协会副主席。曾在《作家》《十月》《山花》等刊物发表小说百余篇，著有小说集《杭州路10号》《世界的那端》《水下森林》等60部。曾获第三届小小说金麻雀奖、冰心散文奖、公木文学奖。现居吉林长春。

老街有个马梳理

刘建超

马梳理的本事

马梳理有本事。马梳理有啥本事，还真不好说。

哎，马梳理，你给大伙说道说道。

中中，那我就说两句啊。啥是本事？本事原本就是指干农活，做本分之内的事啊。后来就把本事的含义延伸了，就是有了本领，有了技能，有了能耐。本事这玩意儿不分大小，大本事可以执兵打仗掌权治国，小本事可以弹棉花镪锅小富安家。这大本事里也分着三六九等，就说春秋战国，齐楚燕韩赵魏秦七雄逐鹿，个个都是有大本事的人，结果呢，秦始皇灭六国统一天下，秦始皇是大本事中的大本事吧。普通老百姓布衣人家也有本事，卖油老翁，庖丁解牛，百步穿杨，铁杵成针是不是本事？鸡鸣狗盗那也是本事啊。本事不分大小厚薄，能为活着添点乐趣成就自足就中。

你听听，马梳理就是这样说的。

马梳理一年四季中有三季都是厚薄 T 恤撑着他不那么健壮的体格，只有在冬天才套上面子磨得发亮的羽绒服。马梳理说，咱又不是模特，衣服把该遮住的地方遮住就中了，穿得再好，摔一跤，都疼。

马梳理对吃不计较，能填饱肚子，冷热都中。他经常被老婆赶出来了就跑到邻居家，剩汤剩饭都吃得呼啦带响，惹得邻居都咽口水。

马梳理住的是单位分的房改房，小两室一厅，陈旧采光也不好，大白天屋里也得开灯。看着周围的老邻居都陆续买了新房搬走了，老婆几乎每天都骂他没本事，窝囊废。马梳理习惯了，哪天没听到老婆的骂声，他还好奇地问，媳妇你没事吧？换来的就是屁股挨了一脚。

马梳理在一家内刊做编辑，几位编辑有的买了私家车，有的骑着电动车，只有他天天蹬着一辆自行车，风雨无阻，从不迟到早退。有一回杂志社请个外地作者来谈稿子，马梳理主动去火车站接人，他就骑着自行车把人载回来了。作者感慨得写了一篇长文，把马梳理的"绿色行动"好一顿夸，夸得杂志社主编都觉得灰头土脸，揶揄地说马梳理，你可真有本事啊。

听到了吧，马梳理有本事可是单位领导说的。

马梳理的本事大，他说年轻的时候嗓音特别，有磁力。当年在镇子的集市上，他一张口迷倒一片。可惜没有好老师引导，白瞎了一副好嗓子。昨晚电视里那个红歌星，马梳理说去广州出差，同她住在同一家酒店。歌星318，马梳理316，隔壁，晚上他都听到她的呼噜声，有本事不？

马梳理说他从小就有经济头脑，写字快，帮助同学抄作业，每次5分钱，攒够钱就去牛肉馆来碗肉汤泡个火烧馍。那年巴菲特来中国讲学，他同学就负责接待，给巴菲特捏过脚，也给他捏过脚，有本事不？

哎，马梳理，我这样说你，你不介意吧？来来，马梳理，你给复原下解救轻生这件事。

嘿嘿，也没啥啊。那天啊，风和日丽，可就是偏偏有人想不开，滋溜一下就上了楼顶，要跳楼。

要说这人吧我也不熟，都在一栋楼上班，挂过面儿。好家伙，消息传得真快，楼下聚满了人，都举着手机拍照片发朋友圈哪。那人坐在楼沿边上，半个屁股都悬空着。

我也挤着往前看热闹，杂志社主编扭头看着我说，马梳理你整天能不唧唧的，有本事去把他劝回来。

这有何难。我还真去了。那人紧张地说，你别过来，我要跳下去了。我说，我也是想体验体验跳楼的感觉，我他妈也抑郁着呐。我就慢慢地也坐在了楼沿边，我不知道是不是恐高啊，反正头晕心跳。

我说，咱俩都在这楼里上班，见过面。说个明白，为啥要寻不自在啊？那人说他理财被骗了，媳妇闹着要离婚，活着没他妈意思了。

我跟他说，你知道每个人来到世界上有多不容易吗？我看过资料啊，成千上万个精子中，最后只有那么一个能与卵子相结合形成受精卵，成功概率千万分之一啊。我们能来到这世上多幸运、多不易啊。你就这么一跳，把几辈子积攒的多少个千万分之一就糟蹋掉了，作孽呀！

在这个大千世界里，人与人相遇的可能性是千万分之一，能成为朋友的是两亿分之一，成为你老婆的可能性大约是三十亿分之一。你在三十亿人里找到个媳妇，她哭哭闹闹打打骂骂又能怎么样？

那人看看我，说，给我一支烟。他就闷头吸烟，然后就站起身，说谢谢你兄弟。活着，为了那千万分之一。哈哈他想开了，不跳了，就这事。

马梳理没有讲完最后的结尾。他把跳楼的人劝下了楼，看到楼下聚集着许多人，他说只当是拍电影了，蹦极了。在围观人的惊呼中，他居然纵身跳了下去，跌在气垫上。

马梳理还没等翻下气垫，耳朵就被一只手给拧住了，好你个马梳理，五层楼你也敢跳，长本事了啊。

知夫莫如妻，老婆都说他长本事了，那是真有本事了。

马梳理的故事和事故

马梳理是个有故事的人，他的故事就像他脸上的雀斑一样密密匝匝。

马梳理讲故事的状态很是轻松，双手抱在胸前，一手夹着烟，不抽，任凭香烟燃出长长的烟灰，好像眼前缭绕的烟雾更能让他进入讲故事的氛围。

马梳理说，那年，秋天。我去邻省出差，路过青冈县，忽然想去看看本地的一个作者胡一坡。

胡一坡住在偏远的八拐村。八拐村不大，也就十几户人家。胡一坡有个妹妹叫二妮，她手脚麻利，晚饭做得十分的丰盛，炖野兔野鸡，山菌野菜，玉米糁粥，自家菜地里采摘的小葱、生菜，自家做的香喷喷的豆瓣酱，喝的高粱酒也是农家自己酿制的，干冽醇香。

山村的夜异常的寂静，不知名的草虫轻轻地鸣叫，偶尔夹杂着一两声晚归的鸟啼，把山村的静呼唤得更远。山村还没有通电，家家户户盏盏油灯摇曳，如同山间随意散落了一把星星。我一直坐到身上感觉凉了，才回到屋里。油灯下，坐着二妮。

我问二妮，怎么还不休息。

二妮低着头，细声说，我是来陪老师休息的。

我吃了一惊，这怎么可以。

二妮说，老师是哥的恩人，也就是二妮的恩人。对恩人是要报答的，山里也没啥稀罕物来报答老师。

二妮的美是没有雕饰过的那种原生态的美，那种美会让你只专注于欣赏和呵护，而没有非分和邪念的蛊惑。二妮的周身散发着野花般的体香，与你说话时嘴巴散出的味道都是清新绿色，不像城里的女人，远远就能闻到让人窒息的香水味，满嘴巴都是用口香糖清理过的。

二妮告诉我，她父母因病去世得早，她是跟着哥哥长大的。哥哥把所有的心思都放在妹妹身上了，快三十的人，还没有张罗媳妇。二妮说，她十岁那年夏天，山里下着暴雨，雷电满山地劈。她急病发烧，浑身烫得像刚烤出的山芋。哥背着她去镇上的医院。村边小溪已经变成了一条翻腾的青龙，木桥早被冲得没了踪影。哥哥把一根绳子系在腰间，另一头捆绑在溪边的一棵大树上，对妹妹说，待在家里只有等死，要死咱也死一块儿。哥哥紧紧地抱着二妮，不知被洪水冲倒了多少次，身上不知被山石磕碰划伤了多少处，终于渡过了山溪，把妹妹送到了医院。医生说，再晚一点，小姑娘的命就保不住了。为了哥，我做什么都值。

马梳理收住了口。

我问，后来呢？

马梳理说，没有后来，我能把这故事变成事故吗？

还真的就有了事故。

马梳理紧蹙着眉头，烟，一口接一口，我的屋子里乌烟瘴气。

马梳理说，原本想着这一辈子不会再见到二妮了，没有想到，二妮还真的来了老街。二妮的伯父得了瞎病，不知从哪儿打听到老街有个啥子专科医院有疗效，就带着伯父来老街找我了。

你说，人家大老远来的，我总不能撵人家住酒店吧，我也掏不起那费用啊。只好住在家里了。我那房子也小啊，我和老婆住一间，二妮他伯父住一间，二妮只能在客厅睡沙发了。

二妮的伯父半夜三更突然就剧烈地咳嗽起来，咳得人心惊肉跳。我老婆本身就睡眠不好，这几天更是被折腾得受不了，她也不给人家好脸色看。今天早上说，若不把二人请走，她就出家当尼姑去。

看着马梳理一筹莫展的样子，我说，我有个朋友在单位行政科工作。他单位有个内部招待所，条件一般，但是很干净。我这个朋友平时也喜欢写点小说散文。你能不能帮着看看，选几篇能用的在你的刊物上发表。二妮和她伯父就去招待所住，两个标间费用就全免了，还供应早餐。

马梳理眼睛一亮，扔掉了烟蒂，抓住我的手握握，点点头。然后一脸悲怆捋着头发说，堕落啊，堕落啊。

我也不知道马梳理说的堕落是指我还是指他自己，反正马梳理是把二妮和她伯父送去了招待所。

我开着车送东西，看到马梳理还带上了一架手风琴。

马梳理说，二妮在家里看到我早年拉着手风琴的照片，说她还没有听到过手风琴的声音，我就带上闲了给她来一曲，缓解缓解压力吧。

马梳理说，那天也是凑巧。马梳理和二妮带着伯父去看了医生，回到招待所已经过了晌午。

马梳理要走，二妮说，你能拉手风琴听听吗？

马梳理就架上琴，来了首《莫斯科郊外的晚上》。

或许是太劳累了，听着舒缓的乐曲，二妮头轻轻依靠在马梳理的肩上睡着了。

偏偏，马梳理的老婆这时候拎着一袋水果推门进屋。

结果是一地鸡毛，手风琴的风箱被老婆用水果刀扎了两个窟窿。

二妮和伯父是悄悄离开老街的。

二妮留给马梳理的纸条上说，伯父的病只有静养了，在城里耗着还不如回到八拐村养着。她说，马梳理拉的手风琴太好听了，她把手风琴的风箱缝补好了，不知道还会出声不？

马梳理打开琴箱，架上琴，一个合音弹出，屋里沉闷的空气顿时欢悦起来。

马梳理对我说，不管是故事还是事故，都是美丽的。

大家喜欢马梳理

大家喜欢马梳理。

马梳理病了，住院了，说是胰腺有毛病。

男怕胰腺女怕肝，都说男的胰腺出现病变，那问题就严重了。

马梳理的病房住着四个病人，要是没有马梳理的嘴在吧唧，那就是一个死静，连呼吸声都听不到。

马梳理等医生查完房，护士给扎上针，嘴就开始吧唧，几个病友的家事都被他扒拉了遍，当然，马梳理也把自己的家事同病友们分享了，将心比心啊，不然的话，住院就够糟糕了，哪个还有心情跟你谈论家长里短？！

大家喜欢马梳理，到医院探望马梳理的人就多。

马梳理会向病友恰到好处地炫耀眼前的这位如何不得了。介绍来人的背景，享受什么待遇，部门如何重要；要么介绍来人的父辈多了不起，参加过什么战役，立过什么功；要么就夸来人教子有方，孩子多么优秀，考上了哪个名牌大学，学的专业多么的高端；要么当年哥们义气，偷摘人家院子里的大枣，被狗追得撕破裤子；女同学当年多么漂亮，被高年级的同学娶走了，伤了班里一众男生的心。探望马梳理的人，出了医院门都觉得自己是来接受马梳理的洗礼的。

大家确实喜欢马梳理。

马梳理在一家内刊做编辑。单位经常为赶一个会议资料，让大家加班到午夜。刚有人嘟囔着肚子饿了，外卖小哥就把热乎乎的夜宵送到了门口。

马梳理招呼大家吃夜宵，说咱主任早都安排好了，加班尽义务，主任请大家吃夜宵。大家吃舒服了，主任脸上也有光了，马梳理就嬉皮笑脸地把付款二维码举到主任面前。

单位露姐孩子上初中，老公在外地，学校有个大小事都得露姐去，经常请假，主任的脸色就不好看。有时露姐接电话，再看看表，马梳理就知道露姐的孩子学校又有事情了。他说，露姐，这个稿子中的几个数据还是要实地核实一下，辛苦你跑一趟吧。露姐总是被暖暖地感动着，到了腊月就会灌了香肠给马梳理带去一包。年终评比，先进工作者的票大家都会投给马梳理。

大家喜欢马梳理，住院的马梳理精神状态很好。去医院探望的人说，马梳理还是嘴不拾闲，高调得没边没沿，他是不是不知道自己的状况啊。

马梳理当然清楚自己的状况，只是他从来不闻不问，医生说啥他听啥，医生让吃啥他吃啥，从不问医生自己的病情。夜深人静的时候，马梳理会睁着眼睛望着空无的天花板发呆。

在医院待了半年，马梳理死活不住了。在哪里都是耗时间，还不如回家耗着安静呢。家人劝不住，只好办了出院手续，回家养着。

中秋一过，马梳理的身体状况就明显虚弱了，虽然嘴还嘚吧，但气息已经跟不上了。单位同事来家里看望他，说着言不由衷的安慰话。临别时，他笑着说，再见时，可能是在我的追悼会上了。

大家喜欢马梳理，来参加马梳理追悼会的人很多。

马梳理的追悼会是马梳理自己主持的。

吊唁大厅前方一台投影仪，屏幕上播放着马梳理录好的仪式。

马梳理给自己致悼词，悼词里说自己在办杂志时太较真，得罪人。县委办主任是北大毕业的高材生，给几家大报写专栏，据说稿子都是一遍成，报社的编辑都改不了一个字。可是他给本刊写的一篇稿子，马梳理就是挑出毛病以理据争，主任也服气，最后改了两个词句和三个标点符号。

马梳理说自己对年轻人提携不够，关爱不足。杂志社新来个年轻编辑，负责诗歌。他便发来了一组他的同学写的诗歌，马梳理对这组诗歌提出了不同意见，可年轻人还是坚持给发了。结果出现了问题，领导追责下来，马梳理全部给揽下来，受到警告处分。

马梳理还说了一件事，五年前去一个偏远山沟，走了几百里路，帮助村里的一个残疾青年修改作品，晚上就住在青年的家里。青年有个梳着大辫子的漂亮妹妹，看到一个城里人干部大老远地来山里帮助有残疾的哥哥，颇受感动。晚上，她把自己梳洗干净了，坐在马梳理的床边。马梳理是一动不动地劝说着妹妹，妹妹流着泪给马梳理磕头表示感谢。

马梳理说完，大家也听明白了，马梳理是专业水准高，不唯上，不欺下，不用手中特权搞交易，好人呗。

屏幕上的马梳理一本正经地说，在这辞旧迎新的日子里，让我们怀着愉快的心情送别马梳理，他要去没有病痛、不惧冷热、不需金钱的极乐世界了。

向大家喜欢的马梳理先生一鞠躬——

向大家喜欢的马梳理先生再鞠躬——

向大家喜欢的马梳理先生三鞠躬——

终于有人忍不住，噗嗤笑出了声，连锁反应，整个吊唁大厅都爆出了哈哈哈的笑声。

笑着笑着，有人就流泪了，女人嘤嘤哭出了声。

屏幕上的马梳理定格在平日里大家看习惯了的那张干瘦带着微笑的脸上。

大家喜欢马梳理。

刘建超，男，汉族。中国作家协会会员，河南省小小说学会副会长。曾在《北京文学》《莽原》《百花洲》等刊物发表小说800多篇，著有小说集《永远的朋友》《朋友你在哪里》《老街故事》等14部。曾获冰心儿童图书奖、第二届小小说金麻雀奖、第八届《小说选刊》年度大奖。现居河南洛阳。

棋手小瘪四传奇

申 弓

与大师交手

中国象棋国际特级大师许金山（下称许特大）于元旦之日来钦州，要在五星级大酒店举行一对五十的车轮战。这无疑是钦州今年的一件大喜事，尤其对众多的棋迷来说，那兴奋的心情不可言表，摸棋多年，大师的名字如雷贯耳，几曾得见过？不想今日不但能见真人，还能与之亲手对弈，能不兴奋？

这可忙坏了棋协那班人马。平时在市里下棋的人不少，可要排出五十个来与大师对战，还真不容易，当然，随便地点，不说50，500 个也不难，甚至 5000 个也有，不过，要选出能与大师面对面较量的，不可以随便点将，上阵之人，不求能胜，但起码不能在一二十回合里就缴枪，不然太丢脸。这样一来，协会人便定了个标准，50 人必须在历届棋赛的冠亚季军中产生。

排了一天，只排到 49 人，还缺一个。

让小瘪四上吧。副会长老珠说。

小瘪四？

小瘪四是个棋痴，只是历届比赛，他都无缘参加，到底棋力如何？见过的人都说不错，但没有参加过棋赛，就不好说他达到什么程度。会长沉吟了一会儿，说好吧，就让小瘰四上。

于是，小瘰四便排上了第50名，代表钦州出战。宽阔豪华的中华大厅，50张桌子摆成个正方形，50个棋手端坐在外围恭候，8时30分，大师出来了，哔，果然光彩照人！

大师进入了内围，与第一台的棋手握过手之后，回应了一着，便来到第二台，握手，应着，依次下来，终于来到了第50台，小瘰四弓身起立，久久不敢伸手。

大师说，坐下吧，于是小瘰四坐了下来，并在自己的棋盘上将七路兵推了一下。大师眉一挑，也应手个拱七卒，便又转到了第一桌。

小瘰四便对秤长思……

大师一圈圈地转，每转一圈，小瘰四只能拱上一度，便觉得不过瘾，不过，没有办法，车轮战嘛，大师要像车轮一样地转。

转到36圈，前面有人被淘汰了。再转到48圈，又有人跟大师握手败退了。转到72圈，小瘰四举目看看，端坐桌前的棋手已寥寥无几。小瘰四却还坚持着。

第73圈，小瘰四马炮边环，在界河边上装了个连环扣，企图引诱大师的左车上套。大师在跟前站了足足2分钟，嘴角露出了一丝浅笑，没有上当。等到大师再转回来时，也给小瘰四挖了个陷阱，将一匹跛马推到了前沿只等小瘰四去吃。不想也被小瘰四识破了，到嘴之肉竟然不贪。大师抬眼多看了小瘰四一下。

第82回合，大师一反常态，尽起国中之兵，对小瘰四大举进攻，试图一举拿下这座城池，可都让小瘰四给一一化解了。大师便不得不改变策略，使用绵里藏针，对小瘰四进行无声的蚕食。小瘰四还真吃了小亏，大师吃了一个兵。

转到第132圈，这时还留在桌前的只有前面的第3台及小瘰四了。看看时间都过去了一个多小时，大师又来到了小瘰四的面前。大师认真地审度了一下棋盘，此时，大师剩下一车一炮二卒，小瘰四一车一炮一卒，在子力上，大师长了一卒，便向小瘰四伸出了手：和了！

可小瘰四却不去接大师的手。大师眉头一皱，多少有点尴尬，便掠过小瘪四，到第三桌去，在第三桌前下了十多度，最后握手言和。

然后再回到小瘪四的面前，并且拖过了凳子坐下来，专注地与小瘪四进行了最后的较量。

旁边的人都骂小瘪四是笨×，是不识抬举，跟特级大师下棋，大师能主动约和，已是对你最大的赏识了，怎么好不识抬举呢？

小瘪四似乎没有听到别人的议论，一心放在残棋上。小瘪四也知道，自己与大师之比，名气上是不可同日而语的，更具体一点讲，即大师是一亩田，小瘪四顶多就是1平方厘米的土；大师是1千克的金子，小瘪四便只是0.1克的金矿；大师的光似太阳之焰，小瘪四最多是萤火虫之亮。可在这盘棋上，小瘪四认为自己是以逸待劳，是以静制动，占有地利，加之，虽然大师多出一卒，可那只是表象，消灭那个小卒只是时间的问题，而自己的一门底炮已牵住了大师的老将，弄不好，来个平地割葱，即使胜不了，和也是理所当然的事。

大师坐了下来，点燃了一支烟，猛吸一口，又眼盯着自己的底线。

果然，不出三度，大师的小卒被小瘪四拿掉了。

可再下十多度，小瘪四仅有的一兵又被大师取下了。大师毕竟是大师，临危不惧，面不改色，最后使出了拖刀计，又抽去了小瘪四的大炮，到了此时，小瘪四才算是回天乏力，点头认负。旁人又是一片叫骂：小瘪四你想成英雄，现在连个和棋也捞不到了，真是笨×！

大师却紧紧地握住小瘪四的手，很久很久都没有放开：你让我看到了十五年前的我了！

小瘪四握着大师的手，眼光却还留在棋盘上。

大师问：我们一共战了多少回合？

小瘪四：203！

大师：这是我纵横南北用时最长的一盘棋了！

第一笔奖金

小瘪四与特级大师的一局棋，虽然最后还是输了，可小瘪四因此而名声大振，理所当然地成了钦州的新棋王。

成了新棋王的小瘪四，应酬也多了起来。凡有外地棋手来钦州交流，文化宫首先想到的便是小瘪四。于是，小瘪四每天总是西装革履的。虽然那套西服穿在身上有点宽松，那领带扎得也不怎么地道，可小瘪四凡是出面，却总是要讲究这种仪表，他说这是对人家的一种尊重。成了新棋王，小瘪四参加全市运动会的中国象棋赛，一连以不败的记录，毫无争议地成了市象棋运动冠军。成了冠军自然也赢得了奖金，不多，仅500元。小瘪四很满足了，这是他凭自己的智慧取得的第一笔合法的、光荣的、令人羡慕的正当收入。小瘪四拿着奖金的手有点儿抖。小瘪四的心更加抖，整个儿像是做贼一样地抖，不同的是，做贼是怕，这是激动。小瘪四拿了奖金，他想，父母养活我二十多年了，没有什么孝敬老人，就将这奖金交给他们吧。于是小瘪四在中午时将500元一个子儿不少地交给了父亲。

父亲看着小瘪四："怎么？你就不想着怎么使用它？"

小瘪四说："想是想，我确实想买很多的东西，比如再买套像样点的西装，买一批下棋的书，买个手机，买副靓棋，可是……"

"可是什么？钱不够？"

"不够是一条，还有一条更重要的，去年你给我买了西装，起码也该还给你吧。"

"哦，我们的小四子懂事了，我真高兴，好吧，给我我就要了。"

父亲接受了小瘪四的奖金。第二天，小瘪四的床上便出现了一套更好的西装和几本棋书，还有一副水晶做成的靓棋，哦，还有一个小巧玲珑的手机。

小瘪四从文化宫归来，眼睛都大了，啊，还是我的父亲心疼我呢。接着眼睛也湿了："阿爸，你收我500元，不是大大的亏了吗？"

"傻，老豆给儿子，什么是亏，什么是赚？"

"那太感谢老爸了。"

"只要我的儿子走的是正道，老爸什么都舍得。"

"好，我一定为老爸争气！"

接着，小瘪四又参加了一个更高规格的比赛。小瘪四也是一路过关，以七胜二和一败的战绩，顺利闯入四强，然后又击败对手，进入了决赛。坐在决赛席上这一刻，小瘪四全身充满了激情，他想到这是一场十分关键的比赛，关键不仅在于这一仗的胜利，能使他成为省级大师，还有 3000 元的奖金，更是因为对手的强大，听说对手是个久经沙场的老将了，而且还是一个集团公司的老总，对于这个冠军，也是势在必得。

因而，夺冠之战必定是一场殊死搏斗，双方格杀必定凶险万象！

开局时，小瘪四有幸猜得先手，便随手推了个七兵，他要看看对方到底吃的什么菜。果然，这老总一个二五炮，小瘪四嘴角隐隐一笑，便也来了个二五炮，典型的大列手炮。故意留着个中兵不守，对手在打与不打中兵上犹豫了一下，还是一炮飞来，拿掉了小瘪四的中兵。小瘪四心中便更加有底了，使出了自己最娴熟的大列手炮战术，战至第十八回合，小瘪四便占了上风。对方的一个车已入了小瘪四的陷阱，只要提炮一打，便胜券在握。小瘪四一看对方，额头上早冒了汗。对方一边擦汗，一边在摆弄着手机。

小瘪四的手机嘀的响了一下。小瘪四知道是短信息，本想不看，可见对方在玩手机，而自己的棋路已定，便打开一看，一条短信出现在手机上："小朋友，让我胜了这一盘。我给你 3 万元！"

小瘪四不为所动。嘴角笑了笑，抬眼看了下对方，便又埋头棋盘。

一会儿，手机又响了一下："3 万不够？再加 2 万，怎么样？你可以叫人在门口等着点钱！"

小瘪四动了动，看来下棋还真能赚钱哦，5 万元是他这辈子也没见过的天文数字了。不过，他一下子想到了父亲，想起了父亲堆在他床上的那一床的东西，那不仅仅是一个钱字就能拥有的哦。

小瘪四收回了目光，也收回了心，眼睛始终投在棋盘上。

这时裁判也发了话："注意赛场规则！"

啪！小瘪四义无反顾地用了炮。

只剩单车的老总，那额上便只有流汗的份。生硬顶至 30 多个回合，老总全身湿透之时，小瘪四的冠军到手了。

小瘪四上台领取了 3000 元。老总的一个副手骂了句："笨 ×，5 万元是

3000 的多少倍，这个数也不会算，还来下棋呢？"

小瘪四在高兴头上，对这自然不理。

父亲也高兴地来到了身边："小四子，这 3000 元怎么处理？还是交给老爸了吧？"

"对不起了，老爸，我另有用途。"

第二天看到了日报报道：小瘪四荣获省象棋冠军！同时报道：小瘪四将奖金全数捐赠给了四川地震灾区！

做一回上帝

小瘪四终于还是逃不过被开除的命运。小瘪四在这间店里服务了三年多，因为痴迷下棋，只要听说哪里有棋赛，便请假或是旷工，工作表现时好时差，总之是没有得到老板的赏识。没得老板赏识的主要原因是小瘪四太精了。老板都不喜欢过于精的人，老板喜欢的都是实实在在干活，不很讲究得失的人，也就是小瘪四认为的傻子。小瘪四认为的傻子，实际上是不傻，而小瘪四认为自己是精仔，实际上自己在老板的眼里就是傻子，这里面包含着很深的哲理，用小瘪四的现行思想是永远也想不透这一层的，这正是争是不争，不争是争。

这是一间不算大，也不算小的饮食店。不大，是指它的规模及规格，服务员工不是太多。不小，也是指它的规模和规格，工作人员也不算太少，也就是大不到靠班长来管理，而小不到老板没有不认识的。这样的规模和规格，就最能考验一个人的表现，即你做多了，老板看到，你做少了，老板也未必不知道。精仔和傻子同时混杂。小瘪四的亏就吃在这个份上。比方说，工作时间，老板规定为 8 个小时，可未到点，小瘪四就提前做好了下班的准备，收拾好自己的东西，到点就开溜。表面上看干足了时间，实际是利用了上班时间做了自己的准备。而不像老五，老五常常是在下班时间到了，还在做班上的收尾工作，然后才收拾自己的东西，这一来一往，就有至少半个小时的差异。小瘪四每每离开时，总对老五含有讥诮之意，那意思是说你老五大傻仔一个。可不知道，自己却早已陷于做傻事而不能自拔，这不？被开除了不是？

因为没有本领，小瘪四就是专门供人使唤的家伙：老板使唤他，师傅使唤他，服务员使唤他，连看门口的也使唤他。

开除就开除吧，小瘪四也没有感到太痛苦。此处不留爷，自有留爷处。想我瘪四精仔一个，到哪里不是被使唤？

给工资吗？小瘪四这样问老板，其实他是心里盘算好了，是我炒你就别想拿到工资，是你炒我，那可是一个子儿也不能少。

老板也是个明白人，虽然小瘪四表现不怎么样，但毕竟能在一个店服务三年多，这也是不多的，正是没有功劳也有苦劳了。不开欢送会就好了，怎么会欠这点工资？

于是小瘪四顺利拿到了一笔钱。

拿到钱的小瘪四就不那么瘪了。他要了那个最豪华的玫瑰包厢，请了几位相好，他要在自己服务过的地方切切实实地当一回上帝。妈的，钱是什么东西，给你就是钱，不给，什么也不是。花了好再去挣。

小姐，点菜。小瘪四大呼一声，引得几个平时一起的姑娘都瞪着眼睛看着他。

看什么看？快给老子点菜。见那些姑娘不动，小瘪四便直呼老板。

老板毕竟是老板，生意就是爷，立时向一个姑娘发出了命令：阿朱，听到了没有？

那叫阿朱的姑娘这才正了正胸前的牌牌，拿上菜单进了玫瑰包厢。

阿朱看了看小瘪四：要什么菜？

不行，你老板是这样要求你的吗？

不就是要点菜吗？哪来这么多的条条？才离开不到半小时。

是的，半小时前你也可以使唤我，可现在你知道我是什么了吗？

是什么呀？还不是小瘪四？

得，本人投诉你，对顾客不尊重，叫老板扣你奖金。小瘪四是你叫的吗？快，叫一声先生，否则……

好，先生，请问您要点什么？

好，这还差不多。看你们店有什么特色菜，都给我要一份。

特色菜有，不过价格可贵了。

得，你又犯了规，知道错在什么地方吗？一、不维护老板利益，二、不尊重顾客。

对不起了，先生，我们开始吧。

好，这还差不多。于是他们在斗嘴中点满了一桌子的酒菜。在吃用过程中，一会儿叫服务员来这个，一会儿又要服务员来那个，直弄得十几个姑娘转磨心一样为他一桌跑前跑后，要这要那。随着酒意上升，小瘪四还觉得不过瘾，便冲老板来了。

服务员，你们的老板这么拿大？怎么不来敬个酒？快叫。

经过几番折腾，小姐不敢怠慢，立马通报老板。

老板是生意人，自然不去计较，来了，并拿起了酒杯子：来，先敬小瘪子一杯。

得，真是有什么老板就有什么员工，告诉你，我现在是上帝，小瘪子是你叫的吗？

是，是，是，对不起了，平时都叫惯了。

要在半小时前，我不怪你，可现在……

在推与敬中，不慎洒了衣服，小瘪四摊着两手：

老板，你看着办吧，怎么样？

好，好，好，我叫人来替你抹。

不行，得你亲自来。否则，这桌酒菜……

好说好说。老板掏出了餐纸。

完后，小瘪四一下子趴在餐桌上嘤嘤地哭了起来。

吃完结账，不多不少，正好，老板刚才发给小瘪四的钱又一个不落地回到了老板的账上。

走出大门，一小时前怎么样，一个小时后还是怎么样，可小瘪四与老板都各得其所。都说人生如棋，可这盘棋是什么样的套路？小瘪四是想爆头也想不通。

申弓，原名沈祖连，男，汉族。中国作家协会会员，中国微型小说学会理事，广西小小说学会会长。曾在《小说选刊》《小说界》《人民日报·海外版》等发表作品千多篇，已出版《男人风景》《申弓小说九十九》《做一回上帝》等小说集18部。曾获第四届广西文艺创作铜鼓奖、第四届中国小小说金麻雀奖。现居广西钦州。

大厂往事

邓洪卫

街　花

杨燕到厂里上班，厂里立刻亮堂起来，厂里的人眼睛也亮堂起来。

南风镇人说漂亮不叫漂亮，而叫体面。啧啧，这女的体面死得了。死得了，是南风镇人特有的表达方法。好吃死得了，就是非常好吃。好看死得了，就是非常好看。快活死得了，就是非常快活。体面死得了，就是非常体面。

厂里数杨燕最体面，但厂里人不叫她"厂花"，而叫"街花"。为啥呢？因为她爱逛街。走在街上，整条街都是春天。厂里人还是很科学的，很内敛的，他们没有叫杨燕"镇花"。杨燕是不是南风镇最体面的，他们不知道。不知道的事，不能瞎说。

"街花"闲，闲死得了。在家很少做事，嗑嗑瓜子，看看电视，听听音乐。据说，都十来岁了，衣服都是父亲洗的，外衣也罢了，内衣也是。"街花"的母亲呢？嗯，也是一位"街花"。

对了，南风镇人把喜欢逛街的人叫"街划子"。逛街就得花钱，就得把街上的东西往家里划拉。这娘儿俩都是"街划子"。

家务活都由父亲承包了，娘儿俩没啥事，就一起去逛街，买衣服，大包小包的，逛累了，就近找一个利净的小饭店，吃。兴致来了，还喝上两口。

吃饱喝足了，就提着大包小包，牵着手回家了。

都说娘儿俩像姐妹。身量脸型都差不多，虽然母亲皮肤要比女儿"老"一点，但化化妆，离远还真看不出来。娘儿俩的衣服都换着穿。可不就像个姐妹？

女人一漂亮，惦想的人就多。男人惦想的是身体，女人惦想的是谈资。

比如"街花"的母亲，就在外面有了人。生活起了变化。

起初，"街花"妈妈在肉联厂工作，天天和一群妇女一起清理动物内脏。肉联厂领导看"街花"妈妈年轻漂亮活泼可爱，哪里忍心她做这么脏的活？安排她到厂办幼儿园当老师。这是透亮的事。"街花"的父亲能不察觉？能甘受其辱？拳脚相加，大打出手。

那时住的是平房，闹出这么大动静，哪有什么隐私？小小的平房常常里三层外三层围满了看热闹的人，叽叽喳喳指手画脚对"街花"的妈妈说三道四。那时"街花"还小呢。"街花"被父亲撵到外面了。她扒着门缝，看着父亲打母亲，听着外人议论。

"街花"流泪了。邻居们都笑了。

"街花"长大了，比母亲还漂亮。"街花"能逃得了被惦记？

"街花"职校毕业进了厂，厂里有男有女。男的身体闲不住，女的嘴闲不住。尽管，"街花"已经有了男朋友，职校同学，叫吴兵，高大帅气，两人走在一块，跟电影里的明星一样。

"街花"很快和吴兵结了婚。

但这不影响厂里男人的惦记。结了婚怕啥？你的男人高大帅气有啥？我们也不是想和你结婚，我们也不想和你大白天走在一起。

男人们一旦色心起，色胆就大，无所顾忌，争先恐后。想方设法接近、讨好"街花"。送些小礼物，请唱歌，请吃饭。他们没想到，"街花"一概拒绝。越拒绝，越疯狂，居然有人半夜三更打电话去人家里骚扰。闹得"街花"家里面都觉得"街花"有问题。

但"街花"确实什么问题都没有。"街花"说，我不能跟我妈一样。

这是对最好的闺蜜说的，闺蜜一转脸就说出来了。

男人失望，女人失望，都觉得不可思议，都觉得"街花"心眼太死。

不可思议，这脸都抹下来。心眼太死，没得啥指望，就懒得理她了。往往是一天班下来，没一个人和"街花"说半句话。

"街花"不在乎，自己做自己的事，闲下来听听音乐，下班后逛自己的街，每天上班，仍然光光鲜鲜，保持"街花"本色。

忽一日，"街花"失了颜色，整个人都萎顿了。

一打听，原来，吴兵豪赌欠下二百多万巨债，击垮了"街花"。

"街花"确实垮了，精神失了常。常一人自言自语，自说自笑，或呆怔怔半日无语，或忽来忽去，不知所踪，或在林中半天静坐，或在河边久久徘徊。

"街花"离婚了。吴兵起初不同意。"街花"起诉，离了。

离了又结。新婚老公也是离了婚的，虽年长"街花"十多岁，却家财万贯，据说，待"街花"又是极好，将一套房产划归"街花"名下，虽小，位置且偏远，但好歹是套房子，另给"街花"买了近十万的保险，钱也是尽着"街花"花的。"街花"的母亲逢人便说新女婿如何有钱、如何好。女儿终于嫁了个有钱的，"街花"的母亲扬眉吐气。

不想，没到两年，又传来"街花"离婚、回归吴兵的消息。

"街花"说，她对不起老张。

老张就是她的后夫。为什么对不起老张呢？因为老张对她太好了，她配不上他的好。

"街花"还说，她喜欢的还是吴兵，心里还是放不下吴兵。

"街花"信了佛，每日打坐、诵经、抄经，饮食上也一如佛家弟子，不沾荤腥。"街花"说，我们信佛之人，应该虔诚，不能沾荤腥的，若沾了，那是对佛的亵渎。

但"街花"仍酷爱打扮，每天都收拾得光光鲜鲜。每月工资都要拿出一部分来买衣服，买化妆品，剩下的给吴兵还债。

"街花"说，我们信佛之人，不能邋邋遢遢，这是对佛的尊重。

吴兵也已浪子回头，除了上班外，还兼开出租车，挣钱还债。

他们的女儿打小成绩就不好，初中毕业后读了技校，学的是食品专业。毕业后到咖啡厅当服务生，辛辛苦苦，每月一千七百块钱。

有一回，孩子和"街花"说：妈，我才十七岁呢。

"街花"低下头，看着女儿清秀的面庞，自己曾经也有的美丽青涩，泪水夺眶而出。

白梨花

"街花"的母亲叫卜丽华。我们那白跟卜念一个音，所以大伙都叫她白梨花。

白梨花在肉联厂工作。肉煮熟了，端上饭桌，香喷喷的，可屠宰现场却是腥臊恶臭，污水横流。

白梨花就在这腥臊恶臭、污水横流中打理被宰杀好的动物内脏。每天到班上，她穿上大围裙，换上胶鞋，把一盆一盆油滋滋、脏兮兮的肠子、肚子洗干净。那种腥臊味，熏得人作呕。而且干这类活儿的，都是一些五六十岁的农村妇女，嘴闲不下，满口粗话，白梨花很不适应。

白梨花是个特别爱干净的人。

每天下班，别的妇女褪下围裙就回家了。白梨花却要把围裙洗一洗，晾在院子里。第二天来，她要围上干净的围裙做活儿。

回到家，洗个澡，白梨花对自己说，这样的生活，真他妈不是人的生活啊。

这一天，肠衣厂的厂长，到操作间视察，看到了白梨花。这厂长也是苏州人，特别爱干净。他一般不到操作间来。这里油渍麻花的，味太大，他受不了。那天，不知哪根筋搭错了，到操作间看看，看了，不由眼前一亮。他一直以为操作间清理内脏的，都是些四五十岁的妇女，没想到还有这么一位仙人儿。

厂长在心里暗自埋怨办公室主任：失职呀！

回去后，直接把白梨花调到办公室做秘书。

做了秘书的白梨花，再也不用跟一群妇女洗内脏了。她成天拿着文件夹，出入于领导的办公室，很开心。她把自己收拾得干干净净，利利落落，像白梨花一样亮丽。

厂长没事就到白梨花的办公室来看看。有一天晚上，别人都下班回家了，厂长把白梨花留在办公室谈心。

白梨花说：厂长，我真的很感谢你，可是——

厂长叹了一口气：我真的看不得你跟那帮老娘们一起洗肠子、肚子的。

……

没有不透风的墙，这事让白梨花的丈夫知道了。

白梨花的丈夫叫杨秃秃。杨秃秃其实并不秃，头发茂盛。那怎么叫杨秃秃呢？因为杨秃秃是开拖拉机的，拖拉机一开，"突突突"。突跟秃谐音。所以都戏称他杨秃秃。

杨秃秃哪里能忍？挥起多年握拖拉机扶把的老拳，打了白梨花两顿。起初，白梨花不吭声。后来，白梨花说，我想回苏州，带着燕儿。

杨秃秃立即蔫了。

白梨花不是本地人，是苏州下放来的知青。苏州，那可是个大城市，上有天堂，下有苏杭。白梨花到我们这镇上，就像天仙下凡一样。吸引了许多"凡人们"的围观、围追。

但是，白梨花不理他们，冰清玉洁。"凡人们"恨死了，得不了手。

后来，白梨花嫁给了杨秃秃。

白梨花为什么偏偏嫁给杨秃秃？很多人不理解。杨秃秃老实巴交的，三棍子打不出一个闷屁来。但世上事并不因为你不理解就不发生。这可真是：骏马常驮痴汉走，巧妇常伴拙夫眠，世间多少不平事，不会做天莫做天。

看着杨秃秃跟白梨花走在一起，很多人觉得是《天仙配》的现实版。

不管怎么说，白梨花跟杨秃秃过起了日子。后来生下了女儿。一家三口，其乐融融。

落实政策的时候，出人意料，白梨花没有回苏州。白梨花说，我舍不得他们爷儿俩。

又有人说，白梨花之所以没回得了苏州，是领导想不到白梨花的心思，故意压着不签字、不盖章。

不仅没回苏州，还让到肉联厂上班，做最忙最累的活。

才有了跟厂长的故事。

很多事情，也就是开始那几步。一旦迈出去了，就习惯了，就不在乎了。

杨秃秃不再管她，她跟厂长的事也就见怪不怪。人家丈夫都不在乎了，别人穷嚷嚷啥？

那几年，白梨花除了上班，偶尔跟厂长约会，全部心思都放在女儿身上。

但，女儿的事却怎么也理不顺。

女儿上了技校，谈了一个对象，叫吴兵。白梨花不同意。她觉得吴兵的家境不太好，女儿嫁过去会吃亏。

但女儿在别的事上听她的，这事却不含糊。愣是跟吴兵结了婚。吴兵好赌，欠了外人二百万赌债。成天有人上门要债。女儿不堪其扰，最终跟吴兵离了婚。白梨花立刻托人牵线搭桥，为女儿张罗了一个老板。

虽然老板比女儿年长十岁，没比自己小几岁。可是白梨花还是竭力主张这门婚事。女儿嫁给了这个老板，白梨花很高兴，逢人便说，女儿这下可定当下来了。没想到，定当没几天，女儿跟老板离了婚，跟吴兵复婚了。

白梨花在五十二岁那年，得了一种妇科病，死去了。那种病最麻烦的是下面经常不干净。白梨花最后的岁月十分痛苦。她对杨秃秃说，我怎么感觉又回到了洗内脏的那段岁月。

又扭脸对女儿说，我们是不是都太爱干净了？

说完，就咽了气。

钉　子

我们这里的赌风并不盛，但是背地里还是有很多人赌。这个赌也是有季节性的，平常时候，大家都很忙，很少有人想起去赌。那么什么时候适宜赌呢？一个是夏天，一个是冬天。夏天太热，正事干不下去，只有用赌来消暑，还有是冬天，特别是春节前后。一年到头忙下来，该歇歇了，该玩玩了，赌吧。

赌，有大赌，也有小赌。我们这地方的人，大都是小赌。没事干，皮皮麻。皮皮麻，就是小玩玩，逗逗趣。

我们这地方赌的人中，大体有两类人，一类是中年男人，一类是老年妇女。中年男人大都掷骰子，老年妇女大都斗纸牌。掷骰子，我们这地方又叫掷猴子。为什么叫猴子？不知道，大概上骰子在碗里蹦蹦跳跳，跟猴子一样。反正抓一把方方正正的东西，口里念念有词，我的个亲乖呀，一掷一个六猴啊。哗啦啦，猴子就掷到碗里，蹦蹦跳跳，滴溜溜转，大家的眼睛瞪大了，眼珠盯着猴子，真想眼珠里能射出颗无形的钉子来，把猴子钉都钉在六上。那是多么惊心的时刻啊。

中年妇女赌的就不多了。但也有，哄老太太高兴，一起斗斗纸牌。中年妇女中，掷猴子的，几乎没有。

几乎没有，不是绝对没有。吴兵的母亲，就喜欢掷猴子。

吴兵的母亲，年轻时就喜欢掷猴子。瘾很大。吴兵出生不久，她就抱着吴兵掷猴子。小吴兵在母亲的臂弯里，小眼珠瞪着碗里的猴子跳来翻去，一咧嘴笑了。

吴兵稍稍长大，会自己玩了。有时候挤在母亲的身边，母亲很烦，总是撵他，去去去，自己找人玩去！

吴兵就找人玩去。什么都玩过，拍火柴盒，掼四角，碰玻璃球，砸钱堆，最后，就是掷猴子，打麻将。

吴兵上技校的时候，已经玩得有模有样了。在别人的眼里，吴兵就是个小混混。

就是这样一个小混混，居然泡上了"班花"杨燕。

杨燕因为长得漂亮，是非就多。再说，那时上技校的，大都是成绩一般的，考不上高中，更考不上小中专。但好在他们是城市户口，可以有特殊待遇，就上了技校。

到了技校，毕业后都可以分到厂里工作。所以，大家都不怎么学习，都想玩。杨燕漂亮，很多人都想跟杨燕谈恋爱。校内的想谈，校外的、社会上的小混混也想谈。都用不同的方式骚扰杨燕。杨燕不堪其扰。

吴兵出面，把这事摆平了。

吴兵就在外面说，杨燕是我的女朋友！

这么一说，就没人敢骚扰杨燕了。

本来就是一说，给杨燕解围的，吴兵并没有想到能跟杨燕谈恋爱。别看吴兵平常乍乍乎乎的，骨子里，还是有点自卑的，特别是在漂亮女生面前。

可是，杨燕却喜欢上了他。两个人就谈起了恋爱。

杨燕说，我现在是你女朋友了，你可得听我的。

吴兵说，那当然了，你让我干啥我就干啥。

杨燕说，你可不能再赌了。

吴兵说，那可不成，戒不了。

杨燕说，戒不了也得戒，我重要，还是赌重要。

吴兵咬了咬牙，那就戒了。

他递给杨燕一颗锃亮的铁钉，说，要是你再看到我赌，你就把这颗钉子钉在我手掌上！

果然，吴兵不赌了。

技校毕业后，杨燕进了厂，吴兵当了兵，去了浙江。

临别时，杨燕说，你在外面，会不会跟别的女人好，不回来呀。

吴兵说，哪能呢？

杨燕把一件东西放在吴兵的手心，吴兵感觉出来了，诧异道，我不会再赌了。

杨燕说，不是，我要用这颗钉子把你的心钉住，三年后，你得回来！

吴兵说，那肯定的。

果然，三年后，吴兵回来，分到学校保卫科，两人很快结了婚。

谁也没想到，吴兵结婚后，又迷恋上了赌博。他说去学校值班了，其实，是去赌博了。也不知他怎么赌的，一下子输了二百万。

消息一出，杨燕一下子傻了。二百万啊，简直是天文数字，她杨燕一辈子也拿不出二百万啊。

吴兵的债主们蜂拥而来要债，吴兵吓跑了。找不着吴兵，他们就来找杨燕。杨燕崩溃了。

杨燕要离婚。吴兵家不同意。

有一天，杨燕吃饭的时候，在饭里吃到一颗钉子。

这钉子，是吴兵的母亲放进去的。吴兵的母亲已经五十出头，不再是当年的赌场女汉子。早就洗手不干了。

在饭里放钉子，是迷信的说法，意思是要钉住杨燕，不让杨燕离婚。

可杨燕去意已决。协议不成，起诉离婚。

杨燕离婚后，跟了一个有钱的老板。但没两年，又离了，回到吴兵身边。

在杨燕跟老板结婚后的日子里，吴兵还是经常来找她。老板知道了，说，我把吴兵的债还了，他能不来找你吗？

杨燕说，你把他债还了，他还会赌的，还会有新债。

杨燕说，我的事，还是我来承担吧，不连累你了。

老板是个很开明的人，说，那随你便吧，祝你幸福。

杨燕跟吴兵复婚后，吴兵再也不赌了。除了每日到学校保卫科上班外，还兼开出租车，挣钱还债。

有一天，杨燕收拾抽屉，看到那颗钉子。那颗钉子，早已锈迹斑斑。杨燕想起当年跟吴兵初识时的情景，不由得眼睛发潮。

她一抖手，把钉子扔进了垃圾桶里。

邓洪卫，男，汉族。中国作家协会会员，盐城市作家协会副主席。在《北京文学》《天津文学》《江南》等发表小说百万字，出版小说集《初恋》《大三国小人物》等10部。曾获第二届中国小小说金麻雀奖、第五届江苏省紫金山文学奖等奖项。现居江苏盐城。

我艾城的同学

谢志强

阿明的礼物

我认识阿光和阿明，是念高中的时候。他俩情同手足，一个人出现，另一个人肯定在附近；要是找不到两人中的一个，只要找到另一个，那这一个保准找得到。好像光明这个词，专门替他俩所造。我称他俩为光明先生。

只是，他俩没什么故事。至多是耍些个小心眼，恶作剧，这都是阿明的"杰作"，但还算不上故事。譬如，去果园偷苹果，阿明随便就出一个点子，两人一起行动。知情者会说阿光的脑袋长在阿明的脖子上边了。阿明时常为自己的技术含量颇高的"点子"得意不已。

一个人总会有一个故事。过了 20 岁这个门槛，光明先生就有了故事的苗头。他俩爱上了一个叫阿秀的姑娘。爱情和故事一起生长。

光明先生作为两个单独的个体，最终不可能和阿秀走向婚姻的殿堂吧？！在爱情的天平向阿光倾斜的时候，阿明耍了个诡计，结果，阿明和阿秀闪电般地结为家庭伴侣。

其中，阿明耍了什么诡计，他始终绝口不谈。阿明的嘴巴很严实，要叫他保守一个秘密，烂了也不吐出。他是一个相当可靠的人。而阿光耳根子软，几句话一问，尤其喝点酒，他就如数倒出你需要的话。阿光是个肚里藏不住秘密的人，就像猫耳朵上的干鱼——过不了夜。

我喜欢接触阿光，而阿明这个人，我一直探不出他的底。这两个人的友谊竟能像兄弟一样。阿光参加了阿明和阿秀的婚礼。阿光这样看待爱情和婚姻：该是我的女人就不属于别人，属于别人的女人就不该和我，一定是我哪里不对。

婚宴上，阿光喝多了。喝多了，阿光只是歪在椅子上，不响也不动。我送阿光回的家。他母亲说阿光心里不舒服，就喝闷酒。她还说阿明夺走了她的儿媳。

那之后，光明先生一分为二了。他俩关系疏远了，似乎是阿光有意避开阿明。大概是阿光不愿见到阿秀，省得触景生情——阿秀真是一道秀丽的风景。

等到阿秀的腹部明显腆起，我找内行的人士推断，阿明耍的那个诡计，可能是抢先让阿秀怀了孕——凭此，从生理上讲阿秀成了他的女人。我有一个说法是先端饭碗后敲钟（敲钟是一种婚礼的仪式罢了）。

有一次，阿明突然来找我，要我协助他。他已经数次给阿光送礼物，均遭拒绝。阿明说自小我和阿光就是朋友，我想不能就这么断了，你出面，可能会缓和关系。

阿光有点一根筋，谈了阿秀这个对象，仿佛把心交给了阿秀。断断续续，有人介绍过几个姑娘，阿光懒得谈。我牵过一个线，阿光屈于我的面子，见过一面，就没戏了，倒是女方对阿光有好感。剃头挑子一头热，没戏。阿光仿佛在等待什么。我劝他，阿秀已经结婚了，你不能在一棵树上吊死，天下的姑娘千千万万。阿光说慢慢再说。我说你再拖下去，把自己拖老了。他说我自己心中有数。

我陪阿明去阿光的家，阿光不在。阿光的母亲热情接待了我们。阿明拎着礼物，随口就说了个由头，说是孝敬老人家。那天恰是阿光的母亲60岁生日（虚岁）。阿明表示要替老人家办一桌宴，他说艾城祝寿的习俗是做9不做10。阿光的母亲就罗列阿明和阿光怎么怎么好，只字没提阿秀的话题。

阿光的母亲说：该生孩子了吧？

阿明短暂沉吟，说：流产了。

她说：可怜，怎么不当心？现在的女人不知怎么了，结不住瓜？一动就要流产，我怀阿光那会儿，临产前还在河埠头洗衣呢，端着一大盆衣物回家，不到时辰阿光就是不出来。

我说：还奇怪呢，现在的女人，生了小孩，大多数还没母乳呢。

她说：人怎么成这样了？

阿明说：是环境在惩罚人。

当天，阿光约了我。他托我把礼物转退给阿明。他什么话也不说，只是拜托我退还礼物。我这个中间人为难了。他说：麻烦你了，我真的不缺什么。

阿明也没说什么，只是把礼物丢进家门不远的垃圾箱里。自此，他再也不提送礼的事儿了。

我知道了，阿秀是背着阿明去医院做了人工流产手术。为此，阿明发了一场火，可能还动了粗。随后不久，阿秀阿明办理了离婚手续。阿明说：阿秀真狠心，好端端的一个生命，她竟忍心。

其实，打阿明恋爱时耍过那个我未知的小诡计起，他和阿秀的关系就埋下了隐患。婚前，阿明将自己"光明"的一面炫耀在阿秀面前，只是，婚后，阿明"阴暗"的一面逐渐透露出来。阿明是个爱情的技术派，可惜婚姻不能老是使用"技术"（技巧）。婚姻要用心，这跟我写故事差不多，最大的技巧是无技巧。技巧难以持续维持一个婚姻。

阿秀离婚后，似乎相当长的一段时间，扑在单位的事务里，她在艾城茶文化博物馆供职。一个偶然也是必然的机会，阿光来博物馆前的一个茶馆，约了我一起品茶。不料，阿秀也是茶馆的常客（她执有一张会员卡）。

我邀阿秀坐到一个桌子来。那天，我看到阿光的眼里闪着难得的光亮，似乎一盆火即将熄灭，一阵风，将一个木炭的颗粒吹亮了——那颗粒里还含着残火。

到了后阿光给我一张请柬——参加他和阿秀的婚礼，我也没感到意外。这似乎是顺理成章的事儿。我偏爱的咖啡，嫌绿茶太清淡太平和，不够刺激。而阿光就爱品绿茶。这跟阿秀一样，以茶结缘——期间的故事我就不知道了，反正，他俩结了婚。

据说，给阿明也寄去了请柬。阿明没出席，推说出差。

洞房花烛夜，发生了一件事儿。阿光发现阿秀的背脊纹着五个字：阿明的礼物。

阿光向我透露了这个发现。

这个阿明，终于送出了阿光回绝不掉的礼物。阿明自己开了一家纹身馆，租的店面不过两米，十来平方的一间临街的房子。

空谷回音

我有个朋友叫姚太和，中学时代的同班同学，参加工作后，我俩还来往频繁，参加对方的婚礼，等到参加对方的子女的婚礼，我们已退休了。他的脾气好。我心情不好时，就跟他碰面，然后阴转晴，我总能高兴地回家。好像小时候拜年，收到邻居的礼物那样。

我这个人有一个特点，绕开生气。惹不起，还躲不起吗？我从未见姚太和跟别人生气，似乎谁有气，到他那里就消解掉。他的善友甚多。

有一次聚会，他说：小时候，我的脾气很糟糕。

我曾陪伴他去过他山区的老家住过一个晚上。那是山坳里的一个村庄，现在已开发为旅游避暑的景区——艾城大峡谷。那是姚太和童年的"摇篮"（猛眼一看，峡谷像个大摇篮）。而我习惯了城市的喧嚣，山村的溪水声反衬出寂静，我失眠了。

童年时候，姚太和三代同堂，而且，三代单传。爷爷只有他这么一个孙子，宝贝得不得了。爸爸从未动过他一个指头。这个家爷爷很有权威。爸爸是个孝子。要是姚太和做错了什么事，爸爸拉下脸，爷爷会出现制止。姚太和简直就是这个家的中心。宠爱有加，他也以为理所当然。

可是，村庄里的小伙伴却看不起姚太和，在家里是"皇帝"，在小伙伴中则是"随从"。他总想当主角，有一次，他违反了游戏规则——还坚持自己的"规则"。孩子王宣布：我们联合起来惩罚他，宣布"开除"他。孩子王说：你用你的那一套，跟爷爷奶奶爸爸妈妈去玩吧。

于是，他走出村庄，像一只追猎物的野兽，一个劲儿地奔跑。他憋着一肚子气，突然看见前边一座峭壁，两边是山岭。峭壁上流下瀑布，像一条沾了水的白绸带，他能闻到水的气息：凉爽、清新。

脚前是一条溪水，清澈的水流动，能看见水底卧着的圆石，大小不等，像一群动物。他咬咬嘴唇，吸了吸气，抬起头，仰望着峭壁，峭壁顶上的树像眉毛，背后衬着蓝蓝的天。

他把手罩在嘴边，像个喇叭，他喊：我恨你！我恨你！

幽深的空谷像是藏着一群小孩，群体反击：我恨你！我恨你！

他喊了三次，空谷回荡着三次他的声音，似乎他的声音由一群模仿他的小孩喊回来。峡谷里装满了那种声音——都跟他过不去。渐渐减弱，然后，溪水的流淌声又恢复了。

那一天，姚太和回到家，夜色已降临。小山村弥漫着炊烟。他感到肚子空了。

妈妈一见他，说：你跑到哪里去了？

爷爷、爸爸还在村庄里寻找他。妈妈隔着院墙对邻居喊：我家太和回来了。

姚太和听见邻居把他妈妈的话，像击鼓传花一样传出去，村庄采取这种方式寻找孩子，就是这么一个一个传话，很快能传遍整个村庄，甚至还动用了广播喇叭——家家户户都安装了扬声器。

妈妈高兴起来，说：肚子饿了吧？所有的小孩都不知道你跑到哪里去了？怎么没跟他们一起玩？

他委屈地哭出来，说：他们恨我，到处都恨我。

妈妈问明了事情的经过，笑了。

他撅起嘴生气，说：你还站在他们那一边，笑话我？！

妈妈牵起他的小手，说：我陪你去说。

他还以为妈妈要带着他跟小伙伴缓和紧张关系，他可不愿认错。他扳着门，不肯走。

妈妈说：你带我上你去过的地方，妈妈倒要看一看，什么惹你生了一肚子气?

走出村庄,进了山谷。村庄像个梦,笼罩着炊烟,炊烟里闪着点点灯光,如同刚睡醒的小孩的眼睛。

山谷里那么幽深、神秘,峭壁像一道随时要倾倒的巨大的影子。溪水潺潺流淌、跳跃的声音在脚前。

妈妈放开他的手,说:太和,现在,你朝你喊过的方向喊一喊,我爱你,听一听有什么反应。

他仰脸看一看妈妈。妈妈微笑了。他双手合在嘴上,做个喇叭状,冲着装满夜色的神秘山谷,喊:我爱你!

妈妈说:再喊。

他喊了三遍,空谷回荡着那三个字,他说:山沟的沟里装满了我爱你。

一个"恨",一个"爱",对同样的山谷,过后,他知道那是"回音"——空谷回音。他对我说,那天晚上,他好久没睡着,一个村庄传话寻找一个孩子,可是,那个小孩离开了人们居住的范围,是逃避?是发泄?还是寻找?长大后,他偶尔想起那一段童年的经历,就要独自一笑。他还告诉我,一位朋友就是当年的孩子王。

我说:现在,那个景点,有一个环节,恋人到了峡谷,要喊一喊我爱你,然后,听一听,大峡谷景区那个空谷回音的景点,出处是不是来自你的经历?

天　线

那一天,我终于碰见了初中的同学周立挺。

差不多有一年没见着周立挺了。这一回时间算长了。以往,至多几个月。他不露面,我猜他一定又陷入一件事了。周立挺有句口头禅:一心不可两用。他一旦做一件事,就十分投入,好像那一件事牵着他的鼻子走,其他事儿就干扰不了他。他绝不同时做两件事儿。比如,学生时代,一个暑假,他突然对垂钓产生了兴趣,他不仅从早到晚坐在河边钓鱼,还研究各种钓具。有一次,他竟然跳入河里,他忘了自己是个"旱鸭子",幸亏有人及时救起。我能想象出他落水时，伸出像天线般的双手求救的情景。我问他是不是热得受不了，可也要先学会游泳呀。他说我想了解鱼为什么不上钩？第二天，他放弃了垂钓，学习起游泳。但所有的钓具都永远地闲置了，他不会重复对一件事儿感兴趣。

现在，周立挺愣住了，仿佛不认识我；他还沉浸在某件事上吧？他的夹克衫沾满了星星点点的涂料。

我说：你不是在谈恋爱吗？怎么弄成这副模样？

他心不在焉，说：我在装修新房，现在出来选购材料。

我说：交给装潢公司不就得了。

他做个"拜拜"的手势，说：自己动手，丰衣足食。

我冲着他的背影喊：要不要我帮忙？

他不回头，丢一句：等着吃我的喜糖吧。摆摆手。那挥动的双手，像天线。

高中毕业，他待业；我则参加高考，等待录取通知。有一天，他一脸微笑地找到我，我知道，他的笑容背后有事儿，而且不容我拒绝。

他声称：我要给我家的电视机装天线，必须收到所有的频道。

那幢楼是艾城最早的住宅楼了，有八层，是沾了他父亲的光。他家在一楼，有50多平方米，电视机在客堂间。他让我在客堂间，他架梯，通过八楼的天窗上了楼顶。

他在楼顶呼，我在一楼应。我观察电视机图像，他调整楼顶的天线。当时，也就十多个频道，得靠天线收。现在，电视频道有百来个，艾城已有统一的收视装置。

他在楼顶俯身问，我在一楼探头答，确保图像的清晰。确定一个频道，再转入另一个频道。

我估计整幢楼都能听见我俩的喊叫。我时不时地饮水，滋润喊干的嗓子。他却滴水不沾，喉咙始终保持那么响亮，好像楼顶安装了一个高音喇叭。

这也是他做事儿的风格，一旦启动，别说喝水，连吃饭也顾不上了。我不能说肚子饿了，还是他的母亲催我们吃饭。他似乎嫌母亲干扰，说我不饿。他母亲说：你不饿，别人饿。

他母亲关闭窗户，不叫我探出头去应，他不得不下来，仿佛电视信号不及时锁定，就会消失。其母说：电视节目能当饭吃？我已热了两遍了。

周立挺似乎对我不放心，收看已调好的两个频道，认为我说的情况离他的"理想"尚有距离。他嘀咕：眼见为实，语言这东西还表达不准实际情况。他仓促扒了几口饭，好像吃饭耽误了他的事儿。

当晚，他执意留宿，要我睡在他的床上，他临时打地铺——这样方便交流，以便明天操作得更加和谐。他还要我观看已调妥的频道，是否符合他提出的图像标准。

整整一个星期，我食宿都在他家。我称他为周扒皮（《半夜鸡叫》里的地主），因为，天蒙蒙的亮，他就催我起来，而太阳落山，他才下来。其间，他要上上下下数十次。他不相信我对图像的描述。我确实抱着差不多就行了的想法。我缺乏耐性。渐渐地，我树立起他的标准，因为省得返工。

最后一天，电视机能收视十三个频道了。当时，在艾城，可以说周立挺破了最高纪录，为此，艾城晚报还发了一条豆腐块大的文化新闻，记者把周立挺这种行动拔到"胸怀祖国，放眼世界"的高度。

周立挺特意邀请我"登高远望"。我的视野确实开阔了——第一次登上楼顶，周围的一切尽收眼底，不过，我没料到，那一根根扯到电视机上的线，跟那么多个天线相连，天线简直像一群蜻蜓。他一根一根地介绍，这一根掌管哪几个频道，那一跟又负责哪几个频道。说起来，他很自豪。似乎全世界的动态都体现在他家客堂间那个黑白电视机屏幕上了。

我以为他可以闭门享受劳动成果了。三天后，我在街上遇见他，似乎他又追逐另一个兴趣。"重大工程"竣工，交付使用，他又转入另一个项目了。

我说：那么多电视节目，看够了，过瘾了？

他说：所有频道的节目都大同小异。

当然，现在周立挺不用再费事给婚房安装天线也能收到百来个频道了。他那套新居（二室一厅），由父母全额出资。据说，他为了装修婚房（设计到实施，包括选购材料，均由他一人操办），请了半年的假期，他在企业里的岗位已被人替代。

按照进程，他该结婚了，可以实施"传宗接代"的大事了，其父母也可放心了。我等候他的婚礼请柬。还能漏了我？我沉不住气，找上门。

周立挺很得意自己的"杰作"，他引领我参观新房，甚至窗玻璃已贴了一对剪纸鸳鸯。

我说：新娘呢？

他说：现在新房装修完了，未来的新娘莫名其妙地失踪了。

那位姑娘是周立挺的初恋。一年的恋爱，他相当投入，几乎形影不离。他在装修新房期间，也相当投入，不但不见未婚妻，而且不让她来进行中的婚房，只说：到时候给你来个意外的惊喜。

他很委屈，不知为何发生变故。他拍拍胸口，说：恋爱时，我一心一意恋爱，装修时，我也一心一意装修，她应当了解我，一心不可两用，装修新房，不也是为了爱她吗？

他举起双手，像去托举吊顶。我忽然觉得，他的双臂像竖起的天线，在接收信号。他说：她关闭了手机，已停机，这个吊顶，还是采纳了她的建议，可她还没来亲自欣赏过。

我为让周立挺转移注意力，就打岔，给他讲了"阿明的礼物"，那是洞房花烛夜，阿光发现新娘背脊上纹的五个字。

周立挺笑了。

谢志强，男，汉族。中国作家协会会员、中国文艺评论家协会会员、中国微型小说家学会副秘书长、浙江省作家协会特约研究员。已出版小说和文学评论集35部，在国内发表小小说近3000篇，多部作品被译介至国外，部分作品入选大、中、小学语文教材和考题。曾获两届小小说金麻雀奖和多届中国微型小说年度奖，中国小说学会年度排行榜（小小说），《小说选刊》双年奖等奖项，两次获浙江优秀文学作品奖。现居浙江宁波。

画家莫凤岐

邢庆杰

面　子

小城地处黄河中下游平原深处，因书画盛行，久盛不衰，自古就有"书画之乡"的美称，多年来也就涌现出了很多书法家、画家。

在小城的美术界，坐第一把交椅的，是莫凤岐。他虽然不在美术家协会任职，却是业内公认的第一高手。他擅长写意牡丹、梅花、人物和工笔山水。那几年，书画市场走低，很多名家大家的作品成交率、价格都有所下降，但在这北方小城，作为地方名家的莫凤岐，其画作价格却一路飙升，一幅四尺整纸的竟然卖到了10万元，而且，言无二价。这成了小城书画市场的一个奇迹。

曹伦是小城的土著，也是小城较有名气的房地产商，他还是一位书画收藏家，非常喜欢莫凤岐的画。但曹伦是一个很精细的人，他既想收藏，又不想花大价钱，所以，他一直谋划着托一个能和莫凤岐说进话的人，少拿点儿钱，收购一张他的写意人物画。根据曹伦的经验，一般的书画家，都买记者编辑的面子，因为书画家离不开宣传炒作，所以，他们和媒体得维持良好的关系。但是，曹伦托了好几个资深记者编辑，都没有如愿。人家头摇得像拨浪鼓，和莫凤岐讲价，想也别想。

曹伦不死心，下大本钱在本市最豪华的大酒店请本市的文化局局长和美协主席狠撮了一顿，请他们出面和莫凤岐讲情。他想，市美协凡主席还兼着省美协的副主席，再加上陈局长这个本市的文化官员，两人同时出面，莫凤岐不会不给面子了吧？

第二天，两位领导如约陪曹伦一起去莫凤岐家拜访。

那时，莫凤岐住在一个叫杨树屯的小村，村子离城区不远不近，有五六华里，一条笔直的柏油路直通。村子后面有一片盐碱地，寸草不生，村里花大力气治理过几次，但都没成功，一直荒着。后来，本村村长经过上上下下的一番努力，终于，批下了手续，盖起了一排别墅。莫凤岐两年前在这里买了一套别墅，全家都搬到这里后，他深居简出，潜心作画，基本不和外界打交道。

文化局的陈局长是本地人，和杨树屯的村长是初中同学。三人来到村里后，先找到村长，由他领着，来到了莫凤岐的家中。

莫凤岐的态度非常客气，敬过烟、端上茶之后，就让家里人先安排着饭。曹伦心里有了底：看来莫凤岐是不会驳凡主席和陈局长的面子的。

没想到，等凡主席说明来意后，莫凤岐的脸接着就冷了下来。他眼睛直直地看着曹伦说，我的画，无论谁来，绝无二价；非常要好的朋友来了，可以分文不取地赠送，但绝不可以落价……我和您，还不太熟啊……

一番话，说得曹伦面红耳赤，陈局长和凡主席也非常尴尬。

事已至此，饭也不好吃了，几个人只得快快告辞。

出了门，三个人都觉无面。

村长说，晌午了，到我家吃顿农家饭吧。

天气正热，几个人也不愿就此回城，便应了村长。

村长回到家，先安排老婆做着青菜，自己骑上摩托车，说是要去买点儿野味儿。

几个人吹着凉爽的空调，喝着茶，都无话。曹伦心里已经凉到了底：莫凤岐连这二位的面子也不给，看来，自己想收藏他的画，必须花大价钱了。

几个青菜端上来，酒也倒上了，村长的摩托车也进了门。

村长买回了烧鸡、熏兔，一进门就吵吵着让老婆快拿去撕开，盛盘子里。

然后，村长从腋下拿出一个牛皮信封，递给了陈局长。

陈局长问，什么呀？

村长说，莫凤岐的画。

三个人同时"啊"了一声。

陈局长打开一看，可不，真的是一幅莫凤岐的写意人物画，还是四尺整纸的。

曹伦问，花了多少钱？

村长伸出一个巴掌说，5万。

陈局长狠狠地拍了村长一下说，狗日的，你比我这局长面子还大呀！

村长一咧嘴，嘿嘿，我一出门就打电话，让村里停了他的电和水，嘿嘿……这么热的天，没水没电……

陈局长和凡主席面面相觑，脸都红了。

曹伦赶紧举杯敬酒，陈局、凡主席，咱喝酒！

心里却道，局长和主席的面子，也大不过村长这狠角色。

赝　品

小城的书画市场上，出现了莫凤岐的赝品。有高手摹仿莫凤岐的画作，拿到书画店里蒙人。敢于摹仿他的人，都是有较深厚绘画基础的，所以，一般人根本辨不出真伪。常有人在画店买了画后，通过种种关系来请莫凤岐鉴定。每看到一幅赝品，莫凤岐便气得胡须乱颤，半天缓不过劲来。

这几年，莫凤岐本来一直住在城外杨树屯的别墅里，每日里吃着自种的蔬果，享受着田园风光，处于半隐居状态。现在出了这种状况，他决定搬回城里的老宅。

莫凤岐家的老宅子，是一个临街的小四合院。而这条街，正是小城较为繁华的商业街。他把临街的几间房子冲街掏了个门，简单装修了一下，就变成了门市房，然后门口立一竖匾：凤岐画苑。屋内四壁上都挂满了画作，任人自由出入、观赏。

莫凤岐还在本市的晨刊、晚报上刊登出了一则声明，大意是说自己已经把委托到书画店出售的画作全部收回，今后凡有需要本人书画作品的，请直接到家中选购，并留了电话和地址。

莫凤岐的画苑开始热闹起来了，每天来观赏、购买画作的人络绎不绝。一直喜欢安静的莫老爷子也一反常态，对来客都很热情。因为在这里买到的画，绝对都是莫凤岐的真迹，成交率极高。

曹伦最近刚刚搬进了自己修建的豪宅，打算买几幅莫凤岐的画挂在客厅里。他一有时间就过来观赏，但从不问价。一直磨了半个多月，他才选准了画，买下了一组四扇屏的工笔花鸟，一幅四尺整张的写意牡丹"花香富贵"，还有一幅半工半写的山水画"高山飞瀑"。这几幅画，都是极费工夫的，虽然贵了点儿，但他觉得值。

曹伦把画拿到本市最大的装裱店"墨舒斋"。"墨舒斋"的老板是曹伦"发小"，在这里装裱他比较放心。

老板把曹伦的画一幅幅展放在案板上观赏，当看到那幅四尺整张的写意牡丹时，老板忽然抬头看了曹伦一眼。

曹伦笑了，有什么话就说，别用这种眼神看我。

老板说，你也有上当的时候呀？在哪儿弄了幅赝品？

曹伦相当自信地拍拍"发小"的肩膀说，我这是亲自从莫凤岐手里买来的，还能有假？

老板说，那就奇了，我这里有一幅刚刚裱好的"花香富贵"，也是从莫凤岐手里买来的，和你这幅一模一样。

曹伦随"发小"来到门市后面的装裱工作室，门口的墙上赫然倚立着一幅"花香富贵"，和自己的那幅真的一模一样。

第二天，曹伦早早来到了凤岐画苑。屋里只有莫凤岐一个人，他对曹伦还是有印象的，见了他就笑，曹老板，这么早呀！

曹伦也报之一笑，莫老早！他说着话，眼睛极快地扫视了一下室内的画作，在靠近门口的显眼之处，贴着一幅半工半写的"高山飞瀑"，和他昨天买的那幅一模一样。

曹伦指着这幅画说，莫老的手好快呀，昨天我刚刚买走，今天就又画了一幅，真是高手加快手呀！

莫凤岐的脸色明显暗了一下，但没说话。

曹伦又问，莫老天天在这里亲自卖画，什么时间作画呢？

莫凤岐叹了口气说，曹老板今天是有备而来呀！

莫凤岐把曹伦领到院内的一间西屋里。屋内一男一女正在专心作画，都四十多岁的样子。女人画的，正是昨天曹伦刚刚买走的那组四扇屏的工笔花鸟。曹伦今天本是来找茬、责难的，见莫凤岐竟如此坦诚，倒不知说什么好了。

莫凤岐说，这两个都是我的学生，已经画了近三十年，艺术造诣都不在我之下了，比我差的，就是一个虚名了。

曹伦问，那么，他们作的画署上您的名字，算不算赝品呢？

莫凤岐叹了口气说，从严格意义上讲，这仍是赝品，但弟子代师作画，古已有之，况且，他们的画艺已经与我比肩了，风格也和我一样，再盖上我的名章，这和真品有什么不同呢？

曹伦一时不知说什么好。

莫凤岐说，买画就是买一个好，他们画的已经和我一样好，和我亲自画有什么分别呢？我年纪越来越大了，精力日渐衰退，与其让别人来粗制滥造赝品，还不如由我的学生来制造不逊于真迹的赝品呢。见曹伦仍不说话，莫凤岐又说，曹老板若是后悔买了那画，尽可退回。

曹伦本是带着画来退货的，画就在门口的车里，但听莫凤岐这么一说，竟踌躇起来。

莫凤岐说，曹老板不用为难，你今天不退，今后想什么时候退都是可以的，我会分文不少地全额退款。

退不退呢？饶是曹伦经多见广，一时也拿不定主意了。他只好先行告辞了。

曹伦当时没有退画，但多年以后，他还是后悔了。市场不确定因素增加，书画价格一落千丈，像莫凤岐这样的地方名家，原先价值10万元的画作，几千元就可以到手了。而那时，莫老先生已经作古，他想退也退不了了。此是后话，不表。

案 值

夏日的一个雨夜，"凤岐画苑"失窃了，丢失了一批莫凤岐亲手创作的国画。

莫凤岐是失窃的第二天一早报的案，不到中午，案子就破了。警方利用"天网"技术，很快就锁定了犯罪嫌疑人。

谁也没想到，盗窃者竟然是在同一条街上开装裱店的姚大河，莫凤岐店里的装裱活儿，都是交给姚大河做的，两人非常熟悉。姚大河在自家店里被带走时，周围做生意的熟人们聚在一起议论纷纷，大家都不愿相信是真的，姚大河是多么老实的一个人呀，平日里话也不多，见人就会憨憨地笑，他还跟莫老师学过画，算是莫老的学生，莫老师的画一直都在他店里装裱……这真是知人知面不知心呀……也有人替他辩解说，都是他那不争气的儿子逼的，儿子要结婚买房，非得买那天价的学区房，老姚七拼八借的凑不够首付，脑子懵圈了……还有人说，莫老师的画一张就值个三万五万的，这一下姚大河的罪过可大了去了，没有个十年八年的甭想出来了……

下午，莫凤岐正在店里喝茶，管这条街的片警小于带着一个面生的警察进了门。小于介绍说，这是本次盗窃案的负责人刘警官，来了解一下失窃物品的具体情况。

莫凤岐给两人斟上茶后，淡淡地说，报案的时候我已经说过了，丢了二十二张画，都是四尺整纸的。

小于以为莫凤岐没听明白，就解释说，刘警官想了解一下这批画的价值，为以后确定案值作参考。

莫凤岐思索了一下说，一张纸也就是十几块钱，总共损失不到四百块钱。

小于睁大了眼睛说，莫老师，您可别开玩笑，这一带的人谁不知道，您的画作少说也得几万块一张，哪能按纸钱算呢？

莫凤岐笑了笑说，那只是一个期望值，卖出去才作数，卖不出去的，就是一张纸，还是用过的废纸。

刘警官神情严肃地说，莫老师，请您慎重考虑一下，您的作品价值，不但关系到我们破案的业绩，还是以后给罪犯量刑的重要依据。

莫凤岐正色道，画作一天卖不出去，成本就是一张纸，只有卖出去的，才是画的价格。

见两个警察面面相觑，莫凤岐接着说，这就像做生意一样，还没有成交的买卖，哪里有利润呢？

屋里静了下来，好久，谁也没有说话。

为了缓解一下有些尴尬的气氛，小于笑着说，莫老师，你按平时的出售价格算一下，也好借这个案子炒作一下您的画呀！说不定您的画一下就火起来了呢。

刘警官也笑了，是呀，这也是个机会。

莫凤岐给两位警察续上茶水，然后坐回到藤椅上，慢悠悠地说，画作算什么？说白了就是一张纸，重要的是人呀！

两位警察走的时候，都一脸的迷惑不解。

几天后，姚大河被放了回来，因为他是初犯，案值又太小，且未造成实际损失，只被治安拘留了七天。

姚大河回来后一直没露面。第二天一早，人们发现他的店门大开，里面已经空空如也。

姚大河消失在人们的视线中，很快就被忘记了。人们所记住的，是莫凤岐先生的宽容与仁厚。

若干年后，莫凤岐无疾而终，享年 91 岁。

当地习俗，为逝者出殡，起灵时要由孝子（儿子）摔瓦盆子，路上也由孝子打幡为逝者引路，丧事才算体面、圆满。没有儿子的，就退而求其次，由女婿代为"孝子"。莫凤岐只有一个女儿，早年留学美国，早在那里定居了。莫老先生病危时，女儿已经飞回来了，但她的洋女婿却没有随行，这摔瓦盆子打幡的事儿，要是由女儿来做，是要遭人耻笑的。负责治丧的"白总"（农村和社区葬礼负责人的俗称）愁得眉毛拧成了一个大疙瘩，却毫无办法。街坊们私下里感叹：没想到莫老名望了一辈子，临了，却是这么个结局。

出殡这天一早，忽然有一个披麻戴孝的男人闯进灵堂，跪在莫老的灵前连磕了三个响头，哽咽着说，莫老师，我来给您打幡送行了！言毕，放声大哭。

众人一看，有认识的，这个悲痛欲绝的男人正是多年前消失的姚大河。

这一下妥了，学生当"孝子"给老师送葬，符合规矩，"白总"紧皱的眉头总算舒展开了，帮忙治丧的街坊们也都松了一口气。莫凤岐的女儿如遇救星，连忙行大礼，磕头致谢。

时辰到，随着"白总"一声韵味十足的吆喝："起 —— 灵 —— 了 ——"，姚大河长哭一声，爸 —— 您走好！"啪"地一声将瓦盆摔得稀碎，引来了一片赞叹声！

莫凤岐的丧事办得很风光，人们都说，这打幡的孝子，比亲儿子哭得还伤心，头都磕出了血，莫老这一辈子，值了！

邢庆杰，男。中国作家协会会员，山东省作家协会全委会委员，德州市作家协会主席。曾在《人民文学》《中国作家》《北京文学》等刊物发表小说作品 400 多万字，被《小说选刊》《中华文学选刊》等刊转载百余篇，著有小说集《具丘山笔记》《我的名字叫鹰》《一九八七年的情诗》等 25 部。曾获山东省泰山文艺奖文学创作奖、第九届小小说金麻雀奖等多个奖项。现居山东德州。

耵聍过多

练建安

纳 吉

写下"耵聍过多"这几个字，我不禁哑然失笑。

这几个字和我的堂兄有关，他向我讲述了"耵聍过多"的故事。

堂兄华哥，建华，中学退休高级教师，人称"练校长"。独子鹤鹏，"海龟"哲学博士，榕城师大副教授。

鹤鹏风度翩翩，酷似"明星"发哥，年过而立，未婚。有诸多青春美女芳心暗许，包括某上市公司总裁千金。对此，他从不"来电"，却爱上了一个"老姑娘"。

"老姑娘"李倩倩是闽省医大留校任教的助理教授，也就是讲师，比鹤鹏大三岁多，同乡。老爸李文骅，是武邑县医院的名医，俗称"李一刀"；老妈钟梅，是妇产科护士长。退休后，他们随独女迁居榕城。

昨日，鹤鹏带倩倩回家了。华哥说，好啊，本乡本土的。华嫂说，好啊，女大三，抱金砖。鹤鹏说，既然爸妈都没有不同意见，过几天我俩就扯证去啦。华哥朗声大笑，扯不扯证的，让我们老两口早日抱上孙子就行。华嫂说，傻小子，你有本事呀，就整个双巴卵哦。如此直白，倩倩羞红了脸。

望着儿子和女友远去的背影。华嫂说，老头子哪，那个倩倩好是好，笑起来，鱼尾纹也有啦。华哥笑了，嗨，你啊你，眼镜各人合戴，做公公婆婆的，管那么多干嘛？

同是汉族客家人，中原古风"三书六礼"是少不了的。"纳吉"是第一步。说白了，就是男方到女方家提亲。约定时间是这个周末上午。老黄历说，黄道吉日，诸事顺遂。

倩倩家住闽江边花园小区。李一刀大清早就去菜市场购回了特色食材。牛肉丸、酿豆腐、盐酒鸡、梅菜扣肉……都是家乡风味。一坛客家酿酒，贴着红双喜，静静地立在饭桌上。

钟梅一遍又一遍地擦拭着客厅的茶几和落地玻璃窗。李一刀在客厅来回踱步，不时抬腕看手表，走走停停。

"行啦，行啦，你就别擦啦。"

"晃来晃去的，我还嫌你碍眼呢。"

"你这老护士，没水平。"

"就你有水平。有水平，早调到大城市了。倩倩就不会拖到现在。"

"你，你这是不讲逻辑，无理取闹！"

"爸，妈，你们干嘛呀。"

"噢，倩倩呀。"

"闹着玩呢，闲着也是闲着，斗斗嘴嘛。"

就在这时，门铃响了。门外，是鹤鹏和他的父母。

九时九分，好兆头，久久长啊。

请入屋内，鹤鹏双手奉上大礼包。钟梅笑眯眯地接了过来，放在橱柜上了。

两家子围坐喝茶聊天，有意聊起家乡的好山好水好人好事，说着说着，就说时间过得真快呀，咱们都叫孩子们催老啦，本乡本土的，那叫天作之合，金玉良缘，一家子不说两家话，咱们做父母的，全力支持。

上座，开席。酒过三巡，李一刀有点喝高了，盯着华哥的左耳，神情异常。

华哥左耳有颗黑痣。他有些不好意思，扭过头去。

"练校长，我们好像，好像以前见过。"

"乡下教书，我很少上县城。亲朋好友中，还真没有麻烦过您呢。"

"见过，一定见过。"

"没有啊，李医生，真的没有。"

"哪，话在酒中，我先喝为敬！"

李一刀换大杯，斟满，一饮而尽。

华哥回敬了一大杯。

"练，练校长，有缘哪，我再敬你……一杯。"

"你血压高，不能再喝啦！"钟梅出手抢夺酒杯，李一刀不让。拉扯中，碰翻一只瓷碗，摔碎了。

"岁岁平安！岁岁平安！"

倩倩、鹤鹏搀扶李一刀去卧室。李一刀摇摇晃晃的，嚷嚷，我没喝高，没有，就是高兴啊，高兴。

鹤鹏开车送父母回家。

"李叔原来不是这样的。"鹤鹏打破了车内莫名的沉默。

一直闭目养神的华哥，叹了一口气，说："儿子啊，我和李一刀确实见过，有仇。"

华嫂说："儿子开车，你别吓着他！"

华哥缓缓道："可以说，李医生改变了我的命运。那是1982年吧，恢复高考后不久，千军万马过独木桥。我的总分，上了重点大学分数线。招生办通知我到县医院体检，一个年轻医生，也就是现在的李一刀，在我的体检表上，写下了'耵聍过多'四个字。结果，很多大学没有录取我。我分数高啊，幸好家乡师专收留了我。儿子，知道什么叫耵聍吗？不知道？好，我告诉你，就是耳屎嘛。那时的农村娃，衣服多半穿不齐整，有几个人自带耳勺、棉签去读书呢？耳屎多了，火柴梗搅搅，挖不干净，不就是耵聍过多了嘛。大学招生的人，有几个是医学专家呢？就算是知道耵聍就是耳屎，那么，为什么这个考生'耵聍过多'呢？耳朵有毛病吧？就这样，我的命运改变了。"

"老爸，您恨李叔吗？"

"遇见你妈之前，我恨过，动刀子的念头都有啊。你知道，你妈是我师专的同班同学，妥妥的班花哦。"

"老头子，看你说的。"

"老班花，别打岔。要不是李医生喝高了，我都忘记这件遥远的往事啦。"

"老头子啊，你忘了，别人可没有忘。"

"是啊，记得我有一个高中同学，也被李医生写上了那几个字，落榜了，还去找过他的麻烦。"

"所以啊，李叔对这件事好像很愧疚的，借酒浇愁。可是，他为什么要写下那几个字呢？"

"经验不丰富？工作认真负责？或许，就像我那个落榜同学所说的，他是地区卫校中专毕业的，又心高气傲，看不惯我们这些未来的大学生。谁知道呢？"

"看不惯。很有意思。"

"儿子啊，现在的李一刀，是个妥妥的好医生，这是县里广大干部群众公认的。"

"爸，我和倩倩的事，您还同意吗？"

"哈哈，没有令岳大人的那几个字，我就不会认识咱班花，应该就没有你啦，这就是缘分哪。傻小子！"

一分钱不能少

李一刀坐在饭桌前，打开一瓶"青岛"啤酒，倒进酒杯，看着金黄的酒液冒起欢快的气泡，端起，美滋滋地咂了一口。

他没有理由不高兴。下班前，分管人事的张副院长把他拉到一边，悄悄说，市人社局"职改办"开会，15 位终审评委全票通过了他的副主任医师职称，可喜可贺啊，老李啊，你是破格的，公示之前，一定要注意保密哟。

李一刀是武邑县医院外科医生李文骅的外号，尽管医术精湛，苦于地区卫校医士班文凭，入职快 20 年了，还是主治医师，中级职称。现在该是扬眉吐气的时候了。咦，钟梅呢，妇产科就有这么忙？还没下班？

钥匙转动声，钟梅拎着一把蔬菜，出现在家门口。

"爸爸！我回来啦。"

钟梅身后，闪出一个八九岁的小女孩，扑向李一刀。

李一刀笑问："倩倩，这么高兴，老师又表扬你啦？"

倩倩说："我不告诉您。我要写作业去。"

"这孩子！"李一刀转动酒杯，满脸笑意。

"好好的，自己喝起酒来了，那事成啦？"

"成啦！"

"我给你多炒两个菜，是该好好喝几杯。"

门铃响了。

钟梅开门，门口站着一个胡子拉碴的彪形大汉。

"请问，你找谁？"

"这是李文骅医生家吧？我找李医生。"

"我是，我就是李文骅。有事啊，按照医院的制度办。我们会尽心尽力的。"

"李医生，你误会了。有人请我交给你一封信。"

来人有些古怪，双手穿戴白手套，把一封信交给钟梅，立即转身离开了。

关门，钟梅将信件交给李一刀，笑笑。

李一刀接过信件，漫不经心地捏捏，没有异常，打开，展阅，脸色大变。

信件是打印的。其中写道：李医生：由于你在 1984 年全县高考体检时，在多位考生体检表上写下"耵聍过多"的结论，导致多名优秀考生高考落榜，本人就是其中之一。目前本人生活困难，特此向你借款三万元。不得有误。否则，后果自负。知名不具。信上还留下了手机号码。

钟梅见李一刀不对劲，过来看信，第一个反应就是报警。李一刀认为这是关键时期，千万不可节外生枝，忍了吧。

"老李，你有没有写那几个字？"

"确实写了。"

"那时的农村学生，耳屎没有挖干净，也很正常嘛。我哥刷牙还不用牙膏呢。为什么呀？"

"实事求是嘛。"

"非得写上去吗？"

"没有经验吧。"

"真没有经验？"

"哎，一言难尽啊。"

李一刀按照信件上留下的手机号码挂过去，通了，对方要求留下语音。

李一刀字斟句酌说："本着人道主义精神，虽然我本人没有任何过错，但愿意资助人民币三千元整，帮助你度过难关。"

第二天晚上，李一刀收到了一条短信：一分钱不能少！

李一刀思考再三，发短信：给五千！

对方回答：呸！

李一刀咬咬牙，发短信：一万！

对方回答：后果自负！

倩倩在县实验小学读二年级，每天早上自己和几位同学到学校门口的斜对面"簸箕饭店"用餐。连续三天，倩倩都遇见了那个胡子拉碴的彪形大汉，看到她，就嘿嘿嘿发笑，说，这个小同学长得多么漂亮，多么可爱啊，可要注意安全哦，不要出了什么意外哟。同学们都觉得他怪怪的。

倩倩把这个事告诉了父母。李一刀说，那人可能精神不正常。明天开始，我早起做饭，家里吃过饭后，我亲自送倩倩上学。

李一刀静下心来，发短信：有事好商量，与孩子无关。

对方回答：三万！

连续多日，李一刀忍痛苦熬。这一天，下班刚回到家里，手机响了。知名不具发来了短信：尊敬的李医生：您好！您是一位好医生。我收回我过去说过的所有话，我只不过和您开了一个友好的玩笑。对不起，请原谅。祝您生活愉快！

李一刀赶紧叫来钟梅，两人一起研究，面面相觑。

确实，李一刀一家子此后的生活，风平浪静。

多年后得知，李一刀曾救治了一位乡下老人。老人的小儿子是一个社会上的"武林高手"，他无意间获悉李一刀家有了大麻烦，悄无声息地摆平了这件事。

一根稻草

李一刀很快就要退休了。

下班时间到了，他坐在县医院办公室靠背椅上，揉揉疲惫的双眼，望着墙壁上一面面熟悉的锦旗，百感交集。"医者仁心""妙手回春"字样的锦旗是最多的，记录着他作为县城名医的光荣与辉煌。他想，到明年退休时，该不该带走它们呢？有些锦旗，题写了上款，指名道姓感谢李文骅医生。这些，应该是可以带走的；有些，没有写，带走就显得不厚道了。那些患者家属啊，怎么那样粗心大意呢？几十年来，我李一刀的名声，是靠医学技术，是靠服务质量挣来的。没有这些锦旗为退休生活"保驾护航"，名声也不会减去半分半毫吧？带走锦旗，医院后辈们会怎么看我？可是，如果不带走，谁知道后辈们会怎么样处理它们？尤其是题写了我李文骅医生名字的。这是一个问题，一个很重要的问题，必须好好思考思考，研究研究，必须妥善安排。

李一刀从医三十余年，救死扶伤，也算是救人甚多，除了一件事，越是临近退休，越是令他魂牵梦绕。这件事以外，他似乎没有什么值得遗憾的。什么事呢？快退休了，还是副主任医师，相当于副教授。为什么是"副"的呢？原因就在于他是地区卫校医士班中专毕业的，文凭不够。上副主任医师职称时，是破格的，全票通过。上正高，就没有那么容易了，两次功败垂成。早就有好心人劝他到县电大工作站去搞一个"远程教育"的本科干干，李一刀就是不听，就是拉不下那个面子，觉得自己是全县的名医，知名度高，美誉度高，老大不小了，每年还要花几个月时间和一群小姑娘、小伙子坐在一个大教室里参加电视"面授"，情何以堪哪？更何况工作也忙，实在走不开。就这么着，一拖再拖，转眼临近退休了，文凭还是老文凭。之所以如此这般，也怪人事部门的那些干部对自己太好了，简直是好心办坏事。为什么这样说？每次填工作履历表，都要填文化程度，李一刀每次都填写"相当于大学本科"，事实上确实如此，都副主任医师了，文化程度还不是"相当于大学本科"？人事处每次都好像没有发现问题，不纠正，不表态，抬抬手就过去了，默认了。可是，轮到评正高职称时，不行，绝对不行，工作履历表的文化程度专指学历，地区卫校医士班毕业的，就是中专。这些年，评职称"内卷"得很厉害，"唯论文""唯学历""唯资历""唯奖项"，这叫"四唯"。其他的好说，这不，要补文凭，飞跑也来不及啦。唉，人事部门为什么要给我这个面子呢？要怪，还得怪分管人事的张胖子张副院长，如果他及时指出我的做法不对，指出我虚荣心作怪，中专就是中专，文化程度不能算"相当于大学本科"，我肯定就会痛定思痛，想方设法去搞一张大本文凭来的。那么，又何至于今日如此狼狈？既知今日，何必当初啊。

由此，他想起了他的表姐夫客家老练，此人是个体制内的小作家，地区师专中文系毕业，到了省城，客家老练高度重视文凭，听说自考本科文凭硬，一边工作一边自学，花了前后八年时间拿下，还马不停蹄，读了两个研究生课程班。客家老练多次苦口婆心劝说李一刀："有本事，也要有文凭。本科文凭，是基本文凭。你不重视，迟早是会吃亏的。"很多时候，李一刀还以为客家老练是个书呆子呢。李一刀想，看来，表姐夫客家老练是真正关心我的亲朋；看来，小作家也是作家，真正的作家，确实是有一定的社会观察能力的。高明啊高明，目光超前了快三十年。

前些日子，X光科的老学弟梁健山四处转转，说是顺便转到了这里，说着说着，就说到了正高职称上。他说正高的，讲课费是每节课二千元；副高减半。坐动车，正高一等座，副高二等座。医疗，正高五年，二级保健；副高，一般待遇。如此等等。末了，他悄悄地说，他的正高职称，据可靠消息，刚刚通过了，就要公示了。他来，就是希望学兄努力抓紧，尽快搞到本科文凭，不要在同一个陷阱里失败第三次。如果学弟没有记错，您明年10月才退休嘛？啊？

"祝贺师弟。"

"学兄，说实在的，医术上，我最佩服您。您可要抓紧哪。"

"梁老弟，请你告诉我，一年内中专升学本科且完成学业的，哪里有这样的大学？"

"这，这好像是来不及啦。"

"我知道有，电线杆上有联系方式，500 元定制一张。"

"嗬，嗬嗬，师兄真乐观，这个时候了，还开玩笑。"

梁健山走了，李一刀坐着发呆。

"一匹千里马，就被一根稻草绊倒啦。"

城郊毛坯房

"我们要脚踏实地再接再厉努力把我们的工作推上新台阶！"

"我们要脚踏实地，再接再厉，努力把我们的工作，推上新台阶！"

"我们要，脚踏实地，再接再厉，努力把，我们的，工作，推上，新台阶！"

他西装革履，站立在城郊一间简易的毛坯房里，面对着落地玻璃镜，手持稿子，调整好表情，努力地一遍又一遍地训练。他知道，古人不欺，有道是"贵人语迟"。第一遍的，过于急促，顶多是个农村生产队长读报纸的水平；第二遍的，是正常的速度，差不多赶上县广播站播音员了；第三遍的呢，一句话分三句来讲，语音、语调、语速拿捏得恰到好处嘛，领导风范就出来了。于是，他把一张地方报纸的评论员文章，精心地标注了记号，他要按照这个节奏继续操练。

"领导讲话"训练结束后，他开始了走路训练。只见他在一间不足20平方米的空间里，从东到西，从西到东，来回走，不徐不疾，四平八稳。他还不时地点头微笑，轻轻地挥手示意，似乎面对着夹道欢迎的广大群众。走着走着，一不留神，啪叽，摔了一跤，痛得他龇牙咧嘴。他艰难爬起，吐口唾沫，揉了揉受伤的膝盖，若无其事地继续训练。他想，这是意外的收获，某国政要不是在下台阶的时候也摔了一跤吗？你能怎么办？微笑，微笑，还是微笑。继续走，要处变不惊。这才叫风度，这才叫气质。想到这里，他不由自主地高兴了起来。走着走着，他感觉有些不对劲哪，怎么两股之间冷飕飕的呢？停下来，他摸向自己的两腿之间，哎呀，西裤"爆棚"啦，这可是花了他三百来块钱网购的西裤呀，才穿"二水"。看来，现在网上骗子多，以次充好，质量大成问题，要不得，要不得哟，老百姓是有意见的。在适当时间，应该和有关部门打打招呼了，应当从快从严加大打假力度。他浮想联翩，不过，最后还是理性地走入隔壁卧室，翻出针线包，老老实实地脱下西裤，麻利地缝合裂缝。试穿，效果不错。他继续完成今天的预定课程，一丝不苟地来回走了九遍。

接下来，他又来到落地玻璃镜前，这次，他不读稿子了。他训练握手，他和想象中的不同性别、不同年龄、不同身高、不同身份甚至不同种族的人员握手。

"您好！见到您很高兴。"

"您好！老朋友又见面了。"

"久仰大名！幸会，幸会。"

"小伙子，叫什么名字呀？"

"小伙子，今年多大啦？"

"小伙子，老家在哪里呀？"

……

这个虚拟情境看来有一定的难度，几场下来，他已经是汗流浃背、口干舌燥了。他咬咬牙，坚持训练了九遍。

擦把脸，喝光了半缸茶水，他一把拉开了严实的窗帘。夕阳西下，余光穿窗映入。他抬腕看表：五时三十分。

"笃，笃笃。"

敲门声。

门外站着一个戴眼镜、夹黑色公文包的年轻人。

"小陈啊，情况摸清了？"

"核实无误。刘厅。"

"金叶大酒家吧？"

"是的。电摩准备好了。"

"网约，奥迪专车。"

"明白了。这次，应该是奥迪。"

"特殊"饭局

金碧辉煌，嘉宾云集。以此形容此情此景最恰当不过。金叶大酒家的"汀江"包厢里坐着的八九位看上去都是"有闲"之人，围坐，一张大圆桌，摆放了干果盘碟，主菜还没有上。

主位空着，左右，各坐一人。左边是个笑容可掬的中年胖子，人称刘总；右边的，是武邑县医院退休医生，外科副主任，李一刀。

"刘总，刘厅长他……"

"还有一个会，结束了就赶过来。他说啦，你们可以先开动，不要等。"

"我们等，我们等。"

众人连声附和。

"哈哈哈，耽误大家了。对不起，对不起啊。"

美女服务员引着一位西装革履者推门而入，他的身后，是一位戴眼镜的年轻人，夹黑色公文包。

"哎呀，刘厅长！"刘总跳起，趋身上前。李一刀赔笑，紧跟。

来人摆摆手，朗声笑道："本家的面子，能不给吗？我再次声明啊，这里没有什么刘厅长呀张厅长的，只有朋友，只有兄弟！"

"是，是是，您批评得好，我改，改。"

"知错能改，还是好同志嘛，啊？"

"是，是是。这位，就是我向您汇报过多次的闽西老乡，李医生。"

刘厅长和李医生握手，摇摇，收回："李一刀嘛，久仰大名哟，家乡名医哪。"

李一刀有些受宠若惊："不敢当，不敢当的。"

刘厅长说："李医生，今天我们约法三章，你们看好不好？"说着，他抬眼看了看众人，点头示意。

众人纷纷说好。

"这个第一呢，只吃家乡土菜，不许上别的。"

众人赞同。

"第二呢，大家都是老乡，都是兄弟，叫我老刘就行啦，谁叫错，谁罚酒。"

众人也只能同意。

"这个，这个第三嘛，只是叙旧，谈感情，不谈工作。"

众人没有话说。

开席。山珍海味纷陈。酒，是茅台，管够。李医生老底子厚，居然还带来了两瓶"飞天茅台三十年陈酿"。刘厅长似乎忘了"约法三章"，大快朵颐，谈笑风生。

酒过三巡，刘厅长用餐巾纸按按嘴角，说要讲一个家乡笑话。

这时，音乐铃声响了。

循声看去，是眼镜秘书公文包里发出的。

刘厅长颇为不悦，挥手。

眼镜秘书蹑手蹑脚溜出去。

一会儿，眼镜秘书又进来了，悄悄坐回原位。

刘厅长的笑话也快结束了，他说："……那个呆子婿郎啊，听到水车不停地说我吃我吃，好，吃吧，就把一篮子米籼倒进水车里啦。竹篮把水车卡住了嘛，不响了。呆子婿郎高兴地说，这下，可吃饱啦。"

众人笑了，有人笑得前仰后合。

其实，这个"呆子婿郎"的故事，有几个家乡人没听过呢？

"厅长，办公室来电话。"眼镜秘书汇报。

"说吧。"

"明天上午，爱卫大检查的稿子写好了。"

"啪！"刘厅长拍打桌面，玻璃酒杯震动摇晃。

"小陈啊，我和同志们说过多少遍了，要抓大事，要谋大局。为什么老拿这些鸡毛蒜皮的小事作文章？啊！"

"对不起，厅长。"

"又是厅长，厅长！约法三章，今晚就被你带头破坏了两条。你，陈文豪同志，罚酒三杯，三大杯！……就那个，那个，那个啤酒吧。"

众人又笑了。这刘厅长，还真是体恤部属哪。

宴会之后，李一刀还拜访过刘厅长多次。最后一次，他送上了一个大信封，里面有一张银行卡，金额就是李一刀卖县城那套房子的价钱。退休后，李一刀和妻子迁居榕城，和女儿倩倩住在一起。他把大信封交给刘厅长时，笑着说："刘兄啊，您那约法三章就是好啊，三三三，三字就是好。"

李一刀为何出此"大动作"？原来，退休前，他还是副主任医师。工作三十多年来，他有一个情结，就是拿到"正高职称"，他要当教授，而不是副教授。尽管他知道，退休了，待遇无法落实。他要的是社会荣誉。

刘厅长说，适当之时，是可以和管职称的老张打个招呼的，给个特殊指标，没有任何问题嘛。

送上"大信封"之后，刘厅长就一直联系不上了，凭空消失了。

李一刀绝望地得知，那刘厅长其实根本不是什么厅长，却是某厅长的堂侄儿，在其下属文化公司担任过临时职务。后来，该公司裁撤了，他就搞搞文化策划工作。他这人长相气派，有气场，人称刘厅长。他曾多次反复声明，不要叫我刘厅长嘛。

李一刀和钟梅商量了老半天，确认是被骗了，千真万确被骗了，遂连夜起草材料，通过网上平台，向所在地公安局经侦大队报案。

次日上午九时许，李一刀接到了一位女民警的电话。她态度和蔼，说："我们的曾队，邀请您过来喝茶。"

喝茶，不会是一个"陷阱"吧？管它呢，去就去。

李一刀打的来到了经侦大队，走到指定的 812 办公室前，敲门。一位五十开外的一级警督将他迎了进去。

他就是曾队，经侦大队曾大队长。

办公室约 12 平方米，三面墙上挂满了"人民卫士""忠诚担当"等锦旗。李一刀感到很亲切，他退休前的办公室，锦旗也多。

曾队让座，给他泡了杯绿茶。

李一刀喝茶，惊叫："咦，梁野山绿茶！"

曾队笑了："老乡啊，请你过来，是请你详细谈谈案情。"

李一刀口才不错，描声绘色地讲述了"刘厅长"行骗的经过。曾队认真倾听，偶尔在本子上划划。

李一刀说："警察同志哪，您一定要为民除害啊。"

曾队说："我们早就盯住他们了，跑不了。李医生，感谢你的配合。"

有警员进来，似有要事汇报。

曾队站起来，李一刀即起身告辞。

曾队送李一刀到电梯口，说："家乡人都说你是好医生。"

"应该的，应该的，人道主义。"

"李医生，当年我们高考体检，是你写的'耵聍过多'吗？"

"哎呀，曾队，您也记得这件事啊？"

"我想，你是要提醒我们，注意耳朵健康。谢谢你！"

李医生感动得说不出话来。

绿灯闪烁，电梯门开了。

练建安，闽西客家人。中国作家协会会员，福建省传记文学学会创会副会长，福建省作家协会主席团委员，《台港文学选刊》（福建省一级期刊）主编，50集"国家重大理论文献电视片"《八闽开国将军》总编导兼总撰稿人。已出版《千里汀江》《客村散论》等作品集。曾获中国新闻奖副刊编辑奖、华东地区优秀期刊编辑奖、福建省最佳影视剧本奖等奖项。现居福建福州。

日如潮水

田洪波

泪起石头

一排平房十户人家，左侧与我家一墙之隔的即是老孙家。孙家夫妇已经年届六旬，膝下只有一六岁小儿，名叫小石头，与众多家庭动辄五六个孩子反差强烈。

我们管女主人叫孙大娘。孙大娘方脸庞，镶有两颗金光闪闪的大金牙，平日里愿意与人拉呱。她是我家的常客。有时炸些苞米土豆什么的，也愿意与我家分享。因此，我们与她非常亲近。

小石头与我几乎形影不离。他长得矮小，脑瓜滴溜圆，胆子却大。他敢抓任何动物，什么老鼠蛤蟆鸡鸭狗之类，均不在话下。邻居家的狗看见他，总是躲得远远的。

他不是孙家夫妇亲生的传言一直存在，小石头也不忌讳。有人问起他，他的回答是不知道，你问我爸我妈去。孙大娘和我母亲聊过这个话题。那次我感冒躺在炕上迷迷糊糊的，孙大娘就和母亲唠起了小石头的身世。孙大爷是军人出身，参加过抗美援朝，据说在一次战斗中要害部位被弹片击中，从此失去育人功能。孙家夫妇在泪水中熬过多年，后来，从孙大娘老家过继来父母双亡的小石头。他们给他取名石头，就是盼着他命硬，给孙家带来好运。"以后我们老两口一蹬腿，这家里的一切不都是他的？"孙大娘说到此提高了嗓门儿。

孙大娘平时走路很慢，她总说自己风烛残年了，时日不多了。她最大的乐趣就是给小石头裁剪拼改衣服，然后一步三晃去往成衣铺。小石头才不管这些。他上树掏鸟，下河抓鱼抓蛤蟆，追狗，那些衣服常弄得惨不忍睹，气得孙大娘的唾液从金光闪闪的牙往外四处横飞。

让我震惊的一幕发生在夏天。已经多日阴雨不断，偏偏这节骨眼儿上，胆大的小石头下河抓鱼。离我家不远即是流水湍急的穆棱河。我们几个小伙伴疯玩一阵儿后，天下起了雨，便鸣金收兵准备回家，这时正在兴头上的小石头却往河的深处摸去。我们喊他，他不予理会。有腿脚快的就跑去孙家报信儿。

结果，我们担心的事情还是发生了，几个浪头淹没了小石头。我们急得在岸边直蹦。就在这时，孙大娘赶到了。就见她像踩着风火轮一样奔向河边，快得让我花了眼，好像就是瞬间的事。她一个猛子扎进河里，抓到了小石头的手，把小石头拉上了岸，小石头呛出几口水后，与孙大娘一起放声大哭。孙大娘头发成绺，脸上说不清是雨水还是泪水，肆意汹涌，那一刻我才发现，孙大娘长得是真难看。孙大娘号哭，你个小兔崽子，你要是有个三长两短，我和你爸可怎么活呀？毕竟是六十多岁的人了，孙大娘在炕上足足躺了一周，身体才缓过来。

饭桌上唠起这事儿，我诧异道，"不是说小石头不是她亲生的吗，至于吗？"我父亲摔了筷子，勃然大怒："小孩子家家，你懂什么？再敢胡说，我撕烂你的嘴！"我瞅向母亲，吓得到底没敢哭出来。

想得美

平房右侧第一户是柳家，十户人家只柳家有水井，因此左右邻居常年上她家打水吃。柳家四个孩子，一色儿的姑娘，个顶个长得水灵可爱，这更增加了柳家的人气。柳婶儿可不是好惹的角色，她对与自家姑娘年龄相仿的男孩子格外警惕。柳婶儿爱吃炒熟的南瓜子，她两排牙一开一合，白色瓜子皮脆生生从她唇间飞出，半点不差。

柳婶儿对看上眼的男孩子另当别论。她倚在门框上，熟练地嗑着南瓜子儿，不错眼珠地盯视男孩子，笑嘻嘻说："给我当上门女婿吧？你看三丫怎么样？回去问问你爸妈。"

这样的事也发生在了我身上，柳婶儿许给我的是四丫。我那时已经懂得羞涩，当然不好意思回家和爸妈提这个茬儿。等再去挑水时，柳婶儿会记得她点的鸳鸯谱，问我是否问过家长了。我满脸通红，语不成句。柳婶儿吐出两片瓜子皮，放声大笑说："你爸妈肯定同意，你得回去说。下回来时，记得给婶儿炒些南瓜子，要带咸淡的。你得孝敬我这未来的丈母娘。"我当然会屁颠颠去炒南瓜子。我不知道她把另三个丫头许给谁了，他们是否也给她炒瓜子呢？这也不好问啊！

柳婶儿还会指使我干活儿，比如打扫庭院，给狗垒狗窝，帮助装卸煤块，劈木头等。每每这时，柳婶儿气定神闲："四姑爷，来给岳母擦把汗。"同时，她还要我帮四丫写作业。四丫脑袋不是很灵光，我常要费尽口舌，柳婶儿一旁看着神情欣慰。有时在外面的场合，见到我也喊四姑爷，邻居会跟着笑。一天去她家挑水时，我听到了争吵声，进院发现柳婶儿正在训斥小柱子。许给小柱子的是二丫头，小柱子趁没人时亲了二丫，让柳婶儿大怒。柳婶儿斥责小柱子耍流氓。小柱子顶嘴说："是你把二丫许给我的，又不是我要怎么样。"柳婶儿嘴角讥笑："那你也不能当真啊！你才多大个小屁孩呀，嘴毛还没褪干净呢，懂啥呀？你这样的人做我家女婿，想得美吧！"那次的水没挑成，我绕远去了后院人家。从此我不再上她家挑水了，我怕我也被柳婶儿奚落。后来她与邻居闲聊时说的一句话，让我释然了。她说："日子太苦了，不在嘴上找点儿乐子，怎么行呢？"

阵　势

说一说老吴家。老吴家是十户人家中子女较多的一家，一共六个孩子，三男三女。老吴家的男人当过炮兵，转业后在轻工局工作。也不知道他是什么文化程度，给孩子取的名特别有意思。三个男孩分别叫大炮、二炮和三炮，三个女孩分别叫一莲、二莲和三莲。我们在老吴家看过男人的照片，和战友站在一架大炮前，很帅，也很有型。那是老吴全家的骄傲，那些照片占了墙面很大一块。

姑且就叫他吴先生吧。吴先生每天的穿着非常得体，一件白衬衣常年不下架，手里拎着一个公文包。总是面无表情。让人犯琢磨的是他的爱好，就是爱下军棋。没事时就和孩子们战至一处。几个孩子两军对垒，他在一旁不动声色，指点江山。

老吴家的孩子，只要摆开棋盘，无论大人小孩，均会败下阵来。有亲戚到老吴家走动，吴先生会让孩子们依势拉开战局，厮杀一番，一则检验孩子棋艺，二则权且助兴表演。既然是玩儿的东西，难免就会较真。最厉害的一次，北山区居住的几个孩子输棋后掀翻了棋盘，要动手打人。有人急忙跑向吴家报信。吴先生泰然的样子走出来了。他扫视着挑衅的孩子，一言不发，就那么长久盯视。他眼神里燃烧的火，不用喷出来，已足以把人烤焦了。几个孩子迅速作鸟兽散。

过后邻居们长久议论这件事。据说吴先生给过答案：虽然是小孩子间玩的游戏，也要有规则，输即是输，赢便是赢。任何事，没有了规矩，那还了得？邻居们都说吴先生是个明白人。

忧伤月色

十户人家中，要说男人地位最低的，莫过于老刘家。老刘是六级瓦匠，常年在脚手架上劳碌，脸晒得比谁都黑。但挣的工资高，能喝得起酒，买得起别人不敢买的东西，如风扇、黑白小电视、鹿牌自行车等。他的黑不仅仅体现在肤色上，更体现在他的心上，常在酒后把媳妇打得青一块紫一块。

老刘下班后最大的乐趣就是喝酒，那时段，小巧的媳妇早给他备好了下酒菜，猪血肠炖酸菜、油炸花生米等。老刘有滋有味地端杯喝，开始絮叨工地上的事儿，媳妇低眉顺眼，一边做着手里的针线活儿，一边洗耳恭听，多数时候她是听不懂的。她唯一能做的就是点头。如果老刘酒后不耍酒疯，媳妇便心领神会，早早把水烧好，侍候老刘洗干净了，再把自己拾掇利索了，然后乖巧地钻进被窝。

其实这样的时候并不多，没有硝烟战火，就不是老刘了。常常是酒后老刘没来由地对媳妇拳打脚踢，然后又杀猪匠一样在媳妇身上豪疯。我们喜欢趴在老刘家窗下偷听，早掌握规律了。老刘媳妇眼睛肿着，或额头上有伤，照样该干啥干啥。她尤其喜欢给老刘裁剪衣服，有时还会把旧衣服改良一下，拿去染了，衣服就变得新崭崭的了。老刘媳妇和我母亲说："我们家老刘其实是个衣服架子，他要是不干工地上的活儿，穿上新衣服，走在街上，也是很带劲儿的。"我从她们的谈话中得知，她娘家远在辽宁，父母在一次洪水中双亡，尚有一些半生不熟的亲戚。有多年没回过娘家那边了。

母亲教会她许多家务活儿，也心疼她，劝她说："他再打你，你就跑，跑我家里来！"老刘媳妇淡淡一笑说："没事的，他不往死里打我。我知道他苦闷，我帮不上他。一个女人家，不认命还能怎么样呢？"望着落满月色的院落，母亲发出一声沉重的叹息。

我们家小明

十户人家最有文化的，莫过于陈小明家了。陈小明的父亲就是鹤立鸡群般的存在。他是大学生，在交通运输部门工作。陈父高高的个子，气质超然，一般情况下不拿正眼看人，对认同的事情，只一句"嗯"字了得，若反驳，则及时划清界限。比如孩子闯祸，他会伸手把小明拉至身后说："这不是我们家小明干的。"小明呢，也不愧是陈家掌上明珠，会很配合地马上做出一副无辜表情。特定情况下，甚至会小小暴怒一下，以示清白。

我们一直不明白陈家为何只生一个孩子，问父母也得不到答案。这就使陈小明极为特殊。因为从一定程度上讲，陈小明在我们面前显得非常弱势。"小明蔫坏。"这是我们的共识。巧合的是，我和小明是同班同学，坐前后座。我了解他。也不知怎么回事，小明特别愿意黏乎前座的孙丽，孙丽根本不屑于搭理他。于是小明上课时恶作剧偷偷把孙丽的小辫子绑在座椅靠背上，这一切被我看在眼里，刚准备检举，孙丽却起身了，一声尖叫，连人带椅子翻在了地上。孙丽哭个不停。事情惊动了老师，又惊动了学校。我当然不能装聋作哑。于是，老师当天家访。陈父非常愤怒于老师的笃定，说："我们家小明才不会用那些下三滥手段。"场景非常尴尬，我们聚集于陈家门外，把一切看得清清楚楚。陈父坚持谁能作证，可与他对质。老师下意识扭头看向我们，吓得我赶紧转过身去。老师走时，陈父的脸阴得能下雨。他看向我们，似想找出检举人，我们撒腿跑开了。

当晚，陈父到了我家，与父母聊了很久，我在外边疯够了，回家才知道。父亲严肃着问我："是你作证小明使坏同学的？你老实说，你看清楚了吗？"我不知如何回答，母亲一个劲儿冲我使眼色。我咬紧牙关没承认，父亲的脸色舒缓了些。他叹口气说："你也不看看，人家小明是多乖巧的孩子？每天放学，就知道埋头写作业，哪像你们，在外面玩够了才回家，着急忙慌着把作业对付完了事。"我无法推翻他的话，因为那确是小明的日常。不仅如此，他在家里还会摇头晃脑背诵课文，会给父母洗脚。亲戚家的孩子来家，他还会在吃上礼让。这样的小明谁不喜欢？可学校里的他就不一样了，总是调皮捣蛋，常不做在明处，总是暗中使绊子。

邻居见到陈氏夫妇均热情招呼，陈氏夫妇，特别是陈父，总把眼睛自觉不自觉移至别处。父亲解释说，大学生，清高些正常。父亲有举棋不定的问题，会求助于陈父，但多半情况下会得不到答案。不过这不影响父亲对小明的喜爱。他总是让我向小明学习，我表面上答应，心底对小明嗤之以鼻。事实上，我的抵触和预判是对的。小明东窗事发，偷看女厕所，被人抓了个正着。这下轮到父亲震惊了，他连呼不可能。让人震惊的还在后面，在一个周末，陈家悄悄搬走了。那之后很长时间，我的耳边总充斥着"我们家小明"的声音。我不知道，那是不是幻听。

如影发小

要说十户人家中最有权势的顶数老刘家，刘叔叔是商业局的一个副科长。可别小看科长前面带个副字，七十年代初，那可是个了不起的官位。刘家公子小军自然颇受我们的拥戴。那时节，什么布票、粮票、肉票、烟票，但凡紧俏商品均要票，刘家当然不缺这个，甚至有着无人能及的优势。我们最关心的是烟票，烟票能买到香烟，烟盒会由我们抚平攒起来，用于和小朋友的游戏中。如果谁手头上攒有别人无法攒到的烟标，脸上的荣光就别提了。

大人鼓励我们与小军搞好关系，家里来客，或者办重要的事，会有求于刘家。而刘父（刘副科长）呢，真是没见过的好脾气，总是对我们乐呵呵的，对求上门的邻居鼎力相助。

每在刘家发现新烟，我们就像面对新大陆一样瞪大眼睛。什么江帆烟、恒大烟，我们会因烟名展开讨论。小军潇洒地撕开一盒江帆烟，抽出一支叼在嘴上，用火柴点燃了，缓缓吐出一个个烟圈。那烟圈吐得也真是圆，袅袅上升于空中，把我们看得呆了。我们这才惊觉，小军早就偷着学会了抽烟。后来小军的行为还是被刘父发现了，被狠狠教训了一顿。虽然不敢在我们面前抽烟了，却不影响我们用折成三角形的烟盒玩输赢游戏。我们把力量灌注于右臂，狠命扇向码成条状的烟盒，却往往扇不得几个烟盒翻身，小军却是常胜。

时间久了后，小军表达了他的不满，那就是我们表演得太假了。他不需要这样的讨好，要玩就认真玩儿。我们点头默认，又心照不宣地照输不误。小军觉得没劲儿，不再对此游戏感兴趣。我们紧随其后，小军热衷什么，我们就追随什么。小军生气冲我们大吼，我们没一人吱声。

当我成家并有了孩子后，与妻子聊起孩子教育问题时，讲起了这段孩提时代的事，妻子深意地看着我说，怪不得你这些年发展挺顺利的，原来你从骨子里就会处理人际关系。我没想到妻子把此事看得如此复杂，驳斥说，那是本能反应，没你说得那么醒醐。妻子轻轻一笑说，我没单指你，也没指责你的意思，我是说，你们当时那么小的年纪，就懂得巴结，恰恰说明，这人性之初的启蒙并不像我们想象的那么简单。我被她的话绕糊涂了，半天无言。更让我没想到的是，二十多年音讯全无的小军居然找到了我，身为一家企业老板，他刚见面就点头哈腰，递烟给我这个银行信贷科长抽，把我下巴差点惊掉了。

田洪波，男，汉族。中国作家协会会员。曾在《作品》《草原》《朔方》等刊发表小说百余篇，著有小说集《请叫我麦子》《无声记》《会呼吸的痛》等7部。曾获扬辉小小说成就奖、第七届小小说金麻雀奖和《小说选刊》德孝廉杯全国微小说精品奖二等奖。现居黑龙江鸡西。

熊医生趣事

戴　希

熊汗青为某市一家医院的全科医生。从青年到中年再到老年，他都在这家医院行医。我认识熊医生。他有很多趣事。中国人常言"三生有幸"，爱说"事不过三"，那这里，我就只讲熊医生青年、中年和老年三个时期的趣事。一般人习惯于顺叙，我这里用倒叙吧。

老年趣事

熊医生老年在皮肤科坐诊。

那天，吉狄克喝酒后皮肤瘙痒起小红疹，后来手上也有了水泡。因为痒得难受，就匆匆赶往这家医院。吉狄克选择看专家门诊，接诊的正是熊医生。这时的熊医生真的鹤发童颜，和善如秋阳。

"帅哥，你是做什么工作的？"问清了吉狄克的姓名、年龄、婚姻状况等基本情况，熊医生又微笑着向吉狄克打听。

"以前在文联工作，后来辞职下海，自己开办了一家文化公司。"吉狄克沉静地回答。

熊医生当即投出赞许的目光："既是文化人，又是企业家，不简单、不简单啊！"

"也没什么，只是厌倦了按部就班的工作，想换个自由创业的活法。"

吉狄克谦虚地说。

"腹有诗书气自华！看你这么儒雅，这么文质彬彬，我就想，你应该是位作家！"熊医生打量一眼吉狄克，"我猜得对吗？"

吉狄克微微一笑："也算是吧。我的习惯，无论再忙，每天都要挤时间爬爬格子、舞文弄墨。"

"那你——"熊医生开心地说，"一定知道莫言吧？他的长篇小说《蛙》不仅获得过茅盾文学奖，还荣获了诺贝尔文学奖！是咱们中国第一个也是迄今为止唯一一个获得诺奖的大作家！"

"当然，老早我就是莫言的粉丝，对大文豪崇拜得五体投地！"吉狄克的眼里闪着光。

"你也写小说吗？"熊医生试探道。

吉狄克点点头："写啊，试着写，不过只写短篇。"

"能写就了不起啦！"熊医生竖起大拇指称赞。

"有人说，读莫言的小说，仿佛是在同时读卡夫卡和马尔克斯的作品；还有人说，莫言的小说里大量运用了意识流的写作手法。是这样吗？"熊医生进一步问。

"您说呢？"吉狄克笑问。

熊医生略一思虑："文学我不懂，只是感觉莫言的小说揭露了咱们中国人的丑陋，有讽刺批评的意味。但可以肯定的是，他的小说写得很不错。因此，闲暇时，我也看莫言的小说。"

"您说的有道理！"吉狄克接过熊医生的话，"但我以为，莫言小说还有一点很突出，那就是人物形象多带有其家乡高密人的特点，集朴实、倔强、大义、豪爽、自私、狭隘等为一体，多面复杂，既表现人性的真善美，也鞭挞人性的假恶丑。"

两人越聊越深，乐不思蜀，吉狄克对熊医生也越来越钦佩。

可吉狄克还在兴头上，想继续往下聊时，熊医生却不动声色地切换了话题："因为时间关系，关于莫言，我们暂且聊到这儿。开初你说你创办了一家文化公司，现在你的公司一定生意兴隆吧？"

吉狄克一愣，笑了笑："感谢上苍！公司现在风生水起，办得不错呢！"

"那就好！"熊医生又向吉狄克竖起大拇指，"你是多面手，更是大能人！请问公司收益如何？"

"好啊！像滚雪球一样越滚越大。"吉狄克满脸的自豪。

这时，吉狄克的老婆却憋不住了："老公，你忘了你是来看病的，你还没搞清楚你患的什么病，还没开药啊！"

熊医生和吉狄克聊天之时，吉狄克的老婆始终在一旁静候。

吉狄克如梦方醒，不好意思地望着熊医生笑笑："您看您看！"

"没关系，我帮你好好看看。"熊医生温和地拉过吉狄克的手。

"熊老可是权威专家，"坐在熊医生身旁的女助手也终于开口，莞尔一笑道，"他的医术很高，相信他哦。"

"相信相信！"吉狄克连连点头。

"帅哥你是湿疹复发，"看过体征、做过检查之后，熊医生和气地说，"不过别急，我给你开些药，用完了症状就会消弭。"

"医生，这病能根治吗？"吉狄克的老婆下意识地问。

熊医生笑着摇头："目前还不能。你老公如犯了再来就是。"

很快，熊医生的女助手就不声不响地帮吉狄克开好了药方。女助手把药方递给熊医生，熊医生看了轻轻地点头。

走出熊医生的办公室，吉狄克和老婆如沐春风、步履轻快。看着吉狄克他们离去的背影，熊医生和女助手也相视一笑，春风拂面。

可拿着药方下楼划价交费时，吉狄克的老婆惊呆了：天，有两千四百多元！

"老公，我记得上次也是湿疹啊，看病后医生只给你开了二百五十多元的药，这次怎么啦？"吉狄克的老婆一脸的疑惑。

"这个，这个……"吉狄克同样满脸的疑惑。

"别急，你好好想想看。"老婆提示吉狄克。

"哦，想起来了，上次我去的是另一家医院！"吉狄克说。

"知道！听你讲过的，上次你看的也是专家门诊。可同一个地方不同的医院，差价怎么会有天壤之别？"老婆仍然愁眉紧锁，"你再想想，问题到底出在哪儿？"

吉狄克沉思默想一阵，脸忽然红了："怪我，都怪我！"

"怎么回事？"老婆一头雾水。

"上次医生问我的职业，我回答她，只是文联的一个小干部；问我的收入，则告诉她，养家糊口都很紧巴。而这次……"

"牛皮吹大了吧！"老婆恍然大悟，"你为什么要吹牛？"

"夫贵妻荣，"吉狄克不好意思地笑笑，"为老婆你撑面子呗！"

"撑面子？"老婆白了他一眼，"那上次你为啥不吹牛？"

"因为你没和我一同上医院，不在我身边啊！"吉狄克摇头晃脑。

"你呀你！"老婆狠狠地瞪了瞪吉狄克。

吉狄克嘟起嘴骂熊医生："这个老东西！"

中年趣事

中年时期的熊医生先做外科医生，后做内科医生。为公平（或曰平衡）起见，他在这个时期的故事，我也各选其一吧。

一

在外科做手术医生时的熊医生硬朗果敢、意气风发。

那天，熊医生得意洋洋地对牧毫说："手术后，你的伤口愈合不错，身体恢复亦很好。才三天，现在你可放心出院了，出院后喝点烟酒、吃点什么、做点运动概不要紧。"

说完，熊医生转向汤吉夫，胸有成竹地说："胃出血没有更好的办法可以治愈，除了让我给你做手术。这几年，我做了成百上千例大手术，情况都很好。而且，我做手术位置准、速度快、质量高、无痛苦。比如……"

正说着，牧毫突然捂着肚子嗷嗷大叫。熊医生只得又转身，不紧不慢地用手撩起他的上衣：原来，他的伤口裂开了，一团肠子正往外冒！

"不要惊慌，不要惊慌，"这时，熊医生心平气和地说，"阑尾切除后出现这种情况毫不见怪。不如，我直接用手术器械为你缝合，痛是痛点，但少一道程序。你不用害怕，我缝得很快，你忍着点，马上就好。"

摸了摸后脑勺，熊医生一边将快要涌出的肠子使劲往肚里按，一边目空一切地为牧毫缝合伤口。

牧毫痛得杀猪般嚎叫，豆大的汗球滚滚而下。

约摸半小时后，伤口总算缝合了。熊医生有种胜利凯旋的自豪写在脸上。

转身对汤吉夫说："赶快做手术吧。"汤吉夫的眼珠便要迸出来。

汤吉夫惊问："为什么不给他用麻药？"

"因为他手术后老是问我，做手术花了多少钱？"熊医生笑答，"他应该很心疼钱呗！"

二

做内科医生时的熊医生也风趣幽默、不同凡响。

那天，有个腹泻患者来找熊医生看病。患者一直没能认出熊医生，熊医生却很快忆起了他。熊医生依然面不改色、镇定自若。

"脉搏不正常呢。"熊医生为患者把脉后放下他的手。"心脏亦有杂音，"又仔细目视患者一番，"眼珠晦暗啊，病容！"

检查完，患者问熊医生，他染的何病。熊医生半闭双眼，用余光打量患者："还得考虑考虑，研究研究。"患者不解。

"如今看病也要送'红包'的。"墙角，忽听有人议论，患者恍然大悟。用心侦察，果不其然。

患者虽然很愤怒，但依然不动声色。回去即召开院长会议，点名批评某某医院某某医生索拿卡要，医德败坏。原来，患者乃卫生局局长，这还得了！

报纸马上发表文章:《必须狠刹这股歪风》。又点名道姓批评了一通。

"这叫贼喊捉贼。"看完批评文章，熊医生把报纸一摺，淡然一笑。

患者又来看病，找的还是熊医生。"不会让我再上报纸了吧？"熊医生识得患者面目，故意脱掉白大褂，安详地笑了笑。

患者定睛细看，此人似曾相识，但又记不起是在什么地方。

"我的条件本来不错，基本符合评职称的条件，但是，你还是向我索要过'红包'！"熊医生索性提醒他，"因为你大权在握嘛！"

"有这回事？"患者惊问。

"当然呗！"熊医生说。

"这，这，这……"患者尴尬地笑笑。

"看来，你还是有病的，脉搏异常，心脏有杂音，眼珠晦暗……"熊医生严肃起来。

"不用再检查啦？"患者反问。

熊医生坚定地摆手："不用！"

患者大怒，欲走。

"慢！"熊医生高声叫住患者，"不能病入膏肓啊！"他拖住他，拿出处方笺，一定要给他开药。

青年趣事

熊医生青年时在中医科坐诊，是中医师。虽然他人年轻，又是重点医科大学毕业的高材生，医术也很精湛，但上班前却总要好好地化妆，把自己整得鹤发童颜、老谋深算。人们常说"姜是老的辣"。看病求医，更是要找名老中医。这一点，熊医生再清楚不过。

那天，一病人拿着前几天有个年轻郎中开的药方来找熊医生。

"这药非但对我无效，吃了还全身不适。"病人抱怨说。

熊医生接过药方一看，上面开的是"四君子汤"即人参、白术、茯苓、甘草四味中药。熊医生给他一拿脉，诊断为气虚，服"四君子汤"不错。心想：病人显然是疑神疑鬼、自作自受。又不便道出。就心生一计，摊开处方笺，"沉思"好一阵，重新给他开了一张处方，也是四味中药，即"鬼益、扬抱、松腴、国老"。

熊医生微笑着对他说："我用的是'祖传秘方'，药力很大，你连服半月，必定病除。"病人识字，接过处方一看，全是新药，大喜。

半月后，病人果然向熊医生道谢来了。"还是您的药方独到、灵验，我现在精神好多了。而且，您的药服起来没有丁点不适感。"

"是这样吗？"熊医生笑道，"其实，我给你开的药也是'四君子汤'啊。人参别名鬼益，扬抱别名白术，松腴别名茯苓，而国老和甘草本是同一味药！"

病人半天愣不过神来。

熊医生接着说："其实，许多年轻郎中也很能治病的。他们开的药本来对头，只是病友不信，怀疑自己所患之病难治，产生精神作用罢了。"

病人问他为什么要捅破封窗纸，替年轻医生说好话。他说自己也曾是年轻医生，而且那时他的医术本来不错！

戴希，男，汉族。中国作家协会会员，中国微型小说学会副秘书长、世界华文微型小说研究会副秘书长。在《诗刊》《小说选刊》《散文选刊》等刊物发表转载作品1000多篇（首），已出版《柳暗花明》《黑鸟》《搁在南方春雨里的诗笔》等文学作品集31部。曾获第七届小小说金麻雀奖、《小说选刊》最受读者欢迎小说奖、中国当代散文奖等文学奖项。现居湖南常德。

他的女友叫月亮

侯发山

想你的时候问月亮

朱明与她的相识是在市人民医院。

那一次，在一场扑火的任务中，朱明冲进火海，接连救出三个人，又返回现场时被一股热浪击倒，所幸戴着防护面罩，未伤及面部，只是胳膊、胸部有不同程度的灼伤。她是照顾朱明的护士。住了一个月的医院，两个人的关系有了质的提升，由最初的护士和患者的关系，升为男女朋友关系。

起初，朱明还有点犹豫，说："我是消防员，平时的工作很危险……"

"不吉利的话不许说。"她用葱段似的小手捂住了朱明的嘴。从朱明平时的谈吐中，她已了解到，朱明的两个队员都在执行任务的过程出了意外。

朱明扒拉开她的手，喘着气说："再捂一会儿我就'酒驾'了。"

她噗嗤一声笑了——自己的手刚用酒精消过毒。她说："嫁给军人就意味着奉献和牺牲，但，我乐意。你知道吗？当年咱这里送新兵打出的那条横幅就是我的主意。"

"哪条？"朱明扑闪着眼睛，他真的不知道。他才当消防员两年，还是个生瓜蛋。

她嗔了朱明一眼，张了张嘴欲言又止，便给他回复了一条微信。

微信的内容是：嫁人就嫁兵哥哥。

朱明解释说："我们消防员已经取消军人编制，归应急事务局管理，属合同制打工仔。"

她说："我不管什么编制不编制，在我眼里，消防员也是军人。"

朱明的心里像平静的湖水一下子荡漾开了，这才接受了她。

等到两个人步入正常的恋爱轨道，朱明才发现，她的工作比自己还要忙，每天从没按点下过班，微信都没时间回复。

只要朱明有时间，每次在医院门口等，都要等到月上柳梢头。他算得上一个暖男，在等她的时候，手里提个保温桶，有时候是饺子，有时候是馄饨，有时候是米线。她下了班，看到保温桶里热乎的美食，比见了亲娘还亲。她一边狼吞虎咽，一边享受着朱明的唠叨，无非是工作上的琐碎，或者是听来的笑话。那一次，朱明来了兴致，哼唱起豫剧《倒霉大叔的婚事》里的唱段："月光下，我把她仔细相看，只见她羞答答低头无言……"朱明五音不全，嗓音像被狼掐着脖子似的，一边唱一边比划着动作，乐得她嘴里没来得及下咽的饭喷了朱明一身。

新冠疫情暴发后，她更忙了，真的是聚少离多。朱明曾抱怨道："我们都快成牛郎织女了。"

她朝朱明眨巴两下眼睛，抱歉地说："想我的时候你就问月亮。"那时候，网上流行一首歌曲——《想你的时候问月亮》。

她报名参加当地医疗小分队支援上海后，一个人的晚上，面对挂在天上的明月，朱明经常哼唱《想你的时候问月亮》："想你的夜晚总是很漫长，萧萧的冷风还带着寒霜，远隔千里你身处在他乡，苦苦滋味我独自去品尝，问问月亮思念它有多长，你是否也会把我去守望，无法忘掉你旧时的模样，想你的心伴着淡淡忧伤，相思的泪水在不停流淌，只有默默地遥望着远方，把那相思的苦深深埋藏，等你在那曾经的老地方……"有时候，唱着唱着便泪流满面。朱明听她说过，这首歌就是为他写的。

每天从新闻上看到上海疫情变换的数字，朱明的心像被人揪住似的，紧紧的，既为上海人难受，同时又在为她担心。好在武汉暴发疫情的时候，她曾去支援过，积累了一定的经验。不过，她一定很累。为了缓解她的紧张和压力，朱明在微信上一番恩恩爱爱祝你平安之后，留言道：我现在已经不再是狼吼了，已经达到专业的歌唱水准了。怕她不信，便拍了抖音给她。

看来她的确忙，顾不上卿卿我我，回复只有简单的几个字：我很好，你放心。

有一晚上，大约十二点，得知她平安下班，朱明松了一口气，忍不住问道：预计上海的疫情什么时间能过去？

她说：全国各地的志愿者都来守"沪"，上海一定没事的。现在的上海好比初一的月牙，要不了多时，就到了月圆的那一天。

朱明发了个微笑的表情包，同时回复：有你在，上海的夜空一定会皎洁而明亮。

她说：别贫嘴，我吃晚饭去了。

"亲爱的你不知现在怎样，夜深人静时是否把我想，月亮恰似你那甜美脸庞，想你的时候只能问月亮……"朱明不知道，每天下班后，听着朱明的歌声，她的眼里也会涌出泪来；听着朱明的歌声，她满身的疲惫便会烟消云散，再接班时，依然精气神十足。

她的名字叫月亮。

我不看月亮

细心的王队发现，近段时间，朱明像经霜的倭瓜，蔫头巴脑的，再没哼唱过《想你的时候问月亮》。王队私下向小刘打听，小刘跟朱明同宿舍。小刘这才恍然大悟地说，是，有一段时间了，之前那首歌是朱明每晚的主打。

整个消防队都知道，朱明的女朋友是一名护士，她叫月亮。两个人的相识还缘于一场火灾事故，在那次救火过程中，朱明意外受伤，一直陪护他的护士就是月亮。

小刘不止一次说过，朱明这叫因祸得福。听出了小刘话里酸溜溜的味道，朱明心里跟抹了蜜似的，甜美着呢，也不去辩解。

因为疫情的闹腾，以及朱明和月亮工作的特殊性，两人聚少离多。月亮说，等支援上海回来，就来找他。谁知道，她从上海回来，他却赶赴山西抗洪抢险。等到他从山西回来，她又奔赴郑州抗疫……

有一天，小刘悄悄给王队汇报，说他在朱明的床头看到一句话："我不看月亮，也不看你，这样月亮和你都蒙在鼓里。我看月亮，也看你，你以为我只喜欢月亮，只有月亮知道，我喜欢你。"小刘疑惑地说："王队，朱明是不是失恋了？""别声张，我先找他聊聊。"

这天晚上，看到朱明吃罢晚饭一直躲在宿舍，王队一个电话把他叫了出来。

"王队，是不是有任务了？"见到王队，朱明一改萎靡不振的样子，精气神十足地说。

王队心里边很舒服，这就是他手下的兵，自己有天大的委屈，在工作面前跟打了强心剂一样，没有一个孬种。他笑着说："你小子就知道任务，任务，没事，咱随便聊聊。"朱明抻了抻自己的衣服，不自然地笑了。

"今天农历十五，正是月圆的时候。"王队说罢，没有去看天上的月亮，而是看着朱明。他发现，朱明垂着头，嘴里"嗯嗯"地应答着，并没有去仰望天空。

王队心里一惊：难道他跟月亮分手了？王队想了想，没有捅破那层窗户纸，对朱明说："兄弟，你想不想听听我的恋爱经过？"

朱明这才抬起头，下意识地点了点头。

王队说："我谈过三次恋爱，第一个只见过一次面，人家就拒绝了，嫌我的工资低。第二个认识不到半个月，人家提出了分手，很直白地说咱的工作太危险，担心自己当寡妇。第三个，也就是你现在的嫂子，是我从火场里把她救出来的，她不顾家人的反对，死活要嫁给我……我现在体会到了那句话的涵义：结婚找对象，不是要找自己喜欢的，而是找喜欢自己的。"

"王队，我……"朱明张了张嘴，似乎要辩解。

王队打断朱明的话，说："别说了，早点休息吧，明天早上还要十公里越野训练呢。"说罢，王队转身走了。

"王队，事情不是你们想象的那样，月亮他很爱我！"

王队猛地停住脚步，回过头，却发现朱明已经小跑着消失在夜色中。月亮爱朱明，难道是月亮的家人反对？有可能。唉！王队重重叹了口气，不过，很快他的心里就释然了，消防队员连死都不怕，难道还怕失恋？他相信朱明能够度过这一关，只是时间早晚问题。

不出王队所料，过了一段时间，朱明像是度过寒冬经了春风的麦苗，又开始苗壮了。

消防队有一个传统习惯，只要哪个队员过生日，就在队里的餐厅，大家一起热闹庆祝。

轮到朱明的生日了，跟其他队员的生日一样，王队特意自掏腰包订做了一个大蛋糕，还让自己的媳妇到餐厅帮忙，给朱明擀面条，过生日是一定要吃面条的，寓意长寿面。

就在生日蜡烛点燃后，大伙儿嚷着要朱明许愿的时候，餐厅进来了一个手捧鲜花的女孩。一时间，大家都惊呆了，这女孩太漂亮了——高挑的个头，白嫩的皮肤，走路像模特，很有明星的气质。

"你怎么来了？不是说去外地支援了？"朱明迎上去，脸上开出了花。

女孩嫣然一笑，说："半个月前回来了，一直在隔离，怕你担心，没给你说。"

"月亮，谢谢你！"王队叫起来。

"王队，她不是月亮。"朱明赶紧解释。

女孩说："我是月亮的孪生妹妹阳阳，也是一名护士。"

后来，大家才知道，月亮在抢救病人时被感染，医治无效去世。她担心朱明过不了这个坎，临终前拜托妹妹开导朱明。经过一段时间的接触，阳阳爱上了朱明，朱明也走出阴影，喜欢上了阳阳。

在那次生日宴会上，朱明和阳阳合唱了一首歌："……我不看月亮，也没说想你，这样月亮和你都蒙在鼓里。我站在原地，等风也等你，把你写书上，也写心上……"

这首歌的名字叫《不动声色》。

月亮看我

跟阳阳相处一段时间后，朱明感觉她并不适合自己，两个人在很多事情上都有分歧，换句话说，不在一个频道上，沟通存在障碍。她姐姐月亮和他，两个人可以说是心有灵犀，他一个眼神，月亮就知道他的心思。阳阳呢，跟月亮完全是两种不同性格的人。有时候，聊着聊着，不知道牵扯到哪根藤了，阳阳就会使性子，发脾气。跟她在一起，朱明常常不自觉地拿她跟月亮相比。阳阳也察觉到这一点，主动提出了分手。

阳阳说："朱明，我可能要辜负姐姐的厚望……咱两个不适合。"

"阳阳，谢谢你！真的，若不是你，我还不知道能不能走到今天……"

阳阳打断朱明的话，说："别胡说，我姐姐在天上看着你呢，她可是希望你喜乐平安。"

"谢谢！谢谢！"朱明转身走了，任泪水在脸上流淌，也不去管它。他的第一个"谢谢"是给阳阳的，第二个"谢谢"是给月亮的。月亮病危期间，他因为驰援外地，没有办法照顾她，是她的孪生妹妹阳阳在替他。月亮没有埋怨他，在临终的时候，还嘱咐阳阳陪伴自己，给自己温暖。当然，月亮的希望可能还不只这些，肯定是希望两个人能够天长地久。"月亮，没事的，我已经走出了失去你的阴影。阳阳是个好姑娘，她会找到属于自己的另一半……"

接下来好长一段时间，朱明都没有阳阳的消息，似乎失踪了。朱明不放心，毕竟她是月亮的妹妹，不关心是不可能的。他辗转打听，得知阳阳去了国外。打她的电话，永远都是那个女孩温柔的道歉："对不起，您拨打的电话已关机。"阳阳是一名军医，去国外支援也是有可能的。据媒体报道，每次遇到其他国家有疫情、洪水等灾难，中国不仅出口救援物资，还派出医疗队，曾先后支援过伊朗、伊拉克、委内瑞拉、巴基斯坦、柬埔寨、索马里等几十个国家和地区。

熟悉朱明的朋友都知道，他爱唱歌，最初唱的主打歌是《想你的时候望月亮》，后来是《我不看月亮》，现在变成了《月亮看我》："月亮看我时，我会想故乡，一把油纸伞，动人的脸庞，撩开雨丝看你，撞见了白墙……月亮看我时，我也看月亮，太多的旧时光，来不及珍藏，月亮看我时，我也看月亮，太多的新时光，只争朝夕忙……"

朱明知道，月亮就在天上，每时每刻就在看着他。他是个消防员，每次有任务便主动请缨，冲锋在前，短短半年多时间，已经荣获三等功两次。

这期间也有人给朱明介绍女朋友，他都拒绝了，他清楚自己工作的危险性质，他想等等再说。他心说，有月亮相伴，我不孤单。事实上，他不死心，还是想找个像月亮那样的姑娘。

有一天，朱明在一个酒吧唱歌时，一个陌生的男子主动与他搭讪，询问月亮的消息。朱明不理睬他，只顾唱自己的歌："月亮看我时，我会念故乡，青石板路上，总有你模样，梦中牵你衣袖，空欢喜一场，岁月弯成桥，泪水在流淌……"

陌生男子纠缠不休，似乎不达目的不罢休。

"月亮在天上！"朱明大叫一声，摔了话筒，扬长而去。

一年后，朱明忽然接到了一个陌生又熟悉的电话，是阳阳的号码！

"阳阳，真的是你吗？你在哪里了，担心死我了。"

"是我，我在机场，刚下飞机，我想去看你……"

见了面，朱明才知道阳阳打入一个犯罪集团的内部，当卧底去了。阳阳掌握了那个犯罪团伙的犯罪事实后，罪犯被公安部门一网打尽，这才重返人间。

"阳阳，你、真棒！"朱明兴奋不已。他正为自己没能照顾好阳阳，心中有愧月亮呢。

"朱明，现在我可以告诉你，我不是阳阳。"

看着阳阳清澈的眼神，朱明似乎明白了什么。

"我是月亮，我根本就没有孪生妹妹阳阳。"

朱明眼珠一转，想逗一逗月亮，便说："月亮，可是，我已经有了女朋友。"

月亮飞了朱明一眼，说："拉倒吧你，你的罐里几粒米我还不清楚？除了我这朵鲜花，谁稀罕你这堆牛粪？！"

朱明再也憋不住笑了，一下子扑进月亮张开着的怀抱。

侯发山，男，汉族。河南省小小说学会秘书长，郑州市作家协会副主席，巩义市作家协会主席。在《小说选刊》《新华文摘》等报刊发表转载作品1000多篇（首），已出版《康百万》《黄河谣》《河洛故事》等文学作品集26部。曾获第八届小小说金麻雀奖。现居河南巩义。

斑驳的博取

陈　敏

我欠老范一条命

老范说我欠他一条人命，初听之下，我震惊不小。

这事还得从我十年前的一次出差说起。

那是个冬天的上午，我要去北方边城参加一个园林景观学术研讨会，正准备搭乘长途汽车去省城，再转乘火车去千里之外的边城。

刚买了票，就听广播里说这趟车要晚点一小时，我想找个安静的地方坐下来等候，一转身，竟看见了老范，他背着一个流行的斜肩挎包，从一辆刚进站的大巴里钻了出来。

老范大声喊着我的名字，赶上来紧握我的手，说他刚从福州出差回来，又急切地问及我的行程。得知我要去遥远的边城，他立即做出反应："这样吧，我陪你走一趟，你知道不，咱们的老乡王改子在那里当市长，王市长啊！你知道不？"

说到王市长，老范双目闪闪发光。

"小民不关心政界人物！"我回了句，以为他在跟我开玩笑，心想，他大老远出差刚回到家门口，绝对不可能再出远门，除非他脑袋有问题。不曾想，他抓过我手里的车票，一转身，钻进售票处，又拿出了两张票，说：

"我把你的票退了，又买了另一趟车票，上车就能走，赶紧走！"老范不由分说地拉着我上了另一趟车。

行车途中，我沉默不语，却丝毫不影响老范说话。他一路上谈风景，侃过往经历，说到王市长小时候不仅是个胆小鬼还是个"尿床王"时开怀大笑，全然不顾及邻座人投来的目光。

他还时不时地关心我的身体，说一个人长时间沉默不是好事，可能是大病的前兆。

下午一点多，到达省城火车站。

为了赶路，直接买了票上了列车。火车票四百五十元一张，出于礼节，我主动买了票。

入座，老范让我将他的旅途花销先垫上，回去了统一结账，见我没吭声，他又东拉西扯，说是给王市长和一些熟人打电话，直到两个小时后，他的手机没电了，才停了下来，又从斜兜里掏出充电宝给手机充电，说他的这个充电宝是省城三星代理公司老总送的，一万多块钱呢，充满一次电，能供手机用一个月都不带欠的。末了，还大方地说，他充好了让我充，随便用！

看我不太回应，他又挑起脚尖让我看他的鞋。

"你看见什么了？"他问。

我想说我看见了一只臭脚。想想又没说，只好把头转向窗外。

"不识货了吧！这是正宗的陆杨手工定制皮鞋！修正药业总裁给我定制的！这鞋全球最贵，八千多元一双！没有人情关系的话，排队一个月都不一定能买到……"

半夜时分，列车行驶在空旷的野山峻岭间，显得格外急速。老范终于吹累了，一会儿，把头搭在我的肩膀上睡着了。

我本来就没有多少睡意，这下肩膀上又扛了个脑袋，真是不好受。我对他仅有的一点好感消失得干干净净。

第二天凌晨五点钟，列车到达边城火车站。

北方边城的冬天凌晨，气温已降至零下三十多度，冷空气呛得人无法呼吸。老范冻得直蹦脚，猴子一样跳着脚走路，边跳边说："这个城市，一切都由咱乡党王改子说了算，他在这里当市长，说实话，咱在这地上走一步，地板都得晃三晃；咱踩上它一脚，都能引发一场地震！如果咱犯了交规，不是吹，交警罚咱都得挨洋锉呢！可以说，咱就能在这个城里横着身子走！"

看他豪气干云的样子，我突然没忍住，哈哈哈一阵大笑。

终于等来了出租车，赶到我开会的酒店。

老范说，他中午要被市长接去吃午餐，将和我做一段短时告别，还得意地说："这下把王改子王市长的腿抱住了，他怎么也得管我几天饭。"

两天的会议很快就结束了。返程的列车上，老范跟来时一样，谈兴依旧高涨，一路上又是滔滔不绝，跟上下铺的旅客聊天聊地，最后聊到了摄影。

他说他尤其擅长抓拍，并自我吹嘘说，善抓拍的摄影师才是世界上最伟大的摄影师。

一觉醒来，到站了。车窗外，是一个难得的艳阳天。

出站，老范悄声对我说："狗日的王改子变了，冷水泼不上墙，人家根本就没见我，说他出差去了外地，让手下人给我安排了个宾馆，吃了几顿自助餐，可我分明在电视上看见他就在本地呢！"老范的脸色露出一丝难得的失落。说过，老范头也不回地走了。

老范走了，再也没有提及一路上花销的事。

一日，我正在设计室赶制图纸，肩膀突然被人狠狠地拍了一下，吓了我一跳，回头一看，是老范。我有些气愤，警告他："别这样一惊一乍的，会吓死人的。"

老范不以为然地说："拍你一下咋地了？你还欠我一条人命呢！"说完，他递给我一张州城日报，一张一周前的旧报纸。

老范指着报纸缝隙里的一则新闻给我看。

一周前，我本该乘坐的，后被老范逼迫改乘的那趟开往省城的晚点班车从秦岭上跌进山沟，造成了12人伤亡的重大交通事故！

我呆立在桌旁，半天无语。

我当即停下了手中的活儿，坐下来，和老范喝了一下午的茶。

老范取了我老师的一幅画

"你在哪里？想求你办点事，可否？"被手机铃声响起的二连问，让我心跳加快。

此时，我正在画家葛元老师的画室习画。

我一直拜葛元老师学山水画，学画三年，画技略有进展。

最近就怕遇见老范，迟疑了半天，临到最后，还是把行踪键了出去。

"真不敢相信，你居然也在！我正准备借用你的人情，帮我购一幅葛元大师的画呢，没想到这么巧，天作之合啊！等着，我即刻就到！"

老范的声音震得我耳朵嗡嗡作响，其实，老范求画的事我早已知晓，碍于他做事抠门的吝啬人品，我始终未向老师提及过，这下，他居然误打误撞地登门而来，我心里多少有些忐忑。

老范的脚步快得惊人，不到一刻钟，就响起了敲门声。

一番寒暄后，老范失语良久，他紧盯着画案上老师新作的画。那是一幅名为《大漠秋鸿图》的画。

"天啊！画竟然可以这样作！"

良久，老范说："不知我可不可以要了这张画？"

老师指了指墙角说："那里还有几幅，选不选一下？"

老范说："不选了，就这幅。"

老师看了老范一眼说："你的眼睛真毒！"

"过奖了！"

一向大嗓门的老范，此时声音小得如蚊虫叫。

"那行吧！我割爱了，把这幅给你，只是润笔费略高了点，既然是熟人介绍，就八千！"老师直言不讳。

此时的老范如同木偶，面呈难色，憋到沙发里半天不起身。

室内的气氛凉了下来，我替老范捏了一把汗，心想，如果是我，真丢不起这个人，干脆让自己永远消失了。

在长久迟疑和沉默中，老范缓缓起身，望向窗外不远处的市政府大门，说："市政府上班的人大多我都认识，我现在就下去，在门口堵人，不信我就弄不来这点小钱！"老范语气坚定地出了门。

下午三点，正是上班高峰期，我站在窗口，探出头朝下望，身着米黄色风衣的老范在向一个一个的熟人握手、点头哈腰，最终都被对方迟疑地摆手、拒绝，迈着匆匆的脚步快速离去。隔着玻璃被静了音的外景看不到一丝人情味，老范像秋风中的树一样渐渐凋零在了原地。

不忍心多看老范的尴尬，我抽身，回到画案前，继续观摩老师的画。

老师让我铺开一张八尺纸，他伸手从笔架上选了一支鹅头般的大抓笔，蘸水，在调色盘里点点，就横摆竖刷地在纸上涂抹起来。

"老师，你这是横扫千军、纵横捭阖啊！"

我还没看出他画的什么，就被他作画的气势震慑住，不由得惊叹道。

"一辈子谨小慎微地做人作画，也没见做出什么明堂，老了，就想随便点。"老师谦逊地说。

老师的话我似乎有点懂了，又似乎不完全懂。

老师涂完了色彩，再涂抹水墨，然后，又开始点染皴擦，勾勒线条，不经意间，一幅长河落日、大漠秋鸿的画面就完成了。老实讲，我还是没能完全读懂其中意境，但这并不影响我内心的感动。

门敲了三下，老范回来了。他讪讪地拿出了两千块钱，放在桌案上，迅速卷走了那幅画，回头说："欠下的，后面一定弥补。"

据说，那两千元还是老范从两个门卫那里借来的。

葛元老师和我面面相觑，他微微笑了一下，不再言语。

数月过去了，不曾见到老范的身影，心里忐忑又内疚，后悔自己不该向老师介绍这么个"老赖"，让老师受损，却见老师始终淡然宁静，只字未提老范的事。

一日，在老师画室的案几上，偶然看见国家美术报的头版上刊发了老师的那张《大漠秋鸿图》，还配发了一份万余字的长篇赏析文章。画面印刷清晰，文章文采飞扬，意境深厚，读后使人颇受感染。

这可是国家最高美术权威期刊啊，份量十足！

一看署名，竟然是老范！

年底，国家级美术展遴选作品，葛元老师的画作第一批入选！他心情愉悦，一时来了兴致，不仅免去了老范欠下的润笔费，还额外奖励老范了他的另外一副得意之作《长河月圆》。

多时不曾谋面的老范终于微信我："那副《大漠秋鸿图》帮我解了围，我儿子就业问题解决了！"

我的压轴照

几年未见，老范的变化真是大了不少，他头发苍白，一脸沧桑，小腹隆起，眼袋突出，双下巴明显，说话气喘吁吁，完全没有了以前的那股锐气和底气，差点让我没认出来。

那是在丹江河畔的林荫道上，天正下着秋雨。州城的春秋两季总喜欢落雨。老范挎着一个鼓囊囊的帆布包，里面装着他的摄影装备。他说他在南秦湖发现了 8 只黑鹳，这种消失了多年的被誉为"鸟中大熊猫"的鸟儿太难见了，今天运气不错，总算遇着了，拍到了不少满意的照片。

老范早年在省报做过记者，除了文字功夫过硬外，还怀有一项我无限钦佩的摄影技艺。他痴迷于拍摄自然界的各种动物，拍下了近千幅绝美的动物类杰作。他尤其擅长拍摄鸟类，足迹遍布秦岭的东西南北。我依然记得那次北部边城出差的旅途中，他谈性那么高涨，一路滔滔不绝地讲述他拍摄鸟类的心得和技巧。

老范说："给鸟儿拍照绝不是扛着机子闷等，要事先踩好点，隐身于林子旁、水草边或湖畔，将折弯的树枝插到水里或者深深的泥土里，再在周围或树枝上布置些虫子、蚯蚓以及鸟儿们爱吃的食物，一到点，鸟儿们就会自己飞过来觅食，困了就歇到你插的枝子上，这时，你瞅准机会，咔嚓一声，鸟儿飞走了，却留下了宝贵的镜头。"

一般情况，老范很少给人拍肖像照，可那次，旅途的火车上，他还是为我来了几张抓拍，我那会儿正烦他，也没心情理会与欣赏。后来，无意间翻阅到了那些照片，发现老范的抓拍技巧确实精湛，画面清晰，光影生动。

此时，老范正蹒跚着脚步，艰难地行走在雨中，边走边说："最近身体多有不适，心脏病、糖尿病、小腿静脉曲张，刚才不小心又摔了一跤……"

他像是自言自语，又像是说给我听，我连忙赶上去，将雨伞移到他的头顶，他竟将我手里的伞柄一把推开，说他从不避雨，又说："只有在雨中行走，才可以集中精神，利于思考。"我合上雨伞，疾步走到他跟前，试图接过他的背包，帮他背，谁知道，又被他一把推开，抬高嗓门大声嚷道："不，不，我不需要你帮忙，我不需要任何人帮忙！"

我大吃一惊，张开双手僵在雨中，心想，老范啊，你受了什么刺激，突然变得如此这般？你有没有搞错，当年在出差的列车上，你处处麻缠我，向上级对待下级一样强势，将我的肩膀当成枕头枕了一路；还有在我老师的画室，为了获得那幅画，你放下架子，觍着老脸，到楼下市政府门前的人潮中伸手向人借贷！这才几年工夫啊，你怎么就彻底来了个改头换面，我是在帮助你啊！莫非助人为乐的优良传统都是错的？老范看着我目瞪口呆、一脸茫然的样子，连忙说："谢谢，谢谢，你可以帮我一次，但你帮不了我每一次，我一定要想到没有人帮助，只有我一个人时候的样子；我的余生从现在起谁都不靠，只靠我自己。"

老范的话让我在雨中瞬间顿悟，也瞬间感到心酸。老范结过两次婚，又离了两次，留下一个不让他省心的儿子。

我似乎听说过他曾经历过的两任妻子。她们俩如出一辙，易怒、强势、暴躁，歇斯底里，他几乎像是坐在一个活火山口上，经常不知道她们的情绪在哪里失控，唯一能够让他感到轻松和自由的是那些他拍摄下来的照片。

雨伞滑落下来的雨滴打湿了我的脸，溅了我一身，我呆立，望着老范的身影消失在烟雨的尽头。

又有好长时间没有老范的消息了，虽不常想起，却也不曾忘记。

大约两年后的一天，忽然在微信朋友圈里看到了一则讣告：老范去世了！有人在湖边的林子里发现了他，他手里握着摄影机，身边放着一个黄挎包，躺在那里永远地睡去了。闻讯后，心里有说不出的痛楚。

老范死了，没有人再让我窘迫，也不会再有人让我感动，内心仿若空了一片。

不久，我准备出版一本园林景观设计画册，需要一张个人近照，在好多张专业摄影师为我拍摄的照片中挑来选去，都不满意，唯有老范在火车上为我抓拍的那张最有"味"，我最终决定，拿它作为画册封二的压轴照。

陈敏，女，汉族。中国作家协会会员。曾在《芒种》《朔方》《意林》等刊物发表小小说百余篇，著有小小说集《诗祭》《红风筝》《你的家园之梦》等10部。曾获首届全国小小说金奖大赛一等奖、冰心图书奖、第七届小小说金麻雀奖等奖项。现居陕西西安。

市井世态

安石榴

豆腐坊

东安市场里只有一家做豆腐的，夫妻俩。我看着这一对从青年伉俪变成中年夫妻。这得多少年呢？怎么也得十几年，小二十年吧，没算过，反正眼见着男人的鬓角长出了白发，女人的发际线也大举后退。当然了，岁月又饶过谁呢？有一次，男人一边给我往塑料袋里装水豆腐，一边对我说：你应该染染头了。我就笑了，对吧？我们主顾之间蛮熟的。

我们家爱吃豆腐。豆腐是个平常之物，平民食物，市面上做豆腐的多极了，看起来都一样，实际上才不是，差异可大了，有的豆腐没法吃，都没法忍。我选择他们家的豆腐可不草率，一边吃一边找了多少年，那真算得上淘尽黄沙始到金。要问他们家的豆腐到底哪儿出奇？就简单一句话，好吃。真的，有些时候我们做出的评价相当简洁，但你知道那非常可靠，比一大堆五颜六色的描绘可靠多了。他们家豆腐现场做，电磨、烧锅、纱布什么的都亮闪闪、干净净，全在眼睛能看见的地方。很多人不太知道，在三伏天里如果豆腐坊卫生差的话就惨了，有一种叫蛆的东西你可以了解一下，这简直让人不敢深想。超市就只见豆腐，不见坊，难免不让你担心。其他的奥妙就不知道了，不知道有没有"喜欢做豆腐，所以才好吃"那种浪漫的原因。

最初选择他们家豆腐的理由就是这样。

吃豆腐这件事不是小事，真的，我不开玩笑。我家几乎每天都吃，我也就几乎每天和这对夫妻见面。后来我搬家了，离东安市场挺远。为了吃，当然拼尽全力，连走带坐车地去买他们家的豆腐。水豆腐冰箱冷藏可以保质两天，干豆腐买一大卷放冰箱里像是可以永续利用，不必每天劳顿去买。所以，十几年、二十年下来，还是他们家的顾客。

这样说了，或许有人认为这不就是朋友了吗？也不算，我都不太能理解人与人动不动就成朋友的思路，我不行，我不擅长这个。我不知道他们叫什么名字，也不知道他们几岁，单纯主顾关系。买卖交接的过程倒不可能一句闲话不说，那极其有限，我都写在这儿了。我认真想过了，的确全写这篇文章里了。

有一次我看着他们家售卖案台上一溜腐竹、豆皮、海带、玉米面条……我指着酱色的冷面，问她，真的是冷面吗？东北人爱吃冷面，一种荞麦产品。我小时候见到的冷面只有绿色淡到几近无的圆柱形荞麦面条。而如今市场上还有一种酱红色的。我已经怀疑它很久了。她摇头说，我猜它就是掺了酱油的面条。就这一句话，我没买，她也就没能从我这儿赚到这份钱。

还有一次他们夫妻在吃饭，小铁锅里炖着酸菜肉粉条，火锅的吃法，热乎乎冒着白气。东北人好这口儿，过去家家腌酸菜，现在多数人家不再腌制，手工作坊应运而起。我问她，酸菜哪儿来的？她指一指售卖台上的卖品，那一档全是一个牌子的袋装酸菜。我又问，怎么样？她抿了抿嘴角说，一般。就这一句话，我没买，她也就没能从我这里赚到这份钱。

现在想一想，这么多年一直在他们家买豆腐，或者这个原因也不能忽视吧？

小二十年下来，粗看仿佛一切都没有变化，人还是那人，所谓长了白头发、发际线后退，也就说说罢了，它们都不是生活的实质，我想也没有多少人真正把它们归入人生或命运当中去，那是不值一提的事情。东安市场小麻雀一只，地盘不大，却是个综合农贸市场，各种行业都在一个屋檐下。豆腐坊对面是个卖鸡蛋的，也卖鸭蛋和鹌鹑蛋，有一对红扑扑脸蛋儿的胖老太太一直端坐在那儿。豆腐坊后面一溜五家蔬菜摊，全都是原装的夫妻档，丈夫还是那个丈夫，妻子还是那个妻子，这么多年头型没变，仿佛一年四季穿的衣服也是那相同的几件。真实的生活是不是藏着一些简单的要义？或者还有一些容易解释又没人解释的东西？反正你在某些朋友那里看到命运的多变和不确定性，或许有个朋友婚都离了三次了。在这个角落里，有一种淳朴的稳定存在。我当然也知道那不是生活的全部。

有段时间我一直没见到豆腐坊的男人，女人告诉我，他住院了，脑梗。等他回归老板岗位，我看他没啥变化，还是那个黑眼睛浓眉毛、身高超过一米八的东北大汉。他说只有他自己知道，他已经不是之前的那个人了。后来好像还有一次，他又不在了，女人说他犯病住院了。不记得哪一年，这回轮到女人了。女人不在了一段时间。我去买豆腐，通常一次两次不见夫妻一方，我不会问，谁家还没个事儿呢，对吧？后来我还是问了，男人说，媳妇住院了。我再见到她时，她穿着长围裙站在豆腐坊里，叼着一根烟，一边沉思一边吸。

豆腐坊有个惯例，旧历年十五之前他们家不开板。今年十五过后我过去，豆腐坊在，人换了。新的老板说，前老板夫妻去南方养老去了，不干了。听起来有点浮夸，却也未必不可能，我只好顺着他的话聊下去，我问，怎么这么早就养老去了，他们也没多大年纪呀。他说，老板娘瘫痪在床起不来了。

我惊在那儿了。

这个新老板长了一个圆乎乎的大脑袋，一对圆乎乎的大眼睛，一般说来这是个实在人的样子。可他眼白大，黑眼仁小，这又是一个不太牢靠的模样，我不知道他是不是信口胡编的。

我就惊在那儿了。

蔬菜店

过去——两年前吧，蔬菜店遍地都是似的，就那种主营蔬菜，兼卖一点儿普通水果、蛋类和豆腐的小店。这样的小店差不多都小得只够买家和卖家交错转身。我常去的这家就是这种店。他们的店除了冬季，门总是大敞肆开——门也不大，门楣上的牌子上三个字"蔬菜店"。我还是第一次见这样随意的标牌，其实都不算店名，怎么也得叫个"小胖蔬菜店""二丫蔬菜店"吧？

不过叫什么名字已经无所谓了。这个城市的小蔬菜店纷纷倒闭，原因我可以确定，连锁大型超市抢了他们的生意。说抢都太温和，摧毁才对，那的确是摧枯拉朽一般的气势和速度。这家蔬菜店也关门了，现在我对这个小店的描述全都是回忆和过去式。

这家夫妻店男人耳朵不行，小时候在泡子里游泳耳朵进了脏水，引发中耳炎，听力受损。我听力也不好，看他张着嘴一脸茫然看着我，或者猜测我说什么的时候，我就觉得看见了自己的未来。多少有点儿同病相怜吧，我乐意去他们家买菜。

经营蔬菜店不容易，男人每天早上三点钟开上小货车去城外的蔬菜集散中心抢菜。这么个"抢"字，倒不是说蔬菜少，不够市场用的，不是那个意思，实际上一车接一车，凌晨开始源源不断。那主要指商机，尽量抢在头几车，快速到手，快速摆上柜台售卖，保证及时又新鲜水灵。拿下蔬菜的时间越早，他们夫妻的营生就越稳，是吧？

男人早上忙完要回家补觉，中午或者下午才回到店里。这段时间女人独撑。这对夫妻从我认识以来，每天都蜡黄着两张疲惫脸。

他们专心开蔬菜店，不去早市贸易。后来我也会在早市上见到女人。我现在猜测这对夫妻那时候就开始挣扎了吧？他们的蔬菜店对面突然开了一家大型连锁超市，横空出世那种，非常火，小蔬菜店根本扛不住。女人拿了点蔫巴青菜，蹲在早市，很像一个农民卖自产蔬菜的样子。早市有一处专门为农民进城卖菜而开辟的地段，里面有真正的农民进城销售自己园子里吃不了的青菜，就是所谓的笨菜，没有化肥农药污染的菜。也有很多伪装者，固定摊位站着卖菜的蔬菜贩子，把菜拿到这里一蹲就成了绿色蔬菜了。说实在的，我已经被这些"高人"练得火眼金睛了，搭眼一瞧立马分得清哪些是假的，哪些是真的。

看见那女人蹲在地上我也不揭穿，从她面前过就像彼此都不认识一样，互不打扰。下次去他们家的蔬菜店，双方都不提早市的事儿，会聊一些别的。这也挺有意思，我跟卖豆腐的没怎么闲聊过，跟卖菜的似乎就有的聊，这到底有个什么缘故我也不知道，要不然我怎么知道他们家的菜如何来的呢？

有一次她跟我说儿子回来把钱都带走了。我知道他们的儿子研究生毕业考上了一热门部委，工作好几年了。我说买房子是吧？她说是啊，交首付了。瞧见没？小蔬菜店还真不能小瞧，儿子拿走了一百多万呢。我觉得我这辈子都不会有这么多钱。小蔬菜店正经地有过好日子啊。

女人脸上的表情不多。我上心看了看，觉得她有些失落。我也是个母亲，我倒觉得她不见得因为儿子拿走了钱伤心了，说到底他们赚钱为了啥？还不是为了儿子嘛，儿子立业成家，还落户在北京，多么高兴的事情，钱花在正地方了啊。这失落不一定和钱关联，我基本可以确定不是那些，也许这件事的某些过程有点不太对了，伤到了她的心。很多事情都这样，麻烦常常在别处，不是你认为的焦点问题。这都难免，说一说聊一聊也就过去了。

聊了一阵儿，果然她的眉毛舒展了，虽然脸还是蜡黄的。男人什么也没说，我估计他也听不清楚我们聊什么吧。我觉得他只有一种表情：茫然。比如他生气了，还是一脸茫然。他就茫然着脸跟我说过，你们都爱去超市买菜，超市的菜能跟我的菜比吗？就差那么毛八分的，你们那么在意吗？我就笑了，他耳朵不好，但未必不知道超市购物的妙处。

蔬菜店关门之前似乎有迹象，柜台上的菜越来越少，也越来越蔫巴。有几次我看她坐在门口看着一个一两岁的小男孩，小男孩专心玩着一个空蔬菜箱。我说孙子呀，她说是，偶尔回来一下，平时孩子的姥姥在北京帮着带。这话说过没多久，蔬菜店关张了。门紧闭，门口的豆腐板、蔬菜空箱都不见了。我一路往家走，并不觉得意外。蔬菜店夫妻蜡黄的疲惫脸交替浮现在我脑子里。我想这倒让他们夫妻可以喘口气，歇息一下了。我又毫无理由地琢磨起他们的将来，我猜他们大概率不会去北京投靠儿子，极有可能留在这儿重新找个营生。做什么呢，我一时不知道往哪个方向上猜测，胡乱猜了几个，自己感觉都不靠谱。

为了写这篇小文章，我昨天还专门去蔬菜店原址看了一下，好家伙，现在是羽绒服定制店了。墙上花花绿绿的广告，店的牌匾也超大个。正是工作时间，卷帘门垂挂，并没有开张。我就想，过些日子，这地方指不定又是别的什么店了吧?

馒头铺

"小万馒头铺"里的小万是个男生，我认识他的时候他二十来岁，细纤纤的，男孩样儿。宽眉，大眼，但都又浅又淡，我想可能这就把一些看起来锋利的东西淡褪了、中和了。加上一张爱说爱笑的嘴，他给人的印象总是和和气气的。好像一家人的话都让他说了，他母亲和妻子不大说话，时时刻刻都在闷头干活。反正这样一个小作坊，完全以人力顶着呢，根本放松不得。

小万的馒头铺只有三个品种：馒头、花卷、糖三角。用自制面肥，蒸出来个个胖嘟嘟小猪羔子似的，好吃，实惠。

馒头铺的生产和售卖都在一个空间。正方形的小屋子里，依墙排列着一架笨重的和面机，一张超大案板，一个煤气灶，一溜顶上天棚"醒"馒头的晾晒架，两摞半人高的面粉袋子垛，一个放成品的货架，当然了，还有一个收钱的小匣子。买馒头要站在门外，所有一切我都看在眼睛里：他们的每个动作，每个人脸上的粉尘，每一块干净的屉布。

小万爱笑爱说话，一边手脚不停地劳作，一边和顾客打交道。这样我便知道了他一直跟母亲在一起，结了婚也和母亲在一起，他妻子和他是发小，他转过身来一只手比划到自己的下巴颏说，她小时候大鼻涕这么长。我知道他大半在开玩笑，忍不住哈哈大笑，一边瞄他妻子，她正在把一块块面剂子揉成圆形馒头，没有抬头，也不反驳，抿嘴偷笑。他母亲一头白发，一定习惯了，没听见一样，只顾从售卖架上拿花卷装在袋子里递给我。

慢慢地，我也知道了小万馒头铺的运作。他们一家每天凌晨一两点钟起床，一天用掉十几袋子面粉——五十斤一袋，一次蒸十二三屉，每屉二十三四个馒头。这是日常工作，不包括定单，比如有一次北山大庙举办盛大法事，订三万个馒头，小万一家人通宵达旦赶制好几天。

小万抖了抖刚刚倾入和面机的面口袋跟我说，这个活计干不长，熬人，消耗太大，没法干长。谁都干不长，他最后还补充了这么一句。

我想也是，这是小店铺普遍的困境吧，干活的人不能一波波替代流动，老板当不成甩手掌柜，必须亲自下场劳作。母亲年纪大了，妻子必定还要带孩子——这时候，他们还没有孩子呢。

就在我们聊这件事不久，小万妻子开始显怀了，肚子越来越大。但我旁观着，她的活儿还是那些，不然怎么办呢？小小的作坊，人手有限。

接下来的几年，小万娘三个依然在楼下的小店铺里做着馒头、花卷和糖三角，小万的女儿由孩子的外祖母在乡下带着，偶尔能在店里看到。小姑娘笑眯眯的，模样像父亲，看起来要到上学的年龄了。

然后，忽然有一天，毫无征兆地，小店铺换人了。也是一家三口，但不是小万一家了。我吃了一惊，仰头看门面，原来的门匾还在，这么多年风吹雨打，"小万馒头铺"几个字依然清清楚楚。我说，换主人了吗？男人回了一句是的，就不再吱声。

我发现他和小万不是一个类型的男人，立刻丧失了闲谈的兴趣。新主人增加了品种，除了之前的馒头、花卷和糖三角，还有小米发糕、荤素包子、酥饼、麻花、大果子等。然而，小店并未坚持多久，不到一年闭店了。邻居吴大妈说，啥啥都飘轻的，不干黄了才怪呢。再开业的时候，牌匾换了，主人也换了，这一家专营自产蜂蜜。

有一年，深秋的一个晚上，文友聚餐之后，我打车回家，一上出租车，司机和我都笑了，小万！几年没见，小万还是小万，只是稍微胖了一点儿，显得成熟许多，是个男人模样，那个男孩消失了。我这才知道，小万这几年都做了什么。他先是买了一间二手房，安排孩子上学之后，两口子一起去学开车，考下驾驶证就兑了一辆出租车，夫妻搭档，白天妻子开，晚上小万接手。媳妇白天开车兼顾着接送孩子上下学，他的老母亲做饭看家。

我说你这转行转得彻底呀，都算跨界了。小万像从前一样哈哈大笑一阵。他说他在蒸馒头的时候，就一直打算转行，一边干一边打探琢磨，算得上机缘巧合，正好有人要出手出租车。小万说，要不然我怎么能有出租车开呢，这个城市的出租车已经不再增容了，想开都没得开。有这么个机会让我抓到了，只能说运气好。我说按着这个思路，你将来还会跳槽。小万又是一阵大笑，他说，现在我可没有这个想法，我要安心干个几年。有些事就那样，得慢着点，不能着急，一边干一边看，骑马找马吧。

　　说话间我也快到家了，我忽然想起刚才我的饭局，遇到一些文友总想让你说出写作的秘籍，说不出来他们就会露出怀疑和讨厌的眼光，没办法了，我就鹦鹉学舌，告诉他们要少用形容词，可是我用形容词却也随心所欲。我就存心想开个玩笑吧，我说小万，你蒸了那么多年的馒头，蒸得又香又甜，一定有秘籍吧？反正你也不干了，告诉姐唄。小万说，蒸馒头能有什么秘籍？有秘籍的话，我还跳槽吗？你每天蒸上一锅，一天别落，用不了多久啥啥就都妥了。我说那不可能，你没有说实话。这次小万知道我开玩笑呢，他哈哈哈大笑起来，都停不下来了。

　　安石榴，本名邵玫英，汉族。中国作家协会会员，黑龙江省作家协会全委会委员，牡丹江市作家协会副主席。曾在《北京文学》等刊物发表中短篇小说30篇、小小说200篇。著有小说集《大鱼》《优雅与尴尬》《全素人》等5部。曾获第六届小小说金麻雀奖、第八届黑龙江省文艺奖等奖项。现居黑龙江牡丹江。

小兄弟

袁省梅

闯　祸

放学了，我不回去，说跟大面和花妮玩一会儿再回去做作业。小哥不让，叫我做完作业再玩。我不理小哥，揽着大面的肩膀，嘴对着他的耳朵，悄悄地说二婶家的枣摘几个看熟了没。我斜了一眼小哥，说，玩一下就回来。小哥扯着我的胳膊不让我去，说你敢去，我告奶奶。我骂他叛徒。骂完，就挣开小哥拉着大面跑了。

天擦黑时，二婶兜着一怀的青枣找上门来，心疼地叫奶奶看，说，也不是不让娃娃吃，你瞅你瞅，这能吃？二婶说完枣子，又说起我的爸爸妈妈。二婶说，说到底娃娃要爸妈管教，咱老了，管不了他们了，钱挣多少是个够呢，娃娃要是耽搁了，走上了歪路，后悔都来不及了。话说得重，也有味，好像是，我犯下了多大的错似的。奶奶的脸上就不好看了，小哥也气得翻了二婶几个白眼。二婶一走，奶奶就把我喊回来，长长短短的话一句也没问，就抓起了扫炕的小笤帚，扯着我的胳膊，照着我的屁股就打了起来。

奶奶打得可真狠啊。小哥趴在炕头写作业，听见那笤帚嘭嘭地响，也沉闷，也有力，一下一下的，血丝红亮的，似乎是，打在了他的身上。奶奶嘭地打一下，他就疼得哆嗦一下，倏地，眼泪就涌了满脸。小哥扔下笔，跑过去抱着奶奶，哭着叫奶奶不要打我了，弟弟以后再也不摘二婶的枣子了。小哥说，奶奶就原谅弟弟这一次吧，我保证他再不捣蛋了。奶奶放了我，扭头就把笤帚打在了小哥的屁股上，恨恨地说，你大你是哥，叫你看着他看着他，你看了个啥，打人家的青枣叫人家上门数落我数落你爸你妈，你爸你妈走时咋给你说的。爸妈出去打工了，过年时才回来。

小哥尽管让奶奶打，咬着牙不吭声，也不挣一下。

我呢，低着头，缩在炕角，抹眼泪。

奶奶扔了笤帚，搂了半筐子花生，叫我给二婶赔礼道歉去。

我不想去，却不敢不去，低着头，一步一步挪到奶奶跟前，接过筐子，又一步一步挪到门口，却柱子般矗在门口，悄悄地飞一眼小哥，不走了。我是想叫小哥跟我一起去。小哥却拧了身子，嘟着嘴，看也不看我。他是生气奶奶打他，我却没事人一样不说一句话也不挡一下。

小哥不去，我就轴在门口不挪脚。

奶奶看出来了，喊小哥，叫他跟我一起去。奶奶说，一起给你二婶认个错。

小哥不去。小哥脖子一梗，大眼瞪着我，气哼哼地说，凭啥我去，我又没打人家的枣，我认啥错。

奶奶说，以前古时候还有个陪绑的陪法场的，你是哥他是弟，你没看好他让他做了错事，你说跟你有没有关系。

小哥没办法了，嘟着嘴，不理奶奶，也不理我，甩着胳膊，好像要把我甩掉似的，出了门，长腿风扇一般呼噜噜转得飞快。我挎着筐子，在后面追撵着小哥，哥哥哥哥地喊他，他也不理。突然，哗地一声，筐子掉在了地上，花生撒了一地。小哥停下脚步，回头就看见我摔趴在地上了。我从地上爬起来时，蹲在地上，揉着膝盖，眼圈红红的。小哥折身就往回跑，蹲在我身边，叫我坐地上，把我的裤腿小心地卷起来，急火火地嚷，你咋这么笨呢你咋这么笨呢，我看看蹭破了没。看到我膝盖上指甲盖般惨白一块，血点子倏地渗了一层，转眼，血滴就豆子般顺腿往下流。小哥的眼泪一下就下来了。他蹲在我面前，要背我去保健站涂药水去。我却扯着裤腿不让小哥背，嘿嘿笑着，好像是，一点也不疼，说，没事没事，还没蚊子咬一下疼哩。小哥说，真不疼？我说，咋不疼。小哥说，我背你贴药去。我说，我都这么大了还让你背，人家看见了不笑死。小哥就跟我商量先给二婶送花生，再去保健站贴药。

我说，好。

小哥提着筐子的一边，我抓着筐子的另一边，小半筐的花生，我们兄弟俩抬着走。

太阳从巷子的头顶探过头来，照出窄窄的一条，白晃晃的带子般，又明亮，又温暖。小哥和我的黑影子在这明亮的带子上，皮球一般，蹦跳着，一会儿看见了，一会儿又看不见了，是隐没到了黑里。一会儿，亮里又看见了一点黑影子，眼看着黑影子高了，候地又矮了下去，转眼，一个影子贴到了另一个影子上，成了一个影子，一动不动了，也不知说了句什么，也许是看见了什么，突然，一个影子又变成了两个，两个影子在明亮的阳光里晃来晃去晃来晃去，跟风中的小杨树一样欢腾，跟墙头的雀儿鸟儿一样热闹，卿卿爱爱的样子，亲亲密密的样子。影子上的笑声呢，红亮亮的黄灿灿的，清脆，响亮，咯咯咯咯，哈哈哈哈，把一巷子的阳光都搅腾得明明暗暗，把蜷缩在墙脚下瞌睡的黄猫都吓得瞪大了眼睛，嗖地窜到了矮的土墙上。路过的人看着这两小人儿亲亲热热的样子，也呵呵笑，说，看这对双儿看这对双儿。

白面馍

一个村子，总有一个两个会捏花馍的巧手媳妇。

大面妈妈是我们巷里的巧手，谁家遇到红白喜事要蒸花馍，都要请她去。一块普普通通的白面，在她的手里这么一揉，是一朵石榴花，那么一捏，又是一只小兔子。花草虫鱼，飞禽走兽，似乎是，世间万物，没有她不能捏出的。捏出来的花馍呢，花是花样，兽是兽形，或浑圆拙朴，憨态可掬，或小巧玲珑，逼真可人。若是面里揉上食品颜料，红花绿叶，金须黑睛，那花馍就更好看了。她捏花馍时，身边会围好多人，等花馍蒸熟，来看的人更多了。人们赞叹这个牡丹好看，那个老虎威武；指点这个金鱼灵秀，那个小羊绵善。每个人的脸上，都旗子般飘扬着欢喜，似乎是，这些花馍照亮了他们身后那些沉闷的日子，给枯燥的生活带来了无尽的希望。

大面妈妈迎着那些夸赞，嘴上谦恭地说着还不够细致、再细致些才好的话，黄燥的脸上却能看出她的自信和欣慰，是满足的，骄傲的。我和小哥、大面挤在大人堆里，看着花馍，看着满面红光的大面妈妈，知道过不了几天，大面手上就会有一块白面花馍了。再看大面时，就看见大面的脸跟他妈妈一样，红光满面。

白面花馍是蒸花馍的人家办完事后，感谢大面妈妈的。大面家就大面一个儿子，有了花馍，自然就是大面一个人吃。这一天，大面坐在他家门边的门墩上，黑红的手上捏着雪白的花馍，看到我和小哥在巷里玩，他嗖地跑了过来，像个粘粘草般缠磨在我们身边，把花馍宝贝样举在手上，啃一点，看我们一眼，啃一点，看我们一眼。他哪里是吃啊，猫咪一样一点点地啃，是炫耀呢，是故意馋涎我们呢。我们看他时，他就嗖地坐在青石上，把头倏地扬得高高的，故意地，不看我们，手里的花馍举在嘴边，嘴张得老大，落到花馍上了，却只啃一点。这就让我们生气了，甚至是，嫉恨了。

小哥说，看我的。话还没落地，他就旋风样朝着大面跑了过去。他的这股风刚卷到大面跟前，大面就把花馍举得高高的，妈、妈地尖叫。小哥个子小，蹦起来也够不着花馍，又担心大面妈出来，他踢了一脚大面，就旋了回来，气狠狠地说，我一辈子也不跟他玩了。我说，我也是。

我们玩跌院子不要他，玩扔沙包、抓羊拐，也不要他。可我们玩儿呢，也不能好好玩，心头长了一根钩子样，不争气地朝他手上的白面馍馍钩。抓一颗羊拐，瞟他一眼，羊拐抓错了，也没人计较，谁输谁赢，也不知道了。

扔沙包、抓羊拐再有趣，哪有白面花馍好吃？

我们不玩跌院子，也不玩抓羊拐、扔沙包了，我对小哥说，咱们也去捏个花馍吧。

小哥说，你有白面？

我说，有。

我铲来半铁锹黄土，端了一碗水，呼啕呼啕和了一块泥巴，说，这就是咱的白面，用咱的白面捏个花馍。

小哥乐了，呲着大门牙问我会捏花馍？

我嫌他话多，揪了一块泥巴摔给他，叫他少说废话，赶紧揉面。我说，大面妈妈捏花馍时，咱妈和五奶都帮着她揉面哩。

小哥揉得真卖力啊，鼓着腮帮子，干瘦的肩膀一抬一抬的。一块泥巴在他的手掌下，三下两下就光溜溜的了。我手心里托一块泥巴，说，捏个小鸟吧。我就真的捏了个小鸟，圆圆的头，圆圆的身子。头上嵌了两粒绿豆是小鸟的眼睛，身子两边贴了两片翠绿的槐树叶是小鸟的翅膀。小哥说，还有脚呢。他折来两截小柴棒，插到小鸟身子下。柴棒子太细了，撑不起小鸟，小鸟呢就飞累了一样乖乖地趴着。

我们手里揉捏着泥巴，管不住的眼风呢，还是一个劲地往大面手里的白面花馍上扯，好像那白面花馍是太阳，我们的脸呢是绕着太阳转的葵花盘子。"太阳"真好呀，瓷白的亮光，浓郁的甜香，春风般浩浩荡荡地荡漾在我们的眼前心头。我揉一下泥巴，使劲地咽一口口水，小哥揉一下泥巴，嗓子里也咕咚响一声。

我和小哥捏了小人人，捏了大树和房子。我们捏小花猫的时候，大面捏着他的白面花馍来了，他想跟我们一起捏泥人人。

小哥看了一眼他手里的白面花馍，说，我们一人咬一口你的花馍，就跟你玩。大面看了看手里的花馍，看了看青石板上的小鸟、小人人，把花馍举到我的嘴前。我担心他反悔，赶紧抓住他的手，张大嘴，咬了一大口花馍。他又把花馍举到小哥嘴前。小哥的嘴张得很大，把鼻子都顶到了眼睛下。大面吓得把手缩了回去，他害怕小哥咬到他的手指头。小哥不好意思地笑笑，嘴巴小了一点，狠劲地咬下一大口花馍，嘴却张着不动。咬下的花馍太大了，嚼不动。小哥把花馍掏出来，捏在手上，一点点吃。手上的黄泥把白面都染黄了，他也不舍得丢，一小口一小口吃得香。

大面看着他手里剩下枣子样的一小口花馍，也不生气，一把塞到嘴里，呲着大牙吭吭笑着抓了把泥揉了起来。

吃完了花馍，小哥说，白面花馍真好吃。

我说，长大了我也要学会捏花馍。

小蜗牛

在医院窄小的走廊，小哥和我从病房门缝看见了花妮。花妮头上缠着白纱布，跟电视里的阿凡提一样好玩。小哥要去找花妮玩，花妮妈妈扛着门，不让进，说你把花妮推下墙，花妮摔傻了你知道不。

小哥嘟着嘴，嗫嚅道，我没有推花妮。说着话，眼泪骨碌碌滚了两行。小哥是想起巷子东头的那个傻子成天筛晃着长头发，嗷嗷地乱哭乱叫，很吓人。小哥撇着嘴找我妈去了。

我白了花妮妈妈一眼，气叨叨地冲她嚷，我小哥没有推你花妮。

花妮妈妈不理我，扭身进了病房。

我妈在走廊上，被花妮的爸爸叔叔姑姑姨姨围着。他们叽叽喳喳地吵嚷着。

小哥刚到我妈身边，我妈就抓小鸡般一把抓过他，恼恼地推了他一把，愤愤地说，叫娃说推没推花妮。

昨天，小哥和我跟花妮一起玩泥巴，我们用泥巴捏了锅碗瓢盆，捏了爸、妈还有娃娃。花妮说把泥巴搬到墙上耍去。土墙是我家的，低矮，宽厚。我们常在墙上耍摔炮，也耍折纸、追跑，还在上面写过字、画过画。我们把泥人人搬到墙上，唱起了歌：我是快乐的小蜗牛，背着房子去旅行……

等唱到"躲进小屋乐悠悠"时，小哥看见花妮笑么呵呵的大眼睛下生出两个坑，浅浅的，小小的，水涡一般，很有趣。他就伸出了手去摸。他的手指刚触到花妮的脸上，花妮的身子就倾斜着要跌下去，小哥赶紧伸手扯住了她。花妮最后真的从墙上摔下去时，我和小哥正张着大嘴巴唱"伸出两只小犄角……"

昨天，我妈和花妮妈就问过我们花妮咋摔下去的？

小哥说，她在墙上学蜗牛爬时跌下去的。

我妈问小哥推花妮了没?

小哥说推了。小哥是想起摸花妮的脸时,手指头肯定推了花妮一下。

我妈听小哥说推了花妮,急了,你把花妮推下墙了?

小哥说,不是呀,她在墙上学蜗牛爬时跌下去的。

今天,大人们又问,小哥不耐烦了。他觉得自己都说了一百遍了。他挣脱我妈的手,冲出大人们围拢的圈子,喊我跟他一起去病房找花妮玩。我们都稀罕病房里的床、输液架子和高高悬挂的瓶子。花妮妈却堵在门口不让我们进去,花妮妈说,你再把我花妮推下床?滚!

小哥这下真的生气了,而且是,很生气。他跳着脚愤怒地吼道,花妮不是我推下墙的!

我也跟着小哥嚷,不是小哥把花妮推下墙的!

可是,花妮妈妈已经关了门。没有人听小哥的喊声。我妈也听不见小哥的吼叫,她被埋在叽叽喳喳的争吵中。

花妮妈妈终还是开了门加入人堆里吵嚷了。小哥给我挤了下眼,头一摆,手一挥,示意我找花妮。我们悄悄地溜到病房门口,却不敢进去。小哥把病房门推开了一个缝,趴在门缝花妮、花妮地喊。花妮在病房看见了小哥,也悄声唤小哥,叫我们进来。我问小哥敢吗?小哥看了眼吵嚷的大人们,说,有啥不敢的?我们像两条鱼儿一样滑进了病房。花妮给我一块点心,给小哥一块点心,我们吃着点心,唱着歌:

我是快乐的小蜗牛,天南地北去旅游……

走廊里大人们的吵嚷声好像很遥远,远得我们一点也听不到了。这里已经不是病房,而是我们的场院,巷子,土栈道,田野,是我们游戏玩耍的场地,只有歌声和嘻嘻哈哈的说笑声。窗口照进来一道阳光,炫白明亮,细碎的尘屑也在亮里跟我们一起欢跳。

一个胖护士站在门口问花妮妈妈呢?花妮说在外头。胖护士扭脸喊花妮妈妈给花妮办出院手续,她呵斥道,娃好好的吵啥啊吵,要吵出去!

吵嚷声被人咔嚓切断了般兀地停了。花妮妈看着我妈说,不能就这么出院吧。花妮妈的口气软了,轻了,带着一点委屈和请求,是商量了。我妈说,我这就回去粜麦,咋说娃也是在我家墙上摔的。

我妈喊我和小哥回去。

花妮不叫我们走，花妮想跟我们再耍一会儿。

花妮妈看看花妮，看看我妈，黑着脸，没说话。

可是我妈不乐意，她扯了小哥的手，扭头就走。

没想到我们还没出医院大门，花妮追了过来，她的手心里托着点心，一个手一块，给小哥和我吃。

我乐了，抓起来就往嘴里塞。小哥却不接，他抬头看着我妈。我不明白这么好的点心，小哥为啥不吃？

我妈白了我一眼，骂我饿死鬼样，扭脸对小哥说，不要贪耍，带着小五早点回来。

我妈走了，小哥从花妮手上小心地捏起点心，一只手接在嘴边，像吃苹果一样一点点啃。

花妮说，好吃吧？

我和小哥嘿嘿笑着，使劲地点头。

花妮妈妈追着我们叫骂的声音飘了过来，可是，花妮没有搭理她妈，我和小哥也没有搭理她。

我们就风一样快一阵慢一阵地跑了起来，跑着，又唱起了歌：我是快乐的小蜗牛，背着房子去旅行……

袁省梅，女，汉族。中国作家协会会员，山西省作家协会全委会委员，运城市作家协会副主席，在《山西文学》《小说选刊》《散文选刊·海外版》发表并转载作品200余篇，著有长篇小说《羊凹岭》，小小说集《羊凹岭风情》《生命的储蓄罐》《老棉袄小棉袄》等。曾获赵树理文学奖、《小小说选刊》优秀作品奖、微型小说学会年度奖等奖项。现居山西河津。

事出无因

李伶伶

秦东的人生遗憾

秦东这辈子最感激的人是孟伟，如果没有孟伟，他不可能有今天的成就。

秦东并不认识孟伟，他只见过孟伟一面。他们的相见纯属偶然，可是相见那天孟伟的行为，却改变了他整个人生的行走轨迹。

那天是秦东十三岁生日，他想买个生日蛋糕。前几天，邻居家的小孩过生日就买了蛋糕，还把蛋糕拿到街上分给了小伙伴吃。秦东当时也在街上玩，邻居家的小孩却没有分给他。秦东心里很伤心。更让他伤心的是，邻居家的小孩从秦东身边走过去之后，还悄声跟别人说，罪犯的孩子还想吃蛋糕！秦东离得不远，听到了，心里很不是滋味。秦东的父亲因盗窃罪被判入狱五年，秦东为此经常遭到周围人的嘲笑、冷落和白眼，好像犯罪的不是他父亲，而是他。秦东想，我为什么不能吃蛋糕？我偏要吃，我就吃！所以，到他过生日这天，他让奶奶也给他买个蛋糕。秦东的母亲在他父亲入狱前就和他离婚了，秦东和奶奶相依为命。

秦东的要求让奶奶很为难。生活的拮据，使她没有多余的钱给秦东买蛋糕。奶奶说，馒头和蛋糕差不多，奶奶给你做馒头吃。秦东说，不行，我就要吃蛋糕。奶奶说，要不，咱们以后再吃，等奶奶有钱时，第一件事就是给你买蛋糕吃。秦东说，不行，我就要今天吃。奶奶被秦东缠得没办法，就说，那我出去借点儿钱，借到就给你买。秦东听了很高兴，在家里一门心思地等奶奶。可是奶奶去了很长时间也没回来。秦东想，奶奶是不是借完钱直接去商店买蛋糕了？我得自己挑一个好蛋糕。于是他关上门，飞快地向商店跑去。

秦东跑到商店，并没有看到奶奶。他问商店老板，我奶奶有没有来过？老板说，没有。秦东很失望。他走到放蛋糕的柜台前，问老板，蛋糕多少钱一个？老板说，三十元。秦东说，你能赊给我一个吗？老板看了看秦东说，不能。秦东说，等我有了钱就给你。老板说，等你有钱以后再来买吧。秦东很生气，说，为什么别人赊东西就行，我就不行？老板说，别人赊账都还了，你还过吗？秦东说，我也会还的，我肯定还给你。老板不理他，他就哭了起来。老板不让他在屋里哭，秦东就出去了，在商店门口继续哭。哭声引来好多人围过来看他。秦东也不管，一边哭一边说，我就要吃蛋糕，我就要吃蛋糕。很有一种吃不到蛋糕就一直哭下去的意思。

商店的位置在小镇马路的边上，来往的人很多，看热闹的人走了一些又来一些。可不管秦东怎么哭，老板就是不肯赊给他蛋糕，也没有人肯为他向老板说个情。秦东想，你要是不赊给我，我晚上就来偷，反正你们也不把我当好人。

正这么想着的时候，奶奶走了过来。秦东以为奶奶借到了钱，给他买蛋糕来了，结果奶奶却劝他回家。秦东说，你说过要给我买蛋糕的。奶奶说，我没借到钱。秦东说，你骗我，我就要吃蛋糕。奶奶说，蛋糕咱以后再吃。然后就要拉他走。秦东仍不走。围观的人也不走，大家都想看看这件事怎么收场。

这时来了几个西装革履的人，了解了秦东哭闹的原因后，其中一个人掏出三十块钱，给秦东买了个蛋糕。这个人就是孟伟。孟伟把蛋糕交给秦东后说，小伙子别哭了，男子汉大丈夫，怎么能为这么点儿事哭呢？秦东当时哭得连话都说不出来，奶奶一直很不好意思地说着感谢的话。这时同行的人里有人喊孟伟的名字，孟伟匆匆走了。秦东这才知道这个长相斯文、给他买蛋糕的人叫孟伟。孟伟的善举，让秦东相信，这个世上有好人，他要像好人叔叔说的，做个男子汉大丈夫。

秦东从此不再在意别人的闲言碎语，变得懂事多了，也开始知道努力学习了。后来秦东考上了大学，再后来他自己创业，成了一个年轻的企业家。成功后的秦东一直想当面感谢他的大恩人孟伟，如果不是孟伟当年的善举，他肯定不会有今天的成就。可是他除了知道他叫孟伟，其他的什么也不知道。这成了他心里最大的遗憾。

夏青的期待没有结果

夏青是个记者，她在采访市里青年企业家秦东的时候，了解到了他的这个遗憾，或者说，当她了解了秦东想找到孟伟这个好心人的愿望后，很感动，想帮他实现这个愿望。秦东很高兴，说你要是能帮我找到他，我会重金酬谢你！夏青说，重金酬谢倒不用，你多支持我的工作就行了。

夏青有个朋友在公安局工作，她找了这个朋友帮忙。但是秦东提供的线索太少了，几乎跟没有一样。孟伟是哪里人，做什么工作，具体年龄是多少等，秦东都不知道，所以这个人查起来很困难。叫孟伟的人很多，光秦东的老家沙镇，叫孟伟的就有 20 多个。不过警察有警察的办法，他根据秦东的描述，画了一张孟伟的画像，又根据他的口音，推测出他不是外地人，而是风城市或其下属某个县城的人，这就缩小了查找范围。范围虽然小了，可是整个风城市叫孟伟的有二百多人，去掉年龄不符、相貌不符的，最后剩 51 个人。夏青自信满满地说，秦东要找的人肯定在这 51 个人当中！

夏青很有耐心地找到了其中 50 个人的电话，一一打电话过去询问他们，22 年前的春天，是否去过一个叫沙镇的地方，有没有给一个 13 岁的男孩买过生日蛋糕。被问过的人里，有 8 个去过沙镇，但是没有一个人在那里买过生日蛋糕。夏青很失望。她想会不会是自己的排除法弄错了，或者这个人已经不在这个世界上了。

还剩下最后一个人，她很犹豫，要不要去找，万一还不是怎么办？她想来想去还是决定找找试试，即使不是，也比让自己遗憾强。

　　夏青通过她的警察朋友提供的地址，辗转找到了孟伟的家。家里只有孟伟母亲一个人。通过聊天，夏青了解到，孟伟因失职给单位造成了巨额损失，曾入狱三年。孟伟的父亲被孟伟气坏了身子，多年前就去世了。孟伟从监狱出来后，没有回来，一直在外地打工。

　　夏青一听就有点泄气：这个人十有八九又不是她要找的孟伟，因为这个人和她想象中的孟伟差距很远。但她还是从孟伟母亲那里要来了孟伟的电话号码，问他，22年前的春天，有没有去过沙镇，有没有给一个哭泣的男孩买过生日蛋糕。让夏青怎么也没想到的是，孟伟听到夏青的问题后，竟然很气愤地说，你别再跟我提这件事，我很后悔当年给他买那个蛋糕，到现在都后悔！夏青很惊讶，问他为什么？孟伟没有回答她的问题就气愤地挂了电话。夏青赶忙再打，可是电话已经打不通了。夏青一边惊讶于孟伟的回答，一边又很惊喜——她终于找到了秦东的恩人，只是她想不明白，他怎么是这么个反应。

　　第二天，夏青坐火车赶到了孟伟打工的城市，找到了孟伟。在夏青的想象里，孟伟应该是个退了休或是快退休的干部模样的人。因为秦东说过，孟伟是个斯文的人。一个长相斯文又穿着西装的人，应该有一份不错的工作。她怎么也没想到，眼前的孟伟竟是个容颜衰老、目光涣散、提不起一点儿精神的人，跟他聊什么，他都一副漠不关心、无所谓的样子。只有在提起22年前那个生日蛋糕的时候，他才有点儿精神，但却显得很气愤。夏青说，你为什么说后悔买那个蛋糕呢？孟伟说，如果不是那个蛋糕，我就不会得罪我们局长，也就不会选不上干部，更不会因为心情不好在值班的时候喝醉酒，招来贼，让单位损失巨额财产，我也就不会坐牢，不会混到今天这个地步。孟伟是个货车司机，给别人开车，现在年纪越来越大，被辞退的次数也越来越多。他想买个出租车，可是这么多年，他竟然没有攒下一分钱。他不知道自己的明天会变成什么样。

　　夏青听得有些糊涂，让孟伟说得详细点儿。孟伟却不肯再说。夏青说，我找您找了三个多月，费了很多周折。您当年一个善举，改变了一个孩子的一生。这个孩子现在成了企业家，他很感谢您当年给他买蛋糕。他说，若不是您，他现在也许是个小偷或者罪犯，不会有今天的成就。所以他想当面感谢您。您能和他见上一面吗？

孟伟说，我不想见他，他爱什么样什么样，和我没关系！夏青说，为什么？孟伟说，我恨他当年哭得那么可怜那么无助，让我心软帮了他，使我犯下了无法挽救的错误！我真不想见他，永远都不想见他！夏青费了很多口舌，也没能说服孟伟和秦东见上一面。她想不明白，事情怎么会变成这样。她不知道该怎么和秦东说，或者要不要和他说。

期待的皆大欢喜的结局没有出现，这是夏青当记者以来，遇到的最让她不解的事。

孟伟被偷换的人生

孟伟最恨的人是一个叫秦东的孩子。虽然这么说有些过分，但是他的霉运确实是从遇到他那天开始的。如果不是秦东，他肯定不会落到像今天这样无家可归的地步。

孟伟并不认识秦东，他只见过他一面。可就是这样一个孩子，成了他生命的拐点，他的人生从此拐向了好的反面。

那天，孟伟和一个同事陪局长去乡下考察工作，中午在沙镇一个小饭店吃饭。几个人从饭店里出来的时候，看见离饭店不远处一个商店的门口围了一群人，还有哭声传来。局长说，那边什么事？孟伟说，不知道。局长说，去看看。几个人就走了过去。一了解，是一个男孩想吃蛋糕，他奶奶没钱给他买，商店又不肯赊给他，男孩就又哭又闹。孟伟见男孩的嗓子都哭哑了，有点儿不忍心，就去商店给男孩买了个蛋糕。男孩不哭了。男孩的奶奶有些不知所措地向他说着感谢的话。他没注意，局长这时已经转身走了，同事喊他，他才匆匆离开。

他没觉得这是什么大事，也不知道他会因为这件事得罪局长。如果不是局长一直对这件事耿耿于怀，他早把这件事给忘了。可是因为局长的介意，他很后悔自己做了这件事。

孟伟是局里有意培养的后备干部，如果前任局长没被调走，他的升职是板上钉钉的事。可是前任局长因为一些事情突然被调走了，单位又从外面调来一位新局长。新局长对孟伟的印象应该不错，所以去乡下考察才会带着他。

从乡下回来后不久，单位提拔了几个干部，孟伟意外落选。听说是在最关键的时刻，局长说了一句话，直接导致了他落选。局长说他做事不成熟。孟伟不知道局长为什么这么说他，他悄悄问了好多人，终于知道，原来局长是因为他给那个男孩买蛋糕前，没有征询他的意见，或者说这个好事没有让局长做，所以局长心里不高兴，说他做事不成熟。

孟伟心里很郁闷，他没想到局长这么小气。那天轮到他值班，他一个人在单位喝闷酒。这时，他接到一个电话，说是他的初中同学，前几天做梦梦见他，四处打听才要到他的电话号码，问他过得好不好。孟伟说，不好，很不好。同学说，你是不是喝酒了？孟伟说，你鼻子可真灵，我正喝着呢，要不你过来陪我喝点儿？同学说，太晚了吧。孟伟说，不晚不晚。

同学离孟伟不算远，他根据孟伟提供的地址赶了过来。一见面两人都认出了对方，只是都老了。同学也带了瓶酒，还带了点儿熟食，两人边喝边聊。后来，聊到几点钟，聊的是什么，孟伟都不知道了。一觉醒来，天已大亮，同学已经走了。孟伟收拾了一片狼藉的桌子，打扫完办公室的卫生，同事们就陆续来上班了。孟伟去卫生间洗漱一番，准备开始新的一天。

这时，局长派人来找孟伟。孟伟赶到局长办公室，局长脸色铁青地问他，你昨晚是怎么值班的，单位来了小偷都不知道，保险柜里的钱都被小偷偷走了！孟伟看着被翻得乱七八糟的保险柜，惊出一身冷汗。他不知道该怎么解释，后悔自己昨晚喝得太多。他首先想到了昨晚来过的同学，赶忙给他打电话，可是对方已关机。

局长报了警。孟伟向警察如实交代了昨晚的情况。警察问他，你那同学是做什么的，家住哪里？孟伟竟然什么也回答不上来。直到这时他才发现，他对那个初中同学的情况竟然一无所知。他四处向同学朋友打探这个同学的情况，大家谁都不清楚。后来终于从这个同学的一个老乡那里得知，他现在是个无业游民，坑蒙拐骗偷，啥事都做。听到这个消息，孟伟才敢认定，保险柜里的钱，是被这个初中同学偷走的。他这回可真是引狼入室了。

两个月后，警方终于找到了孟伟的那个初中同学，可是他从保险柜里偷走的 16.5 万元现金已经被他挥霍一空。因为这次事件损失太大，孟伟无力偿还，他又有明显的过失，属于严重失职，所以被判了三年刑。

孟伟的父亲被气病了，妻子也和他离了婚。孟伟从狱里出来后，不敢回家，他受不了那些认识他的人异样的目光。他去了一个陌生的城市，找了一份开货车的活儿混日子。每当看到别人开心地生活的时候，他就会想起从前，想他怎么混到今天这地步。想着想着，就会想到那个男孩和那盒蛋糕，就会回忆起自己当年的行为。孟伟一直想不明白，怎么这样一个小插曲，竟会使自己变成今天这个样子。

李伶伶，女，满族。中国作家协会会员，辽宁省作家协会签约作家。曾在《民族文学》《中国作家》《北京文学》等刊物发表作品 200 多篇，部分作品被《小说选刊》《小小说选刊》等刊物转载，其中小小说《翠兰的爱情》被改编成 30 集长篇电视剧。著有小小说集《起舞》《羊事》《数学家的爱情》和英文集《李伶伶作品精选》等 6 部。曾获第八届小小说金麻雀奖、第六届"茅台杯"《小说选刊》提名奖等奖项。现居辽宁葫芦岛。

不开心先生记

徐　东

不开心先生

我总是不开心，也说不出为什么不开心。

有人笑着对我说，我看，你以后干脆叫不开心先生吧。

我觉得那个称呼不错，就说，不错，以后你就叫我不开心先生吧。

那个人再见了我的面，就叫我不开心先生。我们一起聚会，就有了更多的人叫我不开心先生。再后来，我认识不认识，熟悉和不熟悉的人都知道我叫不开心先生了。

对于我来说，不开心先生是个抽象的存在，不开心先生住在我的身体里，生命里，也是我的一部分。我对着镜子，看着我，也像是看着不开心先生。

不开心先生面无表情，我看着他既熟悉又陌生。

我想和他聊聊。

我对不开心先生说，瞧你这闷闷不乐的样子，好像全世界都欠了你什么——今天阳光不错，不如去公园里走走。

不开心先生摇摇头说，我哪儿都不想去，我什么事都不想做，我不开心。

我说，你为什么不开心呢，总得有个什么原因吧？

不开心先生说，我说不上究竟是什么让我不开心——昨天晚上我想写一写诗，可发了半天呆一个字也写不出来，我也在为此不开心。

我说，是啊，这样说来你是有理由不开心的。

不开心先生说，我感到自己还是个孩子，可实际上已经是人到中年。我整天忙于工作，忙于工作，没有了以前所具有的激情与灵感，更没办法像以前那样想写就能写，而且还写得不错……

我说，是的，诗是自己与自己，是诗人与读者之间的一种隐密的交流——可是说真的，我现在倒觉得，诗可以写，也可以不写——我们走出家门，去大自然中感受那些诗意的东西不也挺好吗？

不开心先生说，说得是，写和不写都没多大意思。我从来也没有写过真正像样儿的好诗——我辜负了自己，辜负了世界上美的人和事，现在的我看什么都是灰色的，甚至觉得活着也没有意思。

我说，事实上，我们是一个人。只不过我是理性的，现实的，你是感性的，理想化的，我们都是很可怜的，因为我们想过着诗意地栖居的生活而不得。

不开心先生说，你说得不错，我们是一个人。你原本是个善良纯粹，内心充满了爱，也积极向上的人，可后来的你变了……你没有坚持自我，因为你选择了世俗的生活，有了老婆和孩子，有了房子和车子，每天都想着如何赚更多的钱——你冷落了我。

我说，对不起，我冷落了你，也等于是冷落了自己。但我要生存，要发展，又怎么能任性地照着自己内心的想法去活呢——要知道，你不快乐，也让我不快乐。我脸上的笑，都是假装的，因为没有谁喜欢我整天阴沉着脸。

不开心先生说，是啊，是啊，也许你是对的，我不是在责备你，因为我们实际上是一个人，无法分开。不过我相信，对于每个有肉体也有灵魂的人来说，他要尊重的只有内心的现实——他要快乐起来，没有谁能让他不快乐，正如他想要写诗，没有谁能让他不写——除非是我——你要重视我的存在，尽可能地把时间与精力倾注在我的身上，不然我就不快乐，我不快乐也等于是你不快乐，虽然这么说，显得我是那样的可耻。

我认真地说，对不起，我能感受到你为我所忍受的痛苦和煎熬……

不开心先生说，我总不能不顾及你的想法，你的感受，你的选择，正如你现在希望我快乐起来，希望我出去走一走，是一片好心，可事实上我只想静静地发呆……说真的，我越来越讨厌你，因为你变得虚伪，得过且过，这会让我感到，世上有许多人和事都是那样的不值得。

我点点头说，是的，是的，尽管世间有许多不值得，可我们还是要爱着，哪怕是虚伪地爱着。正如你不见得喜欢我，我也不见得喜欢你，可我们是同一个生命体，不可分割。

不开心先生气愤地说，我死了，我们就可以分开了。

我说，也许死是一种理想的归宿，凡是人皆有一死……

不开心先生说，你永远理解不了我，我也永远理解不了你，不过多说无益，让我们继续合作上一段时间吧。你假装你开心地活着，我继续当我的不开心先生。

我说，说什么都是白说，我们出去走一走吧——我何必争求你的同意，我说走就走。

说完，我摔破了镜子，穿上衣服，从家里走了出去。

我所在的大都市高楼林立，宽敞的大街上车水马龙，我想，那只是表象，而不是人人都需要的某种内在的，诗意的存在。好在一个个孤独而有爱的人，尚且还有着隐隐的对诗的渴求——那是他们灵魂深处的渴望。

我甚至认为，每个人的生命中都有一个不开心先生。

不开心先生与不开心小姐

自从越来越多的朋友知道了我叫不开心先生，我就越来越是个不开心的人了。有的是文友，有的是同事，他们看着我不开心的样子就想笑，有的人还会忍不住打趣地问，不开心先生，你今天为什么不开心啊？好像知道了我不开心的原因会令其高兴似的。我也说不清自己究竟为什么不开心。我认为开心或者不开心都是找不到真正的理由的。

最近，有位叫"不开心小姐"的人通过微信加了我。

不开心小姐说，不开心先生，我关注你已经很久了。我们心灵相通，灵魂相近——我通过你过去写的诗歌和文章喜欢上了你，没办法不喜欢，所以，我……我也喜欢写作，发表过几篇散文，但实在并没有什么名气，对文学也没有什么野心。我写作是为自己——一个自己与另一个对话，与这个世界上的万物进行交流。如果没有写作，我不知道自己还愿不愿意继续活在这人世间。我是那样地爱着这个世界上的花花草草，甚至是这世间一切令我痛苦和烦忧的人和事，仿佛我的爱同时又令我失望和难过，我性格中有极端的东西，我想开开心心地活，有时又渴望痛痛快快地去死……我已经三十多岁了，可还没有结婚，也没有飞蛾扑火般不顾一切地爱过一个人，因为我的身边没有一个值得我那样投入地，轰轰烈烈地去爱的人。有时我用手指轻轻触摸着自己的嘴唇，把手指当成幻想中的爱人，我能感受到自己内心对爱的渴望是多么强烈……我喜欢你最近写的那篇《不开心先生》，后来我把自己微信上的名字改成了"不开心小姐"，这有点儿搞笑是吧？我想要说的是，如果有机会，我想和你见上一面，也许，我是说，也许我会不顾一切地爱上你……

我回复说，无论如何，我也渴望和渴望爱、内心也充满了爱的你见上一面，但是，我们又何必一定要见面呢？我是说，所有的人，包括我们自己在内，都是那样的不完美。我们每个人面对另一个人，或者这样说吧，我们每个人面对这个复杂的世界时都是充满了问题的人，或许这个世界上并没有一个是真正值得爱的人，我们也并不是值得别人爱的人……

不开心小姐说，你说得对，我赞同你的说法。我承认，我就像一个掉在水中快要被淹死的人，我通过你的文章把你想象成了我最后的一根救命稻草——如果你不同意和我见面，或许明天，或许后天，这个世界上就再也没有不开心小姐这个人了……尽管我这么说，尽管我内心里期待和你见面甚至是相爱，但我，我仍然希望你拒绝我，你能明白吗？

我说，我明白，我甚至相信我和你见面以后会爱上你，说不定我们会通过彼此的身体融为一体那个现实来天真地试探我们彼此对对方爱的诚意——但你知道，即便是这样也说明不了什么。

不开心小姐说，是啊，你只能是不开心先生，我只能是不开心小姐。好吧，就让我们永远都不要见面吧。

我说，谢谢你，你的出现还是让不开心的我有了一丝开心的成分，你知道为什么吗？

不开心小姐说，我明白，我们都是无药可救的人——也许这个世界上每个人都是无药可救的人。

我说，嗯，当我们不相信永恒，又因爱而热泪盈眶的时候就显得相当可笑了。事实上所有的人几乎都是在自欺欺人地活着，但也只有信以为真才会让人快乐和幸福。

不开心小姐说，不开心先生，你说得太棒了，难道你坚定地认为我们不该见面吗？我想说的是，既然你与我都是那么地渴望爱。

我说，我之所以不开心是因为我想到，这个世界上，没有一个人配得上另一个人的爱。但这并不是说，我们不可以爱上别人，拥有别人给予我们的爱……抱歉，让我们结束这无聊的对话吧，我还有一堆工作需要处理。

不开心小姐说，抱歉，好吧，我明白……在不久的将来，也许会有一位不开心小姐在茫茫人海中与你擦肩而过——嗯，请你在天上落雨的时候想一想不开心小姐吧，她那么渴望和你见上一面，并想象和你相爱一场。

我说，请原谅我拉黑你，对于我来说，哪怕还没有发生的爱也是负担。如果你想爱一个人，最好的方式或许是继续你的写作。

我拉黑了那位叫不开心小姐的人，但又隐约感觉到，终有一天我和不开心小姐会见面的，或许还会发生一些意想不到的故事。

可以说，这种感觉令我百感交集，又使我更加不开心了。

不开心小姐

我是不开心小姐。我读过一位叫不开心先生的文章，可还从来没有和他见过。在加上他的微信之后，我表示很有可能爱上他，并曾提出过和他见面，没想到却被拒绝了。我可以理解，他已是结婚有家的人了，怕再爱上一个人会使自己烦恼和痛苦，但这并不是说明他不渴望陌生的，有可能发生的爱。

我是他的陌生的，可能的爱的存在。我们活在这世间，都活得不开心，这是我想要爱他的一个原因，听上去是那么的无厘头，却又是那么的真实，以至于令我无法克制自己。虽然时代的发展日新月异，人的内心也千变万化，但这世上总有些不变的存在，例如一个人的过去。过去决定了一个人的现在和将来，尽管一个人的现在和将来必然处于变化的过程之中。我说不清我的过去，也同样说不清楚自己为什么竟然那么冲动地就来到了深圳。

我来到了深圳。虽然不开心先生拉黑了我，我还是通过一位文友提供的电话联系上了他。

我打通电话说，我是不开心小姐，已经到了你单位大门口了……

不开心先生沉默了一会儿，最后还是答应和我见面了。

两个人见面了，我感到自己就如同一股远道而来的风与一棵会行走的树遇上了。不开心先生看着我，我也看着他，好像谁先说话都会破坏了见面的意境。大门口是一条车水马龙，充满了噪声的，高楼林立的大街。看着面无表情的不开心先生，我忍不住笑了，尽管我想在他面前保持着不开心小姐的不开心的模样。

我说，看得出来，我的到来让你不开心了。

他摇摇头，又点了一下头说，你为什么非得要见着我本人呢——我是说，你喜欢的只是不开心先生，他是我想象的一个人物，而实际上……

我说，你什么都不必说——这附近有公园吗，请陪我到公园里走一走吧。我坐着飞机从天空中飞下来见你，或许我想见的也并不是现在所看到的你，但我想满足我内心的那个想法，或者说我只不过是想给自己一个走出去的机会，见你也便只不过是一个借口。当然，在见面之后我觉得，我确实有理由喜欢或者说爱上你，不管这有没有可能——文如其人，透过你的表象，我能感受到你那颗孤独而潮湿的心，你那颗纯粹而有爱的灵魂，你的和我的竟然如此相近，这简直让我想要大哭一场——你知道，我们站在你单位的门口，这不合适。

不开心先生笑了，他点点头说，走吧，我陪你去附近的公园里走走。那个公园我过去曾经走过许多次，现在我都忘记了自己在走公园的时候都想过一些什么。有一点似乎是可以确定的，那就是时光在流逝，我生命中有一些时光是绿色的，其间还有一些清脆悦耳的鸟鸣……一切就像梦——尽管我们并不是生活在梦中，但又像是活在梦中——我这么说你能懂得吗？

我使劲地点了点头说，是啊，懂，生命的时光是有颜色的，确实，我们两个人的见面也是有颜色的，我能感受得到——这令我绝望，但这绝望又那么可恶地被我所理解和接受——我甚至不能牵你的手，尽管这并不重要。我有个建议，我们都不要说话了，就让我们默默地在一起走——那怕我们在告别的时候，也不许任何一个人再说一句话，好吗？

不开心先生看着我的眼睛，我能感觉到我的眼睛在放射出爱的光芒。我也确确实实看到了他的眼睛里漾溢出别样的光。后来，他点了点头，又低下头来，带着我默默向公园走去。

我们在公园里转了一圈，确实谁也不曾再说过一句话。

其实，在告别的那一刻，我想对他说一声"谢谢"，并且，我很想主动吻他一下，就像男孩子吻女孩子那样主动。那样的感觉好奇怪，那样的感觉美好得令我绝望。

在我们相互转身走向两个方向的时候，我忍不住回过身来，向他飞奔过去。

我拉住了不开心先生的手，用我的双手捧住了他的脸——我飞快地吻了一下他，又转身飞快地跑开了。

其实，我也怕……并且我相信，我怕得有理。

现在离我们见面已经过去一个周了，我早已回到我原来的地方，但我和不开心先生再也没有联系——这让我觉得，我和不开心先生好像从来没有发生过什么。

不开心先生与有钱人

不开心先生本没想过要卖酒的，他有份相对稳定的工作，不过他的工资并不多，至少没有多到让他可以自如地用于生活的各项开支。不开心先生是位作家，除了工资还有稿费，但稿费收入也总是不够多，至少没有多到可以让他生活得衣食无忧。他已经卖了三年酒，每年都能赚些钱，有了那些钱，他的生活还过得去，却也没能存下钱。不开心先生四十多岁了，正处在上有老下有小，里里外外都需要钱的阶段，因此他会想，万一在某个方面需要一笔钱，到时拿不出来怎么办呢？生于忧患，死于安乐，所以他有必要卖一些酒。

不开心先生的工作不会因为多做一些就能多赚一些，虽然写作确实可以多写多发，多得着一些稿费，但这几年他写得也并不如以前那样多了。他缺少了曾经有过的那种对写作的激情。是啊，他不知不觉间由一个理想主义者变成一个现实主义者了，有了这样的变化，他觉得写作在生活面前也显得不是那么重要了。重要的是，他不只是一个人在生活，他要为自己所关爱的人打算。要是他一个人的话，只需要有口饭吃，有个睡觉的地方，有台电脑写作就可以了。

由于不开心先生曾经的勤奋和努力，他发表过不少作品，也出版过几部书，甚至还获得过一些文学奖，这使他在写作的圈子里有了一些名气，但那些名气并没能够带给他足够多的钱，多到可以让他过上安心地阅读和写作的生活。不开心先生想，他算是好的了，有很多人在过着不见得想要过但又必须过的生活，做着不想做但又不得不做的工作，这真是没有办法的事情。他的父母是他走向城市的垫脚石，现在上了岁数，需要他来照顾了，他不能在他们身边，只能每个月给他们打一些钱。不为别的，为了父母，他也是要去卖酒的。

不开心先生想，还是要感谢写作，正是因为写作所获得的那点儿名气，使他在全国各地都有一些在各行各业工作的朋友，那些朋友需要酒的话，总是会考虑照顾他一下。当然，另外一些人不见得喜欢他卖酒，因此卖酒这件事多少会影响他在读者心中作为一位作家的清誉。不过，不开心先生还是想要通过卖酒来赚到可供他安心写作的钱，最好有一天钱多到他再也不用卖酒，甚至连班也不用上就好了。他知道，人都生活在自己既定的命运中是很难有所突破的，所以那样美好的情形也只能在头脑中想象一下。不过，前不久他还真是遇到了一个好机会——有一位非常有钱的人有一天主动约见了他。

　　那位中等身材，五十岁出头，面带微笑的先生看着瘦瘦高高的不开心先生说，我看过你的作品，知道你是一位相当有才华的作家。我也知道你现在关注的不是你所热爱的写作，而是不得不为之努力的生活。沉重的生活消耗了你大量的时间与精力，让你无法再全力以赴地写作了，这对于你来说是危险的，因为这意味着你一步步在向现实妥协，渐渐放下了可贵的写作理想。现在我有一个想法，你感兴趣吗？

　　不开心先生点点头说，请说说看。

　　有钱人说，是这样的，我年轻时也曾有过梦想，想要成为作家。可以说幸运也可以说不幸的是，我放下了写作，成了一位企业家。当我不再需要赚钱，想要重拾写作时才发现，我已经被现实改变，变成了另外一个人，很难成为我想要成为的作家了。我是你的读者，三年前就加了你的微信，为你点过赞，但从来没有和你交流过。我曾被你的文章打动，看到你现在放下架子去卖酒，一方面我觉得难能可贵，另外一方面又觉得你是在不务正业，太可惜了。因此我有了一个想法，我想给你提供一笔足够多的创作基金，例如每年五十万或者一百万，都可以，而且这不是借钱给你，我不想给你压力，我仅仅是想要为一个我看好的作家铺平他的写作之路，让他走得更远——请问你愿意接受吗？

　　不开心先生看了一会儿有钱人，觉得他是真诚的，他甚至也有些感动，不过，他还是说，我可能无法接受——你这么做，有什么特别的条件吗？

　　有钱人说，如果说非要我说条件的话，我希望你能把大量的时间与精力运用到写作中去，写出更多更好的优秀作品——我相信，将来当我读到你的那些作品时会认为自己做了一件有意义的事。能帮助一位有前途的作家是我的荣幸，希望你能给我这样的机会，我们可以签个合同，我至少可以保证五年时间，你不用为赚钱的事操心——你知道，钱对于我来说也就是一串数字。

　　不开心先生说，可以说你的这种想法是可贵的，善良的，可是，我还是不能接受……如果你是我的亲人，也许我可以接受，但你只是我的一位以前连面都没见过的朋友。可以说，如果我是那种可以随意接受别人帮助的人，我大约早就不需要卖酒了，我这么说你能理解吗？

有钱人想了一会儿，点点头说，明白，你能意识到你的局限性，并且愿意生活在那种局限性当中，不相信天上会掉馅饼这回事儿，哪怕天上真的有馅饼掉在你头上，你也不愿意要，因为那不是人生或者说不是生活的常态——嗯，这很难得。每一个人都有自己的选择，自己的命运，我尊重你的选择，并希望你将来能心想事成。

我也谢谢你的好意，你的理解！

不开心先生与有钱人告别，走在回家的路上想，如果有钱人主动给他订一些酒的话，他大约是会接受的，因为那是生意，但文学不是生意。

徐东，男，汉族。中国作家协会会员，一级作家，深圳市小小说学会会长。已出版小说集有《欧珠的远方》《大地上通过的火车》《诗人街》《大雪》等，长篇小说《旧爱与回忆》《欢乐颂》等。曾获新浪最佳短篇小说奖、第十届广东省鲁迅文学奖、第二届"禧福祥杯"小说选刊最受读者欢迎奖、中国小说学会2021年度小说奖等奖项。多篇作品入选《作家文摘》《小说选刊》等，部分作品被译介海外。现居深圳。

同学一场

安　琼

寻　车

说好晚上几位老同学聚会的，葛君下午给明人来电话，说今天有要事，就不过来了。

明人问："你有什么要事？留校做了老师，就忙得屁颠屁颠的啦？"

"真的是要事，待我这几天事完之后，一定做东请各位。"他说得言辞恳切，明人也就不好意思坚持了。

不过，当晚明人和老同学们聚会时，还惦记着葛君，悄悄发了他一条微信：究竟碰到什么事了？

葛君回复很迅疾：丢了一辆车！

这回复倒让明人疑窦顿生：这小子什么时候有车了？怎么又会丢了呢？丢车赶紧报警就是了，自己能够折腾出什么事来呢？他想了想，压下了心里想说的话，只发了一个问号，还有一个头上冒汗的表情，表示关切。葛君没再回复，明人也不便打扰他。

周末那晚，也就是两天后，明人又发给葛君一条微信，葛君回道，车还没找着，自己这两天，包括周末，都在校园里仔细寻找。东片校园的自行车停放点都搜寻了一遍，现在转移到西片区了。

这番回答把明人彻底搞糊涂了：你在找什么车？要到自行车库去找？我找的就是自行车呀！葛君的回答毫不含糊。

一辆自行车就让你丢了魂似的，你怎么回事呀！明人的责问，也毫不含糊。

这是一辆十分重要的自行车，过几天我再与你面叙。手机上跳出这一行字后，葛君那边就沉默了。也许，他正在心急如焚地寻找那辆重要的自行车吧？

对葛君来说，做教师的收入虽不高，但一辆自行车总不至于把他压趴下吧？现在一门心思都系于那辆自行车了，这让明人多少觉得不可思议，也猜测不出一个结果来。

又过了两天，葛君自己打来电话了，说他还是没能找到那辆自行车，他请明人过来，帮他一起想办法。

见到葛君，明人才发觉他这些天明显憔悴了，原本一直油光发亮，一丝不乱的头发，现在竟像一个鸡窝。眼睛里也是血丝满布，原先的抖擞劲儿，也荡然无存。一辆什么样的自行车，竟把他急成这般模样？

葛君说，这辆自行车还是半年前从别人手上转买的。转卖给他的人温文尔雅，戴着一副眼镜，显示出不俗的修养来。他大概也是一所学校的老师，在临近校门口的修车铺，他说他正想出手这辆车，因为单位与家就在一块，用不着了。

他开价也不算太高，葛君正想买一辆自行车，闻之心里未免一动，注视着这辆八成新的自行车。也就三四分钟光景，他一点也没还价，就把钱给了那位儒雅男子，捡了宝似的乐滋滋地走了。

上周他也想把车卖了，还在校园里贴了好几天卖车启事。谁想买车的主儿还没见着，搁在楼底下的自行车却没影了。他一下子紧张起来，放下手上所有的活儿去寻找那辆车，但至今一无所获。他急得脸廓似乎都小了一圈。

"不就一辆自行车吗？丢就丢了，何必这样着急？"明人劝慰道。

"你不知道，这辆车事关我的心理底线和人品。"葛君一脸严肃地说道。

"有那么严重吗？"明人纳闷。

"那辆车是个危险品，是颗定时炸弹。"葛君一字一句地说。明人投向葛君的目光，满是疑惑。

"我上次去书店回来的路上，等候绿灯时感觉不对劲，再拨弄了一下龙头，车前轴突然脱落了，车身整个就像散了架。我赶紧连推带拉地把车子送到修车铺。修车的师傅仔细一瞧，便指着那根钢轴断裂处说，这是旧伤，是焊接过的。我这才明白自己是被那位看似斯文的男子给骗了，那钢轴是套在细管里的，不拆开检查，无论如何是看不出的。修车铺的师傅说我命算大的，要是骑在路上突然又断裂了，不是摔个半死，就是被马路上的车辆轧死。我一听就冷汗直冒，想想都后怕。"

"所以，你决定把这辆车卖了？"明人明察秋毫。

"是呀，不瞒你说，我当时真是这么想的。找那家伙想想也太费神，不如把它卖了，我不损失，也不会有此危险。"葛君坦诚地说道。

"你也够缺德呀，把危险转嫁给别人。"明人嘲讽。

"你这么说我，我心服口服。我当时确实是这么想和这么做的。我想，我为何要做这冤大头呀！可是，我说实话，当这辆车被偷走之后，我突然紧张害怕起来。我担心哪位大学生把它偷了骑了，某一天，突然车毁人亡，那我的罪过不是太大了吗？"葛君说着，脸上愧疚、悔恨交杂。

"所以你开始了寻车行动？"明人问。

"是的，不这样，我心神不安。可几天下来，毫无结果，接下去又是长假了，我怕哪位愣头青骑着去郊游，那就麻烦大了。"葛君的焦虑是真诚的。

明人不免也沉思起来。

翌日，又一张寻车启事出现在校园的好多处公告栏上，上面写明这辆灰色的永久牌自行车，车轴是断裂的，焊接也是脆弱的，承受不起颠簸，危险重重。启事提醒借用者小心为上，要么将车还给主人，主人一定酬谢；要么将它送到修车铺，去好好修理一番，防患于未然。

应该说，明人与葛君共同拟写的启事真诚真情，用意也是明明白白的。可几天过去，依然音讯全无。另有一张启事上，有人用钢笔涂抹了一行字："别蒙人了！"

明人与葛君面面相觑。

不得已，明人与葛君又开始了一场地毯式的搜寻活动。把重点锁定在校园大学生活动的主要场所，对着那里停放的自行车，一辆一辆去辨认。

这天浓雾，他们在食堂门口发现了这辆车。葛君几乎是扑身过去，一把抓住了自行车的龙头。他上下打量着，眼睛发直，嘴唇不断在嚅动："是这辆，就是这辆。"

这时，三位毛头小伙子从食堂里奔跑出来，堵住了他们的去路，神情是不依不饶的。

明人和他们说了几句，又将寻车启事塞进他们手里，他们漠然视之、一脸敌意。

正尴尬间，葛君突然一使劲，车前轴被提出了钢圈，断裂焊接处裸露在眼前。葛君再稍稍使了一点力，车轴在原伤口处断裂了，车身顷刻倒在了地上。

明人看呆了，那些毛头小伙子也惊呆了。此时葛君终于笑出声来，那笑声干净、爽快，仿佛能穿透无尽的雾霾。

同学一场

霍从来三番五次地打来电话，发来短信，明人心就有些软了。真如霍从来反复说的"毕竟我们同学一场……"。是呀，毕竟同学一场，何况他也再三强调，不会惹他讨嫌的，明人答应和他一聚。

霍从来走进星巴克的一瞬间，已提前到达的明人感觉他比二十年前精神了许多，一身装束，米色的夹克衫，蓝靛色的休闲裤，倒也显得随意和大方，与土豪模样似乎并不沾边。一直听说霍从来在商界混得不错，也算是一个成功人士，半大不小的老板了。有几次霍从来主动联系明人，想请他吃饭聚聚之类，明人都婉拒了，一则确实忙，公务缠身，身不由己，二则心里也有顾虑，这土豪同学找自己，不会没有目的。

霍从来读书时就是小混混，吊儿郎当的，成绩中下游，追求女生的水平却是一流的，差不多一个学期换一个女朋友，换女朋友像季节性换衣，他看着都有点烦。在校时本来就话不投机，毕业之后更没什么联系了。

接二连三的恳请，再不见一面，就太辜负同学一场了。于是，就约在星巴克小坐。

霍从来一进门，眼珠依然滴溜溜地转，他一下子捕捉到了明人的目光和身影。他的圆脸更加圆润了，微笑堆积在脸庞上。

明人与老同学握了握手，相互谦让地点了各自的茶饮，这期间，霍从来自始至终咧嘴笑着，目光逗留在明人的脸上，那微笑和目光有点谄媚。与他土豪的身份似乎并不相称。明人也只得以微笑相对，并主动热情地与他寒暄起来。

霍从来的圆脸洋溢着兴奋的光彩，他三言两语地介绍自己目前所经营的项目，有点小小的得意，但还努力克制着，时不时自嘲道，"对您来说，我这就是小生意了。"

"对我来说？我只是两袖清风的公仆，怎么能和你比呢？"明人笑道。

"哎，话不能这么说，你是同学中的佼佼者，衙门里的菩萨呀！"霍从来一脸认真地说道。

明人噗哧笑出了声："还菩萨呀！亏你想得出这个比喻！"他想起上学时曾经给霍从来起过一个外号，叫霍和尚，有时还故意把霍字念岔了，念成"花和尚"了。眼前的霍从来依然胖乎乎的圆脸，剃着一个板寸头，那模样与和尚似像非像，让人好逗。

应该说，最早的十来分钟，霍从来是专注的，他和明人交流着，目光也是迎合着明人的言语表情的。明人并不自在，他和霍从来交流也是不卑不亢的。老同学，尊重是必须的，何况多少年没见了。

男侍应生把咖啡端上来，手力重了点，小勺子从碟子里掉落在桌子上。他连忙致歉。刚才还一脸谦和的霍从来忽然沉下了脸，说话也毫不留情："侬哪能搞的！开啥小差！"小伙子嗫嚅着嘴想解释，他不由分说又扔过去一句话："侬当阿拉是穷瘪三，勿会付钞票呀！"他还想骂，小伙子歉疚地说："我给你换一个。"转身走开了。

霍从来还在骂骂咧咧的，明人心里掠过一丝不爽。

侍应生拿来一个勺子，小心地放在碟盘里，还一迭连声地向霍从来打招呼："对不起，真对不起。"

"不要说了，走吧走吧！"霍从来像赶苍蝇般驱赶侍应生。

两人又交流了一会儿，霍从来虽然在克制着，不托出他的意图，他当然知道明人身居官场，也有一定的影响力。他这么邀请明人一聚，自然不是仅为了重叙同窗之情。但他表示过不给明人添麻烦的，因此也小心翼翼地，不敢贸然直奔主题。

明人则把这看成是老同学二十年之后的一次相逢。往昔今日，生活职场，皆成话题。

明人觉察霍从来的眼珠子，不似刚进门之后凝神专注了，好多次骨碌地转，有时盯视着明人的左后方，眼神流露几分暧昧，明人也不经意地朝左后方瞥了一眼。原来那里有一位年轻女孩独自坐着品尝咖啡。他读出了霍从来的目光，那是二十年前在学校念书那会儿就经常看见过的，用三个字可以概括：色眯眯。

从店堂里又走过一个女孩，他的目光又追随过去，还似有似无地朝人家眨了眨眼。明人悄悄给了他一句话：从来没变。

霍从来嘿嘿一笑，收回了目光。但之后，目光又从明人这儿游离开去，定定地凝注于不远处的星巴克门口，店堂里又走进几位窈窕女郎。

明人又笑说着，把霍从来的目光拽了回来。

又闲聊了一阵。忽然，对面的霍从来两眼又亮起光来，目光直直的，人也禁不住站立起来："是，是刘，刘领导，太巧了太巧了。"他自言自语着，向明人说了声："对不起，稍等一会儿。"便脸上大放光彩，比方才更加堆满了笑，谄媚的笑，奔向进入店堂的一位中年男人。传到明人耳朵的是惊喜而又肉麻的一声欢呼："刘领导，太高兴碰见您了……"

五分钟后，霍从来还没回来，他正坐在那位刘领导对面手舞足蹈地述说着。明人悄悄地离开了，只在桌面上留了一张便条："单我已结，同学一场。"

是的，同学一场，有的同学，再见就只这一场，就这一次了。

大灵不灵

　　春节又遇上老同学方了，明人见他的头发比之前更稀落了，脸色也有点云遮雾罩的，便和他开了一句玩笑："怎么，雾霾都聚集在你脸上了，呵呵，日子过得不好吗？"

　　"就这么一回事，一句话，叫……"方的话还未说完，边上有同学就随口接上了："叫大灵不灵！大灵不灵是吗？"大家随即欢笑起来。

　　同学方的口头禅，就是"大灵不灵"！

　　起先，同学们多年后相聚，同学方开口闭口"大灵不灵"，一开始听着挺逆耳，久而久之，都视作插科打诨的固定语句了，倒让朋友圈子也平添了一点戏谑与欢笑。

　　方也倒正儿八经地说过他对这句话的兴趣来由。那天，他随一位大领导陪同一位更大的领导参观一个机器人展览。那位大领导紧随更大的领导身边，寸步不离。参观了一半，更大的领导面带微笑，频频颔首，大领导在一旁便赞叹了一句："蛮灵的，灵的。"可没几分钟，更大的领导面色严峻了，显然发现了什么问题，办展方反复解释。临近尾声了，更大的领导面色依然不悦。他还扫了大家一眼，似乎意味深长地征询大家的看法，大家鸦雀无声，唯听见大领导不重不轻地嘀咕了一句"大灵不灵的"，那声音刚落进更大领导的耳朵里，更大的领导脸上掠过一丝不易察觉的微笑，被同学方捕捉到了。多美妙的一句话语："大灵不灵！"从此同学方讲话里就带上这一句了。

　　熟识他的人都知道他的意思，他说好朋友大灵不灵，实则是一句赞扬，用调侃的方式表达了，显示关系非同一般，好朋友也只是哈哈一笑。

　　他说这顿餐大灵不灵，并非真的不满，也只是信口开河，想增加一点喜庆色彩，主人也见怪不怪。

　　他说这天气大灵不灵的，天气倒真的是不阴不阳的样子，可他说的是天气，这么说倒也很生动，老天不会生气，大家自然也不会往心里去。

　　可初次见面的，他冷不丁也来一句"大灵不灵"，这就让人尴尬了。

那天，同学龚带着他老婆也来参加同学小聚，刚一落座，他就扯起嗓子，开起玩笑来，说同学龚"念书"那会儿就"大灵不灵"，现在也"大灵不灵"，怎么还有女人看中他，也"大灵不灵"吧。龚太太听了有点不舒服，虽然有人帮忙解了围，但对同学方一直不理不睬。席散告辞，同学方想将功补过，热情地和她打招呼，还嬉皮笑脸地说："别忘了我的名字哦。"人家总算挤出了一丝笑容，扔给他一句："怎么会忘了，大灵不灵！"

大灵不灵，是同学方的口头禅，也成了他的一个特别外号了。

有同学就推波助澜："下次我给你介绍一个女孩，她也叫大灵不灵。"大家于是起哄："一定要带来，一定要撮合，来个大灵不灵胜利大会合。"

后来，那个也三句不离"大灵不灵"的女孩真与方一起碰了面，方还与她一拍即合，说得相当投机。明人注意了一下，他们交流的半小时，"大灵不灵"是出现频率最高的语句，也有人笑语："真是都大灵不灵的！"他们的故事明人此处不表，另行讲述了。

话说春节见到同学方时，他一脸阴郁，明人和他关系最铁，自然细加关心，用的则是打破砂锅问到底的办法。结果真是让人忍俊不禁的。

方在某单位任副职已八年之久了。"八年啦，不提它了，大灵不灵！"方常常这么感慨。前不久机会到来了，单位正职提任了，副职中排名最前的方自然成为关注对象，分管领导对他也挺关心，还专门推荐过他，最后，方还是没能如愿上位。

分管领导把方找了去，问："你什么时候得罪大领导了？"方是丈二和尚摸不着头脑："我没有呀！""那，大领导怎么把你否决了？"方云里雾里的，一时回答不上来。

原来，有一次午餐，人事部门负责人见大领导和分管领导都在，便凑过来，征询这个单位派谁来接替正职。分管领导说："方某某吧，应该可以胜任，您看呢？"大领导正啃着一只鸡腿，含糊地说了一句："大灵不灵呀！"分管领导和人事处长面面相觑，不知所云。正巧，有人又凑了过来，此话题自然中止了。

后来，上会提名的是另一个人。

这事，让同学方颇费思量，大领导为何只说了一句："大灵不灵！"他感觉大领导是不会排斥他的。大灵不灵是方的外号，更是大领导的口头禅。大领导是他的"大灵不灵"之说的祖师爷呀！大领导的本意，也许并非此意……

同学方百思不得其解，神情更显"大灵不灵"了。

安谅，男，汉族。中国作家协会会员。20世纪80年代开始在省市级以上报刊发表各类文学作品，并出版文学著作，发表中短篇小说、微型小说约千篇，著有"明人日记"系列《你是我的原型》《你是一棵吉祥草》专辑精选本等小说集。获萌芽文学奖，《小说选刊》最受读者欢迎奖、年度大奖，中国微型小说年度优秀作品集等奖项。现居上海。

流年三段

韩芍夷

炒 股

他迷上炒股，全因他的工友。工友现身说法，总是让他看账上成倍增长的数字，让他彻底破防，也开了账户，也赚了一点小钱。那时，他正在与一位名叫晓丽的姑娘谈恋爱，晓丽是位股盲，他与之约会，总是大谈特谈股票，听得晓丽一头雾水，好在谈到炒股赚的钱是用于购房之类，晓丽想如果能与他结婚，他购房，我有新房住，岂不是好事？晓丽心喜，做出温柔状，诚实地听讲了。那时的股市像只健壮、昂扬的大牛，一路昂首，每笔的买卖都为他带来收获，他账户上的资金也快速增加，他前所未有地感到生活的充实，欲望也随着股票市值的增加而膨胀。才几个月，他炒股的利润就达到100%。干什么能比炒股更赚钱？他开始觉得自己的股本太小了，1万能赚1万，那5万就能赚5万，那些10万岂不是赚10万了吗？他深受这些成倍增长的数字鼓舞，开始动了如何筹措资金炒股的脑筋。他首先想到的是父母，父母在纺织厂工作，父亲是机修工，母亲是挡车工，靠微薄的工资养家。近来纺织厂效益不好，工厂属半停工状态，父母的工资也领不足。妈，家里还有余钱吗？他开口问。余钱，哪还有余钱？母亲问都没问他要钱干吗，就一二三四地把家里的经济状况数落给他听，他不敢再吭声。家里的钱由母亲掌管，问母亲，就等于问了父亲。他壮着胆去找大哥。在家里，他从小就敬畏大哥，大哥在市政府部门工作，话极少，表情严肃。

哥……我想……向你借……点钱。他说得结结巴巴。

做什么用？

炒股。

切，现在还有谁炒股？大哥一脸的不屑。看他失望的样子，似乎不忍。我刚装修房子，只能给你1万。

谢谢哥。他一转身，就去找姐。姐是生意人，家里就她算富一点。姐借给他2万。最后，他把目光锁定在女友晓丽身上。

以前从传说里知道有聚宝盆，现在看来这世上真的有聚宝盆。

在哪儿？

在股市。

嗤，我还奇怪今天见面，你的第一句话怎么不是说股市呢。

他不理会晓丽的嘲笑。你看，才三个月，我的1万元就变成2万元了，三个月赚1万元啊！你说要靠工资存，要存多久呀。

好了，你想说什么，直说吧，绕了这么大的圈子。

哎呀，知我者晓丽也。他趁机把晓丽拉过来，搂在怀里。

说吧，到底什么事，让你这么费心机。

向你借钱。

借多少？

你有多少？

我刚做工，工资又低，哪有钱存。

那不等于白说了。

我可以向我父母借，1万，怎么样？

总比没有好。他把她搂得更紧了。你知道，我这样做，也是为咱们的将来着想。

阿健，到会议室开会。办公室主任喊。

开什么会？

公布分房方案。

分房方案，像是根无形的鞭子，追赶着阿健，让他加快赚钱的步伐。近期他炒股的战绩确实不怎么样，算市值，还亏上手续费。为扭转局面，他请了公休假，专盯着股市。

大盘就像他预期的那样高开，大厅里，高昂的气氛达到了高点，他兴奋得身体有点抖，喉咙有了干渴的感觉。抛了吧，赚了8000了。一个声音说。不，大盘还会涨，也许就能赚到1万了，再等等吧。另一个声音说。两个声音在他的脑子里一来二去的，就在他徘徊的时候，大盘出现了戏剧性的变化，分时图上的线垂直向下，他回过神来，大盘全盘皆绿，股价就像塌方的泥石流一样往下滑，刚报的价，马上就刷新低，他卖了三次都没卖出，收市时，一根大阴线，赚的一半又倒了回去。那一夜，他躺在床上翻来滚去，把床板压得吱呀响，每隔十几二十分钟就深叹一口气，在大盘高位时，我怎么不坚决一点，抛了呢，一念之差呀，他后悔。一夜无眠。大盘低开，没有给他卖出的机会。低位出，心又不甘，一根长长的阴线，使他手中的股票不赚反赔。仅仅两天呀，1万元就没了，他连摸都没摸着，股市为何不生产一种数钞机，卖股票赚的钱自动从数钞机里流出，让股民每张都摸一下，如继续炒就流回去，这样，心里还平衡一些。他痛心疾首于自己的贪念。大盘还没有止跌的迹象，整个重心在往下移，他的心倍受煎熬，每天交易结束时都祈盼第二天能反弹，结果却事与愿违，阴线一根比一根长，有股评家断言，股市的漫漫熊途开始了。休假的最后一天，他都没勇气看股市，没勇气去算手中股票的市值。

股市的滑铁卢，让他羞于见晓丽。晓丽的电话，他一概不接。晓丽到他家，把他堵在家门口。你这是什么意思？

就这个意思。

能说明白一些吗？

我……以后你别来了，我配不上你……

晓丽扭头就走。

他想等到股市反弹后，把股票抛了，还晓丽的钱。没想到股票越套越深，他下不了手割肉斩仓。之后，晓丽的母亲给他打了电话：1 万元是借给你而不是送给你的，你还没出色到跟你交朋友要给你倒贴钱的地步。这些话，于他，就像刀口，一碰就流血。他马上把股票抛了，此时他手中的股票，已被套了 40%。他把 1 万元加上利息交给晓丽时，晓丽说，这都是我妈……

别说了，是我对不起你。他匆匆走掉，他知道晓丽是要他有房才跟他结婚，他现在连首付都付不起。

很长一段时间，他跟股市一样消沉。他尽量不与大哥照面，但躲得过初一躲不过十五。

淘金的滋味怎么样？大哥欲笑不笑。

股市是个聚宝盆，也是个无底洞。他不敢直视大哥。

那你是拿到聚宝盆，还是进了无底洞？

他不吭声。

好了，那 1 万块，算是我给你的学费吧。股市如人生啊！

他点头。他讨厌大哥那一切都胸有成竹、胜券在握的样子。

闲鱼的常客

他已是三十有五了，父母急得不行，动员亲戚朋友轮番给他介绍对象，他瞧自己的线性身材，没有谈恋爱的底气。

星期六，街上行人很多，他在家附近的大排档喝闷酒。

阿健，没回家吃。老板是熟人，姓陈。

回去又听二老唠叨，烦。阿健啜着一只炒田螺。

父母心，都一样，换了我，也这样。

我有什么办法，难道我不想成家？现在只要有女人愿意嫁给我，我闭着眼睛就娶。阿健喝了一大口的酒，喷出的都是酒气。

你这话当真？

我什么时候说过假话？

这媒人，我做定了。

谢了。阿健乐呵呵地继续喝酒，捱到排档打烊才摇摇晃晃地回去。

第二天一早，阿健还没起床，就听到了"笃笃"的敲门声。阿健开门，见是陈老板。

我已经约好了，就在我的店里。

约了什么人？

我昨天不是说要做你的媒人吗？

哦——阿健拍拍脑袋。你先走，我就来。

阿健跨进店里，见陈老板对面坐着一个女人。

介绍一下：她叫王娟。这位是阿健。

寒暄过后，陈老板忙去招呼生意。

他看一眼王娟后，想起晓丽。晓丽五官精致，肤色偏黑，但身材很好。王娟矮胖。也许是怕尴尬，一直在喋喋不休。他只盯着她两片嘴唇，不太回应她。

王娟感觉到了他对自己的冷淡。我还有事，改天再聊。

你觉得怎样？王娟走后，陈老板问。

不知道。

你们都聊了些什么？陈老板又问。

什么都聊。

她有没有跟你说她的情况。陈老板小心翼翼起来。

她说她在东门有个铺位，专卖海口的风味小食。

就这些？

嗯。

陈老板表情犹豫起来。嗯，有件事我必须告诉你，她离过婚。

他愣了。片刻，没跟陈老板打招呼，直往家里走。他想王娟的脸上撒落着一些黄褐斑，但她那低领口下泄露的春光还是很让他向往。

陈老板传来话，说王娟很愿意与他发展下去，并给他留了手机号码。这时，家人来电话，告知父亲病危，住院。他马上到医院，父亲得的是肺气肿，嘴上正戴着呼吸罩。父亲见他，目光就定格在他身上。他知道那目光意味着什么。他不成家，是父母的一块心病，父亲要是此刻离去，最放心不下的就是他。父亲的病情得到了控制。回家的路上，他脑子里晃动的都是父亲看他时的目光，父亲都这样了还让他如此牵挂，他的心像有千只手在揪。他按了王娟的手机号码，约她见面。

我的情况，你都知道了。

知道。

你怎么想？

没怎么想。

我主要听你的。

我想带你去见我父母。

王娟抿嘴浅笑，羞涩地点点头。

他带王娟去医院，躺在病床上的父亲一瞅见王娟，眼里马上有了神气，病容去了大半。一直在医院陪护的母亲，趁父亲和王娟聊天，把他拉出病房。我跟你姐昨天去问佛祖，佛祖说了，最好给你父亲冲冲喜，你父亲今年72岁，过了这个坎，就能活到80了。你要是跟她成熟了，赶紧办，给你父亲冲喜，啊！

他嗯了一声，在喉咙里，只有他自己听见。

出了医院，他带王娟直接回家。

你连梳妆台都买了。王娟进卧室，直奔梳妆台。

喜欢吗？他把手伸到王娟的腰部。

喜欢。

那这张床呢？他搂着王娟，拥到床上。

你买的，我都喜欢。王娟扒开他的手。他抽出手，顺势压在她身上……

过两天，我带你回老家。

拜见岳父岳母大人？

还要见一个人。

谁？

我儿子。

他推开她，坐了起来。儿子，你还有儿子？

陈老板没跟你说？

他只跟我说你离过婚。

我 20 岁就结婚，儿子已经 10 岁了，那赌鬼赌得连儿子都养不起。

天啊，我还有个现成的儿子！他拍拍额头，身子一倒，直直躺在床上。

你现在后悔还来得及。她起身。

你去哪儿？

回家。

这不是你的家吗？他拉她，她倒下，他把头埋在她怀里，用嘴拱着她那活蹦蹦的双乳，他嗅到她身体散发出一股淡淡的腌菜味。过日子吧。他心里说，这是他那一刻对婚姻的全部理解。

他与王娟以恋人的姿态公开亮相。没事儿他就到王娟的小食摊帮忙。家里人催了，要我们把婚事赶紧办了。

那就办呗。王娟看他，他的眼承接着王娟的目光。

"哐啷"一声，旁边的木桌一条腿折了，碗沿着倾斜的桌面滑下，掉在地上，一吃客的重心往左一压，椅子也跟着散了架。这些破烂桌椅，还敢让人坐。吃客骂骂咧咧的，脸涨红后变紫。

对不起，对不起。王娟赶紧道歉，收拾另一张桌子，招呼吃客，坐这边来。

不吃了，没准我一坐，又摔了。吃客摇头摇手。

王娟赶紧把五块钱塞还给吃客。真不好意思，让你受惊了。

吃客收下，边走边说：你这些桌椅早该换了。

是，是。王娟一个劲点头。

换几张桌椅有什么难的，这事交给我来办。他说。

第二天，王娟开市没多久，就见他叫三轮车运来 4 张桌子，16 张椅子。一摆，小吃摊果然上了些档次，吃客也比往日多。

这些，多少钱？见他这么卖力，王娟的脸上洋溢着幸福。

两百多。他擦拭脸上的汗。

这么便宜？

我在闲鱼平台上看到的，刚好在本市，就下了订单。

他好买二手货，是闲鱼上的常客。

他们的婚礼如期举行。

王娟的儿子对他一直不冷不热。儿子是个狂热的追星族，好扮酷、好攀比，喜欢玩游戏，是家里的消费大王，拉动内需的骨干，最近的购买目标是手机。

手机响了起来。他一听对方叫他陈阿健，就知道是王娟的儿子打的。直截了当地喊他的姓名，是他儿子的专利。

帅哥，什么事？

我想换手机。

你又换手机，这部不是没换多久吗？

现在新出一种时尚手机，酷极了。

他没听完，就关上手机。他现在用的手机，就是儿子换给他的。他昨天买了彩票，中奖了，得了 1 万元。他心里高兴，儿子趁机提出买手机，他就答应了。

儿子怕他买二手的，坚持自己去买。

彩码老板

肥健是彩友给他起的名，彩友见他肥，陈阿健名字的最后一个字是健，就叫他肥健。他也觉得这样叫顺口，很乐意地接受了。

肥健自任彩码批发中心的老板，工作是在即开奖的当天上午，选出一个最有可能中奖的号码，用纸包好，称为"绝密码"，派人在市内各个彩民集中的地带卖，1 块钱一个。第一次卖码，成绩不错，居然有几十元的收益。可中奖号码一摇出，卖出的号码离它们相差十万八千里。

"你这不是骗人吗？"老婆知道后，嚷。

"这是愿者上钩，咋叫骗。"他辩解。

后卖码，因号码不准，买的人越来越少，出去卖码的小伙子不愿干了。他决定亲自出马。那天是星期五，一早，他就揣着一叠用红纸封好的号码，到龙舌坡菜市场，那一带的彩民不少。他挤在菜市场的人流中，手扬红纸封，叫喊："绝密码，一块钱两个码，中奖率有百分之八十八。"他的声音，在一片的吵嚷声中，很快被淹没，任他使出吃奶的劲，喊破嗓子，也没人理他。他流着汗，干着嗓挤出菜市场，蹲在马路边，继续向行人兜售："绝密码，一块钱两个码，中奖率有百分之八十八！"

一老太婆走到他面前："绝密码，准吗？"

"准不准，开了才知道。前期的 3309，有人买我的绝密码参考，得了奖，还请吃饭呢。"

老太婆伸手向他要了一个，要拆开，他制止："交了钱才能拆。"老太婆犹豫。这时，一中年男人站在他旁边："哼，要是那么准，你自己拿去买岂不发了大财，犯得着来赚这些小钱？"男人一脸的不屑。老太婆一听，把红纸封还给他，走了，男人也扬长而去。被男人这一呛，他愣愣地立在那儿，浑身木木的，如杵着一根木桩，等回过神来，男人已不知去向。知道他的去向又能怎么样，难道要追上去跟他打一架？他苦笑一声，把红纸封撕碎，扔在垃圾箱里，往回走，脑里却再也甩不掉男人那讥讽的语调及表情。被人轻视、瞧不起深深地刺伤了他的自尊心，愤怒由此产生，男人凭什么这样？凭着你的叫喊，凭着你的瞎话……理由有很多。凭什么不这样，理由似乎没有。他自问，自己没说服自己。这一天过得极其的漫长，他无所事事，游荡在这城市的大街小巷。他第一次厌恶起彩票，但是没有了彩票，自己的日子怎么过？他走到脚底发热，腿发麻，才回家，倒在长沙发上。屋里有动静，他眯眼看，是老婆回来了，表情阴云密布，她一般不在这个时点回来。他赶紧闭上眼，假装睡着了。

老婆今天运气差，卖一碗猪杂时不留神，收到了一张五十元的假币，倒贴了四十多块钱。心里窝着火，除了对骗子咬牙切齿外，无处发泄，一怒之下，关了店门，回家。一进家门，客厅的地板上，纸片、彩经、报纸、拖鞋全搅在一起，似被窃贼洗劫过一样。肥健躺在沙发上。她径直进厨房，发现没有点热气，这肥健饭不煮，菜不洗，家里乱似狗窝，他却挺着像条死尸。她气胀，也一屁股坐在沙发上，不吭气。这还像个家吗？她只是一个居家过日子的女人，她所有的希望就是一家人平平安安、有吃有住、和和美美地过日子，希望在外忙碌一天后回到家，让她感到温暖。现在，她连这点奢望都得不到。肥健下岗前，是公家人，月有工资进账，收入不高但过得还算体面。下岗后，成了职业彩民，一心想一下子中大奖，没日没夜地博彩，家里一切都乱了套，他没有收入不说，家里大大小小的事都让她一个人撑着，她真的感觉很累。一想到累，她立即感觉到身体轻飘飘的，体内都被掏空似的，一点劲都没有了。家里的空气凝固了，没有一丝生气。"我回来了。"儿子进来，见父母一人躺着一人坐着，气氛不对，以为是为自己的迟回生气，就低着头，放轻了脚步，溜进自己的房间，过一会儿，没听见父母的责骂声，便探出头来看动静，好像不是生自己的气，大了些胆，进厨房揭锅盖，没有吃的。"我饿了。"他嚷。

"走，妈带你到外面吃。"老婆起身。

"那爸爸呢？"

"你爸爸吃彩票，不吃人间烟火。"老婆拉着儿子的手，出去。

肥健一下子坐起来，吐出一句："别人差不多要骂我是骗子了。"

一提起骗子，老婆更是怒火万丈。"活该。"老婆恶狠狠地说。

肥健紧握双拳，放开嗓门，朝着老婆的背影喊："连你也来气我。"

彩码批发中心不再开张，肥健决心与彩票拜拜。他与老婆冷战几天后，又和好如初。老婆发现不去博彩的他神形委靡不振，感觉迟钝，说话干事缺乏灵气，这比让他博彩更糟。老婆心里有点难过，她并不反对他买彩票，只是不想他当个职业彩民。"这一期你不打算打几个号码吗？"老婆小心翼翼地问。

肥健一脸的冷漠。

"买几个号码撞撞运气也不错。"老婆把五十块钱递给他。

"你有完没完啊！"肥健冲着老婆吼，拂袖而去。

他发火，老婆更焦急了，觉得他是戒彩票戒出病来了，更关注他的一举一动。

他回家，如打坐似的盘起双腿坐在沙发上。

"你在干什么？"老婆像只跟屁虫。

"我在驱赶我的敌人。"

"敌人，在哪儿？"老婆举目四望。

"在这儿。"他指着自己的心。

"那里怎么能藏一个人呢，你别吓我。"老婆拍拍胸口，上前去摸他的额头，没发烧。

韩芍夷，女，汉族。中国作家协会会员，椰城杂志社主编。曾在《天涯》《微型小说选刊》《小小说选刊》等刊物发表小说多篇，已出版小说集《城市无梦》《目光里的对峙》《倾听咖啡屋》等7部。曾获海南省优秀精神产品奖、海南省文学双年奖作品一等奖等奖项。现居海南海口。

松鹤延年图

王　苟

卖　画

　　旭阳画廊位于虢州城的东大街，凡是方圆百里著名的书画家，都会把自己的作品送到这里寄卖。国画中的花鸟虫鱼山水人物，书法中的真草隶篆，整张、对开、斗方、横幅、立轴，应有尽有。走进画廊的顾客，不论是乔迁新居，还是送亲访友，都能在这里买到心仪的字画，往往高兴而来，满意而归。

　　画廊的主人姓旭名阳，是中国美术家协会会员，著名的山水画大师。他画的山水，虚实有度，出神入化，充满生机，让人产生无限的遐想，很多酒店大厅都挂有他的山水画。除画山水外，旭阳还擅长画四尺整张竖幅《松鹤延年图》，画中的松鹤灵动自然，栩栩如生，笔法老到，无人能及。现在日子好了，给老人过生日成为时尚。每天到画廊订《松鹤延年图》、买《松鹤延年图》的年轻人，络绎不绝。日久天长，旭阳立下规矩，每幅《松鹤延年图》，只卖三千元钱，让城乡居民都能买得起，用得上，多年没有涨过价。

　　这天早上，老板娘欣红刚打开画廊的大门，正在洒水扫地，一个熟悉的声音飘然而至："旭阳老师呢？"

欣红抬起头来，看到来人是城南有名的孝顺媳妇张娟兰，忙回答道："虢州图书馆上午举行书画展开幕式，他去那里参加活动了。"

"哦。"张娟兰应了一声，盯着画廊里挂的那幅《松鹤延年图》，眼里泛着惊喜的光。

"你想买旭阳这幅画？"欣红微笑着问。

"是的。"张娟兰点点头，"我公公下周八十大寿，我想买幅旭阳老师的《松鹤延年图》，挂在中堂，显得喜庆庄重。"

"你真是个孝顺媳妇。"欣红向她伸出了大拇指，禁不住夸赞道，"光明叔有你这样的儿媳妇，真是上辈子烧了高香，积了大德。"

光明叔名叫许光明，是张娟兰的老公公，十五年前得了偏瘫，整日卧病在床。张娟兰好生照料，端屎端尿，喂吃喂喝，买药煎服。遇到阳光明媚的好天气，张娟兰就把老人从家里背出来，放到轮椅上，推着到街市给老人买好吃的好穿的，经常给老人讲些有趣的故事，说些宽心话，逗老人开心。张娟兰还从书店买本《一天一个保健穴》，认真研读，通过对手、耳、足各个反射区施以按摩，调整脏腑虚实，疏通经络气血，帮助老人康复。许光明非常高兴，逢人就说，要不是儿媳娟兰孝顺，自己早就不在人世了。功夫不负有心人，不久前，许光明渐渐恢复了健康，能拄拐下地走路了。市妇联刘主席闻讯大喜，授予张娟兰"孝顺媳妇"称号，大张旗鼓进行表彰，报社、电视台的记者作了专访，号召全市人民向张娟兰同志学习。

"只是，"张娟兰面有难色，显得很无奈，"你也知道，多年来，我老公公偏瘫，经常吃药。我现在手头不宽裕，只有两千元钱，你看能不能低价卖给我。"

"不能。"欣红摇了摇头，没有商量的余地，"旭阳的《松鹤延年图》，多年来每幅都卖三千元钱，从没有低卖过，这是规矩。"

"我知道。"张娟兰叹了一口气，心里沉甸甸的，低着头，慢悠悠地走出了画廊的大门。

望着张娟兰离去的身影，欣红心里忐忑，两千元钱卖了这幅画吧？那就彻底坏了规矩，以前的确没有这样卖过，旭阳肯定也不会同意。不卖吧？

欣红心里着实过意不去，张娟兰不是别人，她可是市妇联大力表彰的孝顺媳妇，那份孝顺，那份爱心，是千金难买的。

欣红焦虑不安，在画廊里走来走去，四十年前的往事，又浮现在她的脑海。那年春天，欣红刚满十二岁。雨后初晴，欣红帮父母放牛，来到池塘边，一不小心，滑了下去。池塘里的水有一米多深，淹到欣红的脖子。欣红惊慌失措，吓得脸色苍白，双手拍打水面，哭着高喊："救命呀——救命呀——"正在这时，许光明骑着自行车赶集回来，看到池塘中的欣红，扔下肩上的行李，没有来得及脱衣服，沿着泥泞的小道跑下去扑进池塘，背起欣红，抓住塘边的柳树条，十分艰难地上了岸……

"娟兰，"欣红跑到画廊门口，看到渐行渐远的张娟兰，高声叫道，"娟兰，你回来！"

张娟兰停住了脚步，怔了一下，转身疾步回到了画廊。

"娟兰，"欣红含着泪，无限深情地说，"光明叔是你的公公，也是我的救命恩人。这幅画我卖了，你出两千元，我出一千元，还是三千元钱，权当是咱俩孝敬他老人家的。"

"太谢谢你了。"张娟兰如释重负，双手拿着画，千恩万谢而去，"下周我公公过生日，请你过来喝喜酒。"

"放心吧，我一定前去祝寿。"欣红脸上的皱纹，一下子舒展开来，心里乐滋滋的。

追　画

旭阳参加完虢州书画展开幕式，又与业内同行进行了座谈交流，回到画廊的时候，已是掌灯时分。看到画廊里那幅《松鹤延年图》不见了，旭阳的脸一下子阴沉下来。欣红正和一位先生围绕一幅牡丹画，讨价还价。旭阳喝了一口茶，等那位先生拿着画高兴离去，才走过来低声问道："那幅《松鹤延年图》呢？"

"卖了。"欣红微笑着答。

"你咋给卖了呢？"

"挂在画廊，不是让卖的吗？"欣红反问道。

"这幅画不能卖呀，"旭阳闷闷不乐，"啥价卖的？"

"还是老规矩，三千元卖的。"欣红瞅了旭阳一眼，感觉势头不对，"为啥不能卖？"

"那是我学生画的。"

"学生画的？"欣红感到挺意外，"你这位学生厉害，画得太好了，几乎与你的画技一模一样，我都没有看出来。再说，学生画的，他咋能落你的名，盖你的印呢？"

"当初，学生拿来他的画，落我名盖我印时，我没想那么多。"旭阳拍拍头，心里很不是滋味，"现在，你把这幅画卖出去，性质就变了，明显就是欺骗顾客。咱办画廊，诚信为本。顾客是啥，顾客是上帝，咱要是把上帝欺骗了，以后还有回头客，还有生意吗？"

"其实，"欣红不敢正视旭阳的眼睛，像做了错事的孩子，如实说道，"这幅画只卖了两千元钱。"

"这是咋回事？"旭阳眉头一皱，厉声道，"你早就看出来是赝品？"

"没有。你知道这幅画卖给谁吗？"没等旭阳答话，欣红就迫不及待地说，"这幅画卖给了孝顺媳妇张娟兰，他老公公下周过八十大寿，想买你的《松鹤延年图》，增添喜庆气氛。可她只有两千元钱，我怕你生气，就垫了一千元钱。"

"那也不行，咱不能办昧良心的事。"旭阳摆摆手，掷地有声。

"你说咋办？"欣红连忙征求旭阳的意见。每到关键时候，欣红都会让旭阳拿注意。换句话说，旭阳就是她的主心骨。

"追画！"旭阳言行坚决，果断，毫不犹豫，"没有娟兰的电话，明早咱就去城南，务必要把那幅画追回来。"

第二天清早，旭阳和欣红匆匆吃过早饭，不敢怠慢，风尘仆仆地开车去找娟兰。驶出宽敞的街市，沿着柏油路走了一个多小时，越过一座石拱桥，途经两个村庄，步行两百多米的阡陌小道，终于来到了张娟兰的家门前。门楼上方挂块牌匾，"孝顺媳妇"四个鎏金大字格外引人注目。

这个地方欣红太熟悉了，上学时，每逢假期都要提着礼物，来看望她心心念念的光明叔，与光明叔说些生活和学习中有趣的事。结婚后，有了丈夫，有了家，有了孩子，为酸甜苦辣的日子奔波，看望光明叔的次数自然而然就少了。光明叔经常给她说，做人要善良，善良是立身之本，做人要学会感恩，感恩是成就阳光人生的支点。欣红牢记光明叔的话，每年重阳节，不论多忙，都要带着孩子到敬老院，为老人剪指甲、理发、洗脚，资助两个留守儿童读书，把这份爱心永远传承下去，就像《爱的奉献》歌中唱的那样：只要人人都献出一份爱，世界将变成美好的人间。

欣红气喘吁吁，正要敲门时，看到房门紧锁。"娟兰去那儿了？"欣红心急如焚，自言自语，脸上豆大的汗珠往下淌。

这时，娟兰的邻居背着锄头，从地里干活回来，看到旭阳和欣红，笑呵呵地问："你俩找娟兰的吧？"

"是呀。"

"她用轮椅推着光明叔，上街装裱字画去了。"

听了娟兰邻居的话，旭阳和欣红拭了一把脸上的汗，赶忙回虢州城。旭阳是个画家，对虢州城里的装裱店自然再熟悉不过。虢州城里，共有三家装裱店，一家在城北，一家在城南，一家在城东，店与店之间的距离，最近也有两公里。

旭阳给城北装裱店店主发微信："杨老板，孝顺媳妇张娟兰到你店装裱字画了吗？"

"没有。"店主回复道。

"看到张娟兰，"旭阳再三对店主嘱咐道，"要记着说，我有重要的事情找她，让她给我回电话。"

旭阳给城南装裱店店主发微信："姜老板，孝顺媳妇张娟兰到你店装裱字画了吗？"

"没有。"店主回复道。

"看到张娟兰，"旭阳再三对店主嘱咐道，"要记着说，我有重要的事情找她，让她给我回电话。"

旭阳给城东装裱店店主发微信："王老板，孝顺媳妇张娟兰到你店装裱字画了吗？"

"没有。"店主回复道，还发了一个微笑的表情。

"看到张娟兰，"旭阳再三对店主嘱咐道，"要记着说，我有重要的事情找她，让她给我回电话。"

城北、城南、城东三家装裱店，张娟兰都没有去，她会上哪儿装裱呢？回到画廊，旭阳焦急万分，正在百思不得其解时，看到张娟兰用轮椅推着公公许光明走过来，快步迎上前去。

"娟兰，你忙啥哩？"旭阳明知故问。

"我……"张娟兰支支吾吾，没有说完，呜呜地哭起来。

"你咋啦？"欣红拉着娟兰的手，热情地说，"有啥话说，别哭。"

张娟兰哭得更响。

"唉——"许光明长叹一口气，脸上爬满了愁云，"欣红呀，今早我俩拿着旭阳老师的《松鹤延年图》，专门到城里装裱。不知咋给弄丢了，怎么也找不到。"

"没事，"旭阳急中生智，突然想出办法，"我写几张告示贴出去，很快就有人送上门来。"

"你的画这么值钱，捡到的人会亲自送上门来？"许光明半信半疑。

"会。"旭阳信心满满，顺便把娟兰的电话号码存到手机上。

旭阳立马摊开宣纸，挥笔写起《告示》：今早在上街途中，不慎丢失一幅旭阳的《松鹤延年图》，凡捡到者送往旭阳画廊，奖金五千元。

当天下午，有十几个人涌到旭阳画廊，都说自己捡到了《松鹤延年图》。

欣红一下子愣在那里，对旭阳嘀咕道："咱只丢了一幅画，来这么多人，真是浑水摸鱼。"

"都是奔那五千元奖金来的，说不定里面真有咱丢的那幅画哩。"旭阳笑着出了柜台的门，让他们把画都展放到地板上。旭阳从头到尾一幅一幅看了一遍，有的笔墨太粗，缺乏神韵，有的落款与自己的笔迹相差甚远，有的印章模糊，看不清名字，没有看到丢失的那幅《松鹤延年图》。旭阳心事重重，那幅画还能追回来吗？

赠　画

贴出告示后，旭阳就耐心在画廊里等候。一天过去了，两天过去了，到了第三天，仍不见捡拾《松鹤延年图》画者送上门来。

"眼看就到光明叔的生日了，"欣红在门口瞅来瞅去，急得团团转，"还没人送上门来，这可咋办呀？"

"别急，咱是夫妻，光明叔是你的恩人，就是我的恩人。我现在就画《松鹤延年图》，边画边等。"旭阳不慌不忙地说着，挽起衣袖来到画案旁。

"这次不能再让娟兰付钱了。"欣红笑嘻嘻地看着旭阳。

"那是当然。"旭阳点头称是。

欣红是旭阳的贤内助，经常看旭阳作画，深知旭阳作啥画需要啥颜色，顺手把黑、黄、红、白四种颜色分别挤到瓷盘边，十分熟练地摊开了四尺整张宣纸。

旭阳拿起笔来，在宣纸前注视片刻，挥毫泼墨，先画苍劲粗壮的长松枝干，再在淡墨中细添松针，笔墨清润灵秀、自然流畅生动；一对单足兀立的丹顶鹤，错落有致，形神兼备，扣人心弦；山坡丛菊绽放，点缀其中。松、鹤、菊寓动于静，象征高洁、清雅、长寿，吉祥如意。不到一个时辰，旭阳就画好了《松鹤延年图》，认真提笔落款，盖印。接着，旭阳取张四尺红色宣纸，"云鹤千年寿，苍松万古青"十字对联，一挥而就。红色喜庆的对联，配这幅《松鹤延年图》，可谓相得益彰，妙趣天成。看着自己刚完成的得意之作，旭阳的脸上洋溢着久违的笑容。

正在这时，一位小伙子拿着一幅画，匆忙走进画廊，看到旭阳，仔细打量一番，试探着问："你是旭阳老师吧？"

"是我。"旭阳抬起头来，看着眼前这位小伙子，年龄大约有二十岁左右。

"刚看到告示，我就送来了。"小伙子说着，慢慢地把画展现在旭阳和欣红面前的柜台上。

"就是这幅画。"旭阳眉开眼笑，心里的一块石头终于落了地，转身对欣红说，"快付奖金吧"。

欣红从房间取出五千元钱，递到小伙子手上。

小伙子接过钱，又打开数了数，心满意足地起身告别。就在小伙子要离去的那一瞬间，身后传来"哧啦——哧啦——"的声音。小伙子转过身来，看到那幅画，已被旭阳撕成了碎片。

"旭阳老师，你咋把这幅画撕了？"小伙子吃惊地问。

"这是赝品，我不能让它在世上流传。"旭阳声音不高，却很镇定。说着，旭阳划根火柴，那些碎片在轻烟中立马化为灰烬。

"旭阳老师，像你这样讲诚信的人，已经不多了，我深深被你的人格魅力所感动。"小伙子把钱放到柜台上，从中取出两千元钱，转身就走，"举手之劳，我收这么多就足够了。"

"不用，不用，这是你应该得的。"旭阳拿着钱，追到门口，环顾一下四周，不见小伙子的身影。

"走，咱去给光明叔送画，他老人家一定很高兴。"欣红说着，牵着旭阳的手，兴高采烈地出了画廊的门。

许光明八十岁生日那天，可热闹了，街坊邻居、亲朋好友提着礼物前去拜寿，院里院外坐满了人。市妇联刘主席亲自主持，许光明穿着红色的新衣服，坐在中堂挂着《松鹤延年图》方桌旁的圈椅子上，笑眯眯地看着子孙后代行跪拜礼。

在阵阵掌声中，张娟兰上前致答谢辞，声音高亢洪亮："尊敬的刘主席，亲爱的乡亲们，今天是我公公八十大寿，我对各位来宾的到来，表示热烈的欢迎和诚挚的感谢，使公公的寿诞更加隆重，更加热闹，更加喜庆。在这里，我要说三个感谢。一要感谢公公。我嫁到张家以来，公公待我视如己出，像亲生闺女一样，给了我家的温暖。我待公公就像自己的亲生父亲，公公快乐就是我的快乐，处处都为公公着想，只要他开心、幸福就好。二要感谢刘主席。作为儿媳，我尽孝是本份，是晚辈应该做的事情。刘主席授予我'孝顺媳妇'称号，这是对我的鼓励和鞭策，是我的荣光，今后我要再接再厉，为姐妹们树立榜样。三要感谢旭阳老师。他在百忙中，为我公公画《松鹤延年图》，亲自送上门来，挂在中堂的就是这幅画。有了这幅画，我公公的生日就圆满了。我要把孝道传承下去，让子孙后代都孝顺老人。最后，恭祝公公福如东海，寿比南山，健康如意，福乐绵绵，笑口常开，益寿延年！"

欣红专门为光明叔唱了一首经典歌曲《祝你生日快乐》，表达了她对老人的感恩之情，旋律优美、动听，不时博得观众的阵阵掌声。旭阳跑前跑后，用手机忙着拍照、录相，精心制作抖音，全方位展示光明叔生日的喜庆热闹场面，一转发到朋友圈，就引起了广泛关注，好评如潮。

在这些人群中，旭阳看到了上门送画的那位小伙子，几经打听才知道他叫张国兴，正在虢州一高读书，年年都是"五好"学生。后来，张国兴以优异成绩考上北京大学，毕业后当了公务员，一生为官清廉，在虢州传为佳话。

王荀，男，汉族。中国微型小说学会会员，河南省作家协会会员，三门峡市作家协会理事。曾在《小说选刊》《山西文学》《芒种》等刊物发表小说100多篇，著有小说集《扶贫县长》。曾获第二十九届梁斌小说奖、武陵杯年度奖、三门峡市第三届文学艺术优秀成果奖等奖项。现居河南灵宝。

巴音诺尔纪事

何君华

老那的旗

一抬头，老那发现旗杆子上的旗叫昨夜的西北风扯了一道口子。

老那将旗降下来，才发现那口子有将近二十厘米长，跟学生们使用的直尺长度差不多。怪可惜的，这么好的一面旗就这样叫风毁了，老那在心里叨咕着，便去库房里寻一面新旗。

老那在库房里翻箱倒柜，却没有找到新旗。老那明明记得，库房里还有一面备用的新旗，但把所有的柜子、箱子翻了个底朝天，愣是没找着，兴许是记错了？不应该啊，绝对还有一面！老那又是一通找，仍是没找着。老那这才确信是自己记错了，老啦，不中用啦，这记性是越来越差了。这么一感慨，老那忽然觉得伤感起来。

老那从来是个不服老的人，也是个从来不服输的人，浑身的力气总也使不完，但他终究也老了。这么想着，老那就一屁股坐在了地上。

岁月匆匆催人老，不服老不行啊。老那也不知道在冰凉的地面上坐了多久，又忽然腾地一声站了起来。老那觉得，不能这么坐下去了，今天是星期日，明天是星期一，他还得给孩子们升旗呢。他得抓紧时间去苏木上买一面新旗回来。

在我们嘎查（村），只要看到学校的旗升起来，孩子们就知道该上学了。升旗的除了老那，不会有别人，因为老那是我们嘎查小学的校长。老那名叫那日苏，但没人叫他那日苏，也没人叫他那校长，包括我们学生在内，背地里都喊他老那。他除了是校长，还是我们的蒙语课老师、汉语课老师、数学老师和体育老师，是我们各个正课副课的老师。整个嘎查小学只有他一个老师。老那有个雷打不动的习惯，那就是每天早上六点准时起床升旗。一旦哪天没升旗，那意思就是学校放假。起初我们连什么是星期都不知道，时间久了才知道一个星期是七天，只有星期天一天放假不上学。在我们嘎查，谁都不习惯按照星期过日子，因此仍然每天还是看老那升旗没有，升旗了就赶紧起床上学。

老那的"旗语"在我们巴音诺尔嘎查还真是挺实用的。我们嘎查虽然地势极平坦，但却是出了名的"幅员辽阔"（这个词当然也是老那用半生不熟的汉语教给我们的）。不夸张地说，我们嘎查可能是整个内蒙古自治区乃至全中国最大的嘎查，各家各户住得远，升旗确实是最简单有效的联系方式。老那每回去苏木或是旗里乃至盟里，除开买回一些教具、文具外，一定还会买一面崭新的国旗回来。我们嘎查地处科尔沁草原腹地，夜间风大，每天傍晚老那都要把国旗降下来收好。尽管这般爱护，可国旗还是经不住每天的风吹日晒，因此只要有机会出门，老那就一定会买一面新国旗回来。

老那跳上一辆突突冒烟的农用三轮车就往苏木赶去。苏木上有一家（也是唯一一家）文化用品商店，那里能买到国旗。文化用品商店在苏木中学南门西侧，苏木中学在苏木街道最南边，可老那搭的这辆农用三轮车到苏木街道北头就往东拐了，老那不敢耽搁，跳下车就往南走，还有两里多地呢。

等老那好不容易走到苏木中学，才发现文化用品商店关门了，一把大铁锁牢牢地把着店门。老那打听一圈才闹明白，今天是星期日，商店老板回花吐古拉嘎查家里去了。这可怎么办？花吐古拉嘎查离苏木五里多地呢！

老那咬了咬嘴里的老牙，决计去一趟花吐古拉嘎查，他要去找商店老板回来给他开门。

等老那气喘吁吁地找到商店老板，商店老板不乐意跑一趟："这大周末的，不去！"商店老板打着酒嗝连连摆手。

老那苦口婆心，告诉商店老板孩子们等他升旗上学呢。老板不吱声了，从炕上爬起身，默默跟着老那回了店里。

商店老板郑重其事地将国旗交到老那手里。老那接过旗，想了想，又掏出一叠钱来，说："再买一面，买两面吧！这么大老远折腾你一趟，不容易！"

从商店出来，老那才发现天已经完全黑了。他还没吃饭呢！可他已经顾不上咕咕叫的肚子了，他得抓紧时间去苏木街道上找辆车赶回去。可眼下哪有车啊？这大冷天的！

老那只好迈开腿往回走，边走边看有没有顺路车可以搭。这天可真是太冷了，西北风那个吹呀！刮在脸上跟刀刮似的。也是，昨夜那风都能把旗子扯出一道那老长的口子，能不冷吗？

光刮风还不算，雪忽然就下起来了，不一会儿就下大了，而且越下越大，像鹅毛一样的大雪片子哗哗往下掉。老那心知眼下是不可能有什么顺风车了，他只能靠自己的双腿一步一步往回走了。

老那抬了抬头，似乎远远地看见了嘎查小学里矗立的旗杆。看着光不出溜的旗杆，顶着科尔沁腊月里的西北风和鹅毛大雪，老那坚定地向嘎查小学迈着步子——事实上，老那哪儿能看见旗杆呢？还有好几里地呢！他只不过在心里想着，孩子们明天就要上学，上学就要升旗。这么想着，他就好像看到嘎查小学鲜红的国旗在晨光里飘着。

火红的萨日朗

何明威到巴音诺尔嘎查小学支教的第一天就闹了笑话。

何明威是南方师范大学汉语言文学专业的应届毕业生，在网上报名参加了一个"爱心支教助力精准扶贫"的志愿服务项目，今天是头一天到巴音诺尔嘎查小学当支教老师。

何明威所带的五年级总共只有八名学生，五名男生三名女生。五名男生分别是必力格、呼日勒、巴特尔，还有一对双胞胎兄弟特木尔·敖其尔和阿拉坦·敖其尔，三名女生分别是娜仁花、斯日古楞和格日乐。

何明威是在点名时闹出笑话的。他把特木尔·敖其尔的名字念成了"特木尔，点儿，敖其尔"，话音未落便引发全班同学的哄堂大笑，特木尔·敖其尔也窘迫地羞红了脸。

蒙古族人名字中间的点儿是间隔号，是不用发音的，何明威是土生土长的南方人，哪里见过这种格式的名字呢。在那日苏校长的提醒下，何明威才意识到自己的低级失误，一下子涨红了脸。但也就是在这一瞬间，何明威忽然反应过来了——少数民族人的名字跟外国人的名字不是一个道理吗？比如他最喜欢的作家、《老人与海》的作者欧内斯特·海明威，难道要念成"欧内斯特，点儿，海明威"不成？想到这里，何明威真是后悔不迭，只怪自己脑子不转弯，才闹出这么大个笑话。

何明威小心翼翼地纠正自己的错误，重新点过特木尔·敖其尔和阿拉坦·敖其尔兄弟俩的名字，才算平息了这个不期而至的小插曲。

然而麻烦才刚刚开始。很快何明威就发现刚才点名白点了——点名的目的是认识同学们，可他刚才点名时只顾盯着手上的花名册，根本没抬头看孩子们的脸！

头一天就发生这么多波折，看来，何明威对支教的困难程度还是严重低估了。但他并不气馁，反而在心底暗暗发誓一定要克服一切困难，用实际行动回击那些准备看他笑话的人。

其实，何明威是因为赌气才来到巴音诺尔嘎查小学支教的。

何明威的父母想让他毕业后回到家乡省城报考一家待遇不错的事业单位，何明威却不愿意，借口那家单位与自己所学的专业毫无关系，自己不合适，也不喜欢。父母轮番打电话来"游说"，他于是一气之下报名参加了这个志愿服务项目，还特意选择了一所离家最远的学校。

何明威不知道的是，他这个看起来有些"莽撞"的举动，却无意中创造了一个小小的历史——他成了巴音诺尔嘎查小学的第一位汉族教师。此前，拥有近五十年办学历史的巴音诺尔小学，无一例外都是蒙古族教师。

经历了第一天的波折，何明威对可能遇到的所有困难都做好了心理准备。尽管麻烦远比他想象的多。首先，学生们无一例外都是蒙古族，语言障碍成了第一道关卡。然而语言沟通困难还是其次，何明威发现，最主要的麻烦是孩子们实在太淘气了。

支教第二天，必力格同学竟然从家里带来打火机，把一元钱硬币烧热，故意扔在地上等别的同学捡，结果呼日勒不幸"中招"，手指被烫伤了。好在何明威懂得烫伤的紧急处理方法，立即对呼日勒的手指进行凉水清创处理，然后敷上风油精，所幸没有造成太严重的后果。

这一天下来，何明威简直有些焦头烂额，何况近来他的心情本就不好。支教期结束后怎么办？毕业后何去何从？是回到父母给他安排的轨道上，还是继续上学读研？这些问题就像一团乱麻一样缠绕着他，没想到学生们还这么不让人省心。

那日苏校长看出了何明威的情绪低落，好心劝他，干脆给他开一份证明，让他回去算了。何明威却坚定地谢绝了那日苏校长的好意。

那日苏校长将何明威安排在嘎查宿舍住下。夜里，一如此前许多个夜晚一样，何明威从背包里找出那本随身携带的《老人与海》，不知是第几次重读起来。

每当在生活中遇到困难，何明威便会拿出《老人与海》来激励自己。每当想起书里那位与大海、与大马林鱼、与鲨鱼群乃至与生活顽强搏击的圣地亚哥老人，何明威内心就充满力量。他甚至为此去派出所将名字改成了何明威，以此向海明威和海明威笔下的那位坚强的老人致敬。何明威心想，比起圣地亚哥老人，自己眼前的这点小困难和小挫折又算得了什么呢？在异乡简陋的嘎查宿舍里，何明威又重新充满信心地进入了梦乡。

第二天早上，新的状况又出现了——有一名女生没来上学。何明威费了半天劲，才终于弄清是那位名叫娜仁花的同学没来。巴特尔同学告诉他，娜仁花的阿爸叫她去塞音牧场放羊去了。

来时何明威就曾听那日苏校长介绍过，巴音诺尔是科尔沁细毛羊的主产区之一，许多农牧民家庭都饲养了细毛羊。只是令何明威没想到的是，居然还会发生这种学生旷课去放羊的事情。

何明威决定去塞音牧场找娜仁花同学。

边问路边找，翻过几个小土丘之后，何明威总算找到了塞音牧场。娜仁花同学果然在那里放羊。

原来，秋天深了，娜仁花家里赶着收庄稼，家里的羊没人照看，于是她爸决定让她先帮家里照看几天。

科尔沁草原的冬天来得早，这才九月，天已经开始冷了，庄稼再不抓紧收就该烂在地里了。何明威浅浅地叹一口气，对娜仁花说，我来替你放羊吧。

娜仁花噗嗤一声笑了："何老师，你会放羊吗？"

"这有什么不会的，跟着羊走不就是了？"何明威反问。

"何老师，你为什么要来我们这里支教呢？"娜仁花问。

为什么？对于这个问题，何明威有些回答不上来。告诉她是跟父母赌气吗？当然不能。何明威灵机一动，说："我在网上查了，你们这个地方特别美！天苍苍，野茫茫，风吹草低见牛羊。对吧？"

"何老师，我带你去个地方吧，那里才叫美呢！"娜仁花说。

"好呀！"何明威兴奋地回答，一边帮娜仁花赶起羊群。

翻过一个小土丘，一片叫不上来名字的红花便一览无余地呈现在何明威眼前。

"哇！"何明威冲向花海，一边回头问娜仁花："这是什么花？"

"萨日朗。"娜仁花回答。

"这就是萨日朗？"何明威问。

"对！"娜仁花肯定地回答。

何明威扑倒在萨日朗的海洋里，他的心情愉悦极了。尽管眼下显然已经过了萨日朗盛放的花期，花瓣多半已经萎谢，但这仍然令他感到激动不已。

何明威好久没有这样开心了。那些困扰他的难题他决定暂且不去想，现在，他只想舒服地躺在巴音诺尔苍翠欲滴的青草地上，将鼻翼完全张开，好好地闻一闻萨日朗的清香。

何明威打开手机，查到有网友介绍说萨日朗的花语是团结。"团结，团结！"何明威在心里念叨着。

"娜仁花同学，回去上学吧！"何明威说。

"好！"娜仁花回答。

"我去跟你阿爸说。"何明威说。

"好！"娜仁花说。

翻过一个小土丘，没准儿就是一片火红的萨日朗。是的，风景的变换有时只需要一个小小的转身，仅此而已！何明威明白，人生也是这样。

最后的旗帜

纵有千般不舍，支教期一过，那个叫何明威的支教大学生还是走了。

何明威走后，老那又重新当回了一个人的校长。说他是校长确实有点抬举他，因为他又成了一个"光杆司令"。

学生们都哭得稀里哗啦的，但老那却并不怎么觉得失落，因为他已经习惯了。几十年了，他不是一直都是这么一个人挺过来的吗？

老那究竟在我们巴音诺尔嘎查小学当了多少年校长，没人说得清，我爸上学的时候他就是校长，你说得有多久。

有人说，嘎查小学创立的时候老那就是校长。用现在流行的说法，他属于创校校长。

老那吃住都在学校，平时没事也很少离开学校，学校就是他千年不变的根据地。老那如果有事，通常就是作为优秀教师代表去苏木或是旗里乃至盟里领奖。老那有时候想不明白，他每天无非就是给孩子们教教课，水平也不高，能力也有限，很多知识他都不掌握，很多他掌握的知识也不一定对，比他优秀的应该大有人在，怎么他就被评上"优秀教师"了呢？老那想不通，我们也想不通，完全不知道长年一脸严肃的老那"优秀"在哪里。

尽管想不通，但我们倒总是热切地盼望老那去参加颁奖大会。那样的话，不仅我们能放一天或是两天假，而且老那还会给我们带回一些我们喜欢的物件儿，有时是一副羽毛球拍，有时是一副乒乓球拍。我们就在操场上用粉笔划一条线，或是把课桌拼起来摆上砖头拉开架势打，别提有多高兴了。最让我们激动的，是有一次老那去自治区首府呼和浩特领奖，那次我们不光难得地一连放了三天假，老那回来后还给我们带回一个崭新的足球。这是我们第一次看见真的足球，所有人都疯抢着上去踢，人实在太多了，脚又不听使唤，经常一节课也踢不上几脚，但仍然乐此不疲。

后来我们才知道，这些东西都是老那用自己得奖的奖金买的。老那除了给我们带回这些礼物，每次还要买些粉笔、三角板之类的教具、文具，因此他回来时肩上的帆布袋子总是鼓鼓囊囊的。除开这些，一定还能在袋子里找到一面崭新的国旗。

我们都不知道，一双破胶鞋穿了又穿的老那竟然如此慷慨。

我们不知道的事情还有很多。老那的两个儿子都非常有出息，一个是北京一所著名大学的博士，一个在国外一家顶尖科技公司任职，他们都想将老那接到他们身边去，但老那却从来没动过这种念头，一心只想留在嘎查小学当他的光杆校长。

这一晃多少年过去了，我们赶回去参加老那的葬礼时才偶然知道这些，一时都忍不住湿了眼眶。

如今，巴音诺尔嘎查小学早就不在了，政府落实精准扶贫政策，整个巴音诺尔嘎查也已经异地搬迁安置，但我们所有人都决定回去看一看，因为那里曾经有一面旗帜，指引着我们年少求学的路，也将永远指引我们人生的路。

何君华，1988年生人，湖北黄冈人。作品多次入选《小说选刊》《当代中国经典小小说》《新中国七十年微小说精选》等选刊选集，著有小说集《少年与海》《河的第三条岸》《奔跑的白驼》等11部。曾获冰心儿童文学奖、第四十届青年文学奖（中国香港）等奖项。现居内蒙古科尔沁。

老冒的光阴

岱　原

螺丝刀

那是三十多年前。

那是个下午，天空透着一股银灰色，太阳不那么毒，它有着一种温吞水似的疲软。

老冒走在我的前面。三十多年前，他还是小冒。他走得热烈奔忙，和春天的疲软不搭界。我能看见他头上升起的蒸汽。他走两步就回一下头，然后对着我说，你能不能快一点。

我为什么要快一点？我说我并不希望看你和别人打架，打架又不好玩。

小冒停下脚步看着我，说，我不是去打架，我是报复，报复不是打架，你懂不懂？

我说我不懂，报复和打架有区别？

报复就是报复，不懂就不要乱说。

然后我就不说话了。

那时候的小城确确实实就是小城。它小得只有三四条街。它小得连红绿灯都没有。它小得连我随便抬下头就能碰到熟人。馄饨铺的老张头用大嗓门叫着，癞痢头，你放学不回家我叫你爸揍你。那时候我有许多外号，癞痢头就是其中之一，我三岁时候的癞痢他居然记得，我恶狠狠地瞪了眼老张头。当然，除了瞪眼我也没有其他的办法反抗这个恶心的外号在老张头的嘴里传播。我在牌坊街拐弯的时候还撞了一个人，我想爆粗口的时候发现居然是邻居家的小孩子大头，我升起的怒火就没法发出去。我忽然理解了小冒。人有时候不是喜欢打架，他就是需要一个报复的心情。

小冒要报复的人叫鹞子。这是一个很奇怪的名字。但这个人我却不认识。小冒说这个人总是嘲笑他，总是在他放学的路上叫他歪头。他的头歪吗？一点都不歪好不？我说你的头确实有点歪，尤其是走路的时候喜欢往一边歪。歪也轮不到他说，我和他很熟嘛？他不就是住在机关大院，机关大院有什么了不起？也就多几棵桃子树。有几棵桃子树就可以嘲笑别人？小冒认为那个人肯定是仗着桃子树撑腰才嘲笑他的。他必须要报复。他不能让一个叫鸟的名字的人嘲笑。哪怕这个人比自己大好几岁，哪怕这个人的腰比自己粗好几圈。

我们走过了牌坊街，拐个弯就进入了秋浦路。大街上人不多，风扫荡过后有些寂寥。那时候的县城不像今天，到处都是人，那时候乡下人上街的都不多，城里人撑不起人气。

我以为小冒会先回家，当我们走到兴济桥的时候，小冒忽然就停住了。他说，我们就在这里等他。他说那个人每天都是在这个地方碰到他，嘲笑他。他今天在这里肯定还会碰到那个鸟人。

他把书包斜挎着，然后靠在桥边的栏杆上。他让我也和他一起斜靠在栏杆上，他让我离他不要太远。必须有一种好兄弟的感觉。他说两个人吊儿郎当的样子谁看到都会害怕。他要鹞子一眼看上去就害怕。

他还低下头，在地上捡起一截小树枝，那是桥头一株杨柳被风刮断的细枝。他把它掰成两半，放身上擦了又擦，擦完了把一截放嘴里叼着。他让我把另一截也叼着。像他一样就放嘴角。就那么叼着便是一种气势。

有气势就能报复，有气势就能让他不叫你歪头？我不想叼柴禾棍子。不想被小冒指使，更不想当一个看上去像混混的人。我把书包在身前身后甩来甩去。我看见桥上来往的人并没有注意我们，对我们的吊儿郎当也无动于衷。小冒沉不住气了。他把书包拍了拍，说我还有宝贝。然后他开始把手伸进书包摸索。

我不能确定小冒掏出来的那东西到底算什么，姑且算是一把刀吧。小冒从书包里面翻了半天，最后拿出了一把木柄的螺丝刀。和常见的螺丝刀相比，它前面的十字形状没有了。小冒把它磨出了一个非常锐利的尖，这让它看上去像一个大号的锥子。这锥子应该是最新的成品，顶端没有锈迹，上面闪着一丝冰冷的寒光。小冒说，我等一下要拿它在鹞子身上扎个窟窿。

小冒咬着牙，发出一股凶狠的声音，他直起身，然后走到桥头的那棵杨柳旁，抬起手，将螺丝刀狠狠地扎进树里。扎完后，他回过头问我，你看这东西扎肉怎么样。

我是在那一刻忽然决定不陪他玩了。他回头的时候，我看到他的眼里有一种冰冷的东西。这冰冷让我猛地一哆嗦。我说我要走了。然后我就走了。我听见小冒在后面拼命地叫喊，他说你不要走，你干嘛说跑就跑了？你给我回来。我没理他，我走得义无反顾。

接下来的日子里，我把那个下午在记忆里抹去了。后来我和小冒天天在学校见面，但我故意避开这个报复的话题。我担心一提起这个小冒会笑话我胆小。我不喜欢胆小的名声，虽然我当时的离开并不是出于胆小。

三十多年过去了，有一天，我和已经变成老冒的小冒在一起聚会。吃完饭后，我们忽然就谈起了那个下午。老冒酒足饭饱后叼着牙签的样子让我想起了那个下午他嘴里叼着的树枝，两个动作如出一辙。

我问他，我说那天下午你等到了鹞子没有？

老冒挠了挠头，那个已经接近秃顶的脑袋让他变得敞亮。他说他没有等到鹞子，他说我走之后他也很快就走了。因为螺丝刀扎树时扎得太深了，他拔了好久都拔不出来，想什么办法都不行。没有螺丝刀撑腰，他实在没把握找鹞子报复。所以他只好也走了。就让那只鸟还是一只鸟吧！他说他后来回家有意绕开兴济桥，绕开兴济桥就见不到鹞子了。见不到鹞子，就没人嘲笑他歪头了。这样好像也不赖。

末了，他问了我一句，说你那个下午为什么要离开？因为胆小嘛？

我点点头。应该是吧，我说。其实我心里明白自己说了谎。我知道我的离开并不是因为胆小。我只是不喜欢小冒那一刻的眼神。那眼神有一种像死亡一样的冰冷。我不喜欢那种冰冷。但我不想告诉小冒，即使过去了三十多年，依然如此。

鸡飞狗跳

有一天，小冒对我说，从今天起你不能再叫我小冒了，你要叫我冒哥。

我说你才大我五天，我为什么要叫你冒哥。

五天也是大，哪怕一个小时也是大。不对吗？

他当然是对的，但我还是不想这么叫他。那会儿的小冒已经二十出头了。嘴巴上的胡子开始蓬勃地生长。他拿出一面小圆镜，对着自己头向左边照照右边照照。他一边拨弄着自己的头发，一边斜着眼睛看我，他说这就是冒哥的样子啊。

高中毕业后我们都没有再读书。没有找到合适的工作之前我会习惯去他家里坐坐。他家在永胜巷，一个很古老的巷子，那里有很多老旧的房子，小冒的家要曲里拐弯绕很多圈子才能找到。他的父母对小冒朋友的到来都不感冒。他父亲每次看到我都会一本正经地警告，说莫要和小冒来往，你看他那没出息的样子。她的母亲好像总有着择不完的菜，她一边择菜，一边把脸盆弄出咣咣的脆响。小冒迈出家门的时候，她用很大的嗓门埋怨。说又出去鬼混，就是不知道找个正经事做。他们对小冒没有考上大学充满了怨恨。

小冒说，考不上大学我也没办法，不过我现在是冒哥了，我肯定要找个正经事做，我不能让那两个老不死的看不起我。他把自己的父母叫成老不死。

但是，什么是正经事呢？谈恋爱算不算？

小冒决定喜欢上一位姑娘，然后他就喜欢上了一个在录像厅卖票的小姑娘。小姑娘在长江路录像厅前面卖票，轰隆隆的喇叭里传来霍霍哈哈打斗的声音，小姑娘就在喇叭旁边的小木桌上用圆圆的小手撑着圆圆的脸蛋，她说今天曹查理大战叶子楣啦，赶快买票进场哈。小冒被这圆圆的脸蛋迷住了，他天天买票看录像，一边买票一边丢给小姑娘一根棒棒糖。小姑娘不要他的棒棒糖，丢一次不要，丢两次也不要。后来小冒就有些急，有一天，他抓住小姑娘的手，说做我女朋友好不好啊，他用调侃的口音弄出长长的拖音。小姑娘像被蛇咬了一样，蹦起来好高。说耍流氓啦，有人耍流氓啦，小姑娘肆无忌惮地叫了起来。然后小冒也像被蛇咬了一样，他也蹦起老高，再落荒而逃。

小冒的爱情夭折了。小冒的爱情夭折后，小冒就想做生意。小冒把爱情夭折的原因归结为没钱，如果丢给圆脸蛋的不是棒棒糖而是金项链，小姑娘肯定不会拒绝。是的，肯定就是这样。然后小冒就决定做生意。

小冒当然没有资本，但他还是想尽办法从父母那里搞来了几千块钱，他说他要去南边山区进一些木头，这些木头弄到城里转一下手就能赚好几倍的钱。他说现在这个行情卖木头肯定是没有问题的。木头不会烂掉是不是？在路上怎么摔打也不会有损耗是不是？稳赚不赔啊。他用真诚的眼睛看着他背地里称为老不死的父母。他认为自己说动了他们。他其实不知道，他的父母并不是被他说动了。他们只是赌一下，让这个不争气的儿子闯荡一下。人总要摔打，摔几次或许就争气了。

第一次做生意，就像战士出征。小冒在菜市场买了一只大公鸡。他拉上我，在一个太阳尚未露头的早晨，跑到了兴济桥。那是一座有五百多年历史的老桥，那里是早年城市的地标之一。小冒说，这么古老的桥肯定有古老的英灵，他希望这些古老的英灵能保佑自己发财。他点上香烛，跪下身子，口里念念叨叨。他把那只事先准备的大公鸡扯了过来。揪了公鸡脖子上的毛，他拿出一柄事先预备的美工刀，在上面一划拉，那血就喷了出来，血洒向空中就像开了一朵花，桥面的地砖染红了一片。不过，后来发生的事有点古怪，当小冒把那只看上去血已经流尽没有气息的公鸡摆在地上时，那只公鸡居然还魂似的跳了起来。它扑棱着翅膀，越过兴济桥一米多高的石头栏杆，然后画出一道完美的弧线，远远地落入桥下的河水中，最后纸片一样漂浮在水面。小冒目瞪口呆，我也目瞪口呆。

再后来，我和小冒联系得就少了，他做生意的过程我就没有再见证。我在家人的努力下，进了厂，那是一家五金厂，在厂里，我天天对付一台吱嘎作响的车床。我用车床车螺杆、车工件，我从早上车到晚上，从年头车到年尾。我在叛逆的年龄开始活得乖巧懂事。

再次见到小冒已经是一年以后了，一年以后的小冒像霜打的茄子，整个人干瘪没有精神。一天，他在我下班的时候堵住了我，他说老代，你请我喝酒吧，我现在就想喝酒。他斜靠在门卫室旁边的墙上，一脸的忧心忡忡。

这个肯定没问题，我们在老张头的馄饨铺点了一个地锅鸡。弄了一箱啤酒，两杯啤酒下肚后。小冒的脸就现出猪肝一样的紫色。他说我为什么那么倒霉，我怎么做什么生意都赔。我是不是一个扫把星？他把手指插进头发里，使劲地挠着。

在啤酒的浮沫里，小冒倾诉了自己一年来的遭遇。原来，他的木头生意没有开始就结束了。因为没有办伐木证，他收来的木头没运到城市就被林业局没收了。几千块钱打了水漂。第一次生意失败后，他不甘心，后来又断断续续做了茶叶生意，还贩卖过柑桔，但无一例外都赔了。他怀疑自己把两个老不死的棺材本都赔进去了。我对不起他们。他红着眼睛。我很难看出他是伤心还是酒精上头。

回去的路上经过兴济桥，那些石头栏杆在路灯下发出冰冷的光。小冒忽然想到了什么似的，他说老代，你还记不记得那只鸡？我说我记得。他说我怀疑我的霉运都是那只鸡带来的，是不是？那天它怎么就飞了呢，对不对？明明都已经杀死了。也许，也许一切都是天意吧？他耷拉下脑袋。

我不知道怎么安慰他，因为对未来我自己也是一片茫然。我说，冒哥，找个厂上班吧，不要折腾了。

你叫我冒哥？他声音响亮了起来。但很快又低迷了下去。你还是叫我小冒吧，我做不了冒哥，他说。我就是小冒。

骨头汤

这是一个偶发的事件，老冒回想起来还一直冒冷汗。

那天，他照例是早上四点多出门，先是到杏花村批发市场买菜，买完菜后就往店里赶。当时五点都不到。因为立冬过后，日子非常短。所以早上五点和深夜没有多少区别。大街上没有什么人。由于买菜是延续着十多年的生活习惯，老冒也不是那么着急。他慢慢蹬着三轮，后来就到了兴济桥。他的店在桥东头，过兴济桥要爬一个比较陡的坡。老冒就弯下腰，撅着屁股使劲往前拱。

桥上有路灯，当时河里的水汽已经上来了。白蒙蒙的雾笼上桥头，光线昏黄，视野也看不远。老冒爬上桥的时候就差点撞上了一个人。他回过神来打方向的时候有点晚了，老冒使劲地掰下龙头，三轮车撞上了桥边的石头栏杆才停下来。老冒停下来想骂人，但眼前的情况却吓了他一跳。他差点撞上的这个人正在爬桥边的栏杆。这人预备跳河。

那是一个十七八岁的小伙子，花一样的年龄。老冒升腾起来的火气一瞬间烟消云散。他撒了车把就冲了过去，中间没有犹豫。他抱住小伙子的腿拽着就不敢撒手了。他说小祖宗你赶快下来。

这些都是老冒的回忆，他确定自己叫的就是小祖宗。他说当时自己条件反射一样，救人心切，恨不能把自己贬到尘埃里。当他和小伙子一起跌坐在桥上的时候。他的心脏还在扑通扑通地跳动。

经常听到有人轻生，真正遇到了，老冒有点不知所措。这是一个比自己儿子年龄还小的孩子，生命刚开始就准备自己掐灭，老冒不知道该怎么去安慰。老冒说，你也知道我年轻时就不是一个省事的人，活到老也没活明白。稀里糊涂了半辈子。我连自己都安慰不了，怎么去安慰别人？他只能傻傻地陪小家伙在地上坐了好久。到最后觉得一直这样也不是个事，就拍了拍孩子的后背，说孩子，地上凉，起来吧！去我的店里喝口汤。他说本来想问问孩子遇到了什么难处，考虑再三没开口。他不是一个嘴巧的人，直觉告诉他，冬天里，一碗热汤比语言更能抚慰人心。

我也在老冒店里要了一碗骨头汤。这是老冒馄饨铺的招牌之一，十几年前接手了老张头馄饨铺后，老冒就一直经营了下来。小火慢炖的骨头汤汤汁清亮，喝一口暖流直接从胃部贯穿身体每一处毛孔。我说那个孩子后来真的跟你走了？是的，老冒说，我说我三轮车坏了，没法骑了，让他搭把手推一下。然后他就真的帮了忙。毕竟是个孩子，跳河可能只是一时冲动。那股劲过了就过了。

老冒看着我，说这世上寻死的人分两种，一种是真心寻死的，一种是一时冲动之下寻死。心死的人很难救，心不死就有希望。

我避开老冒的眼神，我用汤匙搅着骨头汤。我说老冒，你这骨头汤真不错。老冒说，那当然，熬骨头汤不仅仅看火候，配料也很重要。比方说，光是里面的糖，放多了会腻味，放少了鲜味提不出来。它里面的甜味得若有若无，喝的时候不必有感觉，回味的时候会锁住你的味觉。他说，以前经营的老张头，啥都行，就是这配料上掌握不了火候。

我说你是怎么掌握这些技巧的？老冒笑了。你做一行做十几年你也会掌握。一大堆的挫折和失败会逼着你去掌握。

年过半百的老冒也许活通透了，据他介绍，那个跳河的孩子后来经常去他那儿喝汤，也许那孩子能体会到汤中若有若无的甜味。也许那个冬天里一碗汤的温暖锁住了他厌世的心情。

我走上兴济桥，这座明朝建立的石桥，受制于年代约束，做工并不精细。早年石匠斧凿的痕迹随处可见。它从遥远的岁月横亘而来，周身布满苔藓地衣。而桥下的河水更加古老，它流淌了千年万年。我知道老冒的话另有所指。

岱原，男，汉族。自由撰稿人。在《天津文学》《牡丹》《小小说选刊》等杂志发表小小说几十篇。曾获《百花园》原创小小说奖、《小小说选刊》年度佳作奖，有若干小小说入选年度优秀作品选集。现居安徽池州。

与狗无关

崔　立

老人与狗

男人老了，就成了老人。老伴走得早，老人就给已经成家立业，唯一的儿子打电话，电话响了好几下才被接起。老人说，儿子，是我，我想你了，你来看看我吧。儿子有一段日子没去看过老人了。电话那端，是儿子懒洋洋的声音，说，爸，我知道了，我有时间一定会来看你的。话没说上几句，就挂了。老人听着电话那端"嘀嘀嘀"的忙音，半天也没放下。儿子说要来，却一直没见来。老人每天把门打开着，开得大大的，盼着儿子能回来。但是没有，好久好久，儿子都没回来。

又一天，老人等儿子等不及了。就又给儿子打了个电话，第一个，没人接。在打第二个的时候，终于被接起了。老人说，儿子，是我，我想你了，你来看看我吧。电话那端，是儿子不耐烦的声音，说，爸，你烦不烦呢，我在上班呢，你知道的我有时间就会来看你。话还没说完，又挂了。老人听着电话那端"嘀嘀嘀"的忙音，发愣了好久。儿子说会来，还是一直没见来。老人每天呆坐在窗口，窗口正对着小区的大门，若儿子从大门进来，能第一时间看见。但是没有，好久好久，都看不到儿子。

老人在家等不到儿子，很无聊。老人拄着杖就上了街，街上人来人往，喧闹无比，但那些喧闹都是别人的。老人在一个小弄堂里，看到了一条野狗，正被其他几条野狗围攻着。老人跑上了前，用手中的棍赶走了那几条野狗。那条被欺负的野狗，很感激地看着老人。老人说，你好，你很孤单吗？是的，我也很孤单。老人像是在和狗说话，又像是自言自语。狗似乎是听懂了，眼睛直勾勾地看着老人。老人离开时，狗就跟在身后。老人走得快，狗也走得快，老人走得慢，狗也走得慢。狗跟着老人就到了家门口。老人把门开得很大，说，进来吧。狗很听话地就进了屋。老人把狗领进了浴室，用温水好好地给它洗了一遍。狗很听话地蹲在那里，任老人给它搓洗，直到狗被洗得干干净净的。

狗留在了家里。老人有了狗的陪伴，就不觉得孤单了，以前那么难耐的时间，也变得充实了许多。狗陪着老人一起吃，一起喝，一起说话，一起睡觉。安静时，老人对着狗说话，狗就应和似的叫唤两声。老人还给狗取了个暖暖的名字：阳光。老人的腿脚不好，常常需要拿什么东西。老人就指着一个物件，喊，阳光，帮我拿一下。狗就跳上去，用嘴衔着，很小心地帮老人拿下来。老人又指着另一个物件，喊，阳光，帮我拿一下。狗又跳上去，用嘴衔着，又很小心地帮老人拿下来。老人就笑了，老人笑得很欢。老人摩挲着狗头上柔顺的毛，说，阳光啊阳光，还是你最听我的话啊。有了狗的存在，老人几乎已经忘却了，他是还有一个儿子的。老人没再给儿子打过电话，儿子也一直没回来看过他。老人有时会想，儿子忙啊，是真的很忙吗？忙到连回来看自己的时间都没有？

那一天，老人病了。病得很重，连说话的气力几乎都没有。老人躺在床上，苦苦地将身子撑起来，给儿子打了个电话。电话响了好久好久，像是有几个世纪一样的漫长，终于是被接起了。老人说，儿子，是我，我感觉难受，你能来看看我吗？是儿子厌烦的声音，说，爸，你就不能让我清净些吗？我在忙着呢……不等老人说什么，电话又挂了。老人只觉得眼前一黑，连最后一丝的力气都没了。恍然间，老人看到了那狗，一直在那舔着自己，不时再叫唤几声。然后，老人就没了知觉。

老人醒来时，眼前完全是白晃晃的一片，是医院的病房。老人看到了隔壁的刘阿婆，正站在那里，说，老李啊，多亏了你养的狗，若不是那狗把我们唤来，医生说再晚一会儿，就没你了。老人点点头，直起身时，就看到狗，正蜷缩在一个角落，满是真切地看着自己。老人又环视了一下病房，他是想问，儿子来了吗？话到嘴边，老人硬生生地咽了下去。微微地，老人叹了口气。

儿子还是来了，是来参加老人的葬礼。葬礼后，一个西装革履的男人找到了他。男人说，你父亲让我向你交代下，他的遗产都不是给你的。老人的名下还有房子，按市场价，起码值二百万。儿子的表情很惊异，印象中，父亲就他一个亲人，不给他又能给谁呢？男人说，你的父亲，把他的所有遗产，都给了那条狗。男人指了指边上的狗。在葬礼的几天，狗自始至终，都守在老人的灵堂旁。

男人还说，老人的遗嘱上写，养儿不如养狗，下辈子你还不如做狗呢。

儿子一张脸，猛地就红了。

刘四梦狗

刘四做梦都想成为一条狗。

在刘四家，他是完全没有地位的，而狗就不同了，狗的地位是无比崇高的，像皇帝一样，仅次于太上皇——老婆了。

譬如刘四他们上街，狗总是走在最前面，老婆走在中间，而刘四，就像个随从似的，灰溜溜地跟在最后。路上碰到相熟的人，总是先和狗打着招呼，喜芝，你好啊。喜芝是狗的名字，老婆给取的。狗就会很温顺地朝人点点头，算是回应。又或者，是和老婆打着招呼，去遛狗啊。老婆点点头，会说，是啊，今天天还挺不错的。从来就没人主动和刘四说话，像是没见他人一般。每每听到别人说遛狗的说法，刘四心头总觉怪怪的，前面是条狗，中间是个人，那走在最后的自己是遛狗的人还是被人遛的狗呢？

再譬如进超市，老婆一准先跑到卖狗粮的货柜处。那些袋装的狗粮看起来还真挺诱人的，连狗都抵制不了诱惑，蹲在货柜下一个劲地朝着那里叫。老婆就一脸的喜洋洋，说，喜芝，妈妈知道你是要吃，对吗？说完，老婆很大方地就拿了两大袋狗粮往推车上放。刘四瞪大了眼，说，老婆，干吗买这么多，这东西很贵的，买个小袋的就够了。老婆说，瞧你个小气样。老婆根本不听刘四的。接下去当然是买老婆的东西，那自然不在话下了。最后轮到刘四想买的酸奶，刘四拿了一长盒，大概有十小杯的样儿，也不贵，价钱还不如半袋的狗粮。谁料，老婆瞥了一眼价格，二话没说就拆开了那个长盒，从中拿了两小杯。老婆说，狗两袋，你两杯，差不多。刘四看着，真想哭啊。

刘四晚上睡觉，就做起了梦。

刘四梦见自己真成了一条狗。老婆喊着自己的名字，喜芝，过来。刘四蹦蹦跳跳地就过去了，老婆从狗粮袋里挖出了一汤勺狗粮，刘四以为自己会拒绝，但竟然很高兴，还叫唤了一下。一会儿，老婆又摸出一件给狗穿的毛衣，是老婆亲手织的，唤了一声，喜芝。刘四就蹦蹦跳跳地跑了过去，老婆很小心地给刘四穿上，还真合身啊。老婆给刘四穿的时候，那温柔，那细致，刘四可是好久没体验到了。好像，对，好像是刚结婚的时候，老婆有过这样……

然后刘四就醒了，醒来后的刘四觉得好满足。看了看表，快到上班时间了，刘四洗脸刷牙，桌上摆着一碗稀粥，还有几根萝卜干，是老婆给他做的早餐。桌子底下，狗正欢喜地啃着骨头，满满的一大盆，好丰富。

刘四看着，心里又不平衡了。

那一个晚上，刘四又做梦了。梦见自己又成了那条狗。老婆带着自己去了乡下，老婆在乡下有许多的亲戚朋友。刘四有过几次想陪老婆一起去，老婆都不肯带他。那里的天是蓝的，水是清澈的，连空气都异常的清新。在吃饭的时候，老婆扔给刘四好多的骨头，刘四以为自己是不会啃骨头的，骨头到了嘴边，竟不自觉地用力咬了起来，别说，还真有味道。刘四明白了，自己真成狗了，当然狗爱吃的东西也就自然而然地习惯了。刘四还看到了桌底下那条漂亮而又可爱的小母狗，刘四在看小母狗的第一眼，想到了一见钟情那四个字……

接下来的梦，真的像是恋爱了。

趁着老婆不注意，刘四带着小母狗一起走了出去。外面真是阳光灿烂，刘四和小母狗一前一后，在乡村小路上悠闲地漫步。边走，边用狗语说着话，刘四说的，当然是那些暖人心窝的情话了，直说得小母狗是怦然心动，连一张粉嫩的狗脸都红了。也不知走了多久，刘四突然觉得眼前一黑。清醒过来时，刘四的眼前就多了几个男人，他们把自己和小母狗给抓了起来，并且是绑得严严实实的。刘四听到其中一个男人的声音，说，好久没吃到狗肉了，今天老子可以开开荤了。然后，刘四就听到了小母狗的惨叫声，再然后，一个男人拿着刀，刀上还沾着小母狗未干透的血迹，朝着自己走来。刘四奋力挣扎着，但似乎无济于事……

刘四是惊叫着醒的。醒过来的刘四是满头大汗，老婆也醒了，是被刘四的惊叫声吵醒的。老婆瞪了刘四一眼，很不满地说，半夜三更地瞎叫什么。刘四被激怒了，突然恨起了狗。刘四想要杀狗。

张山杀狗

在乡下，张山杀狗是出了名的。

张山杀狗，也很简单，先逗狗，和狗混熟了。然后趁狗不注意，用早已打好的死结绳子，套在狗的脖颈里，然后将狗吊在棵粗壮的树上，生生地将它给吊死。

都说，杀生这事，不祥啊。

张山不信这个。张山说，只要有钱，怕这作啥！那几年，因为杀狗，张山没少赚钱，每每数着一张张火红的百元大钞，张山就莫名地兴奋。

不过，也怪哦，张山也二十三四了，愣是没女人能看到。农村的男人女人，结婚都早。张山不急。张山的老爹老妈倒是真急了，催促着说，你就不能上点心找个媳妇成个家啊。张山说，爸妈，你们急啥呢，我这不也就二十来岁嘛。张山的爹说，我在你这个年纪的时候，你都已经叫我爹了。张山真是好气又好笑，说，好，好，我结婚还不行吗？

说找还真找了，张山托人介绍了几个女人。开始，女人们听说张山有钱，还真动了心。可再一听，说张山是杀狗的，就开始打起退堂鼓，都说，杀狗的不吉利。然后，一个一个地都吹了。张山也不急，继续托人找，找到一个女人，挺温顺的。女人说，我们谈可以，但你要答应我，以后就不要杀狗了。张山心头一沉，想了想，就点点头。

还别说，张山真还没再杀狗。张山和女人谈得也很顺利，很快就结了婚，并且有了孩子。

一天，张山的朋友刘勇跑了来，说是有事请他帮忙。张山在房间正陪着女人，问，什么事？刘勇有些欲言又止的样子。张山就对女人说，我出去一下。女人捂着鼓起的肚子，点点头，说，好。

张山跟着刘勇去了他的住处。到了那里，张山说，什么事？刘勇说，兄弟，帮我杀一条狗吧。张山摇头，说，不行不行，我答应过老婆，不再杀狗了。刘勇给张山点了支烟，又给自己点了一支。刘勇吸了一口，吐出了一个烟圈。刘勇说，兄弟，是这样，这次吧是一个老板，他家的周围不知怎地来了条野狗，时时的叫唤扰他不能安歇。所以他出了大价钱，我看过那狗，那体形那身板，我一个人弄不下来……刘勇又说，兄弟啊，哥这么多年没求过你，也是第一次求你，我要拿了钱，一定分你一半，你看弟妹生孩子，也要买营养品不是……

张山被刘勇说着，还真有些动了心。自从和女人认识到结婚，这一二年，张山没再杀过狗，手真还有些痒痒了。

张山说，行，这次我可以帮你，但没有下一次了，好吗？刘勇就笑了，说，行行，一定没下回了。

陪着刘勇，张山一起去了那里。一条看上去挺凶猛的野狗，正在门口的大路上走来走去。刘勇说，就是这狗。张山点点头，这狗，一个人弄还真够呛。刘勇先是扔出去几块准备好的肉，那狗闻到肉味，忙就跑了上去，三口两口吃完。尝到了甜头，那狗开始朝着刘勇叫唤开了。刘勇笑笑，又掏出了几块肉，这次狗不再像刚才那样急吼吼的了，先是看了刘勇一眼，然后才低下头开始吃那肉。刘勇看到这，忙朝张山使了眼色。说时迟那时快，张山一个箭步跑了上去，把打好的死结绳索猛地往狗脖子里一套，就着旁侧一棵粗壮的树，把狗给吊了起来。狗颤抖着，叫唤着，朝着张山，似乎和以往吊着的狗的表情有所不同。

张山细细看着，就看到了那狗隆起的肚子。不好，这不会是条怀着狗崽的狗吧。张山心头一紧，说，刘勇，不对啊，这狗怀着狗崽呢。刘勇也看到了，说，没事，没事，怀了就怀了吧。张山看到了狗红红的眼，又说，不行，不行，咱把它放下来吧。刘勇瞪张山一眼，说，兄弟，你咋变得这么娘们了呢，吊都吊了，再放下来，弄不好狗缓过劲就要扑来咬我们了。张山苦笑，说，好吧，好吧。莫名地，张山闭上了眼睛。

从那天后，张山经常都会做噩梦，梦见那只狗，红着眼看自己。然后，张山醒来，是满头大汗。

三个月后，张山的女人生孩子。难产，大人孩子都没保住。

张山听到消息，瞬时就疯了！

崔立，专栏作家，中国微型小说学会理事。先后在《北京文学》《天津文学》《山花》等发表短篇、小小说1300多篇，近半数被《小说选刊》《人民文摘》等转载，入选180多种年选及权威选本，获奖150多次。多篇小说被译为英文、日文。出版著作《那年夏天的知了》《大嘴王大元》《策划时代》《风雨后的阳光》等7本。曾获全国年度微型小说一等奖、田工杯勤廉微小说大赛特等奖等奖项。现居上海。

不如跳舞

黄大刚

城里的乡音

华灯初上，街心三角公园便被不同的广场舞队划地为界，东一拨，西一队，每支队伍都有一个移动音箱，都把音量调到最大，不同舞曲纠缠在一起，但并不影响各支队伍的舞步，陶醉得整个世界就只剩下正在播放的舞曲。

下楼丢掉垃圾，春梅就直奔三角公园。春梅一支队伍一支队伍地观看，最后脚步停在了东北角的队伍。这支队伍跳的舞蹈动作又多又整齐，带头的是一个中年女人，身材虽然胖得走了样，可动作柔软，红色的衣服衬托得皮肤更加白净。看久了，那些动作便印在脑中，音乐响起时，春梅手脚不由跟着节奏动了起来。可她不敢明目张胆地站到队伍中跳，动作也不敢大幅度比划。

春梅留心观察，知道那个白胖女人是这支队伍的头，大家都叫她"红姐"，难怪那么爱穿红色的衣服。每次跳舞结束，音箱都是由红姐拉回去。春梅瞅准了机会，等到这天跳舞结束，红姐伸手要拉音箱，春梅眼疾手快，把拖杆攥到手中："红姐，我帮你拉。"春梅早把笑容堆了满满一脸。"你，你是谁呀？"红姐紧紧抓住拉杆。

"红姐，我叫春梅，我在边上观看您跳舞好久了，全场就您跳得最好。"春梅恨不得把心掏出来。

红姐只是"嗯"了一声，并没有接春梅的话茬。

"红姐，跳广场舞就是好，锻炼了身体，还能放松心情。红姐，能否让我也跟着您学？"春梅笑脸向日葵般对着红姐。

"你住哪里？"红姐突然反问。

"我住在海岛公馆。"春梅迭声说，她知道海岛公馆对周边人的分量，那是一片豪宅。

"是吗？"红姐上下扫描着春梅，看得春梅浑身不自在，她忙补一句："我才搬来没多久。"说完，春梅莫名地干笑了几声。

"参加也可以，不过要交钱的，这音响，还要请老师教舞。"

"行行，别人多少我多少，以后这音响，我来拉，这活不能让红姐您干。"

"哦，我来拉吧。"红姐嘴上虽这样说，手却松开了。

春梅确实住在海岛公馆，不过住的是别人的家。

主人一下班回到家，孩子就不再粘春梅了，拱到了母亲的怀里，母子俩嬉闹着，不时发出开心的笑声，电视遥控器此时拿在男主人的手里。洗好碗，晾好衣服，一下子不知道干什么了，春梅就像空气般透明。多余的尴尬让春梅坐立不安，见到垃圾还没有丢，春梅欢喜地绑好垃圾袋，快步出了门。

舞伴知道春梅住在海岛公馆，便给她起了个外号叫富婆，对她身上的衣服感了兴趣，问在哪里买的，多少钱？春梅一阵慌乱，总不能老老实实说是在地摊上买的便宜货吧，那她们就会识破她的身份，说不定会被清除出舞队，她支支吾吾："没多少钱啦，比不上你们的好。"但大家一致认为价格不菲。这给春梅提了个醒，她再也不敢像以前那样随便穿着了，发了工资，咬咬牙，到夜市买了几套仿名牌的衣服。春梅开始注意起形象来，一出门就怕日头晒伤皮肤，涂了防晒霜，还要撑伞。春梅的皮肤本来就好，稍加保养，便和城里人没两样，再涂上口红，带小孩在小区里玩，不知底细的还以为是小孩的母亲。

红姐也对春梅刮目相看，收个钱，或组织参加比赛，都叫春梅操办。

春梅觉得红姐啥都好，就是不满意让豆花也加入舞蹈队。

不知什么时候，舞场边上来了一个挑水果卖的女人，大家都以为她在卖水果，没注意到她却放下担子，跟着老师学跳舞。女人学得很快，她们还不得要领，女人已跳得有模有样，教舞的老师表扬道："你们看，就像这个大姐那样跳。"

春梅抬眼一看，把她们比下去的竟是一个头上戴顶被雨水浸浊得发黑的旧草帽，身上穿的是孩子的校服，脚下"吧嗒"着人字拖，皮肤像夜色那样黝黑的乡下女人，春梅如受到了侮辱，快步走过去，老远就如赶苍蝇般挥着手，不耐烦地说："去去，你不是我们这个队伍的，别在这瞎掺和。"

女人不搭理她，走到红姐面前说："红姐，能让俺一起跳舞不？"

红姐诧异地问："你卖东西那么累了，还要跳舞呀？"

"俺喜欢跳舞，一点也不觉得累。"

"嗯，你要是爱跳就一起跳吧。"春梅没想到红姐那么轻易就答应了。

"跳舞是要交钱的。"春梅在旁边补了一句。

春梅与卖水果的流动小贩打过交道，她们一分钱都要讨价还价半天，本以为这样会吓得女人落荒而逃，没想到，女人马上从挂在身上的人造革包里掏出一把小额钞票。

"红姐，你看别的队伍都没有乡下人，这女人加进来，会让我们掉价的，别的队伍会因此笑话我们。"春梅拉音箱时跟红姐说。

"不会那么严重吧，只不过跳舞而已，别想那么多。"红姐不以为然。

春梅见说不动红姐，便动员其他舞伴给红姐提意见，可其他舞伴却没有兴趣。

舞蹈队那么多人，不知为什么，豆花一来跳舞，春梅心里就不舒服，就像吃粥时遭遇一粒蟑螂屎。她一见到豆花脸上便显出厌恶的表情，大家都注意到了春梅对豆花的冷淡，她似乎不想对豆花多说一句话，偏豆花不识趣，对她格外热情，常凑到她身边问这问那。有一次竟说她俩讲话的口音相近，问她是不是老乡。春梅马上跳了起来："谁跟你是老乡，有病吧你。"说完恼怒地闪到一边，躲豆花远远的。

大家想不明白，一句很平常的问话，春梅这反应实在过激了。红姐看在眼里，也琢磨不明白春梅为什么对豆花有意见，好像一起跳舞以来，她们没有过节。会不会这怨气是以前结下的，拉音箱时，红姐好像无意的样子，随口问道："你以前就认识豆花？""没有。"红姐怀疑地打量了春梅一眼。

豆花的舞步

豆花虽加入了舞蹈队，但来的时候不多，往往是箩筐的水果卖完了，才匆匆赶过来，有时候还能来得及，见到大家还在跳，她赶紧撂下担子，兴冲冲站到队尾。有时候，舞伴已散，春梅正收拾电线，豆花赶忙走过去，恳求道："春梅姐，让我跳两首再收好不好？"

春梅继续收电线，不搭理她。

豆花把目光投向红姐："红姐，你就让我跳一会儿，就一会儿可以吗？"

红姐说："豆花，你挑担子走街串巷一整天够累了，回去休息吧。"

"红姐，卖水果是累，可一跳舞，全跑光了。"豆花脸上绽着笑。

红姐犹豫了一下，说："春梅，你要是没空就先回去吧。"

春梅气咻咻地丢下收到一半的电线，转身就走。

豆花从来没操作过，面对乱麻似的电线，不知如何是好。红姐过来把电接上，音乐一响，豆花便忘掉了刚才的不快，立即变了个人，陶醉得全世界只剩下舞蹈。

直到跳不动了，豆花才喘着气，擦着汗来到红姐面前，尽力掩饰着心中的畅快，赶忙去收电线，还不忘表达心中的歉意："红姐，实在不好意思，那么晚了，还让你等这么久。"

"不急，先坐着歇歇，擦擦汗。"红姐拍了拍身边的石椅。

"红姐，我要是像你们那样有时间跳舞就好了。"豆花说。

"你要是经常跳，说不定就腻了。"红姐笑了笑。

"怎么会呢？"豆花奇怪红姐竟说出这样的话。"以后等有钱了，我天天来跳舞。"

豆花还没有挣够钱，来跳舞的时间却越来越多，有次，豆花挑着满满一箩筐的水果，没有走街串巷叫卖，直接挑到了三角公园，放下扁担就加入了跳舞的队伍。

跳舞结束了，豆花的水果还堆得尖尖的，舞伴替她焦急："豆花，快去卖水果啦，再卖不出去，水果会坏掉的。"

"不卖，今天送给大家吃，感谢姐妹不嫌弃我这个乡下人，给了我跳舞的机会。"豆花抓起水果，往舞伴手里塞。

舞伴拿水果时，估算一下，把钱放在箩筐里，春梅虽然一百个不愿意，还是把二十元放到箩筐里。

可能昨天大家买水果让豆花不好意思吧，第二天，豆花空手来跳舞，但没跳多久，豆花的脚步就跟不上舞曲的节奏，脸上现出痛苦的表情，豆花便拖着腿，坐到旁边的石椅上休息，她揉着腿，羡慕地看着那些如装了弹簧的舞步。

红姐注意到了豆花的异常，在她身边坐下："这么快就累了？"

"这腿像灌了水泥，又沉又硬，使不上劲。"她又揉又拍，像要将昏昏欲睡的大腿唤醒。

"谁跳久了都会累的，跳舞又不是吃饭，一顿不吃饿得慌，累了就歇歇。"红姐拍了拍豆花的肩膀。

"红姐，我觉得跳舞比吃饭重要，饭什么时候都可以吃，可舞却是跳一次少一次。"豆花脸上变幻着让人捉摸不透的表情。

红姐虽听不明白豆花的话，但觉得豆花对跳舞痴迷得有点过了，她提醒道："豆花，话可不能这样说，跳舞只是吃饱饭后的消遣，你还是要把卖水果放在第一位，把水果卖完了，跳一会儿舞，放松一下心情，这样更好。"

豆花却把红姐的话当成耳旁风，依然每天夜幕一降临，就准时来报到。

一天，红姐担忧的事情发生了，舞曲才开头，一个看样子刚干活回来的中年男人，穿着脏兮兮的衣服就急冲冲寻到了三角公园，走进队伍中抓住豆花的胳膊，拉豆花往外走，豆花奋力挣扎。"跟我回家。"男人大声叫道。"我就不回。"豆花甩掉了男人的手。

红姐走了过来，弄清了男人是豆花的老公，也劝豆花先跟老公回家，要跳明晚再来。可豆花还是坚持着，男人没了办法，只得退到队伍外，气得团团转，可只能眼巴巴地看着豆花跳舞。

跳完一曲，豆花已满头大汗，艰难地挪到石椅坐下，红姐本想过去问一下，见男人已移步过去，她担心两人会吵起来，看到男人也帮着豆花揉腿，才放心地继续跳舞，跳完这首舞曲，红姐再看石椅时，那里已没了人影。

一个月过去了，豆花还是没有来跳舞，大家奇怪豆花干嘛一下子就不来跳舞了。春梅振振有词："我看八成是给老公关了起来，说不定被老公打断腿了。"

"春梅，别说得那么难听。"红姐听不下去了，制止道。

舞队开始跳交际舞，其他舞伴有基础，学得很快，春梅就像一个后进生进了尖子班，很快就跟不上了。一到跳交际舞时间，春梅便退了出来，只有羡慕地看的份儿。

"春梅，怎么不去跳舞呢？"春梅正看得出神，身旁的问话吓得她一哆嗦。她回头一看，原来是豆花。豆花坐在轮椅上，被老公推了过来，一只空空的裤腿烫到了春梅的目光，春梅惶恐地站起来："豆花，你的腿怎么了？我，我……"那神情好像是她把豆花的腿截断的。

"都过去了，不说了。你怎么不进去跳舞呢？"豆花很快转移了话题。

"呃，我刚学，跟不上，她们都有基础，学得很快。"春梅脸上涌起沮丧的神情。

"这有什么难的，只要肯学，肯定会学会的。我也没跳过，以后咱们一起学。"豆花胸有成竹。

"你这样了还能跳舞？"春梅想用手指一下豆花空空的裤腿，才抬起来，又赶紧放下了。

"我开始也以为跳不了了，最近，我在抖音上看到一个因地震失去双腿的女孩不但坐在轮椅上跳舞，还参加比赛获了奖。"豆花信心满满。

大家见到豆花都欣喜地围了过来，知道豆花还要跳舞，脸上露出悲悯的神色，劝豆花在家好好休养，豆花又给大家讲了在抖音上看到那个坐在轮椅上跳舞的女孩。

"不过，你老公必须同意才行。"红姐想起了以前春梅说的话，当着豆花的老公对豆花说。

"只要她开心就好。"豆花的老公忙说。

"大哥也要干活，要不以后我去你们住的地方把豆花推出来。"春梅为以前说过豆花的腿断的话感到内疚，似乎是她那样说，才一语成谶。

"春梅姐，太谢谢你了，要不，咱们现在就一起学。"豆花说着，把轮椅滑进了舞场。

红姐专门给春梅和豆花播放了一首慢三舞曲，轮椅和脚步开始总不知如何是好，红姐以前也没有教过如何坐着轮椅跳舞，还好，春梅和豆花慢慢找到了感觉，跟着舞曲的节奏，她们的动作越来越协调。

行人被她们的舞蹈惊住了，不由停下脚步，还有人用手机录了视频。

如果你在抖音上刷到了，别忘了点个赞。

广场舞和交际舞

当豆花告诉红姐加入舞队的理由是喜欢时，豆花眼里闪烁的光芒灼得红姐的心一颤。

红姐清楚喜欢的重量。

没人知道，红姐喜欢跳的是交际舞而不是广场舞。

红姐年轻时是舞迷，一有空就往舞厅跑，那轻盈优美的舞姿迷住了不知多少目光。后来，工作上忙，生活上忙，时间在陀螺般连轴转中不知去了哪里。现在，单位是年轻人的天下，家里的客厅显得空荡起来，儿子上了大学，老公老刘经常深夜才归。

红姐坐在空荡荡的客厅里拿着遥控器，心不在焉地在频道间跳去跳去，一直守到老刘回来。老刘浑身烟酒味，有时憋不住，仓皇跑到卫生间，"哇哇"地吐了起来，那痛苦的声音像有人探手到了喉咙里。"不知谁逼的，天天这样！"红姐边给老刘倒温开水，边嗔怪。看着老刘乱颤的肥肉，红姐在心里叹了口气，这些年，老刘的位置原地踏步，肚腩却是一年比一年大。

儿子在家时，老刘不回家，红姐便让儿子打电话，老刘很听儿子的话，儿子打电话没多久，就听到敲门声。现在，儿子到北方上大学后，老刘过得更是自由自在。每天煮饭时，红姐先打电话问老刘回不回家吃饭，有时说回，煮了饭，临时又有了酒局。剩的倒掉，红姐心疼得如造了孽。有时说不回，又从门口冒出来。红姐干脆饭也不煮了，小区门口有家快餐店，经济又省事。老刘回了，一起去快餐店吃。不回，红姐一个人去。

忙惯了的红姐一下子不知如何打发时间，一个人在家里烦闷，便沐着街灯，沿着大街漫无目的地溜达。悠扬的舞曲如磁铁吸引着她爬上七楼，这露天舞场挺宽敞，四周放了不少桌椅，中间是舞池，舞灯闪烁，放的是一首快四的舞曲，舞池里有十来对正翩翩起舞。灯光和舞曲让舞场蒙上了一层暧昧的色彩。

红姐找张空桌坐下来，点了一杯菊花茶。她不准备跳舞，坐着听舞曲喝茶，也别有风味。一个中年男人踩着旋转的彩色灯光走过来，作了个请的姿势。她犹豫一下，还是起身。男人舞技很好，在男人带下，红姐很快找到了感觉。

男人告诉红姐，他叫亚洲。亚洲要了她的手机号码，加了她的微信，相约第二天晚上不见不散。

第二天才上灯火，红姐的心就乱了起来，她不安地看着手机，尽管有了心理准备，可手机铃声还是惊得她一跳。"跳舞又不是什么。"红姐给自己找了个理由，便也释然。她也看出，亚洲只是想跟她跳舞而已，并没有怀着让自个儿担心的想法。

这事七拐八弯，传到了老刘的耳里。那晚，老刘寻到舞厅拽回了红姐，不但动了口，还动了手。

从此，红组不再跳交际舞，加入了三角公园的广场舞队。

随着和豆花交往的深入，红姐感受到了豆花身体内运行的力量，她一直不明白这个为谋生进城的女人为什么不好好贩卖水果，却和她们一起跳舞，与她们生活无忧后以锻炼身体为目的跳广场舞比起来，她显得多么另类。她好奇地探问过，当豆花讲起年少时的梦想，红姐不禁为自己感到脸红，可一想到曾经因跳交际舞和老刘争吵过，才伸出去的触角又缩了回来。

现在，豆花不知什么原因像一滴水融入海中一样消失后，红姐开始疯狂地思念起她来。她决定将跳舞时间分成两大块，上半场跳广场舞，下半场跳交际舞。

听红姐提议跳交际舞，大家你看看我，我看看你，好久没回过神来，她们只想扭扭腰、踢踢腿、流流汗，从来没想到要跳交际舞，那种舞姿看着优美，但花样复杂。

"你们年轻的时候没有跳过？"红姐提醒道。

大家封存在记忆深处的青春一下子被激活，七嘴八舌地说着年轻时跳交际舞的趣事，神情生动，又有了几份少女的娇态。

"大家都有跳交际舞的基础，只要复习一下，很快就会的。"红姐鼓劲道。

"可是，没有舞伴怎么办？"有人担忧。

"你们可以自由组合，也可以带舞伴过来。"

"可是，谁教呢？"她们还是不放心。

"我啊。"红姐做了个舞蹈的动作。

说学就学，她们从慢三开始，她们发现，红姐跳交际舞比广场舞还好。

红姐跳交际舞的师傅是老刘，读大学时，每到周末，学生会把学校食堂布置一翻，举行周末舞会。红姐不会跳舞，却被同学强拉了去。老刘那时候还是小刘，她正坐着守茶杯，老刘过来请她跳舞，她摆着手，连说不会，老刘潇洒地作了个请的姿势，说："看来请对人了，我专门就是找不会跳的，好收徒弟。"红姐红着脸搓着手，一时不知如何是好。老刘坚持着请的姿势，红姐只得随着老刘进舞场。那以后，一到周末舞会，老刘便顺理成章找红姐跳舞，不知踩了多少次老刘的脚，红姐学会了，可人也进了老刘的怀抱。

现在，老刘不跳舞了，老刘的兴趣转到了喝酒、打麻将，天天喝酒，肚腩那么大，不跳舞锻炼一下，恐怕走路都辛苦。

红姐知道动员老刘跳交际舞的难度，但她有信心，豆花送过她一本荣誉证书，那是豆花学生时代参加舞蹈比赛的获奖证书，从豆花的故事说起，定能唤醒老刘的青春记忆。

黄大刚，男，汉族。中国作家协会会员。在《小说选刊》《时代文学》《百花园》等报刊发表、转载作品200余篇，出版小说集《有些道理要说透》《黄花渡》《宝藏在身边》。现居海南澄迈。

成功守擂

朱红娜

有风的夜晚

今晚的风有点诡异，不打东边来，不打西边来，也不打南边来，不打北边来，打谭小天的脚心来。

谭小天坐不住了，他站了起来，风提起了他的脚步，走了出去，一会向西，一会向南，一会向东，一会向北，谭小天绕晕了，才发现自己在转圈圈。谭小天试着先迈左腿，然后左腿拖着右腿，往一个方向，当然，他还是分不清东南西北。这样谭小天走路的姿势看起来很是怪异，像一腿长一腿短的瘸子，一肩高一肩低地往前拱着。

谭小天在路上遇见了很多的人，但没有一个认识。他们脚步匆匆，神情漠然。谭小天好奇，他们是否与自己一样，被风催着走？谭小天问他们，你们去哪里？他们摇头，不知道算是回答还是否定。

谭小天就这样茫然走着，走进一片森林，森林死寂，连一声虫鸣都没有，更看不见一颗星星。谭小天不敢停下来，加快了脚步。

前面是一条河流，雨季刚过，河水暴涨，水浪像千军万马汹涌着往前奔跑。谭小天上了一座桥，桥已断裂，谭小天不知断桥，正要跨出左脚，一个人伸手挡住了他，他看不清那人的脸，他努力找那张脸，那脸偏向右边，他只感到那只手刚劲有力，他推了推手，手纹丝不动。水浪越来越高，快要冲上桥面，随着一阵巨浪扑来，一条鲑鱼跃入他的怀中。拦着他的人收回了手，对鲑鱼说，他就交给你了。说完便被冲进河中。谭小天此时才看清，那是一截木头。

鲑鱼驮着谭小天，跃过了断桥，走到岸边。鲑鱼离开了水，明显没有了力气，用力打开嘴巴，一张一合呼吸。谭小天视鲑鱼为救命恩人，跪着向它拜了三拜，将鲑鱼放回河里。

谭小天走了一天一夜，也许是两天两夜，甚至更久，谁知道呢？都说时间是最公平的东西，可对谭小天而言，时间就是绳索，捆着他。他又累又饿，脚下的风越来越小，他快走不动了。

都说天无绝人之路，以前谭小天不信，现在他信了。正在他要躺平的时候，他听见了钟声，那是寺庙的钟声。风又回到了他的脚上，他快步，不，他简直是跑了上去。

住持端坐在神坛前，好像是专门等他而来，不然，这半夜三更的，坐着干嘛？

谭小天对寺庙并不陌生，小时候，谭小天是妈妈的跟屁虫，妈妈信佛，隔三差五的，就要到寺庙进香，谭小天总能在寺庙得到一块饼干或苹果。妈妈对他说，任何时候，都要心中有神，心存敬畏。

谭小天双手合十，跪拜住持。住持端了一碗水，用右手沾了一点水，洒在了谭小天的头上，嘴里念念有词，谭小天听不懂住持的念词，但感觉脚下的风嗖嗖地往上蹿，在肩胛间鼓胀起来。

我只能帮你到这里了，阿弥陀佛。住持双手合十，闭上双眼。

走出寺庙，谭小天却看不到路。他很想回家，想妈妈。妈妈对他说，在家千日好，出门半朝难，外面待不下去了，就回来。但他曾经发过誓，不混出个人样绝不回家，现在还是狗样，怎么回？

抬头间，谭小天看到远处一束光亮，对，就往那走，他脚一用力，人却飞了起来。飞翔的感觉真好。飞啊飞，他飞到光亮处，那是一扇窗户，他贴在窗户玻璃上，往里看，他看到一张婴儿安睡的脸，肥嘟嘟的，粉嫩嫩的，他真想上去亲一口。多年以后，他娶妻生子，他发现，儿子的脸就是他那晚看到的脸。

此刻，谭小天的眼睛继续在房里搜寻，书橱上，一本《会说话的猪》引起他的共情，这是匈牙利作家莫尔多瓦·捷尔吉的作品，是他最喜欢的小说之一。他太佩服莫尔多瓦的脑洞了，他怀疑莫尔多瓦的脑洞是蜂巢做成的，总是脑洞大开，充满奇思妙想，不像很多作家，缺乏想象力，作品沉闷呆板，都是套路。

而电脑上，主人正在创作一部小说，小说的题目叫《有风的夜晚》，谭小天兴奋了起来，一口气读完小说，然后偷偷将小说的主人公改为谭小天。

谭小天心里笑了起来，看吧，用不了多久，谭小天，你就出名了。

尖　叫

谭小天捧着《有风的夜晚》，逢人就问，你知道谭小天吗？遇到的都摇头，没有一个人点头。谭小天有点郁闷，怎么就没人看这本书呢？

想想也是，现在是全民刷屏时代，还有几个人看小说呢？从三岁小孩到耄耋老人，都捧着一部手机，几小时可以不歇息，不喝水，不吃饭，不撒尿，一直刷视频，有些年轻人甚至不上班，从早到晚刷屏，啃老啃得瘦骨嶙峋。难怪有识之士说视频就是现代鸦片。

谭小天急需找一份工作，他捧着书来到人才市场，有个名叫"尖叫公司"的单位正在招聘，求职的人还不少，他加入了排队的行列。终于轮到了他，他坐了下来，给面试官递上《有风的夜晚》，问，您知道谭小天吗？

面试官一看，尖叫起来，啊，太巧了，我们受作者舒芮先生的委托，正要找你，真是踏破铁鞋无觅处，得来全不费工夫啊。

你是说我被你们录取了？谭小天惊讶地问，感觉天上掉了一块馅饼，香喷喷的，他的口水都快流出来了。

是的，我们要把你打造成网红，我们为你准备了一整套完整的方案。面试官手舞足蹈。

谭小天更关心的是工资，对于一个身无分文的求职者来说，没有什么比钱更重要的了。

只要你好好表现，做出成绩来，钱就像雪花一样，飘到你的口袋里。不，直接像暴雨一样，涨满你的账户。面试官的口水泡沫溅了谭小天一脸。他已经求职七七四十九次了，除了工资太低还是工资太低，没有一个可以满足他在这个城市稳定下来的条件。他听得晕晕乎乎，想象不出什么工作可以这么赚钱，现在就算抢银行都不行了，银行很快就要推行数字货币了。

他怯怯地问，我做的是什么工作呢？

很简单，无需技术，无需干活，无需坐班，更不犯法。谭小天真是服了面试官，一块石头都可以被他吹成气球上天。

这天上的馅饼怎么会砸中我呢？谭小天还是不相信。

因为你是谭小天啊！只有书中的主人公才有机会干这种工作。

好吧，我答应你。谭小天郑重地签下了谭小天的名字。

接下来，谭小天必须按照公司要求，进入两天的冥想，冥想他从床上跳到地上的轻松情景。

终于要上岗了，工作人员带他上到本市最高楼层，三十八层金融大厦的楼顶。

周边高楼一栋接着一栋，路上车如一条长龙蜿蜒，看不到头，也看不到尾。从上往下看，行人似蚂蚁一般前行。谭小天看得头晕目眩。

要我干什么？谭小天惊恐地问。

你只需眼睛一闭，身体一跃，就万事大吉了！工作人员轻描淡写地告诉他。

这不是要我的命吗？不行不行，我还年轻，我母亲就我一个儿子，我是她的依靠，我怎么能死呢？谭小天摆着双手，向后退着。

放心，我们一个团队的人都在为你服务，死不了，我们已经报了警，很快，公安、消防、医生、护士、媒体记者、自媒体人员，里三层外三层的吃瓜群众，他们早就准备了很多方案，怎么会让你死呢？试想一下，只要你一跳，全市所有的抖音、视频、朋友圈、电视台、报纸都是你的新闻：《有风的夜晚》主人公谭小天从三十八层跳下，奇迹生还。很快就会火爆全网，一时洛阳纸贵，小说脱销，连夜加印，你想不红都很难，这样钱是否滚滚而来？

当初偷偷将主人公换上自己的名字，不就是想出名吗？既然小说不能让自己红，换一种更快的方式红起来，也未尝不可。谭小天开始动心了。他战战兢兢地走到天台墙边，用手死死抓住墙沿，头伸了出去，他看到道路已经封锁，车辆行人不见了，地上全是红色的无死角气垫，他想象自己跳在气垫上，身体躺在上面，软软的像席梦思一样舒服，不像从床上跳到地上一样硬邦邦硌人。黑压压的人群正在尖叫，谭小天兴奋起来，双眼一闭，纵身一跃，整个人飞了出去。

一阵一阵的尖叫声冲击着谭小天的耳膜，谭小天感觉身上多了一双翅膀，身体轻飘飘的，他尽情地享受着飞翔。当他飞到二十一层的时候，突然一个蚊子"嗡嗡""嗡嗡"向他扑来。可恶的蚊子，越来越凶地与人类叫板，占领的地盘从地面一直往空中拓展，人类强大的杀虫剂都对付不了它。谭小天正恨恨地骂着蚊子，蚊子一个仰冲，冲向谭小天。"咔嚓"一声，他听见了肋骨断裂的声音。谭小天突然想起那句名言"明天和意外，永远不知道哪个先来"。他把它改成"网红和意外，永远不知道哪个先来"。谭小天随即"啊"地尖叫一声，脑袋便一片空白。

醒来的时候，谭小天发现自己躺在医院里，一个满头白发的老人守在床前，谭小天睁大眼睛，惊讶地叫了一声"妈！"老人脸上挂着两条瀑布，浪花打湿了谭小天的身子。

出院那天，《有风的夜晚》作者舒芮收到一条信息："舒老师，对不起，很抱歉盗窃了您的主人公，我想是时候我该离开了。"

舒芮翻开书一看，尖叫一声，妈呀，谭小天不见了。

守 擂

舒芮发了一则寻人启事：寻找《有风的夜晚》男主人公谭小天。重酬！联系电话 12312312311。

一夜之间，全城朋友圈都在寻找谭小天。

与此同时，朋友圈又出现了一件大事，某老板家里的茅台被盗了一瓶，这瓶茅台不是普通的茅台，是老板的爸爸的爸爸的爸爸开始做生意的时候，销售的第一批茅台，剩下最后一瓶的时候，爸爸的爸爸的爸爸说，茅台是个宝，我留下一瓶见证它的价值。这瓶茅台就成了传家宝，老板家里的生意也越做越大。

会不会谭小天偷了茅台，来个一醉方休呢？评论区很多人调侃。

当然，这些谭小天都是不知道的。此时，月光正如一个玉盘，挂在梅江河上空，谭小天关了手机，坐在梅江河边上，抬头遥望圆月，不禁想起奶奶从小教他念的月光谣，他轻声念了起来：月光光，秀才郎，骑白马，过莲塘，莲塘背，种韭菜，韭菜花，结亲家，亲家门前一口塘，放条鲤嫲八尺长……

谭小天一低头，月光映照的河水中，真的有一条鲤嫲跃出水面，游到了谭小天面前，谭小天惊喜道，鲤嫲鲤嫲，你是奶奶的化身吗？

奶奶说过，小天从两个月大开始，只要一听到月光谣，就像孙悟空听到紧箍咒，立马停止了哭闹。

小天不信，说奶奶骗人，两个月怎么能听懂大人的话。

奶奶说，这不是说话，是月光谣，不信你试试，只要你心情不好，一念它，保准云开雾散，身心愉悦。

谭小天试了很多次，还真灵验，每次遇到不开心的事，他会一个人偷偷跑到一个地方，轻轻地吟诵月光谣。

鲤嫲煽动着它的尾巴，嘴里咕噜咕噜冒着水泡，谭小天听到，那是奶奶给她念的月光谣。

谭小天问，奶奶，我现在该怎么办？

孩子，办法总比困难多，但千万别做亏心事。

谭小天又听到了奶奶说过的话。

第二天，谭小天报名参加电视台举办的"脑筋急转弯"擂台赛。获奖冠军可以实现自己的一个梦想。

谭小天这两天想了很多，他有个梦想，必须完成。

主持人问，"先天"是指父母的遗传，那"后天"是什么？

谭小天答：明天的明天

主持人说，你报名成功，后天参赛。

擂台赛有一百个人参赛，十人一组，直接淘汰，最后的十人再角逐冠军。

谭小天在第一组守擂成功，进入最后角逐。

谭小天第一个坐上了擂台，他相信，有奶奶的神助，他一定可以成功。

主持人问：后脑勺受伤的人怎样睡觉？

这个问题简直就是为谭小天量身定做的，受伤以后，他已经睡了很多天了，他不假思索回答：闭着眼睛睡觉。

第一个守擂成功。又上来一个攻擂者。

主持人问：别人请你吃什么需要你自己花钱？

他相信奶奶一定在天上看着他。这又是谭小天的题，他一直担心的一件事就是这个：吃官司。

又一个被他踢下了场。台下响起一阵比一阵更加热烈的掌声。

意外是在谭小天守擂到第五道题的时候，电视机前突然有个人尖叫起来，谭小天，谭小天，你终于出现了。

尖叫的人不是别人，正是舒芮，他马上拨通了电视台的电话，然后马不停蹄赶往电视台。这次一定不能让谭小天跑了。

电视台的收视率正蹭蹭往上蹿，创了新高，怎么能让一个观众阻止节目呢？

舒芮被挡在了电视台的门外。要不要报警？舒芮很纠结，如果报警，警察抓走了谭小天，他的书还是一堆废纸。这样一想，舒芮就守在了门口，等谭小天出来。

舒芮打开手机直播，擂台赛正进行到紧张的第七题。屏幕上，谭小天气定神闲，丝毫看不出紧张的表情。

又一个攻擂者上台。

主持人问：为什么大家都喜欢坐在电视机前看电视？

打擂者反应极快：因为电视好看。

谭小天却慢条斯理回答：因为站久了脚会酸。

攻擂者乖乖走下了台。

气氛越来越紧张。台下响起了谭小天必胜的口号。

又一轮打擂开始。

主持人问：什么东西明明是你的，别人却用得比你多得多？

这简直就是送分题，谭小天因为名字的事，惹了一身骚。主持人话音未落，谭小天答案就出来了：你的名字。

主持人拿着话筒，声音越来越大：最激动人心的时刻到了，我们一起来见证奇迹的发生。

台下突然鸦雀无声，大家屏息静气，静待冠军产生。

主持人抛出最后一道题：谁是冠军？

攻擂者大声喊：我！

谭小天面对主持人答：谁。

掌声经久不息，胜负已经敲定。主持人拉着谭小天的右手，站到了舞台中间，举了起来。

观众的掌声尖叫声一浪一浪掀起。

主持人问谭小天，你的梦想是什么？

谭小天接过话筒，面对台下的观众，深情地说，其实我最初的梦想是找份工作，在城里立稳脚跟，再寻求发展。但是我走了弯路，做错了一件事，我盗取了舒芮老师《有风的夜晚》主人公谭小二的名字，后来因为这个名字，我差点摔死，我从书里逃了出来，书没有了主人公，成了一本废书，所以我必须为我的错误买单，把谭小二的名字还回去，重新帮舒芮老师出版新书。

台下响起一片喊声：谭小天，不要换，我们就买谭小天。

电视台门口的舒芮早已眼睛湿润，他也跟着喊，谭小天，不要换。

与此同时，在市里一家大型企业，老板吩咐秘书：去，把谭小天请过来，我们正需要这样的人才。这个老板不是别人，正是茅台被盗的老板，派出所只费了两个小时，就把小偷抓着了。

后记：《有风的夜晚》主人公并没有换成谭小二，还是谭小天，书加印了一次又一次，舒芮正在写谭小天的第二部书。

朱红娜，女，汉族。中国作家协会会员，广东省小小说学会副秘书长，梅州市梅江区作家协会主席。曾在《小说选刊》《小说月刊》《小小说选刊》等刊物发表作品200多篇，出版小说集《没胆人》《归去来兮》。曾获"光辉奖"第六届全国法治微型小说大赛特等奖、2018善德"武陵杯"全国微小说精品奖二等奖，两次获广东优秀小小说"双年奖"一等奖。现居广东梅州。

西藏军旅故事

杨晓敏

女军医的梦

20世纪80年代的采访手记。

三十多年前，当部队医院宣布驻扎在这个地方的时候，她刚二十岁。

她是当年扛着背包一路翻山越岭来到西藏的。现在的人们把这些人称为十八军老战士。十八军的概念实际上已超越了代表的部队番号的含义，上升为一种令人肃然起敬的符号与荣誉。仍在西藏部队服役的已屈指可数。然而就在1987年底，我到这所全军驻地海拔最高的野战医院采访时，竟意外地遇见这位即将离藏的十八军老战士。

女军医两鬓染白。她告诉我，她已经办好了离休手续，明天就"下山"了。我暗自庆幸。

或许是一种很微妙复杂的原因吧，女军医的神情略带抑郁，对我要采访的那些问题，总是有意岔开话头，极力回避，并轻描淡写地解释说，军人是以服从命令为天职的，几十年待在这里是因为工作需要；医生本来就是为病人治病的，算不上什么奉献，所干的都是分内的事，仅此而已，完全没有必要在报上给予宣传。她想了想说："你陪我在营区转转吧。"

医院的建筑整齐划一，铁皮房子大都是六七十年代的产物。病房的左侧有一大片林卡。白杨树拔地而起，笔直高大，白亮的躯干，在冬日灼射下，丝毫没有呈现被寒风肃杀的景象，依旧挺精神的。它们酷似一大群身着白大褂的俊俏轩昂的女护士。我们在林中踽踽而行。脚下是早已旋落，发出嚓嚓脆响的叶子。野鸽子静卧光秃秃的枝条上，气氛极是和谐。女军医沉吟片刻，说："给你讲这林卡的来历吧。"

"医院刚搬来那年，这里蒿草遍地，乱石成堆。对于只有野狗出没的不毛之地，我心里实在产生不出愉快的感觉。我们匆忙地架起帐篷，边防上的病号便陆续来住院了。记得第一次上夜班时，我惴惴不安地举着马灯走出帐篷，就撞见一只狐狸叽里呱啦地从我脚下窜过，吓得我连马灯都扔了。"

"后来工作基本转入正常，医院考虑修建房子。我们几个年轻人憧憬起未来，觉得生活太单调枯燥了，应该有点别的什么。那时我们也在恋爱，你别笑话，当时连个说悄悄话的地方都难找。每顶帐篷里都住着七八个人，外面一片荒凉，也没有个遮挡的所在。五十年代谈恋爱和谈工作差不多，远没有今天的年轻人开放。我心想，这里能出现一大片林卡该多好，阳光下的叶子洒满金黄，林中铺着厚实的草坪，我们可以在里面唱歌、跳舞，甚至和恋人待在某一处密匝匝的树荫里……"

"我们开始栽树了。刨开乱石，填进泥土，小心翼翼地栽下了幼苗。你瞧，这些高大粗壮的树便是当年我们最早的劳动成果。西藏高原确实不易栽树，浇下一桶水，吱溜几下就让干涸的乱石滩吸干了。没有自来水，浇树全凭我们从前面的雅鲁藏布江去挑。肩头磨茧了，腰杆也由 S 形变成水桶状了。说句笑话，50 年代找对象并不注重身材如何，要是今天可就糟了。第一年栽下的树苗死去三分之二，只有一少部分绽出新芽，长出绿叶。我们正处在富于幻想的青春年华，那年秋天兴高采烈，极小的林卡成为我们娱乐的'伊甸园'。风儿一吹，叶片像小风车一般旋转不停，我们翩翩起舞，忘记了一切烦恼、幽怨和疲劳。"

"次年春天，我们提心吊胆，生怕高原严寒的冬季会扼杀掉已经成活的幼苗。随着气温逐渐升高，担心解除了，白杨树熬风斗雪，又显示出蓬勃的生机。其实在西藏高原上栽下的树，一旦成活，生命力是异常旺盛的。

于是我们产生出这样一个心愿，一定要栽培出一大片的林卡，让它们与我们高原军人的青春同步。直至今天，营区内栽树活动仍是医院环境建设的重要内容。我们年复一年地刨坑栽树，挑水浇灌，林卡不断扩大，一味陶醉在劳动创造的甘甜之中，一度忘却了当初关于在林中谈恋爱的诺言。闲暇无聊时，只偶尔在林中散散步。"

"80年代的情况则不同了。那些年从内地军医学校分来的年轻人，叹息之余，终于发现了这大片林卡的价值。每当夏秋两季，夕阳倚射，林卡里弥漫着欢声笑语。她们怀抱吉他，甩动长发，旋转起高跟鞋，在林中草坪上不停地唱呀、跳呀，节假日时，月涌枝头尚不肯罢休，似乎她们本来就是林卡的主人翁。我们早已过了唱歌跳舞的年龄，这时候哪敢插足其中？但林卡是我们栽的，对此仍然有着不可抗拒的吸引力。在一个明月清风的夜晚，我怀着好奇心悄然走进林卡。"

"斑驳的月辉从叶子的缝隙中透进来，踩着酥软葳蕤的草地，令人心旷神怡，沉浸在一段久违的惬意的暖流之中，我恍觉第一次领悟到林卡的魅力所在。可当我四处张望时，顿觉面红耳赤，不合时宜，树干粗大的阴影里，几对情侣隐绰地依偎着，正在呢喃细语，有一对还在接吻呢，猛地看见我，哼出了被惊扰的声音。我的出现，似乎干扰了这静谧、恬淡的氛围……我茫然后立即清醒，这个时刻的林卡是属于年轻人的，而我老了。"

"其实我的心并不老，但我不能赌这种气，否则姑娘们会笑话我呢。当年栽树，不就是为了让年轻的自己有个栖身的休闲娱乐场所吗？现在自己早到了当祖母的年龄，今非昔比了！以后我决不再轻易到林卡里去，只远远地望着它，默默地放飞心中的联想，唤起久远的回忆。树都长大了，也说明我们在西藏几十年是值得的嘛。"

"前些天宣布我离休时，组织上问我有什么要求，我想了半天，说那就把欢送会放在林卡里开吧。姑娘们都说我的要求提得太好了。开欢送会的头天晚上，我失眠得厉害，心想要离开西藏了，明天能在自己亲手栽培的林卡里度过，一定要玩个痛快，和年轻人捉迷藏，击鼓传花，还要跳迪斯科，重温自己青春的梦幻。总之，那天晚上想了许多……"

"我至今都认为，那天是我最倒霉的一天。连日来都是晴朗无风的天气，却从那天清晨呼呼地刮起风来，搅得天地浑浊一团。姑娘们懊恼地紧锁起眉头。我临窗眺望，禁不住珠泪涟涟。院领导把欢送会的工作都准备好了，我不能要求更改日期，再说情绪已经如此，下次未必就能调动起来。欢送会改在会议室进行。我沮丧极了，以至在欢送会上，同志们还以为我只是对生活了三十多年的西藏高原恋恋不舍呢。"

"欢送会开完后，我裹进大风里，信步走进这片林卡。我恍惚觉得世界静止了，天地明净，只顾贪婪地抚摸着蓬蓬勃勃的白杨树，就像抚摸着我的孩子们一样。心想，今生今世，恐怕再也忘不掉它们了。"

我把女军医的话，全部记在采访本上。

老兵胡益杰

新兵在四川新津集训三个月后，坐上帆布篷解放车，在川藏线上每两个兵站住一宿，向藏地出发。山路逶迤，风雪追随，加上高寒缺氧，新兵们失眠、流鼻血、感冒成为常态。我们坐了最长的过山车，晃到第 11 天下午，到了昌都。

昌都海拔 3200 米，在西藏，算是中下游了。

我分在军分区特务连二排七班。连长宣布分配名单后，让各班领回自己的新兵。在吆喝声里，我听到有个瘦高精干的老兵在喊我的名字。地道的川味，声音很有亲和力。

于是我认识了胡益杰。他 1971 年入伍，早我 4 年，是七班副班长，重庆垫江县人。

第二天中午聚餐，欢迎新兵下连，这是光荣传统。这一餐对全连好像很有诱惑，从早上起来，大院里就不断有人开着玩笑。新兵们似乎无动于衷，一路颠簸，初到军营，心绪难平，还丈二和尚摸不到头脑呢。

以班为单位一桌，果真是大席面：肥的、瘦的、炒的、炖的、热的、凉的一大桌。仔细一看，几乎全由猪身上的零部件配成，一件一个菜。新兵们这时候眼睛突然亮了，大都来自乡下，那个年代何曾见过太多的荤腥。也有酒，江津白干，倒碗里轮转喝，能喝的饮一大口，没酒量的抿一下也算过。不停地上菜，新兵们吃得满嘴流油。胡班副说："怎么饿狼似的，又不是吃抢食，菜还多着呢。"

老兵们这时候反而显得有点儿矜持，他们互相逗乐，劝酒，并不怎么动筷子，还时不时笑眯眯地盯着我们狼吞虎咽。

我们吃饱了，便回了宿舍。新兵初到高原，为适应气候，会安排先休息两天。许久老兵们才从饭堂回来，胡班副摇摇头说："格老子的新兵，真是大耳汉哟，让你们悠着点吃，不听劝，今天十八个菜，才上了七八个菜就整饱，硬是没口福呢。"

后来我才知道，连队一年中，凡春节、八一、老兵退伍、新兵下连，聚餐时才会如此丰盛。连队会宰杀自养的肥猪，像少量配给的广味香肠、金华火腿、五餐罐头等，在聚餐时才上桌。那天老兵们等的正是它们。

侦察排平时训练严格，摸爬滚打，免不了腰酸腿疼。尤其格斗课，在沙坑里一旦拉开架式，胡班副对新兵手下毫不留情，开始几天，我免不了常被单独操练。

部队看露天电影，训练之余，银幕上虽然大多是老掉牙的故事，毕竟也是让人快乐的短暂时光。这时候要在周围多设岗哨，还要另加巡逻哨。我有一次说特别爱看电影，在乡下时常和小伙伴们跑很远的夜路到邻村看。下次该我站岗时，胡班副说："这片子我看过了，我替你值班吧。"这事被连干部知道了，私下批评他说，对新兵不能太娇惯了，以后上了战场怎么办？

我知道后，心里很惭愧。

几个月后，我做了连队文书。文书的岗位在连部，职责特殊些，等同于班长级别吧。胡班副很是为我高兴，说："我就说你行吧，有文化就是好，一定好好干。"说这话时，俨然是一位兄长的神情。

有一次我问他，为什么对我这么好？他犹豫一会儿，告诉我说，算是受人之托吧。你新训时在团部警卫班吧，团政委是分区政治部首长，他爱看打篮球，所以和我熟。首长说你能写会画，也会打篮球，分你到特务连，交代我要带你打好篮球，活跃部队业余生活，也从班里开始严格带兵。我没文化，只会打球，首长信任，我得尽力。

当时胡益杰是分区业余篮球队主力，后来我成了主要板凳队员。以后我会另写一篇关于新兵团政委（分区政治部禹副主任）的事儿。尽管在级别森严的军营，首长与普通士兵，也不乏产生与平常人家一样暖心的事，令人难以忘怀。一个人与另一个人的缘分，有时哪怕只是人群中的偶然一瞥，对于人生走向都会产生重大影响。

第二年，我被选调到通信营报训队学习，要离开特务连了。临走时，胡班副送我，他指着院里一排小柳树说："这是去年你们下连时新栽的，等你哪天离开部队时，应该会长这么粗的。"他用手比作碗口那么大，我知道他这是一种期待。

我提干后调到拉萨。有一天路过军区大院的小树林时，看到有施工人员在筛石子，突然有人喊我的名字。我扭头一看，竟是我分手多年的胡班副，喊我的声音依然像我下连的那天一样亲切。他说家里也还能抽出身来，就来拉萨打工了。

那天我们很开心，一块吃饭，回忆连队趣事，还照了合影。他端详着我说，我没看走眼呵，你都来军区工作了，这是大进步呢。咱俩如果能回昌都多好哇，一块去看下禹副主任，他还好吧，再去看看特务连的柳树，真该有这么粗了吧。说着他又用手比划了一下。

我想在经济上帮他一点，他坚辞不受。

我 1988 年底转业离藏，一晃又是多年。有一天，突然接到胡班副的一封信，大意说近几年身体一直不太好，医生说要多出去逛逛，放松一下。从其他战友处知道我转业在郑州，方便了想来看看。

我当然很高兴，历经沧桑，半生奔波，想到几十年来被一位兄长一样的战友一直关心着，顿生无限感慨。我开始设想，能再一次听到他喊我名字声音，该是多么令人陶醉。随后电汇了 2000 元，我想这趟路费无论如何该我来出，附言说，恭候老班长全家来中原一游。

一周后，当地另一位战友打来电话说：胡益杰因胃癌晚期于昨天不幸去世。

教导员钟国鑫

1976年秋，我从西藏昌都军分区特务连调到通信营报训队学习，结业后分到通信连当实习报务员，一年实习尚未期满，连里又让我改行当文书。指导员给我的理由是：通信连不缺乏优秀报务员，但暂时缺个合适的文书。前任文书是我同年的河南战友张运奎，因表现优秀，被上级选调到内地一家军工企业转干上岗了。

其实还有一个潜在原因是，我在报训队学习发报期间，指法练习不得要领，按教员的说法是养成了"痼癖动作"，敲击的电键声时常断节、抄写容易乱码，纠正起来极其困难。台长着急，我心里别纠，改行当文书倒也是个选择。

就这样，我从特务连调到通信连，命里绕不开文书老本行。平日里工作之余，办板报、教唱歌、组织业余篮球赛等，也给连首长写讲课提纲，给《西藏日报》《战旗报》投稿。那时西藏人民广播电台的"军民鱼水情"栏目很火，部队会定时收听，偶尔会播放我写的连队生活稿件。

1978年底，又到了老兵退伍季节。我已满四年军龄，即使连里尚未公布，老兵们也会大致判断出自己的走留。然而文书要退伍，须要先行交接档案、枪支弹药等，连长私下提醒我说："连里正在选文书，你要好好带他几天。"

铁打的营盘流水的兵。1978年部队开始实行由军校毕业才能提干的规定，凡超期服役的战士都会有退伍的心理准备。我与新文书交接后的那天，营里的通信员小陈突然来找我。小陈说，营里钟教导员请你去营部一趟。声音很客气，那个请字还有意加重了一下。

我脑子当时蒙了一下，平素即使有事，营里打电话通知就行了。加上小陈来的时间、语气表达的方式、直接找我谈话的对象，都有些异常，似乎含有某种暗示，让人意识到会有些未知的事情发生。

钟教导员个头不高，眼睛明亮、神态自信。他盯着我看了几秒，脸上几乎没有任何表情，说："你今年就不要走了吧。营部书记员（排职）要休假，年底事多，你是连队老文书，经研究让你接任营代理书记员。把话也说在前面，干得好了，如果以后有上军校名额，营里会优先考虑推荐。"意思表达得直截了当，明白无误。或许他认为我是老兵，没必要把话说得遮遮掩掩的，因为留下来毕竟又是一年。

西藏部队的干部一年半休假一次，假期3个月，加上从西藏到内地路途遥远，分区只有例行班车，往返内地的途中需要多次转车、候车，待归队时，基本上半年就过去了。

通信营是分区直属队，隶属于司、政、后管理，年底是老兵退伍、干部转业、年终总结时间，加上年初的新兵补入、分配等，作为书记员，要把营里决定的工作，分门别类地上报下达，如各种报告、表报、训练大纲的呈送、填写等，加上年度后勤供给的关联以及武器弹药、通讯器材的更新、配置等，不胜其烦。当时营部只有一位副营长和副教导员在职。

也许是文书与营部书记员的工作职责大同小异吧，我接任后也尽力而为，总算把年前年后的工作顺利过渡了。看得出来，钟教导员是满意的。我在工作中通过观察，小学文化程度的钟教导员，能从连队指导员被破格提拔到正营职岗位，确有他的过人之处。

捡一件有趣的事说吧。

营里的干部转业和营部的战士退伍时，要写一份鉴定，鉴定在肯定优点之后，最后必须要写上一条缺点。这些干部战士服役多年，也为了今后到地方后，不至于因为鉴定上的"缺点"而受到影响，所以写"缺点"是个比较敏感的字眼，弄不好会影响转业干部和退伍兵的情绪。

书记员要做会议记录，在列席会议时，要记下组织上对那些即将离队的干部战士的基本评价，待逐一写好鉴定后，转业干部的初步鉴定呈送干部科，退伍战士的由营里主管领导过目、盖章入档。

钟教导员对我说："这些干部战士在边疆站岗放哨这么多年，有功劳也有苦劳，要写好鉴定，让走者放心。除了犯有严重错误或受过处分的人要如实写清楚之外，其他人就以有时个性较强，或者有时作风欠紧张这两条，作为主要参照吧。"仔细想下，这两条文字上的表述，在钢铁般坚硬的军营里，显得多么柔韧可感。

有离队的干部战士问，为啥写我有时个性较强呢，我咋个强法了？这时候领导会解释说："你呀，平时不能一看见工作就急吧，提醒你以后凡事稳着点不好吗？"有人问为什么说我有时作风欠紧张呢，我啥时候拉过单位后腿了？领导回答："想偏了不是？开饭的号音都响了，你才从机房跑出来，跟不上趟不行啊，会工作，也要会按时作息嘛！"一问一答，皆拊掌欢喜。

一晃半年多过去了，营部的书记员休假归来，我的代理书记员也该告一段落了。钟教导员找我谈话说："几个月来辛苦了，你的工作态度和能力，营里给予充分肯定，可现在依然没有上军校的名额。离明年退伍的时间还有几个月，我想了下，提出三个建议：一是让归队的书记员下连任职，你继续留任；二是你在营部勤杂班负责；三是我和分区政治部主任说了，调你到宣传科做专职新闻报道员。"

他说完，拍了几下我的肩膀说："想好了再回我吧。"

一周后，我到宣传科报到，军旅人生又添了新的变数。有次我随政治部主任下部队调研归来，在车上主任若有所思地说，钟教导员当时找我推荐你，我说把这么个老兵弄到部里，该不是卸包袱吧，谁知他一听急火了，说如果是个干部，你来营里调人我还不放呢。

钟教导员是四川人，大名叫钟国鑫。1980年12月我离开昌都到拉萨，便没有再见过面。这么多年来，凡听到香港歌星张明敏曾唱红的那首歌时，我就会想起他。

杨晓敏，豫北获嘉人。当代作家、评论家，小小说金麻雀奖创建者。曾任河南省作家协会副主席，《小小说选刊》《百花园》主编。著有《小小说是平民艺术》《当代小小说百家论》《冬季》等作品多部，主编《中国当代小小说大系》《小小说金麻雀奖获奖作家自选丛书》《中国年度小小说》等400余卷。

刻骨的冰川

符浩勇

西望花期

陈嘉辉到海岛东部小城任职时再次见到了刘巧云，这已经是大学毕业后第九个年头了。陈嘉辉组织过一次大学同学聚会。其实，谁也不知道他有一个不为人知的目的，就是想见刘巧云，她会来吗？他用手机发出邀请时，脑海里不由掠过——大学时刘巧云穿着翠花连衣裙的苗条轻逸的身影……

那年，大学新学期返校那天，一场透雨刚过，斜阳照在湿漉漉的地上。陈嘉辉看见有位背影可人的女同学，她像屎壳郎那样艰难地顶着一个硕大的行李箱爬上楼道，女生要带这么多的东西，他心里嘀咕了一下就上去搭了把手。这女生就是刘巧云。他们同是海岛学生，他是她的学长。

三天后的一个晚上，陈嘉辉刚看完一本教辅书，正准备休息，就听见楼下宿舍管理员喊："陈嘉辉，楼下有人找。"他骨碌起身，下到楼梯口一看，刘巧云的笑容像半空中的一绺白云，纯洁而明亮，她盯着他说，"谢谢你那天的帮忙。"说着递过一包东西。他一愣，说："那是什么？"她对他嫣然一笑，说："家乡特产，一点小意思，聊表我的心意。"

从那之后，刘巧云总是来找他，最初的几次是讨论功课；一来二往，他们很快就熟识起来，常在一起无话不说。尔后，校园周末的舞会，他和她便是既定现成的舞伴；多少回，黄昏后的校园小径留下他们散步的身影。

陈嘉辉喜欢上了刘巧云。有一次，他说起小时候的名字叫"犟牛"，很俗，上学之后才改叫嘉辉的。刘巧云听了，吃吃地掩嘴笑了，说："还很贴切的。"陈嘉辉想向她表白，做我女朋友吧！多少次这话差点脱口而出，但他还是忍住了。

转眼就快毕业了，学校里到处像散了架，为了毕业去向的事乱透了。离校的最后一周大家都在打点行装，仿佛随时准备着就各奔东西。不能再等了！陈嘉辉决定豁出去，下了决心向她表白。陈嘉辉还记得，那天晚上他把刘巧云约出来，没想到刘巧云先说了："我，我要同你说一句话。有个男生像兄长一样待我，我也喜欢他，我想对他表白……"她低下头，玩着发辫。她慌乱地地扭过脸去，慌乱地递给他一张纸条，然后红着脸匆匆就走了。

陈嘉辉展开纸条，上面写着："晚八点，大操场东侧，我的生日晚会。届时我将当面向心仪的白马王子做爱情表白，你一定要来，要准时到场哦，我们不见不散！"

陈嘉辉心里起了皱折，把那张纸条揉做一团，刘巧云——自己心爱的女孩已另有所属？纸团在手心里揉了又捻，刘巧云的洒脱使他始料未及，她总是爱得不同凡响，是真爱就让去表白吧！而他连追求她的勇气也没有。

那天晚上，陈嘉辉没有去参加刘巧云的生日晚会。他坐在学校大门外的那条弯弯的小河边，看着匆匆远逝的流水，心里漫过一种欲说还休的失落，这些年的自信难道是我自作多情了？

陈嘉辉透心一凉，第二天天未亮，陈嘉辉就绝望地收拾行装离开了学校。事后，他收到她寄来的一封信件，可他看都没看一眼就让邮差以"查无此人"为由退走了。他决计要忘了刘巧云，不到两年他就结了婚。

这些年来，他始终深爱着舍心相守的妻子，从未有过半点移情别恋之念，时刻不忘对妻子克尽一个优秀丈夫的职责与义务，但他又不能欺骗自己，他不时还在梦恋中见到刘巧云。近些年，渐渐地，一个念头越来越清晰，他想知道，当年那个晚会上，刘巧云要当面表白爱情的白马王子是谁？

刘巧云一袭西裙翩翩而来，远去的岁月未能在她身上留下多少痕迹，她那张耐看的脸孔依然鲜艳，尤其是那嫣然一笑，让陈嘉辉想起大学时代她青春秀逸的倩影。同学会报到那天，同窗们却为陈嘉辉原来的清瘦变得膘壮而打趣，他们嚷道："如果在街上遇到，不介绍，简直不敢认。"刘巧云却说她经常能见到他，同窗们一脸疑惑，他也十分茫然。

直到饯别宴会席上，陈嘉辉挨个给每一位同学敬酒。到了刘巧云跟前，他低声说："我冒昧重提旧事，当年我毕业离校前，你在生日晚会上当面要表白爱情的白马王子是谁？"刘巧云脸一红，却不说话。

一旁的同学就说："就是！当时我和班上几个同学都在场，等着浪漫的一幕，可一直到最后散场，什么都没有出现……"

"其实，同届很多男生都喜欢你。可是，那个生日晚会你泪眼汪汪，你的隐私，大家又不好打听！"

"事后大家百思不解，男生都说，你是一个谜！今天不讲清楚，我们不会放过你！"众人跟着起哄。

刘巧云躲不过，说："那是我一厢情愿……他是个胆小鬼了！或者他一丁点儿都不喜欢我。"

陈嘉辉心里"咯噔"了一下，倏地他见到刘巧云的眼眸很亮。直到刘巧云轻轻走了，他也没能问个究竟端详。

后来，陈嘉辉接待了当年刘巧云班上的一个同学。夜聊时，说起一件事：那个生日晚会后，刘巧云的情绪有些反常。有一天下午上自修，有同学注意到，坐前面的她手里翻着书却不看，另一只手用钢笔在课桌上写下一个名字，尔后又恨恨地涂掉；涂掉了又重写，写了又涂掉……

"是个什么名字？"陈嘉辉睁大了双眼。

那同学说："好像是一个人的外号，叫犟牛。哎，谁能叫那样俗不可耐的名字呢？"

陈嘉辉听罢，一颗悬着的心陡然沉下去了……倏地，泪水一下子涌满了他的眼眶。

好人好梦

这些年，陈嘉辉供职的海岛小城辖地的旅游胜景，如海岛第一山白石岭或万泉河源头漂流或南海博物馆等地，不知承载了多少他昔日同窗好友的重叠的脚印以及多少旖旎多姿的底片，唯独和刘巧云无关。

终于在两年前，行业的一个业务培训班在官塘温泉休闲中心举行，陈嘉辉又见到了刘巧云。

培训班为期半个月，培训主题是金融不良资产的五级分类业务。原来分配到同一直属系统的大学同学几乎都来了。在培训班期间的实地游览拓展活动中，陈嘉辉让妻子为学员作沿途解说。

妻子是海岛东部小城旅游区导游，她对辖区内的旅游资源了如指掌，如数家珍。她对培训班学员娓娓道来："东部小城资源禀赋极其优越。'红、绿、蓝'三色文化交相辉映。红色，是琼崖革命的峥嵘岁月，是可歌可泣的精神传承。绿色，是万泉河旖旎入海之姿，是一望无际的田洋牧歌。蓝色，是浩瀚南海的波澜不惊，是潭门渔民守海护海的英勇奉献与开放包容……"

两天的实地游览拓展活动进行下来，培训班学员们都夸陈嘉辉娶了个贤慧的妻子。妻子也和他同学混得更熟，不少同学还与她交换了联系方式。

培训期间组织了一场联谊舞会。在晚会迷离的光影中，刘巧云更显得妩媚动人，缠绵的歌声更点燃了陈嘉辉饥渴的感情，舞厅里的茶几上摆满酒水和各色时鲜瓜果，同学们三两列坐在柔软的皮沙发上，灯影摇曳，梦幻回转。

音乐声起，屏幕上跳出点好的歌名。陈嘉辉拿起话筒，看着端坐的刘巧云，说："我把一首《只要你过得比我好》唱给你。"大家都鼓起掌来。曲罢，在座的又报以更热烈的掌声。暗地里他冲动抓住刘巧云的手，她却低声对我说："谢谢你，这些年来仍记着我……"

陈嘉辉意犹未尽，有个同学点了一首《好人好梦》，点名要刘巧云跟他一起对唱。刘巧云起初称不会唱，在大家的一再鼓动下，终于还是走上台去。

> 烛光中你的笑容，
> 暖暖的让我感动。
> 告别那昨日的伤与痛，
> 慢慢地把心靠拢。
> ……
> 有缘分不用说长相守，
> 我依然情有独钟。
> 亲爱的我永远祝福你，
> 好人就有好梦……

一唱三叹，悽惋缠绵，歌声回转，摄人心魂。

那天晚上，陈嘉辉没睡好，在床上翻来覆去。她懂得我的心意吗？她知道我是在表白吗？转念又觉得自己莫名其妙。歌厅里一起唱歌，逢场应景，常有的事，又怎么能说是在表白呢！同学之间不是也有点唱《痴心爱人》的吗？也有男女对唱《无言的结局》那又能说明什么？没有半点庸俗的欲罢不能或心猿意马之意。刘巧云说得没错，自己就是一个胆小鬼！他决计大胆一回，当着她的面，把九年前没有完成的表白大胆说出来。

第二天傍晚，饭后散步，也是夕阳西照时分，陈嘉辉把刘巧云堵在路上。

"还记得大学离校时吗？……"

"你记得，我怎么会忘记呢？"

"那个生日晚会……是我……你！我忘不了你，忘不了大操场的天空白云明亮星星眨眼，忘不了你善解人意青春靓丽。"陈嘉辉一把攥住刘巧云白皙的双手，"只要，只要你愿意，我可以……"他对她陡地又有了缠绵的柔情，潜意识里几乎企图能将她再次拥入怀中。

"一切都已经过去。我们都是成了家的人，我们都不是自己一个人，都应该学会面对现实，只有那样，或许会减轻彼此的眷念，我们才会重新找回自己。"她显得很平静，似乎还含有歉意。

"你，难道不理解我，不明白我的一片心？我这辈子都不会忘记你！"他不甘心，近乎哀求。

"不，我理解你，明白你，其实，你心里有的……我都有，而我只能说一声谢谢，我们所付出的，我们都无望回报。缘份是不能强求的，你点的那首叫《好人好梦》的歌唱得好：有缘分不用说常相守……好人就有好梦。"

"现在，在你的生活中，我再也充当不好任何角色！我不能因为爱你去伤害一个同样爱你的人！"她掷地有声地拒绝他："这次实地游览拓展活动，你妻子为我们沿途解说，我能感觉她是一个顶好的人，她爱你胜过她自己，她离不开你……"说罢，她甩下他，飘然离去，这辈子或许再见不到她了，她或许不会再联系他了……

当晚，陈嘉辉拖着一身疲惫回到了恬静而温馨的家，已是十二时多。妻子还端坐宽敞的客厅里，孤独地看着电视等着他。他心里不由掠过一阵悸动：这些日子发生的事她仍然蒙在鼓里……

"明天培训班结束，你们大学同窗难得一聚，我们尽地主之宜，为他们设宴饯别吧。"夜深了，枕边，吹过一缕和熙的暖风。

"不，她谢绝了……他们……今晚就走了。"他拥着她轻轻抖动的身子，说："你知道，她，他们为什么提前走吗？"他忽地感到有满腹的话要对她说。

妻子忽然用手捂着他抿动的嘴，将头伏在他厚实的胸脯上，喃喃地说："别说，你什么都别说，我知道，我什么都明白，平常你去接待客人，尽管更晚，即使有时脱不开身，也总是打电话回来，而这些日子，你连电话也没有打，开始，我总想你们难得旧日同窗一聚，但这次实地游览拓展活动，我就知道……但我相信，你和她都不是，不是那样，那样的人。"

一滴滚烫的泪流淌在陈嘉辉的胸脯上。他伸手抹去妻子脸颊上的泪水，倏地，他为自己的自私感到愧疚，对刘巧云那股飘忽的温情悄然褪去，连日来深切的失落变成满怀的羞愧。

夜深了，陈嘉辉把目光投向窗外，缤纷的夜色更加绚丽多彩，失眠的街灯仍疲倦地亮着。

刻骨铭心

刘巧云那个电话打过来时，陈嘉辉下班回家刚到楼下，手里握着手机一时竟犹疑不定。他以为是对方拨错了号码，或者自己不慎触动那个单设的按键。他就曾闹过这样的尴尬，他接通了，刚说你好哪位？对方却说那是你拨来的呀！

可电话铃声不屈不挠地响着，他不由得心里嘀咕，她终是还会给我打电话了？在电话最后的一声铃声响起时，他终于接通了。

"我是刘巧云，"电话里扑过来一个久违的并不陌生的声音，她一定是顽皮地笑着说的，"你是不是不记得我了？还是不愿意接我的电话？"陈嘉辉忙说："没有，没忘，谁敢忘记你，刚才我在忙……我忘了谁，也不会忘记你。"他撒了一个美丽的谎言。

刘巧云停顿了一下，说："你记得班上吴文洁吗？是我同桌，从内地过来做环岛游，周六那天就住在你们博鳌水城，她已在网上订了房，我也过去陪她，方便的话我们见个面，最好是聚一下。"这是征询还是定下来？她还是那不见外的客气。

陈嘉辉容不得多虑，就说："好啊好啊，欢迎欢迎！来时提前联系，我安排好接你……你们！"

此刻，夕阳透过云层洒进宁静的江南小区，只有那灿烂了千百年的霞光依旧一如从前。他心里像柳絮随风荡动了一下，他抬头看了看天上被霞光映红的彩云。

陈嘉辉没有料到两年过去，他和刘巧云没有一丁点儿声息联系，他的潜意识开始淡忘她的时候，她打来的这个盛情难却的电话，一点都不客气见外，随随便便又没有商量余地，就像左手触碰右手。

刘巧云和吴文洁如期而至，都带着孩子。在著名的国际论坛会址，陈嘉辉与他们见了面。他不知道此度的重聚是不是这个故事的最后一笔，这个早在十多年前就注定了已结局的故事，偏偏又刻骨地续上这样一个尾声。

"欢迎欢迎！"陈嘉辉与吴文洁握手，一脸热情；与刘巧云握手时，有点窘态，但刘巧云却是落落大方，她说："客随主便，这两天我们就交给你了哦！"他说："那是自然，一定尽地主之宜，盛情款待！"

"这些年，你变得好富态，若在街上，我真的不敢认。"吴文洁打量陈嘉辉膘壮的腰身逗趣。

"可能是因为你太久不见了，我们常常见面，倒未觉得。"刘巧云说。她是否故意要把拘紧的气氛搞得轻松愉快些呢？

"常常见面！怎么会常见面？莫非是在梦中。"吴文洁快人快语，吊了吊眼珠子，有些诡谲，然后哈哈大笑。刘巧云一下子飞红了脸，掉转头看向博鳌会址建筑，说一句："哎哟，文洁你来看，这地方好气派！"

陈嘉辉心里一抖，三年前，刘巧云来参加同学会，她说的话也是这个意思吗？这么说刘巧云还是惦记着自己，连吴文洁都能看得出来。可是，即使相知相爱，两个人却不能在一起，难道这就是命中注定吗？他咧嘴也附和着嘿嘿笑了笑，笑得很苦。

陈嘉辉陪同刘巧云吴文洁以及她们还有孩子游览博鳌水城。

博鳌水城区域内融江、河、湖、海、山麓、岛屿于一体，集椰林、沙滩、奇石、温泉、田园等风光于一身。东部的一条狷长的沙洲"玉带滩"把河水、海水分开，一边是烟波浩瀚的南海，一边是平静如镜的万泉河；在山岭、河滩、田园的怀拥下有水面保存完美的沙美内海。

踏上玉带滩，你不得不赞叹大自然的鬼斧神工，一边是万泉河、九曲江、龙滚河三江出海，一边是南海的汹涌波涛，而细细长长的玉带滩就静静地横卧其间。一条窄窄的、长长的沙滩，千百年来任凭河、海冲刷，稳稳当当地卧于二者之间。站在玉带滩上，面向大海，但见烟波浩渺的南中国海一望无际，层层白浪扑向脚下。放眼远眺，海水的颜色分三层——略黄、浅蓝、深蓝直至天边，远处渔船星星点点，近处海鸥起起落落，正是一幅绝妙的风景画。玉带滩前不远处，有一个多块黑色巨石组成的岸礁，屹立在南海波浪之中，状如垒卵，突兀嵯峨，那便是"圣公石"。传说它是女娲补天时，不慎泼落的几颗砾石，此石乃有神灵，选中这块风水宝地落定于此。千百年来，任凭风吹浪打，它自岿然不动，一直和玉带滩厮守相望。转过身来，又见万泉河、九曲江、龙滚河三江交汇，鸳鸯岛、东屿岛、沙坡岛三岛相望，水泛银波，岛撑绿伞，渔歌起落，游人如织。伫立玉带滩，一海一河，一咸一淡，一动一静，恍然身临仙境。

"好美的一道沙滩！它是突然冒出来的吧？"吴文洁说。

"不是。它一直都在那。"陈嘉辉说。

"这就奇怪了！我很纳闷，这么细的一道沙洲，一边是滚滚流淌的河水，另一边是波涛汹涌，怎么会不被冲掉？"吴文洁说。

"这有什么不好理解的。"刘巧云说。

"说来听听。"吴文洁说。

"比如婚姻，就像两股活水，比肩而歌，本来就要汇合了，终因隔着一道温柔的沙梁，然后是连绵不绝的山脉，于是各奔东西，一别两宽。一辈子见与不见都一生相许，爱与不爱都刻骨铭心……"刘巧云说。

吴文洁不再吭声。陈嘉辉望着刘巧云，若有所思，好像悟出了什么。

回到下榻酒店的房间，已是傍晚时分，夕阳褪去最后一抹霞光。孩子们喧闹着要到酒店后院泳池泡温泉，这时，陈嘉辉听到刘巧云对她孩子的刻骨的一声叫，不由得心如绞痛——她的孩子有他乳名一样的名字，叫犟牛。一个俗透的外号！

陈嘉辉将目光抛向初晚的海面，远处的渔火闪烁光线里，浮现两尊黑色的圣公石岩礁，就像千百年耸立不败的冰川。近前灰白的沙滩边，扑岸而来的滚滚浪涛拍击他的胸膛，顿然，他泪已成行……

符浩勇，男，汉族。中国作家协会会员，中国金融作家协会副主席。曾在《人民文学》《当代》《天涯》等刊物发表小说800多篇，著有小说集《黎明没有岸》《最后的狩猎》《你独自怎可温暖》等18部。曾获海南省南海文艺奖（文学类）、第六届小小说金麻雀奖和《小说选刊》最受读者欢迎作品奖。现居海南海口。